吾有情人（上）

舍目斯
She Mu Si

著

天 地 出 版 社 | TIANDI PRESS

目 录

第一章　交个朋友
001

第二章　给你当情人
207

第三章　地久天长
387

· 第一章 ·

交个朋友

第一章 交个朋友

庄洁先从上海坐高铁列车到北京，然后站内换乘回南枰镇。她在上海工作，做医疗器械，这次因为胃部动了一个小手术，不得不休假回老家休息。

她步伐迈得很大，两步顶别人三步，到了检票口，见时间还早，就拿出手机回了一个电话。电话通后，她先笑了两声，笑声很脆，让经过的行人不禁侧目。接着她一面回话，一面快速地浏览着两侧的商铺。

该吃药了，她想买瓶水。

刚看到一间小超市，广播里就说要检票了。她大步流星地朝超市走过去，先扫码，后拿水，买完水正好赶上检票的队尾。

她上了车，找到自己的位子，放完行李后拿出保温杯去打热水，回来靠窗落座。她把买的矿泉水兑进保温杯，拿出药正准备吃，就听见邻座的阿姨嚷嚷着要调座位，只因她家人在前排。接着就见一个西装革履的男人在身旁落座，男人双腿随意地交叉着，双手放在膝盖上，闭目养神。

庄洁一面喝水一面打量男人，目光落在他修长的手指上，随意地问了句："你是南枰镇人？"

男人没回话。

庄洁不在意地笑了下，拿出笔记本开始忙自己的事。她做销售六七年了，接触过很多人，什么脸色都见过，现在最不惧的就是与人打交道。

庄洁忙完又不禁细看男人的侧脸。唇薄，鼻梁高，眉梢处有一小道疤。庄洁正若有所思地看着，对方不耐烦地睁开眼，目光直直地望向她。

"……"庄洁笑了下，拧开保温杯喝了口水，又面不改色地问，"你是南枰镇的？"这时广播提示前方到站，让下车的旅客做好准备。

庄洁收拾东西准备下车，不想对方毫不客气地回了句："我对你没兴趣。"说完就先一步离开了座位。

庄洁依然好脾气地笑笑，拎着行李也准备下车。下车出站后她先是深吸了一口空气，看见旁边吸烟区有人吸烟，随即摸出烟过去借火。

她刚抽几口，就看见火车上那男人经过她身边，准备去停车场，她捻灭烟，喊住了他。

"陈麦冬。"

男人回头。

庄洁大方地笑笑："我，庄洁。"

陈麦冬茫然，没应声。

庄洁示意他看自己的左小腿："镇中学五班的庄洁，我装了假肢。"

陈麦冬看看她的小腿，想了会儿，这才应了句："对不住了，刚没认出你。"语气没什么诚意，好似这种关系完全没有喊住他的必要。

第一章 交个朋友

庄洁用指尖点了下自己的眉梢："我也是看见你眉梢的疤才认出你的。"

庄洁是初三才转到他们班的，俩人当时交集不多，又十四五年没见了，认不出也正常。只是陈麦冬的变化让她诧异。念书的时候他可是个混子，连正经大学都没考上。

庄洁也不在乎，她只想搭个顺风车："你车在停车场？"

"对。"陈麦冬点头，接着又客气地说了句，"那我们回聊。"

"行，回聊。"

"回聊个屁。"庄洁望着陈麦冬的背影在心里骂了句。她这次回来是临时起意，家里根本没人来接。

她拎着行李准备打车，围过来几辆野摩的，说去南枰镇要二十五块，出租不打表也是这个数。庄洁望了眼公交站牌，他们又说公交点不准，有时候半个小时才发一班。

庄洁笑了笑，随口砍了十块钱，说自己不是游客，是南枰镇人。其中一个摩的司机见她脸熟，问她家是不是镇中心卖烧鸡的。庄洁应声说是，对方把摩托一掉头："来吧，来吧，不掏钱也给你送回去。咱们两家是前后街。"

摩托穿过一条漫长的乡道，乡道是近年才修的柏油马路，路两侧晾晒着刚收的玉米。顺着玉米望过去就是成片成片的庄稼地，地里有一部分土壤带着刚翻新的痕迹，一部分还竖着玉米秆。

摩的司机指着玉米秆旁的机器，迎着风说："那是秸秆粉碎机，粉碎玉米秆的。这机器城里人见不着。"

"玉米秆粉碎完去哪儿了？"庄洁高中就去市里读书了，对村里的农作物不太懂。

"还田啊。"司机说。

"还什么？"风大，庄洁没听清。

"秸秆还田！"司机大声地说，"秸秆烧了要罚款，现在都粉碎了埋在土里当肥料！"

"那还挺省劲儿。"庄洁撩了撩被风吹乱的头发。

"不过现在种地的少了，土地被污染的污染，被租出去盖厂房的盖厂房。"司机努力地说着，"今年夏天咱们工业区排出来的硫化碱，把邻村的玉米都烧死了，人家村里不依，往上告了。"

"工业区不是停了吗？"庄洁大声地问。

"明面上是停了，但有来头的工厂夜里偷着干。猫有猫道，狗有狗道嘛。不过这俩月查得特别严，上头都开车来拉设备了。"司机又转了话题，"你是老何家的大闺女？"

"什么？"

"你是老何家的大闺女？"司机大声地问。

"对，我是老大。"

"平常很少见你回来。"

"我工作忙，一年就回来两三次。"庄洁说。

"你们是不是真忙我们也不知道，我儿子和儿媳妇在杭州，也是一年回一趟。"司机说着进了南枰镇的牌坊。

庄洁指着一处大型的施工地，问道："那儿是要建什么？"

"滑雪场，说是要建亚洲最大的滑雪场！咱们这儿的工业区全停了，下溪村弄成了旅游村。别人靠山吃山，咱们靠旅游吃旅游！反正叮叮咣叮叮咣地弄了有大半年，也没见弄成个啥！"司机话音一转，问道，"老何老夸你在上海有本事，我们问他你是干啥的，他只说你整天跟医院打交道，具体工作也说不上来，你到底是干啥的？"

"卖医疗器械的。"庄洁简明扼要地说，说完怕他不理解，又用家常话补了句，"就是卖内窥镜的。去医院做胃镜的时候，只要吃一粒胶囊就行了。"

司机一拍大腿："哎呀，闺女，你卖给我一颗行不行？咱镇里那谁检查过，听说小几千呢！"

庄洁朗声大笑，随后给他报了几家医院的名字，说如果去体检报她名字就行，说不上省钱，但绝不会让他花冤枉钱。她说完指着一个路口准备下车。

"闺女，这儿离你家还有段距离，我能直接……"

"不用，我想给我妈个惊喜。"庄洁笑道。

"行。"司机也很高兴，死活不收她钱。他见庄洁走路与常人无异，心里直叹有钱真好，有钱能花好几万装一条小腿。她妈前一段儿就在街上说了，自己闺女花好几万装了条假肢，能跑能跳能爬山，关键钱还是她自己挣的。

庄洁是在十四岁读初三那年来的南枰镇，她妈带着他们姐弟嫁过来的。庄洁她爸早年出车祸死了，她也是在那场车祸里失去的左小腿。

庄洁她妈在镇上出了名的能干，嫁到何家没俩月就在镇上卖起了烧鸡。因为有娘家带来的秘方，小生意经营得相当出色，养活一家子绰绰有余。庄洁考大学那年，她妈又怀孕了，给她生下一个同母异父的妹妹。

007

她现在有一个读高中的弟弟,一个读六年级的异父妹妹。她继父也算是一个有情有义的人,她爸生前和她继父是拜把子兄弟,她爸去世时,她妈正怀着七个月的身孕,生下弟弟没俩月,继父就带着他们娘儿仨来了南枰镇。

现如今家里在镇上开了两间烧鸡店,她妈负责销售和开发新品,继父负责屠宰和卤煮。一家子过得还不错,比上不足,比下有余。

此刻的天气很好,正值蓝天白云、秋高气爽。比天气更好的是庄洁的心情。临进家门,她放缓了步伐,歪着身子往院里瞅,冷不防身后响起一声喊:"小洁回来了?"

庄洁回头,继父何彰跃正从街角拐进来。他确认是庄洁后,立刻接过她手里的行李,问她回来怎么不提前招呼一声,他好去车站接她。

庄洁说没事,打个车十分钟就到了。何彰跃问她这个进口假肢怎么样,是不是真的跟真腿一模一样。庄洁搂起裤腿给他看,说不影响走路,但多少还是有点不平衡。

何彰跃迎她回屋,放好行李后搓着手看她:"饿了吧,我先去给你下碗面?"

"不用了何叔,我不饿。"庄洁笑笑,随口又问了句,"我妈呢?"

"店里呢。"何彰跃像是想起什么,就要上楼,"我把你屋里的被子晒晒。"

"不用了何叔,太阳快落了,明天再晒吧。"

"那也行。"何彰跃说完就没了话,"那我去喊你妈。"由于身份特殊，他很少和庄洁沟通，主要是他也不知道该怎么沟通。

"不用了，我等会儿自己去店里。"庄洁看了眼楼梯，问，"今儿不是周末吗，枭枭出去玩了？"

"正上学呢，补国庆节的课。"何彰跃说，"晚上想吃啥就说，我给你们做。"

"软和的吧，感觉胃有点难受。"庄洁笑道。

"外卖吃的！"何彰跃一脸正色地说，"饮食不规律加上经常吃外卖，胃早晚要坏的！晚上给你们熬点养胃的粥。"

庄洁虚虚地应了声，指着何彰跃身上带血的罩衣："正宰鸡呢？"

何彰跃一惊，转身就疾步走，隔壁院里的火上正烧着热水燖鸡毛呢！

庄洁先在家里洗了个澡，傍晚的时候才去烧鸡店。她家店面在镇中心最好的位置，五六十平方米，规模说不上大，也不算小。

门口排着三五个人在买烧鸡，庄洁倚在门口看她妈麻利地打包。烧鸡用油袋一裹，手提袋一装，档次就上来了。袋子上印着一行醒目的广告语：百年名店，廖根鸡。广告语上方是一个鲜红的鸡冠子logo（标志）。

廖根基是姥爷的名字。烧鸡秘方是祖上传下来的，但在姥爷手上火了，索性就注册成了"廖根鸡"。

廖涛看见门口的庄洁先是吓了一跳，然后就骂了她一句，问她回来怎么也不吭一声。庄洁如愿地大笑了几声，说公司奖励她带薪休假半个月，她想着没事就回来了，随后过去帮忙打包。

廖涛狐疑地问:"公司为什么单奖励你?"

庄洁自信地说:"当然是因为我优秀了。"

廖涛笑着拧了她一下,给她捞出几只鸡爪,让她坐凳子上吃,然后一面打包一面不停地望向她:"你们公司也精,除去国庆的七天假,满打满算才带薪休了八天。"

"还是我妈会算账。"庄洁一面回着微信一面回应着廖涛。

廖涛心里高兴,顺手就多给顾客包了个炸鸡腿,说是新品尝鲜。接着她又给何彰跃打电话,让他晚上煮点庄洁爱吃的。

庄洁听见了,收起手机:"刚何叔已经说过了。"

"你怎么不吃鸡爪?这是我才研发的无骨卤鸡爪。"

"快晚上了,我想吃点清淡的。"她没跟廖涛说自己动手术和忌口的事。

"也好,清淡的养胃。"廖涛不在意地收起鸡爪。这时门口过来俩人,他们将手里举着的两面红旗挂在了门口的墙上,然后跟廖涛招呼了一声,廖涛给了他们五十块钱。

庄洁见他们挨个儿商铺挂,问道:"挂红旗干什么?"

"今年不是有咱国家大庆嘛,临街的商铺都要挂。"廖涛出去看了一眼,回来笑道,"挂上去还怪好看的。"

庄洁望过去,街上霓虹灯闪烁,张灯结彩,红色的横幅上写着"喜迎新中国成立七十周年"。其中一家商场门前挂满了横幅,显示九月三十号正式开业。

"咱们镇厉害呀,竟然有肯德基!"庄洁惊讶。哎,这个"基"字好像不对。

"肯德基咋了,你姥爷还叫'廖根基'呢!"

庄洁大笑。廖涛让她有点女孩的娇羞样儿,别整天仰着脸傻笑。那其实不是城里的什么肯德基,而是高仿的,"肯德其"。廖涛说完去了收银台算账,准备和庄洁早些回家。

"你猜今年五一我们卖了多少只真空鸡?"廖涛敲着计算器问。

"一千只,你都说好几回了。"庄洁望着街上来往的行人接话。

"这个国庆要是游客多,估计能突破三千只。回头能给你们姊妹仨各挣套房,我跟你何叔就心满意足了!"

"别算我的,我可不打算回来。"庄洁说着哈哈大笑起来,回头朝店里的廖涛说,"妈,你快看,那个人头上的假发被勾掉了!哈哈哈哈。"

廖涛把她扯回店里,嘴里说着:"别成天没心没肺的,上海是那么舒坦的吗?离我们这么远,回头受欺负了你不得自个儿受着呀?说句不中听的,大城市的人都势利,他们能看得上咱们这小门小户?你也小三十了,别最后弄得高不成低不就。"

庄洁准备接话,廖涛下巴朝街东边一扬:"我上个月跟你何叔看了房,同一栋楼订了两套,我只管先给你们姐弟备着,住不住是你们的事,作为父母我们是尽心了。回头等袅袅大了,我再给她置办。你们姊妹仨在一个小区,将来走动着也方便。"

庄洁朝凳子上一坐,剥着根香蕉说:"也行,我账上有点钱,晚会儿给你划过去。"

"你自个儿留着吧,这些年你转的钱我都攒着呢,都快够付一套房的首付了。"

"镇上的房子行吗,不是说墙都裂缝了吗?"庄洁漫不经心地问。

"不买那些,我看的房子是药厂投建的,里面的职工有优惠价。环境和配套是最好的,将来也好出手。对外是小五千,我买的职工价三千多,咱们这儿离高铁站近,有些城里人都来买呢。"

"磕到头了才来买。每天还要花钱坐野摩的,不得折腾死。"庄洁说,"自己住还行,投资就砸手里了。"

这话廖涛就不爱听了:"我也只能给你们买镇里的,城里的房我可没那本事。"

眼见廖涛要生气了,庄洁跑过去揽住她肩道:"行,这都是小事儿,回头我们姊妹仨住一栋楼,你们将来爱住谁家住谁家。"

"谁稀罕跟你们住。"廖涛推她道,"你先去街上转会儿,让我把手上这点活忙完。"

庄洁从店里出来,在街上闲逛。她家店位于南枰镇镇中心,算是最热闹繁华的位置。南枰镇下辖十八个行政村,二十六个自然村,总人口约十九万。镇上有上市的制药厂和大型的电器厂,镇政府扶持的还有旅游业、养殖业、种植业。单一家上市企业带来的就业和税收力量就不容小觑。

镇上最早富起来的一批人,早年吃到了药厂和电器厂的红利,厂子投建的时候这些人入了股。庄洁家在镇里算不上富,就是个小康家庭。

镇里除了度假村,还开发了两条美食街和一条网红街,吸引了一拨又一拨的网红过来打卡。网上褒贬不一,有的拍手称赞,有的说南枰镇现在商业化过头了,不再是曾经那个远离喧嚣的小镇。

第一章　交个朋友

庄洁百无聊赖地转了一圈，确实有点商业化了，但哪儿有什么"远离喧嚣"？只有身处喧嚣的人，才会格外强调"远离喧嚣"。

庄洁转饿了准备回去，扭头看见街口一个卖馄饨的女人，女人正忙着给食客煮馄饨，但身边的小孩拽着她的衣服哭，说要买什么玩具。女人呵斥了孩子两句，伸手把孩子拽到一边，就忙着给食客端馄饨，抬头的间隙跟庄洁对视上了。

女人先是一愣，随后迅速转过头，装作没有认出庄洁的样子。

回去的路上，庄洁给王西夏发微信，说她在街上碰见那谁了，但对方假装没认出她，个中微妙她不知道该怎么说。她们初三的时候曾是最要好的朋友，一直到上大学庄洁还一直联系她，但具体是从什么时间开始不联系的，庄洁也记不清了。俩人也没有闹什么矛盾，就是单纯没话聊了。圈子逐渐不同了，关系自然就疏远了。

王西夏说："我也有这种感受，不见得咱们混得有多好，而是在她们眼中，咱们能待在大城市就是混得好。我们那一届考出来的大学生少，村里谁家能出个大学生就好了不得了。那时候，大部分同学高中一毕业就去工作了。十几年过去了，高中毕业的同学还是在基层混，因为没学历上不去。现如今一浪翻一浪，发展得太快了，那些同学基本都要被大城市淘汰了。"

庄洁表示认同，因为她们公司近期招的这一批实习生都是硕士以上学历，而她也是在前年才取得硕士学位。她说这批年轻人太生猛了，她感觉自己快要招架不住了。

王西夏说，如果三十五岁之前升不上去，她的职业生涯基本就没戏了。公司今年已经清退了好几名四十岁以上的女性。

俩人难得感性地聊了会儿,聊镇里那些没有读大学的同学的命运,聊着聊着就聊到了陈麦冬。庄洁说今天看见他了,他变化实在太大,西装革履的,她都不敢认了。

王西夏与陈麦冬有点渊源,多少了解点他的情况,就回她:"高考那年,他和人斗殴,伤了人,待了一年的少管所。出来后又浪荡了一年,最后复读考去了长沙,念了个殡葬专业,现在是一名遗体整容师。"

庄洁听得目瞪口呆,问她:"遗体整容师?他还待过少管所?"

庄洁知道陈麦冬浑,但没想到他会浑到少管所去。她对陈麦冬印象不差。初三那年,家里经济窘迫,她只能每天拄着拐杖上学,老师就号召班里的男生多帮助她。偶尔遇到下雨天不方便,陈麦冬还背着她上过两回厕所。

王西夏:"陈麦冬秉性不差,就是没在父母身边教养,他爷爷奶奶又管不住他,误入歧途,交了些不好的朋友。"

庄洁止了步。她实在太好奇陈麦冬是怎么从混子成为遗体整容师的。

王西夏:"他爷爷生前在殡仪馆有关系,好歹在里面有个编制。估计最主要的原因是他也不会干别的。"

庄洁了然地回了句:"怪不得,是我把他想神圣了。"

王西夏:"别扯淡了,他就是混口饭吃。"

接着又回了条:"据说他很厉害,有职业等级证书的。前两年他是在北京的殡仪馆上班,他爷爷去世他才回来的,他奶奶日常需要人照顾。"

庄洁好奇："他老子不是很有钱吗？"

王西夏："他老子有个私生子，那三儿嚣张得不像话，前几年带着私生子回来闹，他爷爷就跟他老子断绝关系了。当时闹得很严重，都出警了。"

庄洁："那他妈呢？"

陈麦冬的家事在学校里尽人皆知。陈父早年在外经商发了大财，混了个三儿后想抛弃糟糠之妻，夫妻俩打起了官司，才十二岁的陈麦冬就被送回了爷爷奶奶身边。

王西夏："早离了。他妈也已经重组了家庭生了孩子，他爸跟三儿结了婚。陈麦冬就一直跟着他爷爷奶奶生活。"

庄洁想到有回陈麦冬正把她背下楼，门卫过来找陈麦冬，说他妈在校门口等他呢。陈麦冬冒着雨冲过去，没几分钟就红着眼睛回来了，他脱掉身上淋湿的外套，继续把她背到了厕所门口。单这一个举动，庄洁就明白他是一个秉性不坏的人。他平日的惹是生非，无非就是想让学校打电话请家长，这样他爸妈才会回来。

当时的庄洁才失去父亲，她完全能理解陈麦冬的意图。后来她考上城里的高中，借宿在小姨家，而陈麦冬念的是镇高中，俩人也就没什么交集了。

这边王西夏又斟酌着发了条："季全已经去总部了，说是去了研发部。"

庄洁："我两个月前就知道了。"

王西夏："这两天我回去陪你。"

庄洁："别扯淡了。我已经消化得差不多了。"

王西夏:"彻底放下了?"

庄洁:"放得下放不下都要放。其实我跟他挑明了,但他一直对我暧昧不清的,没给我一个正面的回复。"

王西夏惊讶:"你主动挑明的?"

庄洁站在街头点了根烟,回了王西夏一个"嗯"。

庄洁有一个喜欢了三年的男人,是她上司。那男人也清楚庄洁喜欢他,但一直都不表态,庄洁今年烦了,索性就挑明了。

庄洁又回了条:"我跟他表白了五百二十个字,他一个字没回。出国前他给我打了通电话,说随后也安排我出国。老娘直接就把他拉黑了。"

王西夏:"也好,你们俩家世悬殊,长痛不如短痛。"

庄洁:"家世不是根本问题,根本问题是他对我的态度。从始至终他都没有给我一个明确的答复。我是有野心,我也想出国,但绝不是在他的安排下不明不白地出去。但凡他点一下头,我都会不顾一切地随他出去。哪怕他说他的家庭接受不了一个残疾人,我也认了。我能感觉得到他喜欢我,也欣赏我,只是这种喜欢还不足以让他接受我的残疾。"

王西夏:"季全慎重惯了,没有十足的把握不会作出承诺。"

接着又回了条:"他是典型的利己主义者,太会给自己留后路了。你道行浅,降不住他。"

庄洁半晌没回复。

王西夏:"我国庆回南枰镇,我堂哥给我介绍了一个对象。"

庄洁:"你不是发誓不回来了吗?"

王西夏:"我为什么不回?"

庄洁："行，你回来了我们再约。"

她合上手机正准备回家，被一位奶奶拉住了。奶奶问："你见着我们家冬子没？"

"冬子是谁？"庄洁反问。

奶奶松了手，又去拉另一个路人，问那人见着冬子没。对方是游客，摇头说不认识冬子。旁边一个熟识的街坊接话："陈奶奶又犯迷糊了，冬子在工作呢，马上就回来了。"说完就搀着陈奶奶回家，嘴里还说着，"赶紧煮饭吧，冬子回来就饿了。"

陈麦冬到家的时候已经晚上七点了，他下午被邻村请去为一位老爷子入殓。原本是要送到殡仪馆去的，但这家是喜丧，老爷子差三岁满一百，他儿子信风水，说一定要让老爷子在家出殡，还请了两班唢呐和歌舞团，要热热闹闹地大办。

在农村，一般正常死亡的人都是亲人负责入殓，很少会请遗体整容师。但陈麦冬是从北京的殡仪馆回来的，南枰镇有钱人又多，尤其家里老人去世的，好像请遗体整容师，就是一种体面和排场。

镇里的殡仪馆规模不大，特殊要求也少，而且送去那儿的人正常死亡的居多，他的工作相对要轻松很多。他在北京的殡仪馆只接待非正常死亡的，如交通事故、溺水、自杀、他杀等。如果遇上极端特殊的，还要一点点地拼接缝合，整理一具遗体花上三两天都很正常。

正常死亡的，先用特殊手法把遗体恢复到自然状态，然后清理、消毒、穿衣、面部修复及化妆。

陈麦冬工作的第一年都是在适应，从心理到生理，第二年才开始慢慢放平心态，平和地去面对和整理每一具遗体，给予他们最后的尊严和体面。

陈麦冬洗了澡出来，奶奶已经把饭端上了桌，嘴里念叨着要去大队，说要让镇上给分配个孙媳妇。她的逻辑很简单，孙子既然归民政部门管，为镇上的人民服务，那么国家就应该给他分配个媳妇。

陈麦冬坐下吃饭。奶奶点着他的脑袋说他不争气，说别人手机摇一摇都能摇到个媳妇，他就不该睡觉，应该成宿地抱着手机摇。

奶奶揪他耳朵，陈麦冬怕疼，嘴里应着保证今年谈个媳妇。

陈奶奶最放心不下的就是这个孙子，眼见要三十了，白长得这么仪表堂堂、人高马大的，就是谈不来女朋友，平日里连个媒人都不上门。尽管这样，陈奶奶还是有要求的，女方可以长得不好看，但不能在殡仪馆工作，意思就是不能找同行，其他条件都可以。

为这事，陈奶奶跑了两次大队，非要大队管管，而且还用上了现代化的词："没闺女嫁给我孙子就是因为殡仪馆的工作，这是不公平的，是歧视，是反社会主义。"

别小看了陈奶奶，她年轻的时候可厉害着呢，曾是市里的乒乓球教练。只是如今年龄大了，脑袋时而清醒，时而糊涂。

临睡觉前，陈麦冬收到朋友发来的小视频，朋友经过隔壁村时，见到一家办白事的大半夜在跳脱衣舞。陈麦冬认出这家就是白天办喜丧的那家，反正自己也睡不着，索性骑上摩托去看。他去不是冲着脱衣舞，而是冲着唢呐班，小视频里的唢呐吹得很好。

　　因为职业特殊，他朋友不多，能聊得上话的也就寥寥几位。平日里除了喜丧，其他喜庆的场合他基本不去。就算别人客气地邀请他，他也识趣地不去硌硬人。

　　陈麦冬正倚着摩托看，冷不防被丧户家认了出来，非拉着他坐在人前，还硬塞给他两盒烟。这家请了一个歌舞团、一个唢呐班，两班人的台子就面对面搭着，唱的唱，吹的吹，相互飙得起劲儿。

　　此时庄洁正好过来送货，办白事这家订了五十只烧鸡，家里人为了国庆都在忙着煺鸡毛，就她有空。她对陈麦冬端坐在那儿看脱衣舞感到十分惊讶，因为她没有及时管理好表情，导致陈麦冬看见她后本能地站了起来。

　　庄洁见他起身，立马抬起手，朝他自来熟道："坐坐坐，继续看。"说完为了不使陈麦冬尴尬，索性自己也站过去看。脱衣舞就是个噱头，耍了点花招，实则里面穿着肚兜。

　　陈麦冬见她大方，便也坐了下来，还顺手给她拿了个凳子。歌舞团已经换了节目，一男一女站在台上唱起了二人转，起初还算正经，后面荤得简直不堪入耳。陈麦冬打量了一圈，围着看的都是些糟老头儿，青壮年都被各自的媳妇领回了家，全场就他和庄洁俩年轻人。

　　他看了眼庄洁，只见她朝地上啐了口，骂了句："呸，什么粗鄙玩意儿！"说完也没同他打招呼，开上送货的三轮车就离开了。

　　陈麦冬拆开烟盒抽了根烟，继续稳如泰山地坐那儿看，结束后骑上摩托回家。他嘴里叼着烟，站在院里的无花果树前撒了泡尿，刚提好裤子，就听见屋里的奶奶问："是冬子回来了？"

陈麦冬噙着烟应了声，拍掉落在身前的烟灰，回到奶奶的卧室，拉开行军床，往上一躺。奶奶问几点了，他说快十一点了。

奶奶没了睡意，嘴里念叨着陈芝麻烂谷子的事，骂陈麦冬他爸不孝，骂他妈也不是个东西，整年不见回来看看孩子。陈奶奶偶尔犯糊涂，会念叨一些让她心里不痛快的事。脑子清醒的时候，这些话她是万万不会当着陈麦冬的面说的。

自从爷爷去世后，奶奶就变得胆小了，夜里不太敢自己睡，陈麦冬在家就会陪她睡。他一面闭着眼酝酿睡意，一面伸胳膊轻拍床上的奶奶。

刚睡上俩小时，枕下手机震动，是殡仪馆打来的，说是邻村一个孩子失踪了一个星期，在二十公里外的河边被人发现，那孩子在水里泡了几天，已经泡得不像样了。

陈麦冬去了现场，戴上手套看了一眼，在警方同意的情况下把那个如同人形气球般的孩子抬上了运尸车。车刚到殡仪馆就遇上了闻讯赶来的孩子父母，孩子母亲看见孩子身上的衣服就晕了过去。

陈麦冬把孩子运回冷藏间，孩子父亲去办理的手续。刚在河边没看清，灯光下陈麦冬认真地看了看逝者，逝者五官变了形，根本辨不出年龄，警方说十五岁，刚读高一，是学校通知家长说孩子没去上课，家长找了两天后报的警。警方初步怀疑是意外溺水，孩子父亲对此无异议，同意不进行尸检。

小孙赶到时陈麦冬已经穿好了防护服，做好了清理遗体的准备。小孙才来两三个月，就看了一眼逝者，人已经本能地退到门口弯腰吐了起来。陈麦冬压根儿没管他，拿着剪刀开始剪逝者身上的衣服。

"师父，你给我十分钟做个心理准备。"小孙说完去了走廊上站着，他先是努力让自己平静下来，不过只平复了一分钟，闻到一股味儿后，就又冲去卫生间吐了。

大概又平复了十几分钟，小孙加强了防护措施后重新走进去。小孙给陈麦冬当助手，目不转睛地看着他不疾不徐、极度耐心，甚至可以说是温柔地给逝者塑容。

几个小时后，孩子母亲见到了孩子的遗容，说这根本就不是她的孩子，她孩子不长这样，她的孩子还在念书，说着绝望地恸哭起来。

陈麦冬洗了澡出来，小孙崇拜地说："师父你真厉害，竟然一点反应都没有，我还是头一回遇到这种情况。"

"回头你见得多就适应了。"陈麦冬说着就往殡仪馆外走，待远离了殡仪馆，他摸出身上的烟点上，狠狠地连着抽了几口。

小孙看看白云蓝天，由衷地说了句"人间真好"。陈麦冬只顾抽烟，没接他话。

小孙说："师父，你工作和不工作的时候完全两个样儿。"他原本想说陈麦冬工作的时候特别专业、有使命感，但他文化浅，找不到贴切的形容词。陈麦冬工作时的态度很容易把人带进去，让人以为他是在做一件很神圣很伟大的事。其实他不过是走投无路才去的殡仪馆。

小孙才二十四岁，是附近村子的人，正在考会计证，等证到手就打算转行。他和陈麦冬不一样，他是合同工，薪资一般，当初念这个专业考虑得很实际。但现在殡仪馆明文规定不允许收红包，如果被举报就要丢饭碗。

小孙正跟陈麦冬抱怨，殡仪馆出来人找他们，陈麦冬把刚抽上一口的第三根烟捻灭，理了理衣服后进了殡仪馆。

从凌晨忙到中午，他才抽空吃了俩肉包子，还是早上前台接待帮他买的。他吃了一个，递给小孙一个，小孙连连摇头，表示自己不饿。他吃完第二个包子，喝了杯茶，打算回家补个觉，前台在跟小孙聊天，说副馆长过来说了，要抽俩人去市里开会学习，提高一下整个殡葬队伍的素质。

陈麦冬到家时奶奶煮好面出去了，大概是她手抖撒多了盐，面条咸得不能吃。他勉强吃了一碗，把锅里剩下的偷偷倒了，重新起锅又下了一碗。

奶奶回来见锅里的面条和她煮的不一样，也没在意，拿出碗朝屋里喊了声，陈麦冬说刚吃过了，让她自己吃。奶奶盛了一碗，坐在陈麦冬的床头，一边吃一边说着街上搭了台子，10月2号是每年一回的传统庙会，到时会有亲朋好友从各地赶回来串亲戚，那一天会非常的热闹。

奶奶让他那天多去庙会上转转，看看有没有单身的闺女。陈麦冬迷迷糊糊地应了句："年轻人都不赶庙会。"

"哎哟，你们年轻人可拽了。"奶奶说着替他盖好被子，端着碗出了屋。

镇上的庙会有上百年传统了，一般都在农闲的时候，早年会舞龙舞狮，敲锣打鼓，现如今只有老年人还惦记着，年轻人都不当回事儿，也很少去逛。

陈麦冬睡醒了打开冰箱找吃的，半天才扒拉出一个硬窝窝。奶奶拉住他的手，说要去街上买吃的，转了一圈说吃肉最补，领着他进了庄洁家的烧鸡店。

明天就国庆了，廖涛在家忙着给卤鸡加真空封装，庄洁就来店里帮忙了。庄洁刚把炸鸡裹好糠下油锅，陈奶奶就在后面排着队说要买炸鸡，说现在最流行吃炸鸡。

庄洁同陈麦冬点了个头，继续忙活手头上的事。陈奶奶见他俩认识，随即扭头问："冬子，这小闺女你认识啊？"

陈麦冬说："初中同学。"

"哦。"陈奶奶认真打量庄洁，看她长相寻常，但经得起细瞧，个头纤瘦高挑，干活麻利，像是个会过日子的人。

庄洁感应到了似的看看陈奶奶，冲她和善地笑了下，请她坐在凳子上稍等会儿，说炸鸡马上就好。

陈奶奶很欢喜，越看越满意，背过脸小声问："冬子，你这同学有对象吗？"

"不清楚。"陈麦冬玩着手机敷衍了一句。

"你们要是同学，那年龄不是一般大？"陈奶奶嘀咕着就朝炸鸡窗口凑，笑眯眯地问，"闺女，你谈对象了吗？"

庄洁一愣，看了陈麦冬一眼，忍住笑道："还没呢，奶奶。"

陈奶奶笑得更开心了，嘴里说着："你长得这么有气质，个头又高，笑起来又喜庆，我要是能有个你这样的孙女，估计睡觉都能笑醒。"

庄洁朗声大笑。

陈麦冬尴尬,他都能想到奶奶下一句会说什么,还没来得及阻止,就听见奶奶说:"奶奶一辈子的遗憾就是没个孙女,但是奶奶有一个仪表堂堂、风度翩翩的孙子。"陈奶奶说着就把趿拉着人字拖,穿着懒人裤的陈麦冬拉到庄洁面前,"闺女,你看我这孙子咋样?"

"……"

陈麦冬没脸看庄洁,他挠着后脑勺,非要拉奶奶回家。陈奶奶倔强得很,继续说着:"我孙子有一米八,身体结实得很。"说完朝他背上狠狠拍了两下,"我这孙子品行端正,长相上佳,德行各方面没话说。他目前在民政部门为人民服务,有编制的,而且我孙子不差钱,我们市里有房……"

已经无力回天了,陈麦冬沉默地看着油锅里的炸鸡。

庄洁看他这身打扮,和之前的西装革履简直判若两人。陈麦冬撩起眼皮看了她一眼,她戏谑地回笑了下。陈麦冬转身问:"奶奶,您回不回?"

"我不回,要回你自个儿回。"陈奶奶理直气壮地说,"我的炸鸡还没好呢。"

陈麦冬扭头出了烧鸡店,他也没走远,就在前面路口等着。

陈奶奶见他离开,冲庄洁挤眼道:"我孙子是害羞了,别看他这么大个头,内里还是个娇羞的大男孩。"

"哈哈哈哈——"

"主要他昨天晚上……值夜班了,这会儿是刚起床,饿了,我领他出来买肉吃。"陈奶奶说,"平日里他穿衣很讲究的,西装都是定做的。奶奶要是知道今儿会遇见你,我保准把他打扮得像个电影明星。"

庄洁一直在笑,这老太太可太有意思了。

陈奶奶问起她的工作,庄洁一五一十地回答了。陈奶奶听到她长年在上海,心里直打鼓,一点底都没有了,随后问她有没有打算回来发展。

庄洁笑着摇头,说没计划回来。

陈奶奶脸上的失落掩都掩不住,她勉强和庄洁聊了会儿,拎着打包好的炸鸡出来了。她看见等在路口的孙子,眼圈先是一热,随后眨眨眼,去了隔壁排队买奶茶。庄洁是她很中意的孙媳妇人选,之前她只想让孙子有个对象照顾,对那个对象的感觉是模糊的,没有一个具体的模样。今儿见了庄洁,她觉得孙媳妇就应该是庄洁这样的。她之前有多欢喜,这会儿就有多伤心。

陈麦冬过来问奶奶买奶茶干什么,奶奶把炸鸡递给他,什么也没说。陈奶奶买好奶茶,拎着给庄洁送去,表示就算她和冬子成不了对象,当个朋友也行,临走又夸了她几句。

陈麦冬默默地跟在奶奶身后,他不知道发生了什么,但从她的表情不难看出这事没弄成。他往前迈了一步,摸着后脑勺说:"你只是看了她一眼,她也许没你想象的那么好。"想了半天,又安慰道,"她妈是后嫁过来的,她左小腿截……"

"奶奶要是不了解这些,就白在镇上混几十年了。"陈奶奶说,"她要不是残疾,会到现在还没成家?残疾是小毛病,品行和性情才最重要。她妈持家很厉害的,俗话说'有其母必有其女'。而且她很活络,性子活的人活路多。"

陈麦冬不以为然。

"你啥都好，就是眼光一般。"奶奶评价他。

"……"

"像这种闺女就该早早下手，白瞎你们还是同学。"

"……我不喜欢这种性格。"陈麦冬回了句。

庄洁在高铁上打量他的眼神，让他觉得轻浮。他喜欢腹有诗书气自华那种温柔型。

"所以奶奶说你眼光一般。这闺女很大气，我给她介绍对象，她第一反应是笑，没一点一般女孩的扭捏劲儿。"奶奶说，"罢了，萝卜青菜，各有所爱。将来过日子的是你。"

陈麦冬敷衍地点点头："您说什么都对。"他随便吃了点儿炸鸡，换好衣服回了殡仪馆。

陈奶奶独自坐了会儿，拿出手机给她儿子打了过去，张口就问他要三十万。她儿子二话没说，直接转了五十万过来。她拿着存折去了银行，工作人员告诉她具体数额后，她才完全放下心。

她感觉自己精神头儿大不如前了，要开始为自己的孙子铺后路。

*

庄洁一直忙到傍晚才得空，抬头看见妹妹何袅袅扒在门边儿，只露出个脑袋看她。妹妹出生的时候庄洁正忙着考大学，考到上海以后每年就回来三两趟，所以姐妹俩都没来得及建立亲密感。但这个妹妹很爱跟着她，像一条小尾巴似的。

第一章 交个朋友

何袅袅说:"姐,妈说让你去接哥哥。"

"庄研几点的票?"庄洁擦擦手问。庄研在北京市里念高中,节假日都是坐高铁回。

"六点二十。"

庄洁看了看时间,脱掉工作服,说:"差不多了。"她骑上摩托准备去高铁站,看见门口的何袅袅,就问她:"你要不要去?"

何袅袅先是点点头,随后又摇摇头:"哥哥还有个行李箱,坐不下。"

庄洁想了下,拍拍后座道:"上来吧,到那儿再说。"何袅袅小跑着过来,爬上了后座。

庄研出了站,一眼就看见庄洁朝他挥胳膊。庄研大喊了一声"姐",拉着行李箱跑过来,高兴地说:"妈说你回来休假,我还以为她骗人呢!"

"胖了点,看来学校的伙食不错。"庄洁捏着他的脸说道。

庄研直笑,说远不及姐的手艺。

仨人回了停车场,庄洁望着行李箱有点烦恼,摩托车确实载不了。她四下张望,看见一个脸熟的人,她立刻跑过去问对方去哪儿,顺不顺路把行李箱给拉到镇中心的烧鸡店。

搞定行李箱后,她载着俩人直接去了镇上的小吃店,点了一份麻辣烫和一份酸辣粉,她喝着牛奶看他们吃。

庄研问她怎么不吃,她说她胃不好,最近需要忌口。吃完仨人回家,隔壁院里灯火通明,廖涛跟几个临时工在给卤鸡做真空封装。

板车上装了整整十五箱的真空烧鸡。一箱一百只,生意好的话三两天就能卖完。庄洁想搭把手，廖涛让她去帮着检查那兄妹俩的作业，说尤其是何袅袅，数学差得不像话。

庄洁问："何叔呢？"

"他有事出去了。"廖涛说，"你晚会儿再睡，等忙完了我们跟你商量件事。"

庄洁回屋检查何袅袅的作业，何袅袅拿出一张试卷让她帮忙签名。她看了眼成绩——79分，但怎么看怎么不对，因为整张卷子就三个对号，怎么可能有79分？

她也没拆穿何袅袅的小伎俩，在右上方签了名，签完后一道题一道题地检查起来。她看见一道选择题，题干要求在A、B、C三个选项里选择正确答案，但括号里却填了个D。庄洁百思不得其解，指着那道题问："你是怎么得出D的？"

何袅袅看了半天，吐吐舌头说："审错题了。"

庄洁接连翻了几张何袅袅以往的试卷，得出结论：何袅袅基础太差了，她无能为力。庄研在一侧写着作业插话："马上就要小升初了，咱妈还想让她去市里读，就这成绩……"

庄洁脑仁儿疼，她绝对没有耐心辅导，重点是她也没有这个时间。何袅袅坐在沙发上抠指甲："我也想学好，可补习班老师讲的我听不懂。"

"补习班是大课？"庄洁问。

"补习班是我们老师推荐的，一个班二十六个人。"

"你这基础上大课不行，得一对一地补，回头跟上了再上大课。"庄洁想了会儿，骑着摩托带她去街上找补习机构。

在街上遇见陈麦冬西装革履地站在路边，庄洁踩了刹车停在他面前，冲他扬了扬眉，歪着脑袋开始笑。

陈麦冬觉得她莫名其妙。

庄洁想到陈奶奶夸自家孙子的一番话，又想起店里阿姨说陈奶奶就差背着干粮找孙媳妇了，就控制不住地朗声大笑起来。

陈麦冬看了她一眼，挪挪地方没理她。

庄洁喊他："哎，青年才俊，咱要不要扫个微信？"

"谢了，不用。"陈麦冬说。

庄洁收了笑，轰着油门贴着他扬长而去。陈麦冬掸了一下衣襟上的灰尘，骂了句脏话。

庄洁报完班回了家，跟廖涛提了一嘴。廖涛问一对一得多少钱，庄洁让她问何袅袅。何袅袅磨磨蹭蹭地掏出发票说："四百一节，我姐报了二十七节，一个星期上两节。"

"发票收好了。我小学到高中的学费统共都没超过一万。"庄洁笑说。

"这机构也太黑了，得卖多少只烧鸡才挣得回来。"廖涛说。

"她基础差，跟不上大课，你们又不会辅导，只能找个老师引导一段时间看看。"庄洁说。

廖涛让庄研跟何袅袅去睡，她要和庄洁说一会儿话。庄研说想跟庄洁睡一个屋，廖涛一副想揍他的表情："你是三岁小孩？"

庄研不情愿地回了房间。何袅袅扭捏着说："妈，我怕黑。"

"你们两个都想挨打是不是？"廖涛警告。

"如果你洗澡的话，今晚可以和我睡一个屋。"庄洁说。何袅袅不爱洗澡，一个星期勉强洗三回。

廖涛泡了杯茶去院里，点了根烟，坐下说："我跟你何叔想租一间工业区的工厂。我们想在网上推广一下真空烧鸡。现在啥都在家里弄,成天一股子鸡血味儿,左邻右舍早有意见了。"

"行啊,好事。"庄洁说。

"现在小工厂便宜,一年两万就行。"

"租金是真便宜。"

"镇里让转型,说只要不制造污染源,做什么营生都行。"廖涛抽了口烟说,"这两年环保查得严,工厂说荒废就荒废,现在给点钱都能租到。"

"可以。"庄洁点头。

"咱镇里旅游业也饱和了,光民宿半年内就开了五家。我原本还想凑个热闹,一看这形势,可拉倒吧。"廖涛说,"我一点儿都不想卤烧鸡了,整天干得够够的。可又没别的本事,想着还是安生继续干老本行吧。

"对了,前两个月袅袅直播吃烧鸡,竟然有十几个人要链接,我也不知道啥是链接。"

"直播吃烧鸡?"庄洁问。

"也不知道她是跟谁学的,在那个啥平台上直播。还下载了抖什么来着……"

庄洁大笑,说那是抖音。

廖涛说如果工厂化,就要买一些基础设备,各种零零碎碎,估计前期要投入二三十万,主要家里才买了两套房,一时拿不出资金。

庄洁大致明白了她的意思,说自己卡里有钱,随时都能转给她。母女俩聊了会儿就各自歇了,隔天国庆还有得忙。

第一章 交个朋友

国庆第二天就是庙会,廖涛在街边支了个摊儿,切了几只烧鸡给路人试吃。妇女主任邬招娣经过,她和廖涛关系不错,借着和廖涛聊天的空档,暗中把庄洁打量了个透,然后从包里拿出笔记本,记下了庄洁的名字。

邬招娣离开后,庄洁问廖涛记名字干什么。廖涛说是镇里统计一下在外工作的年轻人,镇里想约他们吃一顿饭。

"镇里约我们吃饭干什么?"庄洁不解。

"去年镇里就统计了,只是你没回来而已。"廖涛说。

"统计我们干什么?"

"你去一回不就清楚了?我又没参加过,不知道。"

庄洁想不明白,此刻也不容她多想,因为赶庙会的人逐渐拥了上来,一些老太太围在她面前,快把烧鸡给吃完了。

廖涛又回店里切了几只,摆上来没一会儿,王家丫头从人群里挤了过来,她先试吃了一块,然后隔着人群喂了一块给身穿警服的男人。

那男人嫌难为情,死活不往里挤。王家丫头就自己吃一块,隔着人群喂给他一块。这时又从人群里挤过来一个小孩,那小孩把每个口味都尝了一遍,开始和王家丫头嘀嘀咕咕地评价,哪一样太咸了,哪一样没卤透。

庄洁无语了,免费吃还找事儿。

两人嘀咕了会儿,王家丫头问人群外的男人:"平平,你想吃什么味儿?"

"五香的吧。"穿警服的男人答。

王家丫头要了一只五香的、一只麻辣的、一只酱香的,然后

031

小声地给庄洁提建议："你家这鸡不太好，有点肥，很容易腻。"

"……"

"你不要买饲料鸡，你去无梁村买散养的土鸡。那儿的鸡肉紧实。"

庄洁点头笑，表示会认真考虑。

王家丫头正说着，被妇女主任从后面拍了下头，说她整天满街跑，哪哪儿都能显着她。

王家母女离开没一分钟，那个小孩就又折了回来，朝着庄洁老成地说："姐姐，我有个生意想同你合作。"

"什么生意？"

"下溪村的游客非常多，我可以帮你推销烧鸡，你每一只只要付我……"话没说完，人就被穿着警服的男人提溜了出去。

庄洁大笑，她知道这小孩是谁了。

下午陈奶奶拽着陈麦冬出来逛，见着庄洁就同她热络地聊了两句。陈麦冬望着对面的手艺人吹糖人，冷不防被庄洁暗地里戳了下。她朝着一个方向使眼色，陈麦冬顺着望过去，那是个正值婚龄的女孩儿。

陈麦冬看了庄洁一眼，摸出兜里的烟，抽出一根噙在嘴里，挡着风点上，抽了口，随后觑着眼看她："想要我微信？"话音刚落，嘴里的烟被人拿掉，肩上被陈奶奶连抽了几下："让你拽，让你拽！"

国庆第三天，庄洁带着弟弟和妹妹去了北京游玩。傍晚回去的高铁上，何袅袅歪在她肩上睡着了，庄研和她小声地聊着天，聊生活，聊学习，聊他的心事。庄洁突然恍惚了，想起了一些往事。

曾经廖涛很愁庄研，觉得他没有一点儿男子汉气概，整天柔柔弱弱、多愁善感的，没事就躲在房间画画，从不主动出去玩。而且他一直想考美院，经常用自己的伙食费买颜料，攒零花钱报专业的机构。廖涛断他钱，他就私下问庄洁借。这把廖涛给愁坏了。她不指望儿子能有多出息，但希望他报一门实用的专业，将来能养活自己。

廖涛苦口婆心，说他是家里唯一的男人，理应照顾姐姐和妹妹，不应该让姐姐反过来照顾他。而且庄洁腿还有残疾。

庄研也觉得理应如此，他应该挑起家庭的重担，但他努力念了半年书，整个人变得浑浑噩噩的了，了无生气，原本就不好的成绩更是直线下滑。

庄洁特意回来同庄研聊，又和廖涛商量，让庄研试试看能不能报美院附中。恰好那年庄研运气好，误打误撞地被录取了。

庄研问："姐，你晚上照过镜子吗？"

"照啊，我洗漱的时候就照。"

"我说的是认真看，看镜子里的自己。"

"看自己干什么？"

"我前天想画一幅自画像，我就照着镜子看，看着看着我很害怕，我就丢了画笔回床上睡了。姐，如果你对着镜子五分钟，一直认真地看，你就会恍恍惚惚，会觉得镜子里的人很陌生。"

庄洁笑着拍了他一下："脑子里都想些什么呢？自己吓自己，以后别再看了，看多了容易精神错乱。"

庄研也笑了一下。

庄洁正色道:"半夜十二点不要照镜子。"

"为什么?"

"会看见鬼。"

庄研迅速把脚抬了起来,他最怕鬼了。他害怕一切无形的东西。他从不看恐怖和悬疑类的电影。有时蹲马桶他都会担心从里面伸出一只手来。

庄洁看着他的举动大笑起来,笑他是个胆小鬼。

庄研长得秀气,说话也文气,是那种很招人待见的小男生。

出了高铁站,庄洁接了通电话,是王西夏打来的,说晚上在她堂哥的民宿聚会,问庄洁要不要过去。

庄洁没什么兴趣,她晚上想帮廖涛封装真空烧鸡。何彰跃领着人在打点工厂和采购设备,工厂的合同签好了,他们想抓紧时间搬进去。

王西夏说他哥给她介绍的对象也来,让庄洁帮她看看。庄洁开玩笑:"那我看上了咋办?"

"这算事儿?看上就看上呗。"王西夏说。

"成,等我。"庄洁应下。

王西夏和庄洁在同一家公司上班。一个在上海分公司,一个在北京分公司。她俩的东家在全球医疗器械类公司中排名前十。俩人部门不同,负责的业务也不同,但都属于高级技术销售。

晚上庄洁过去找王西夏。民宿院里,男男女女围成一圈在烧烤。王西夏眼神示意庄洁看烧烤炉旁的男人,庄洁扫了一眼,拉凳子坐下道:"上个月有人联系我,说能把我的底薪谈到一万八,剩下的就看个人能力了。"

"哪个公司？"王西夏问。

"普利。"

"巧了，上个月也有人联系我，底薪能出到两万，也是普利。"

庄洁不服："我为什么比你少两千？"

王西夏笑出了声。

这时那个男人过来了，递给她们几串烤好的肉串，简单说了两句就又回去继续烤串了。庄洁吃着烤串问："你考虑普利吗？"

王西夏摇头："不考虑。"

"我也是。"

庄洁打量了一眼那男人，朝王西夏说："挺贴心的。"那男人在给她们的烤串签上垫了一层纸巾，还顺手给她们倒了柠檬水。

"还行吧。"王西夏说。

"他是干什么的？"

"他曾经是国旗手……"

"什么？"庄洁诧异，不禁又多打量了几眼，回头道，"原谅我是村里人，生活中还没出现过这号人物，等会儿我能合个影……"

"不扯淡了，他弟弟曾经是国旗手，他就是个普通的退役军人。"王西夏说。

说起这事，庄洁接了句："昨天你堂哥去我家摊上买烧鸡了，那谁……他媳妇是那个谁……那井盖儿。"太拗口了，她一时想不全名字。

"王宝氅？"

"对，就她。你晚会儿把她微信推给我，我有事问她。"庄洁说。

"行。"

"对了，大队里约我们七号吃饭，为什么平白无故约吃饭？"庄洁啃着肉串问。

"不清楚，队里没约我。"王西夏淡淡地说，"我堂哥接着我就来民宿了，我没去过街上。"

庄洁点头，没再说话。王西夏和陈正东的事太惨烈了[①]，时隔一年，这是王西夏第一次回来。

两人又聊了会儿别的，王西夏的相亲对象约她出去走走，她堂哥问她："要不要同清河去转转？"

"行啊。"王西夏刚说完，手里就被塞了一个玉兔灯笼，她堂嫂说："去呀去呀，坡上的柿子红了，顺便摘俩回来。"

王西夏带着人出门，庄洁也告辞离开，她走了两步回头看，王西夏拎着个惨白的纸灯笼，随着男人缓缓地走着。

白纸糊的灯笼不好，乍看像丧灯。

想到丧灯就想到了陈麦冬，冷不防脚下一崴，庄洁差点摔倒。人是没摔到，但她感觉残肢端有点刺痛。她半年前才换的接受腔，试穿的时候很完美，但这两天总感觉不舒服，不贴合。

她靠着一棵大树坐好，先取下假肢，又取下硅胶内衬套，内衬套里一层黏渍渍的汗，她也不能随便擦，索性挥着让它迎风晾

[①] 陈正东是王西夏前男友，因与王西夏的恋情遭家人反对精神崩溃自杀。相关情节在作者另一部网络连载作品《我叫王西平》中出现。——编者注

干。她又看了看残肢端,庆幸没受什么伤。

她把硅胶套一点点地滑上去包裹残肢,然后戴上假肢,穿戴好后起身走了两步,不错,就是接受腔的问题。

她直接把电话打给接受腔技师,他推荐的这个接受腔是新材料,才大半年就磨损变形了,而正常情况下要两年才需要换新接受腔。接受腔起到承上启下的作用,直接套在残肢端下面,连接关节和脚板。如果接受腔不舒服,戴再好的关节和脚板都没用。

技师问她这个接受腔的舒适度怎么样。庄洁不能否认,说这个体验是最好的。技师说那就行了,既然体验最好,磨损了换新的就行,一个接受腔几千块而已。

庄洁嫌他站着说话不腰疼,几千块也是钱。技师说这种材料的使用寿命至少两年,但她步伐迈得太潇洒,损耗太大了。别人一个接受腔能用三年,到她这儿最多一年半。

庄洁觉得他在扯淡,要照他这逻辑,那经常跑步的不得两个月一换?技师搪塞了她两句,借口挂了电话,随后给她发微信,让她套上袜子将就两天,等她回上海就给她换。

他知道庄洁挑剔,更容不得一丁点的不舒坦。接受腔轻微磨损绝对能穿,但到她那儿就受不了。一丁点的不舒坦,她能放大十倍。技师感慨,还是钱烧的,穷人家能用三五年。

他和庄洁非常熟,给她备注的微信昵称就是:土鳖暴发户。她张口闭口就是"来最好的"。要不是和她关系太好,他能坑死她。她就长着一副挨坑脸。

接受腔的制作工艺很复杂,很考验技师的经验和能力。他们取型后，会根据各部位着力点的情况去制作实验腔，直到实验腔完全合适，才会做正式腔，整个过程非常烦琐。庄洁是在试了四个实验腔后才做的正式腔。

她的脚板是高运动级别的，有垂直减震和旋转扭力功能，灵便性很强，如果经过专业训练，跑步是绝对没问题的。这样的假肢配套下来将近七万，差不多能恢复到截肢前的状态，日常生活完全没障碍，一般人看不出她是个残疾人。

她车祸时整只脚都被碾了，膝关节五厘米以下全部截肢。当时她年龄小，医生不建议用太好的假肢，因为后期根据发育会频繁地更换。那时也没有太好的假肢，她只要一走路就能看出是残疾人。并且那时也没条件做实验腔，直接就是正式腔，残肢端磨破感染了她都一声不吭。那时她爸爸刚去世三个月，廖涛刚生下庄研还在月子里，家里乱得不像话。廖涛一直认为庄研多愁善感就是在她肚子里时受了影响。

假肢不舒适，庄洁一步都懒得走，她打电话给庄研，让他骑电瓶车来接她。接电话的是何袅袅，她说庄研在门口和同学聊天。

庄洁让她等会儿告诉庄研，让他来下溪村接自己一下。何袅袅说她会骑电瓶车，她能来接。

"别别别，你千万别来接。"下溪村游客多，路也陡，庄洁担心何袅袅撞到人或是骑进沟里。

刚挂电话，庄洁就看见远处烧烤区前的一桌人，打眼就是陈麦冬。庄洁来了主意，朝他大喊："老同学！老同学！"

离得远，烧烤区又吵，那桌人丝毫没听见。庄洁喊来附近一个小孩,指着灯光下的陈麦冬说:"就那个穿蓝T恤的叔叔,你帮姐姐喊一下。"

小孩准备离开,庄洁又喊住小孩:"他如果问,你就说是他奶奶找他。"

陈麦冬正跟同事聚餐,被一个小孩扯了下,指着坡上的一棵柳树说:"叔叔,上面有人找你。"

"谁找我?"

"她说是你奶奶。"

陈麦冬放了筷子过去,他主要想看是谁冒充他奶奶。直到他走近,庄洁才从树后探出个头:"嘿,老同学。"

陈麦冬见是她,转身就走。

"哎,老同学,帮个忙。"庄洁正色道。

陈麦冬回头看她。

庄洁扶着树,单腿往前"咯噔"了一下。"我刚摔了一跤,你能不能送我回家?"接着又说,"你没空的话让你朋友送一下也行,或镇上谁都行。"

陈麦冬奇怪了:"我朋友又不认识你。"

"见一面不就认识了。都是镇里人,聊两句就是朋友了。我家里人没空,否则也不会让你帮忙了。"

陈麦冬见她屈着腿,估计摔得不轻,犹豫了半天,开口道:"我们开单位的车来的。"

庄洁没接话,等着他把话说完。

陈麦冬又说:"我们开的是运尸车。"

"……谢了,打扰你了。"庄洁屈着腿坐下说,"我还是等我弟弟吧。"

陈麦冬回了烧烤区,远远瞧着坐在柳树下的庄洁,忽然生出一股同情,就问附近的人借了辆摩托,骑着摩托过去送她。

庄洁上车,说:"太感谢了。"

陈麦冬没接话。

庄洁虚扶了一下他腰,夸道:"肉真紧实。"

陈麦冬觉得她扶的位置很烫,让她拽衣服就行。庄洁拽着他的衣服,自来熟地问:"你在北京工作了几年?"

"四五年。"陈麦冬应了句。

"那很厉害了,你们这行能坚持四五年都很厉害。"庄洁好奇地问,"你怎么不转行?"她交际圈广,也认识两位在殡仪馆工作的人,知道他们这行留不住人,有点机会的都转行了,尤其是适逢婚龄的,不转对象也会让转。

"我没打算转行。"

"那你很厉害。"庄洁诚恳道。她诚心觉得陈麦冬人不错,单他为了照顾奶奶回来镇上工作这一点,她就绝对做不到,她的目标就是在上海安家。回头有能力,最好能拉扯上弟弟妹妹也安身上海。她妈跟何叔就算了,他们嫌大城市人情冷漠。

陈麦冬只觉得她聒噪,而且她说话气势足,气流喷到他脖子上,灼得慌。不自知的庄洁还在感慨,四下张望着说镇里变化很大,又说镇里不宜长久住,住久了容易磨掉人身上的斗志。

陈麦冬忍够她了,问道:"你平常话就这么多?"

"……"

其实庄洁话不多,现在是因为在舒适的环境里话才多。她从

第一章 交个朋友

前跑销售，只要出了医院那个门，能不说话就不说话。光待在医院她就觉得口干舌燥。

"你是对所有男人都这样？"陈麦冬问。

"哪样？"

"自来熟。"

"你什么意思？"庄洁要翻脸了。

陈麦冬没接话。

"停停停！"庄洁让陈麦冬停车，"你不会以为我看上你了吧？别扯淡了行吗？你哪点吸引我？我只是觉得你人不错，又是老同学……行，我承认在高铁上看你的第一眼是有点意思，觉得你清新脱俗……"庄洁正说着，陈麦冬突然从摩托上下来，冲进了一片桃林。

陈麦冬盯半天了，一个老鳏夫哄着麻子姑进了桃林。

他把老鳏夫揪了出来，还没伸手打，对方先躺下了，还无赖地喊着："打人了！打人了！"陈麦冬睨了他一眼，老鳏夫老实地没再喊。

庄洁还没明白怎么回事，当看见痴痴傻傻的麻子姑站在一侧吃棒棒糖，瞬间就懂了。

麻子姑十五六岁，小时候脑子烧坏了，人变得痴痴傻傻，一个字不识，也没上过学，整天在村里瞎转悠。前年她查出来怀孕了，她奶奶就在镇广播里骂，她不知道该骂谁，只好骂全镇的爷们儿。

老鳏夫有六七十岁，打了一辈子光棍，也是整天邋邋遢遢地在街上逛。

陈麦冬翻看挂在麻子姑脖子上的卡牌，上面有她奶奶的电话，他拨着电话，和庄洁说："你稍等会儿。"

"不急，这是正事。"

庄洁主动跟麻子姑沟通，发现她啥也不懂，只会傻笑。

他们等到麻子姑的奶奶过来，把麻子姑交给她奶奶就离开了。路上两人都没再说话。等到了庄洁家门口，陈麦冬回头问："你刚说喜欢我？"

庄洁一愣，忍住笑道："对，我喜欢你。"就冲他刚才的行为，说一句喜欢也没什么大不了的。说完她大摇大摆地回家，进门前还不吝啬地给了他一个飞吻。吻飞过去，陈麦冬直盯着她腿看。

庄洁低头看腿，试图向他解释，但陈麦冬没给她机会，轰上油门扬长而去。

这下真坐实了自己在处心积虑勾引他。庄洁喜欢美人儿，无论男女，只要美，她都忍不住搭讪。

她扶住墙朝屋里喊："庄研，庄研。"

庄研闻声出来，庄洁说："快快快，递副拐杖给我。"

"你腿怎么了？"庄研给她拐杖。

"我残肢有点……"说着她看见了屋里的女孩，于是回头看庄研。

庄研介绍道："这我同学，王舒婷。"

"姐姐好。"王舒婷礼貌地喊。

"你好。"庄洁望着她怀里的大白鹅。

王舒婷把大白鹅递给庄研，交代了两句就离开了。

第一章 交个朋友

庄洁坐下脱着假肢，问："大白鹅是定情信物？"

"哎呀，不是，是她妈要吃了它，她就偷偷抱来给我养。"庄研低头逗鹅。

大白鹅伸着脖子不停地叫，庄洁受不了这尖锐的叫声："我也炖了它。"

"它叫纪三鹅子，是一种宠物鹅，不是用来吃的。"

明明就是普通的家鹅。庄洁接了句："我给鸡笼里的鸡起名纪三鸡子，那身份不也升华了？"

庄研说她啥也不懂，抱着鹅上楼画画去了。

残肢有点肿，庄洁架着拐拿着假肢回楼上卧室。她正要去打热水，庄研已经把兑好的水放在床前的矮凳上。她把残肢一点点浸在里面，用手往大腿上撩水。

庄研拿了干毛巾和护理膏给她，庄洁问："咱妈跟何叔还在工厂？"

"嗯，我晚上给他们煮了饭。"庄研说。

"哎哟，小暖男，比我强。"庄洁笑道，"对了，袅袅呢？"

"她骑着电瓶车……"庄研话还没落，大门"哐叽"一声，何袅袅连人带车冲到了院里。接着就是"蹬蹬蹬"的上楼梯声，何袅袅一把推开庄洁的卧室门，气呼呼地看着庄洁。

庄洁看她这副样子，明白她是掉到下溪村的沟里了。庄洁讨好地问："你去接我了？"

何袅袅很生气，她没控制好电瓶车，冲下了沟，自个儿狼狈地爬了上来，还是找大人帮忙才把电瓶车推了出来。接着她又转了好几圈，一直没找到庄洁。

043

她转身回了自己的房间，趴在床上生气。庄洁擦了擦腿过去赔罪，说实在不知道妹妹去接她了，说完还邀请何袅袅今晚陪她睡。

何袅袅消了气，抱着衣服去洗澡。庄洁找了碘酒给她擦手上的擦伤。庄研说也想睡这屋，庄洁说那就都横着睡。她屋里是两米的床。

兄妹俩美滋滋地躺好，看庄洁试穿柜子里的备用假肢。庄研问庄洁几号回上海，庄洁说10号的票。

何袅袅问："那你这回去上海，是不是要春节才回来？"

"对呀。所以你们要努力学习，我在上海等你们。"

"我才不喜欢上海。我喜欢北京，北京有天安门有故宫有长城，有清华、北大。"何袅袅说。

庄洁笑她："有天安门怎么了？"

"有天安门就代表北京比上海更大。"何袅袅坐起来比画，"就是老一的意思，就是你们都得听老子的，老子最大。我要去就去最大的地方。"

庄洁扬声大笑。

庄研说："傻蛋，不是这么比的。上海是世界之窗……"

"那北京就是世界的大门！"何袅袅不服，这个杠两人昨天就在抬，"北京说了：我家大门常打开，开放怀抱等你……北京欢迎你，为你开天辟地。"

"行行行，你都对。"庄研认输。

"本来就是我对。"何袅袅吐舌头。

第一章　交个朋友

*

接下来几天烧鸡店生意爆好,最高一天卖出了一千三百只真空鸡,还没算店里的烧鸡和炸鸡。庄洁认识一个网红,她直播的时候给做了软广告植入。可庄洁没考虑好发货的问题,单是接了,但全家得熬夜写快递单,写到脸色发白,写到五指抽搐,写到崩溃。

以前真空鸡都是被游客直接买回去,快递发货的寥寥,庄洁全家都没见过这么大阵仗。廖涛尝到了甜头,打算去专业机构学习做网店,学习美拍,学习直播。

假期结束的前一天,庄洁收到了镇政府的请帖,镇长要约他们喝茶。请帖下得很突然,早上七点收到,下午两点就要喝茶。

庄洁认为这事很严肃,她思来想去,自己没犯错,也没给镇上丢脸,区区一介草民,怎么会被镇长邀去喝茶?

她选了套最正式的衣服,穿上去了政府大楼,找到接待厅,里面围着办公桌坐了一圈人。她一眼就看见了陈麦冬,而且和他最熟,自然就坐在了他旁边。她侧头小声问:"什么情况?"她已经扫了一圈,全都是镇上的青年,不是在外工作就是经商,都属于事业小成的。

陈麦冬没接她话,旁边的人接了:"估计是想让我们为镇上出份力。我是王西安,你是何叔叔家的女儿?"

"对。"庄洁和他聊了两句,随后一桌子人开始搭话,各自说了各自的工作,也相互加了微信。陈麦冬眼睁睁地看着庄洁如花蝴蝶一般扫了所有人的微信,临了她还不忘说一句:"回头常联系，有事就开口。"

他从未见过谁的社交能力像她这么强。她进来前大家只是浅谈，没人主动加微信，因为大家都长年在外，各自的领域不同，相互之间也半生不熟。而庄洁进来后，第一个掏出手机，呼吁大家说："来来来，交个朋友，交个朋友，出门在外，多个朋友多条路。"接着就赤裸裸地来一句，"咱都一个镇上的，回头有事可以互相帮忙。"

庄洁扫了一圈，最后看向陈麦冬："你微信呢？"

"手机忘带了。"陈麦冬出来得急，手机忘在殡仪馆了。

庄洁也不在意，随口就问了句："你为什么会参加？不是说这次只针对在外工作……"正说着，门被推开了，前后进来几个人，手里端着花茶和各种精致点心。

镇长紧随其后，先是和气地笑着向大家作自我介绍，接着就十分家常地说："大家都坐，坐坐坐，怎么随意怎么来，我今天不是以镇长身份而是以一个长辈的身份坐在这里和大家聊天。我早就想约大家坐一坐，原本计划这事搁在春节，没想到国庆大家都回来了，索性就搁在了今天。本来今天有一个很重要的会议，我都给翘了。"说完笑了两声。

他开始讲正题，说了说镇里的处境和个别村子的困难，说药厂计划往市里迁，未来会有上千的下岗职工，又说旅游业也不行，淡旺季落差太大，种植业和养殖业产品容易滞销，等等。然后他说镇里还是想发展实业，工业区那一排排的厂房，如果不利用起来太可惜了，看在座的有没有什么资源或建议，帮忙把农产品销出去，或者有什么新型产业或好的思路提供给镇里，大家商量看可不可行。

镇长动之以情晓之以理,连孟子的"穷则独善其身,达则兼济天下"都搬出来了,中间还用了一段PPT,图文并茂地讲解了南枰镇的发展现状。

在座有人为之动容,说如果镇里有需要,他可以慷慨解囊。镇长摇头笑,说镇里不缺钱,只缺人才。这也是农村普遍存在的问题。有能力的年轻人都出去了,留在村里的都是孤寡老幼,想发展建设也有心无力。镇长又说讲这番话没别的目的,他不劝诸位留下,只是希望大家能回头看看自己的家乡。

镇长点到为止,没再继续这个话题。他玩笑道:"今天还有一件大事。在场单身的都相互看看,留个微信,肥水不流外人田嘛,咱能内部消化就内部消化。"话落大家都笑了。

镇长翻着手里的资料,点名道:"咱镇里的女娃娃可了不得,像西夏、庄洁、胜男、何缊,这些个高才生,个人能力都出色得很。反观小伙子们就逊色多了,你们这可不行啊。"又是一阵大笑。

一个男的说:"镇长,我们这是好男不跟女斗。"

"你们就自我安慰吧。"镇长接了句。下面笑得东倒西歪。

镇长趁机点了陈麦冬的名:"陈麦冬,镇里的才俊,上头评的五好青年,从北京回来建设家乡的。各村的老人就是一个大问题。去年有一位孤寡老人走了四天才被发现,是我们小陈同志在特殊的环境中,帮这位老人整理的遗容。从前咱们镇没有专业的遗体整容师,一些敬老院的亡人,常年被病痛折磨的亡人,事故去世的亡人,等等,很难体面地走。农村人大多意识不够,对特殊亡人的尊严考虑欠缺，但现在我们有了小陈同志。小陈同志一直在做着这份伟大的工作。"说完带头鼓掌。其他人全部跟着鼓掌。

"画重点，在座的女娃娃可都听好了，我们小陈同志可是单身。"又是一阵爆笑。

庄洁看了眼五好青年，他西装革履地正襟危坐着。她在桌子下踢了他一脚，他纹丝不动。

这个茶从下午两点一直喝到五点，全程比较轻松，镇长没什么官腔，亲和力十足，尽管有点道德绑架的感觉，但并不令人生厌。临了，他还给每个人发了一份资料，里面是镇里各行各业的海报和农产品目录，以及一张《我和我的祖国》电影票。

庄洁出来给王西夏传达会议精神，还给她带了一份资料，说回上海前见一面。听到声音，庄洁仰头看去，一架航拍无人机在政府大楼上空盘旋。刚镇长说了，镇里正在拍各村的宣传片。

她刚在会议室还考虑着怎么帮助家乡，这会儿一下楼，风一吹，她想，算了，先管好自己得了。穷则独善其身，振兴家乡的事等她飞黄腾达了再说。她拢了下风衣。本质上自己跟季全是同一类人，都是利己主义者。她曾经也是个有崇高理想和信仰的人，但眼下的理想和信仰是在上海安身立命。

她看见那个"伟大"的人走在前头，快步追上去："留个手机号，回头有事联系。"

陈麦冬摸着兜里的烟："你刚在里面踢我干什么？"

庄洁说："觉得你伟大嘛。"

陈麦冬看她一眼，咬着烟，朝着殡仪馆走去。

庄洁随着他走,问:"镇长表扬你,你怎么都不笑?"

"职业习惯,我从来都不笑。"

"什么职业习惯?噢,明白了。"庄洁瞬间了然,"整天面对遗体和悲痛的家属,确实不能笑。"

"你以前很文静,而且话少。"陈麦冬嫌她聒噪。

"你都说了是以前。"庄洁在心里算了下,"都快十六年了。你变化不也很大?你当年掀人裙子,被学校……"

陈麦冬止了步:"我从没掀过人裙子。"

"好好好,我误会了。"

"大家都穿的校裤,我怎么掀?"陈麦冬看她。

"行行行,我记错了。"

陈麦冬想说什么,抖了抖烟灰,一个字也没再说。

庄洁望了眼身后的政府大楼:"别看大家在里面都摩拳擦掌说要回馈家乡,你看吧,等回了各自的岗位,渐渐地就忘了。"

"那是因为你对南枰镇没什么情感,你十四岁才来的。"陈麦冬用鞋尖碾灭烟头,指着工业区,"王家拉来的投资,那边准备合并几间工厂,做一个大型肉联厂。"

"肉联厂?"

"陉山上已经规划成了梯田,羊沟村里种了几十亩的山药。这些都是在外工作的人陆续为家乡做的。很多土壤条件不好,镇里只能根据实际情况开发。众人拾柴火焰高,镇长开会也是这个目的。"

庄洁看了陈麦冬半天,接了句:"你认真起来真吓人。"说完低头翻手上的宣传彩页。第二页就是介绍山药的,上面说了品种的优点以及年产量,最下方写着:欢迎各界致电洽谈。

"这个山药没优势,河南的山药太有名了,光种植区都好几个。而且山东和湖北的种植区……"

"你推荐个思路,看种什么好。"陈麦冬打断她。

"种新型的产品啊。"

"你人脉那么广,认不认识种树的?"陈麦冬问她。

"什么树?回头我问问。"

"像游戏里那种金灿灿的树,可以长出金币,风一吹,哗啦啦地往下掉。要不,长出红色的人民币也行。"陈麦冬说得一本正经。

"……"庄洁仰头大笑,笑完捶了他一下:"一块儿去吃饭,顺便把电影看了?"

陈麦冬犹豫了会儿,借她手机打了个电话,问殡仪馆忙不忙。挂完电话,陈麦冬问她:"吃什么?"

"家常点的吧,我前一阵儿切了点胃,暂时吃不了辛辣油腻的东西。"

"那就小丽粥屋吧。"

"成。"

"大城市就那么好?"陈麦冬边走边问。

"当然好了。把我胃全切了都行。"这当然是句玩笑话。

"病得不轻。"陈麦冬回了句。

"你是因为有奶奶在镇上,如果她不在你会回来?"庄洁笑他,"还说什么建设家乡。"

"这是镇长说给你们听的。"陈麦冬都懒得应她,看了眼路边荒废的农家院，朝她道，"等我一下。"

庄洁等了会儿，想看陈麦冬进一破落院做什么，就朝农家院走去，刚踏进去就听见了水声，伸头看了眼，说："你怎么没一点公德心。"

"撒尿还要讲公德心？"陈麦冬嘴里噙着烟，提着裤子说。

"你怎么不撒自己家院里？"

"憋不回去。"

喝了一下午的茶，庄洁也有了尿意，想着到了粥屋再说。哪知陈麦冬先要顺路回殡仪馆拿手机。

庄洁站在路口，示意他回殡仪馆拿手机，她就不过去了。不一会儿陈麦冬就骑了摩托回来了，庄洁坐上去后问："你开会怎么不骑摩托？"

"殡仪馆的摩托不能乱停。"

庄洁好奇心大，吃饭时问陈麦冬有没有遇到过灵异事件。陈麦冬用看白痴的眼神看她："从没遇见过。"

"那有没有推进火化炉又活……"

"没可能。而且一旦推进去就没办法了。"陈麦冬科普道，"曾经有在入殓这个环节睁开眼的，但到了火化程序，人基本没有活过来的可能。"

"那也挺吓人的。入殓的人不得吓死？"庄洁来了兴致，"我说个我自个儿的亲身经历。我小时候有个身体不好的婶儿，有一天她忽然发疯，号哭着说她想家，想自己的孩子。她嘴里说出来的事完全就是我们同村另一个人的事，而那个人因为意外事故早就去世了。我们家很多人都摁不住她，她力气很大，后来喊来一个奶奶,也不知道掐了她身上什么位置,这个婶儿就晕过去了。她醒来后什么也不记得。"庄洁正色道,"我相信科学,但我也相信有科学解释不了的事。"

"我也相信。人本来就应该心存敬畏。"陈麦冬说。

"我有一个朋友说她见过她去世的妈妈,不是长头发、披白袍,而是和生前一样的打扮。所以电影里的鬼故事都是骗人的。"

陈麦冬低着头喝粥。

庄洁看了他会儿,也喝了口粥。"其实你挺有魅力的,不应该单身。你也不要因为自己的职业而去降低择偶标准,懂你的人自然会接纳你的职业,不懂你的,你就算为她改变职业也没用。"

陈麦冬看向庄洁。

"你发什么愣?"庄洁见他愣神儿,"你是有点浑,但大方向是好的。浪子回头金不换嘛。"

"你单身是因为什么?"陈麦冬反问。

"我?我是因为爱而不得。"庄洁笑。

陈麦冬应了句:"你前天才说喜欢我。"

庄洁仰头大笑。陈麦冬继续喝粥,没再理她。等俩人在电影院落座,陈麦冬终究还是没忍住,问:"他嫌弃你的腿?"

"谁?"

"你爱而不得的那个人。"

庄洁一愣,想了会儿,说:"主要是他爱我两分,爱自己八分。"

"你期望他爱你几分?"

"五分是合格,七分是满意。"庄洁望着银幕说。

第一章 交个朋友

陈麦冬没再问了。

看完电影出了电影院，庄洁朝陈麦冬挥手告别，嘴里哼着主题曲："我和我的祖国，一刻也不能分割，无论我昂昂昂昂……"忘词了。

"庄洁。"陈麦冬喊她。

"干什么？"庄洁回头。

"刚借你手机打的是我的号，微信也是那个号。"

"成，回头联络。"

"你几号回上海？"陈麦冬问。

"10号。"

"祝你平安。"

"谢了。"庄洁觉得这话说不出来地怪异，好心提醒他，"你千万别随意说这话了，有点瘆人。"

*

她给陈麦冬的微信备注是：五好青年。

陈麦冬给她的微信备注是：庄洁。

她放下手机，认真看了看村里的宣传资料，把山药那一页的内容编辑后制成图，还添加了这些山药与其他山药的不同卖点，然后保存文档，打算明天发给一个潜在买家。

合上平板，庄洁打着哈欠下楼，碰上刚从厂里忙完回来的廖涛跟何彰跃。庄洁看了眼时间，快十二点了。廖涛问她镇长都说了些啥，庄洁大致说了一遍。

"镇里真是有意思，这目的不是很明确吗？就是让你们这些飞出鸡窝的金凤凰别忘了自己的老窝，别太好骛远，别忘本。"廖涛说。

何彰跃说闻到一股味儿，问是不是那鹅拉屎了。

庄洁一闻，果然有一股味儿。昨天那鹅就拉了，大白天跑她卧室的下脚毯上拉了一泡，把她给恶心到了。

三个人在客厅里找鹅屎。廖涛没留意，踩了一脚鹅屎。她火噌地一下就上来了，把鞋一扔，直接光脚跑到庄研的卧室，伸手抓住鹅脖子，把鹅扔到了院里。

庄研听见鹅的惨叫，趁廖涛不注意，又抱着鹅回了卧室，然后下楼给廖涛洗鞋。庄洁顺便把扔在墙角的下脚毯丢给他一起洗。

隔天下午，庄洁送庄研去高铁站，庄研托孤似的把纪三鹅子托付给她，让她看着点别让廖涛给吃了。庄洁觉得好笑，她也快要离开了，她也看不住廖涛呀。

庄研让她开口和廖涛说，让廖涛保证不吃纪三鹅子，还说如果自己开口，说不定廖涛明天就把鹅吃了。他说完又抱怨假期太短，自己不舍得离开庄洁，说着说着就有了哭腔。

庄洁抱抱他，说春节就又能见到了，她会照顾好纪三鹅子，不让廖涛吃掉它。

何袅袅看得莫名其妙，她不懂庄研为什么哭鼻子。她和姐姐就从不哭鼻子，这也是她更崇拜姐姐的原因。她觉得庄研太像个女孩了。

庄研检票进站后，庄洁就回了停车场，她开的是一辆小三轮车，何袅袅抱着鹅坐在后车兜。家里手动挡的面包车庄洁不会开，她只会开自动挡汽车。前几年廖涛就想买一辆自动挡轿车，但考虑到没面包车实用，就买了面包车。

风大，乡道上的土气也大，庄洁又是风泪眼，风一大就流泪。

前面一辆车挡道，庄洁急着想超它，正准备超车，口袋里的手机响了，她缓了车速接起电话。电话是陈麦冬打的，他让她好好开车，不要超殡仪馆的车。

庄洁压根儿就没看清前面的车是殡仪馆的，她问超了是不是不吉利，陈麦冬说："不让你超，是因为逝者为大，尽量给他让路。"

庄洁表示又学到了冷知识，应下道："那你们先走，我等会儿。"

她靠边停车，从兜里摸出烟准备抽，看见后车兜里的何袅袅，又压下了烟瘾。

陈麦冬挂了电话，看着后视镜。敬老院里的老人去世，他今天跟了现场。他除了不管火化炉，不开灵车，不做前台接待，剩下的活都能干。搬遗体，跑现场，缝合，化妆，如果人手不够，他也能主持告别仪式。

晚上回家，他吃了点奶奶做的萝卜饼，饼煳了，还有点咸，没太吃饱。他去美食街要了碗馄饨，顺便给奶奶打包了一份。陈奶奶很能吃，而且最喜欢小馄饨。

回家的路上，他犹豫着去了烧鸡店，点了一份椒盐鸡块和一份卤好的鸡胗。扫码付完款他才抬头看，庄洁没在，店里只有一个打包的小妹和俩炸鸡的阿姨。

他拎着东西回家吃，奶奶埋怨他不会过日子，说馄饨应该要大份的，因为大份和小份差五个馄饨，但价格只差了一块钱。

"我怕你吃不完。"陈麦冬说。

"我能吃完,萝卜饼煳了,我都没吃。"陈奶奶说,"我怕我说煳了你不吃,干脆就没说。"

"……"

"爱吃煳饭的人交好运,很容易捡钱。"陈奶奶小口嚼着馄饨说。

"……"

"你爸刚打电话来了,你问问找你啥事。"

陈麦冬打过去,陈爸爸也没啥事,就是问他最近怎么样。陈麦冬说还行。

陈爸爸又扯了些别的,问了陈奶奶的身体情况,又侧面问陈麦冬最近是不是缺钱,说自己前两天给陈奶奶转过去了五十万,还说以后要是陈麦冬缺钱了,就直接打给他,又交代陈麦冬谈对象的时候先不要告诉对方自己的工作,等感情稳定了再说,等等,零零碎碎扯了大半个钟头。

陈麦冬明白他爸这是喝酒了,他只有喝醉了才会想起老家还有个儿子。陈麦冬刚和他爸通话时把电话开了免提,任那边的人尽情地说,他只顾埋头打游戏。挂了电话,打完游戏,他翻起了朋友圈。庄洁三个小时前发了一条动态,她领着妹妹去陉山上挖野山药了。

照片里是一根断成四五节的山药,她拿着一节山药,浑身脏兮兮地对着镜头笑。配的文字是:家乡的野山药。

庄洁下午去了羊沟村,去实地考察山药。她问了附近一位农人,对方说这些山药有人计划收购,但他们把价格压得太死。因为这边过不来机器,将来全得靠人工一根根地挖。眼下人工费一天三百都没几个人愿意干,这个活儿年轻人干不了,有经验有体力的都得是四五十岁的,每个人每天的产量最高二百米。收购价格太低的话,人工费都挣不回来。收购商就是看准了马上就是采收期,所以把价格死压着。

一根成熟山药长一米五到两米,有多长就要挖多深的沟,中间还不能断,如果断了就不值钱了。挖山药时,人基本要全程跪趴着,直到最后小心翼翼地将山药拔出来,所以特别耗体力。

庄洁问起采收时间,农人说要过完霜降,十一月收最佳。庄洁听完后离开,细看了下羊沟村的地势,直接领着妹妹上了陉山。她小时候挖过野山药,挖的过程很辛苦,挖出一根最快都要花费二三十分钟。

她在陉山上挖了根野山药,尽管是断成几节的,带回家蒸了蒸,非常甜糯,剩下的做成拔丝山药,给何袅袅当零食了。

庄洁人脉广,光医疗器械群和医药代理群她就有好几个。她在群里问出了两个山药收购商,一个山药制品厂,打听出他们的联系方式,然后把自己做的资料发了过去。

那边就问了一句山药的产地,接着不是说有长期合作的种植区,就是说他们今年已经订购过了,更直接的回复就是:产地不行,我司只要垆土或沙土种植区的山药。

这不瞎扯淡吗,要是沙土的我还用主动找你?这激起了庄洁的斗志,她是个不服输的人,当下就问出那家山药制品厂的地址,订了隔天的高铁票过去。

她没有盲目联系,而是找了中间人引荐对方的采购,俩人中午一块儿吃了顿饭,事没办成,但交了一个朋友。对方很为难,说想帮忙但有心无力,因为他们厂的山药供应商是关系户,而且他们厂今年产量严重缩水,目前没打算外采。

庄洁了然,也没再提这茬,说事没成没关系,权当交个朋友,回头有需要可以联系她。对方和她聊得很投机,临行前说自己认识其他厂的采购,可以帮忙问问。庄洁表示感谢,到家的当晚就收到信儿,说有一个采购想去实地考察。

庄洁原本计划十号就回上海,被这事一耽搁,就把车票往后改签了几天。

十一号的傍晚,陈麦冬在自己家里看见了庄洁。他先是一愣,然后脱口问道:"你没走?"

"这么盼着我走?"庄洁笑他。

陈麦冬没接话,他不解她为什么会在他家。

这时陈奶奶从厨房出来了,说庄洁是她邀请的。陈奶奶下午在烧鸡店碰见庄洁,听说她马上要回上海,就邀请她来家里吃饺子。陈奶奶包的饺子堪称一绝。

陈奶奶没有女儿和孙女,很待见庄洁,不自觉地就想同她说说话。庄洁想帮陈奶奶擀饺子皮,陈奶奶把她从厨房撵了出去,说她站久了腿会不舒服。

陈麦冬洗了个澡,换了身居家的衣服,问她想喝什么茶。

庄洁反问:"你家都有什么茶?"

陈麦冬也没回,自作主张地给她泡了一杯八宝盖碗茶。这茶是西北地区的特色,里面有冰糖、红枣、枸杞、葡萄干、桂圆等,是陈奶奶常喝的一种茶。

第一章　交个朋友

他把茶端给庄洁，顺势坐在沙发另一侧玩游戏。

庄洁夸他："贴心的五好青年。"

陈麦冬只顾打游戏，也没回她。

庄洁问："你每次回来都要洗澡？"

好一会儿陈麦冬才收了手机，应了句："有时候在殡仪馆洗。你什么时间回上海？"

"十四号吧。明天有一个采购要过来看山药。"接着她就把自己跑去秦皇岛推销山药的事说了。当然了，她渲染加工了一番：对方原本不要，他们厂早订购好了，但自己凭借三寸不烂之舌，说自己是全村的希望，愣是扭转了乾坤。说完她喝了一大口茶。渴死了！

陈麦冬看了她一眼："已经签合同了？"

"你是傻子吗，我不是说了明天采购过来看吗？"庄洁说。

"那就是事还没成？"

庄洁觉得跟他说话很费劲，指着杯子说："添茶添茶。"

陈麦冬给她添茶，庄洁说："八九不离十了，我拍了种植区的环境给他，也大概聊到了价格，如果没戏，对方根本就不会来。他来我就有把握拿下，订购合同就能签了。我从不放大炮。"这点自信她还是有的。如果这事办不成，她就白干这么多年销售了。她就是吃这碗饭的。她的人生信条就是：没有卖不出去的货，只有不会卖货的销售。

陈奶奶端了饺子过来。陈麦冬调了辣椒油，庄洁蘸了，一口吃掉，直夸辣椒油调得有水平。

陈麦冬把辣椒油拿走，自己蘸着吃。庄洁偷蘸无果，骂了他一句，夹着饺子干吃起来。

陈奶奶一面吃一面和她聊，聊到自己年轻时候生下过一个女婴，不过生下来就浑身青紫，不晓得是缺氧还是怎么回事，没两天就去了。陈奶奶还拉了些别的家常，说着说着人就变得迟钝起来。她努力地想了会儿，接着放下筷子，说要去街上喊冬子回来吃饭，说冬子最近老不学好，成天逃课往游戏厅里跑。

庄洁朝着厨房里的陈麦冬喊，陈麦冬擦了手出来，随着她和奶奶出门。他俩就跟着陈奶奶找到一家网吧，陈奶奶在里面挨个儿地看，当回头看见身后的陈麦冬，她狠狠地在他背上打了几下，说下次再来网吧就打断他的腿。

陈麦冬应声认错，保证下次不来了。陈奶奶这才消了气，拉着他的手回家。

庄洁小声问他："奶奶这是……"冷不防陈奶奶回头，看了她会儿，说："哎，真巧啊。"

"……"

陈奶奶邀她去家里坐，给她洗了点水果，然后拿出相册给她看。庄洁心里有了阴影，翻着相册，也不敢乱说话。

当她看见杀马特造型的陈麦冬，不禁仰头大笑起来。陈麦冬躺在自己卧室的床上发呆，戴着耳机都阻隔不了庄洁那魔性的笑声。庄洁的笑声一阵接一阵，因为她不止看见一张，她看见了六七张，照片里的陈麦冬染着黄头发，叼着烟，特有杀马特味儿。

陈奶奶让她声音小点，说陈麦冬看见该不高兴了。这些照片都是被他扔了后，陈奶奶又捡回来的。

第一章 交个朋友

庄洁轻轻推开卧室门，同陈麦冬招呼道："我准备回了。"

陈麦冬闭着眼没动。

庄洁走过去，摘下他一只耳机："听什么呢？"说着放在了自己耳朵上。

里面是一首贝多芬的《命运交响曲》，她嫌炸耳朵，随即把耳机又给他戴上。她起身在他屋里转了一圈，屋里很干净，她又随手翻了两本书，然后拍拍手朝他道："回了。"

陈麦冬摘下耳机道："我送你。"

"不用，就几分钟的路。"

陈麦冬送她出去："你对所有人都这样？"

"哪样？"

"轻浮。"

庄洁看他。陈麦冬摸出烟点上，先她一步出了屋。

"我轻不轻浮干你屁事？"庄洁不爽他。

陈麦冬狠狠地抽了口烟，也没接她话。庄洁骂了句"混蛋"，越过他独自回家。两人不欢而散。

陈麦冬在抽了三根烟后，给她发了条微信："我嘴欠，对不住。"

庄洁没回他，此刻她正在逗纪三鹅子玩。她开始喜欢这只鹅了，因为这只鹅很奇怪地只黏她，别人的话它都不听，只听她的。她越是烦它踹它，它越是黏她，就连去个卫生间它都要前后跟着。庄洁怀疑不只人会得斯德哥尔摩综合征，鹅也会。

但何袅袅的看法不同。她说这只鹅是只会思考的鹅，它会审时度势，知道家里谁最有话语权。因为只要廖涛烦它，它就会跑到庄洁的身边。而自己每天伺候它，给它拌食，给它喂水，它却从不正眼看自己。

庄研打视频过来，说想看纪三鹅子在不在，庄洁喊："三鹅子，三鹅子？"

庄研纠正她："不是三鹅子，是纪三鹅。"

庄洁不跟他扯淡，把手机递给何袅袅，自己上楼去洗漱了。她刷着牙看手机，见陈麦冬发来了微信，也没打算回他，谁知道他今晚发什么神经。

她洗漱好，兑了一盆温水，洗完残肢后涂上护理霜，按摩了一小会儿，拄着拐回洗手间清洗硅胶套。与残肢端直接接触的硅胶套要每天清洗，否则残肢上的汗液残留在里面会滋生细菌。

硅胶套不便宜，托熟人买都要八千块，市面上要一万二。它唯一的缺点就是闷，残肢套在里面容易出汗，但它的舒适性目前是市场上最好的，而且它使用起来非常便利。

隔天镇里派人开车去接山药采购员，庄洁也随车跟了过去。她想把这事迅速解决了好回上海，她还有家医院急需过去拜访，否则就要被人挖墙脚了，那边她已经跟了几个月，不能说飞就飞了。

那采购在羊沟村勘察了半天，还是没能爽快地应下，不是说担心山药不行，就是说眼下好几个种植区都在联系他，他也很为难。

"为难个屁！"庄洁在心里骂了句，她一眼就看透船在哪儿歪着。她单独约这采购吃了个饭，说给厂里还报原先的价格，但到时候会给他开另一个价格，然后伸手比了数。

采购老奸巨猾地笑道:"这恐怕不合规矩吧?"

庄洁大手一挥:"规矩就是用来打破的。"

采购夸她是爽快人,哈哈直笑。

第二天采购就同镇上签了订购合同,付了一笔订金,只等着山药成熟。收购的价格比之前的价格低,但采收归对方负责。

庄洁临行的前一天,镇里做了面锦旗,大张旗鼓地送到了她家。

庄洁有点飘飘然,有了莫大的成就感和使命感。尽管她没有为镇里争取到最大的利益,但羊沟村的种植户都念她的好。

离开的那天,廖涛开着三轮车送她。廖涛在路上说袅袅早上上学的时候就兴致不高,人蔫嗒嗒的,估计晚上放学回来该哭鼻子了。家里忽然的冷清会让她难受。

"跟我在家多热闹似的。"庄洁笑道。

"可不是,你一个人能顶一个动物园。"廖涛从不担心庄洁,把她扔动物园里,她都能开起联欢会。

庄洁不敢大笑,怕吃一嘴的灰。她用手遮住嘴说:"回头寒假让庄研领袅袅来上海,我带他俩去迪士尼玩。"

"再说吧。"廖涛应了句。

"你千万不要把三鹅子炖了,庄研会……"

"行了,别唠叨了。"廖涛打断她。

庄洁斟酌了一下,说:"妈,庄研就是一棵青竹,长不成参天大树的。"

"行了行了。"廖涛停好车,伸手拎下后车兜里的行李箱,说她在里面塞了几包烧鸡和特产,让她带回去分给同事。

庄洁服了，她早上给偷偷拿了出去，不晓得廖涛啥时候又给塞了回来。

廖涛要送她进站，庄洁说不用了，家里还忙着呢。廖涛说："那行，我先回了，到了给家里打个电话。"

庄洁点点头。

"我就没指望庄研，咱家还得靠咱娘儿俩。庄研就随他便吧，趁着我还能干，能给他留多少就留多少，回头饿不死就行了。"廖涛手里夹着烟，轰上三轮车走了。

庄洁检票上车，顺着过道找自己的位置，歪头一看，那不是陈麦冬吗？她朝他扬下巴："去市里？"

"不然是送你？"陈麦冬戴着耳机看她。

"还真不好说。"庄洁笑道。接着她就不走了，提起行李箱准备放到行李架上。

"牛劲儿真大。"陈麦冬正要站起来，她胳膊一甩，行李箱就上去了。

庄洁拍拍手，顺势在陈麦冬旁边的座位坐下。"你座位在这儿？"陈麦冬收着耳机问。

"等会儿来人了，我跟他调个位子不就行了？"庄洁拧开杯子喝水。

"他要不跟你调呢？"

庄洁像看傻子一样地看陈麦冬："不调我就回自己的位子，多大点事儿。咱不是熟人吗，坐一块儿不无聊。"

陈麦冬侧脸看窗外，没接她话。

"哎，冬子，你侧脸很好看。回头相亲你就不停地侧脸，现在女孩子都看脸。"庄洁建议道。

陈麦冬没接她这茬,问她:"那天你给我奶奶唱的什么?"

"哪天?"

"在我家那天。"

说起那天,庄洁就想起这人曾说她轻浮。她先回了句:"活该你单身。"顿了下又接着说,"我唱的是京剧《过昭关》。"

"你会唱京剧?"

"我爷爷是京剧表演艺术家。我从小就听他唱戏,也能哼上一段。"表演艺术家是她自封的,她爷爷早年在戏剧团工作。

"《过昭关》讲什么的?"

"讲伍子胥父兄被楚平王杀害,伍子胥想为父报仇,在投靠别国的过程中,被楚平王追杀逃到昭关,然后一夜白头的故事。"庄洁清了清嗓子,轻唱道,"俺伍员好一似丧家犬,满腹的含冤向谁言?我好比哀哀长空雁,我好比龙游在浅沙滩,我好比鱼儿吞了钩线,我好比波浪中失舵的舟船。思来想去我的肝肠断,今夜晚怎能够盼到明天?"

"我猜,他就是在这一夜白的头。怪可怜的。"庄洁说,"从前看《鹿鼎记》,觉得伍子胥坏透了。"

"《鹿鼎记》里那是鳌拜。"

"鳌拜?白胡子白眉毛那个不是伍子胥?"

"那是徐锦江扮演的鳌拜。"

"……Sorry,记岔了。"庄洁想了半天也想不起伍子胥到底是哪部影视剧里的。

前方报站了,庄洁准备拿行李箱,陈麦冬快她一步帮她拎了下来。庄洁反问:"刚上车怎么不帮我放?眼睁睁看着我一残疾人……"

"你站内换乘?"陈麦冬问她。

"我先坐地铁去见西夏一面,傍晚再回上海。"庄洁接过行李箱。

"我送你去坐地铁。"陈麦冬拉着她的行李箱出站。

庄洁看着他直直的背影,跟在他身后没说话。两人一路沉默地往地铁站走,等到了候车区,陈麦冬把行李箱放地上,看了眼列车显示屏。离下一列地铁还有两分钟。

庄洁双手揣在口袋里,盯着地面看了会儿,也不想问陈麦冬是不是专程来送她的,忽然摇头笑了笑,然后大方地看他:"哎,陈麦冬,我还挺喜欢你的。"

陈麦冬猛地看她,只听她这个恶魔又说:"但我更喜欢上海。我不会留在南枰镇,那对我来说好比龙困浅滩。"

陈麦冬嗤笑了声,压根儿没理她。

庄洁突然上前吻了他一下,嫌不过瘾似的,又用手扳住他脖子吻他的唇。陈麦冬反守为攻地回吻她,双手紧握她的腰。庄洁的胳膊攀上他脖子,比他吻得更大胆热烈。直到列车警示铃响,她才推开他,拎着行李迅速上了车。

那点情愫随着急速前行的列车过去后,她伸手摸了下嘴唇,靠!这家伙绝对是故意的。

此时的陈麦冬伸手抹掉嘴角的血,原地站了十分钟,低头开始编辑微信消息给她,写写删删,删删写写,最后把她微信直接删除了,当下就订了张回南枰镇的票。

第一章 交个朋友

无所谓，他才不会在乎。

他回家换上西服，骑上摩托准备去殡仪馆。陈奶奶在身后喊他："你不给你妈回个电话？"

"不回。"

"你想她就主动打给她……"

"我没想。"陈麦冬也是纳闷，不晓得奶奶这是从哪儿得出的结论。

"鬼才知道。"奶奶念叨他当初不想他妈离开，就该开口挽留；该撒泼打滚地哭闹，会哭的孩子才有糖吃。

陈麦冬撂下一句"该离开还是会离开"，轰上油门就走了。

*

王西夏跟庄洁约着逛街，她一面挑衣服一面说："干脆你明天再回……"

"不行，火都要烧屁股了。"她对着专柜的镜子，避开嘴上的伤口开始涂润唇膏，一换季她嘴唇就干，一干就脱皮。

"伤口可不像是你自己咬的。"王西夏揶揄她。

"陈麦冬咬的。"

"谁？"

"陈麦冬。"庄洁合上润唇膏，"他个王八蛋故意的。"

王西夏不认同地皱眉，但也没说什么。

"我们俩啥事也没有。他送我过来的时候我没忍住就亲了他。"

"你喜欢他？"

"喜欢。"庄洁应了声，"但没戏。他不会去上海，我也不会回去。"

"陈麦冬人不错。"王西夏想抽烟,朝门口那边示意道,"走,外面聊。"

俩人去了商场外的吸烟区,王西夏撸了下袖子,点上烟说:"徐清河约我看电影了,我去了。"

"徐清河是谁?"

"我哥介绍的那相亲对象。"

"可以啊,那个人应该不错。我看人很准的。"庄洁就着她的烟头也点了根烟。

"还行,不惹人厌。"王西夏潦草地应了句。

"那就行,慢慢处吧。如果你非要建立一个家庭,他是不错的人选。"庄洁说。

王西夏点点头,手托着胳膊肘沉默地抽了会儿烟,突然抹了下脸,一把抹掉淌出来的眼泪,接着人就蹲了下去,手挡住脸崩溃地哭了起来。

"好了好了。"庄洁不能蹲,索性直接坐在地上,手抚着她的背,说,"没事了没事了。"

王西夏也直接坐地上,哭累了,摸出兜里的烟说:"如果顺利的话,我想今年结婚。"

"好,我支持你。"庄洁说。

"你也要结婚。"

"好,我也结婚。"庄洁笑她。

王西夏扑哧笑了下,抽了口烟,说:"我就想要一个伴,否则我也不知道还能不能坚持下去……"

第一章　交个朋友

庄洁轻抚着她的背，点头："我明白。"

"我还想生一个孩子。"

庄洁问："男孩女孩？"

"龙凤胎。"

庄洁附和道："这主意好，我也生对龙凤胎。"

"咱们一起抚养，给他们订娃娃亲。"

庄洁大笑。周围有人望过来，好奇这俩女人坐地上干什么。王西夏怼过去："看什么看，没见过美女啊？"

庄洁先站起来，拉她道："地上硌屁股，咱坐椅子上去。"

俩人在长椅上坐下，王西夏脱了鞋盘腿坐着，嘴里喷着烟说："我偷偷去算命了，那人说我大器晚成，说我将来会有一儿一女，会有一个幸福美满的家庭。"

"啥时间去算的，你怎么不喊我？"庄洁问。

"徐清河约我下周去赏秋，你说我穿什么好？"

"不穿最好。"

"滚蛋。我倒是想不穿，但我担心把人吓跑。"王西夏说。

庄洁感慨道："还没性生活，都快要绝经了。"

"性生活跟月经有啥关系？"

庄洁扯道："通一通嘛。我以前例假能持续一个星期，现在了不起三天，感觉身体毒素没排干净。上年纪了，体质也不如从前了。现在稍微变个天就怕冷。"庄洁掸掸烟灰，"物以类聚，人以群分，你堂哥的朋友不会差到哪儿去。你放开了和他谈，能成就皆大欢喜，成不了也不要勉强自己。"

"再说吧。"王西夏应下。

"想快速了解一个人，多观察他待人处事的细节，观察他深交的朋友。如果他朋友质量很高，他也差不到哪儿去，能深交的人三观都差不多。如果是一些狐朋狗友，趁早离开。"庄洁嘱咐她，"多看他怎么对待比他弱小的人，多看他的家庭关系。"

王西夏笑她："这些标准陈麦冬都符合？"

庄洁愣了下，随后说："我看人眼光错不了。他能为了照顾他奶奶回南枰镇，人就差不了。镇里有敬老院，他完全可以送他奶奶去那里。而且他远比表现出来的更贴心和善良。我以为他是个浪子，其实他骨子里还很纯情。"说完扑哧笑了声。

"你对他评价还挺高。"

"他是不错啊，调教调教是个过日子的人。"庄洁说。

"真喜欢了？"王西夏琢磨着她的神色。

"有一点儿，但还不至于让我放不下。"庄洁笑道，"网上怎么说来着？'儿女情长什么的，影响姐行走江湖。'夏夏，我有点想冷冻卵子。万一将来没遇上喜欢的人，又耽搁了生孩子……"

"别扯淡了。"王西夏说，"你跟我不一样，你会遇上的。"

"我是认真的。遇不上情投意合的我情愿单身，但我会生一个孩子，我喜欢小孩。"庄洁说。

王西夏没接话。庄洁和她不同，庄洁外表大大咧咧，其实内心很小女生，一直都憧憬和相信爱情，只是还没遇上对的人而已。而自己对爱情持悲观态度且已精疲力尽，只想找一个相互依偎的人。

俩人又聊了很多，傍晚前王西夏把她送去高铁站，又叮嘱她多保养身体，毕竟切胃不是件小事。

"行了，你回吧。"庄洁朝她大手一挥，过安检入站。

王西夏出来后收到徐清河的微信消息，问她忙不忙，说家里寄了燕窝来，方便的话他给送过来。徐清河的姑姑在马来西亚做燕窝生意。

王西夏犹豫了五秒钟，回他说不忙。在车上又坐了十分钟，王西夏给他回了条："要不要来我家吃晚饭？"

她租住在一个老小区，环境一般但交通便利，小区人多且大多素质不高。她住一楼，楼上的人丢垃圾都习惯性地扔在一楼墙角，而墙角上头就是她家阳台。秋、冬就算了，夏天气味很大。

明明有大垃圾桶，但总有人手懒，就丢在垃圾桶旁。一旦有一两个人随手那么一丢，后面的人就都跟着丢。大垃圾桶有翻盖，多数人嫌脏不翻。

她朝着楼上骂也骂了，在物业那里该投诉也投诉了，但这种情况就是屡禁不止。更要命的是，那成堆的垃圾还不是每天回收，而是两天才收一回。她平常都不敢开阳台窗户。

她正在停车，突然看见一个人把垃圾丢在了桶外，连火都没熄，她打开车门箭步冲了过去，拎起垃圾就砸在了那人身上。

对方被砸蒙了，浑身都是厨余垃圾，待反应过来，骂她："你是神经病吧！"

"以后见你乱丢一次，我就砸一次！"这是王西夏第四次看见这个人带头乱丢垃圾。

对方见她脸上的狠劲儿，硬着头皮骂了句，门卫过来调解，这事才算歇了。

王西夏盯着墙角看了会儿，回车上拿出一张纸贴到了墙上：乱丢垃圾死全家！

贴好回头，她看见了徐清河。

*

庄洁平常自己住，国庆这几天她把房子借给了一个朋友，原因是朋友的家人要来上海工作，暂时还没租到房子，想省点住宿费。

她推开家门的瞬间，太阳穴上的神经就是一跳。接着，一个女孩从卫生间朝她直冲过来："姐姐姐姐，千万别生气，我马上给你收拾！"然后趴地毯上收拾散乱的手稿，整理桌子上的餐碟，拿着吸尘器吸地毯。

庄洁都没看清她的模样，拉着行李箱回卧室道："成，你收拾吧。"坐了几个小时的车，疲惫得很。她把行李箱里的衣服挂好，拿出浴巾去了洗手间。洗手台上各种洗护用品摆得乱七八糟的，地面上是成片的水渍，明显对方刚洗过澡。

庄洁回头看客厅："你是馥郁的小堂妹？"

对方直点头："姐姐好，我是张丹青。我本来想好好收拾……"

"你先把卫生间收拾了，地面有水我容易摔跤。"庄洁说。

"好好好，我马上收拾。"张丹青在收拾的过程中不停朝庄洁弯腰道歉。她原计划傍晚前就收拾好的，但不知怎么就睡着了。

很快，女孩就把卫生间地面上的水擦干净了。

第一章 交个朋友

庄洁打量屋子，乱是乱了点，好在不脏。张丹青小心翼翼地观察她的脸色，然后搓着双手说："姐姐，我保证等会儿全部整理得井井有条。"

"行，那你整理吧。"庄洁一面去洗手间一面问她，"你做什么的？"

"我在正大的新能源研发部。"

庄洁刷着牙说："正大集团不错。"

"嘿嘿，还行。"张丹青见她没生气，就小声地说，"姐姐，我能再借住一个礼拜吗？我租的房子原住户正在搬，我保证把家里收拾得……"

"行。"庄洁漱着口应下。

"姐姐，太感谢你了！"张丹青很感激庄洁。她堂姐和男朋友同住，她不太想借住在堂姐那里。

"太晚了，收拾好就睡吧。"庄洁关上浴室门，开始洗澡。

等她穿着浴衣出来，张丹青还在拿着拖把吭哧吭哧地拖地。拖把平常是拖淋浴间和阳台的。庄洁扔过去一条地巾，客厅只有巴掌大，她都是用地巾擦。

张丹青收拾客厅，庄洁趴阳台护栏上看斜对面的东方明珠。她对居住环境要求高，四分之一的薪水都拿来付房租了。她公司的薪资结构是底薪加提成加季度奖和年终奖，拔尖的人才年薪百来万的都有，差的年薪也一二十万。

她拿出手机给家里报平安，然后又同王西夏聊了半个钟头。这一年来她基本每天都和王西夏聊电话，长则一两个钟头，短则五分钟。

聊完电话都十二点了,她犹豫了半天,点开消息编辑界面给陈麦冬发微信:"已到。"

她觉得应该再说点什么,接着又感性地编辑道:"谈个愿意陪你过日子的人吧,她会慢慢发现你的好。祝好,勿念。"

她点击发送,界面却显示:"陈麦冬开启了朋友验证,你还不是他(她)朋友。请先发送朋友验证请求,对方验证通过后,才能聊天。"

庄洁呆了几秒,接着骂骂咧咧地把陈麦冬迅速删掉了。

妇女主任给陈麦冬介绍了个对象,对方是她娘家亲戚的孩子。此刻陈麦冬正领着姑娘在下溪村逛。

那姑娘随着他走了三分钟,俩人一句话没聊。姑娘很中意陈麦冬,唯一不满的就是他的职业,不过这些她不担心,等到了热恋期她再提出让他换工作。尽管她是一名护士,但还是接受不了丈夫是一个遗体整容师。

陈麦冬侧脸看她:"介意我抽根烟吗?"

姑娘脸微红,半真半假地开玩笑:"我介意你就不抽吗?"

陈麦冬摸摸烟,点了下头。

姑娘很开心,找话道:"我姨说你是1990年的,我1993年的,咱俩差三岁。"

陈麦冬看了她一眼,问她:"你工作几年了?"

"工作五年了。"姑娘说,"我读的卫校,市里医院要求高,我就回了镇中心医院。原本花钱就能去市医院的,但我爸不舍得花钱,我们家条件也一般。而且我下面还有一个弟弟。"

"镇医院也不错。"陈麦冬说。

"这就看怎么理解了。"姑娘说,"我一个姐妹去了市医院,镇里的奖金福利和那里没法比。而且她们医院有对口学校,将来不用操心孩子的教育问题。我觉得待镇上也很好,但教育环境不行,将来孩子容易吃亏。"姑娘说完看看陈麦冬,犹豫了一会儿,问,"听说你是市里户口?"

陈麦冬点头。

"你想抽就抽吧,我不介意烟味。"姑娘笑道,"我爸整天在家里抽。"

陈麦冬摸出烟点上,望着坡头的一棵梨树。

"你看镇上说是富裕了,有钱人也越来越多,但我觉得他们都是没文化的暴发户,整天就只顾赚钱,比谁家车好,比谁家楼盖得高。你看城里人,他们周末会带孩子去博物馆,去歌剧院,去图书馆,去草地露营看星空,去感受大自然。这种环境里熏陶出来的孩子怎么都不会差。"

陈麦冬听笑了,问她:"你待过城里?"

姑娘觉得陈麦冬看不起人,有理有据地说:"我是没在城里工作过,但我知道城里能享受到各种社会资源。就算镇里人再有钱,他们也要去城里花。"

"你说得对。"陈麦冬抽了口烟。

姑娘认为自己说服了他,偷看了他一眼,大着胆子问:"你觉得我怎么样?"

陈麦冬认真看她,是个结婚过日子的人。

只听她又说:"估计我姨也跟你说过我家的条件了,我家就这样,也没什么闹心事儿。我觉得你人不错,想在殡仪馆工作我也能接受,但是你得百分之百对我好。"

陈麦冬没接话。

姑娘觉得他是默认了,接着又说:"你从前的事我都听说了,但浪子回头金不换,谁还没犯过错。"她早打听清了,从前他误伤人进少管所全是因为交了坏朋友。那个人抢了他女朋友,他在斗殴的过程中伤了人。

她的想法跟别人不同,她在这件事里看出陈麦冬是个有血性有担当的男人,因为伤了人他并没跑,而他身边的朋友全跑了。她欣赏这样的人。她幻想着将来要是自己有事,他肯定第一个冲在前面。并且,当年他们那一帮混的人里面,陈麦冬算是比较有出息的。尽管是在殡仪馆工作,但他是有编制的,而且还有城里户口。她妈在家全替她分析过了,陈麦冬是个优质的相亲对象,至少相比她家的情况来说是这样。遗体整容师就遗体整容师,人哪能事事顺意。

陈麦冬早跑了神,他在想为什么庄洁随便说一句话,他都觉得聒噪,哪哪儿都是她的声音,而这姑娘在他耳边说了半天,他却心如止水,不觉话多。

姑娘问他:"你觉得怎么样?"

陈麦冬忽然就想到了庄洁的那句话:"我还挺喜欢你的,但我更喜欢上海。"

*

庄洁过得很如意,如鱼得水般的如意。她拎着早点等在路口,连看红灯都是顺眼的。红灯对面就是她曾跟过的医院——当年没拿下那单,是她经验少,没打听清楚医院前院长的小姨子就是跑医疗的。

昨晚医院的人告诉她,那台设备这个月已经是第二次出问题了,他们的售后也查不出原因,院长已经暴躁了!要不是时间太晚,庄洁能第一时间去拜访院长。现如今,前院长退休了,接任的院长她也熟识。

她调整好状态,风风火火地去了医院,哪知途中就遇见了院长,院长一见是她,没好气道:"消息怪灵通啊。"

庄洁笑着跟去了办公室,想问哪个环节出的问题。院长只顾忙着打电话发火,根本没空理她。她识趣地关上门,直接去了设备科,先了解了下那台设备的情况,然后打电话给自己公司负责售后的工程师,把信息一一反馈了。等了一个钟头,庄洁正同科室的人聊得火热,自家售后过来了。

设备是医院两年前从一个小厂家那里买的,好几十万呢,医院不会轻易换掉。

庄洁一直待到快中午,等售后找出问题才匆匆离开医院。路上她接到院长的电话,对方说她这是放长线钓大鱼呢,又问她这么好的机会,怎么不推销自家公司的设备。

庄洁大笑,说那设备还能坚持两年,等回头真的救不了了再来推销。她临了又说:"我就说吧,这种设备一定要买大公司的,服务跟售后绝对没问题……"话没说完,那边就挂了电话。

庄洁早年跟着前辈学经验,没少逛医院:大医院、小医院,公立的、私立的,综合的、专科的……她一家没落下,每天每天地逛，推不推销都逛，就为了混个脸熟和学习一些专业知识。

干这一行原本不算讨喜，不过她有残疾，无论跑办公室还是科室，不管是院长还是护士，哪一个都不好直接给她脸色看。庄洁利用这一点，加上她人也直爽热心，平时对各科室没少帮忙，整体人缘非常好。

眼下她急着去拜访另一家医院，那家医院她跟了很久，对方准备更替设备了，但有消息说医院有意采购国产设备，说现在正扶持国货。

到医院就遇见一个同行，对方是推销国产设备的，正一脸笑眯眯地同科主任聊。庄洁心里凉了半截，为避免尴尬，绕了一大圈去了院长办公室。

院长没在，说是去吃饭了。庄洁一看时间，已经一点了。她有医院食堂的饭卡，排队打了点软和的饭。坐下吃了会儿，一位熟识的医生端着餐盘过来，先同她寒暄了几句，接着问她谈得怎么样。

那医生内心挣扎了会儿，朝她悄悄地说："设备已经订了。"

庄洁吃惊地看那医生。

他点到为止，转开话题聊别的了。

庄洁内心很感激，轻声朝他道了句谢。对方让她别气馁，说这不是她业务能力的问题，而是另有原因。具体原因他也是听的小道消息，不敢胡说。

庄洁从这家医院出来，去商业街买了杯热饮，刚喝上一口，就收到王西夏的微信，说发了燕窝给她。庄洁问她从哪儿弄的，王西夏说徐清河给的，还把那天他撞见她泼妇骂街的事说了。

庄洁："徐清河什么反应？"

王西夏："他去找物业沟通，把垃圾桶挪了个位置。"

庄洁回了她个大拇指——厉害。

王西夏："回头聊，我们要开会了。明天准备培训。"

庄洁没再回。她看了眼备忘录，月底他们也要培训了。

坐地铁回公司的路上，她忽然就想起了陈麦冬，也就是一闪而过，还没往深了想，就收到一条好友申请，她点开看，头像是公司总部大楼。她想都没想就通过了。

对方迅速发了条："怎么删我微信了？"

接着又一条："生气了？"

庄洁看着聊天界面没回。

对方又发来一条，简单明了："季全。"

庄洁知道，以季全的精明，自然明白自己为什么删他，但没想到他会换个号加回来。她做人的原则就是不与人交恶，能聊到一块儿去就是朋友，聊不到一块儿去就当个点头之交。她当初删完季全就后悔了，将来工作免不了有交集，当个点头之交就行。

正想着怎么回，界面一直显示对方正在输入中，接着就是一条六十秒的语音，一条还没听完，又接二连三地收到三条。

庄洁一条条地听——他想恢复以前的关系，大家还是上下级，私下还是好朋友。

庄洁就没见过这么不利落的男人。他冠冕堂皇地说了一堆家事，说父母对他期望很高，有些事他没办法承诺。如果她能出来深造两年，他家人会容易接受一些。

这不等于没说？

庄洁随便找了个站下了车，挑了个相对安静的环境回他："我能理解你的规划，但抱歉，我没有足够的勇气和安全感随你过去。我不晓得深造两年后，要是你家人还是不认可我，我该怎么办。而且我不会为任何人做出我不情愿的改变，我觉得我现在很好。我向你表白的那一刻就想到了结局。"

季仝久久没回她。

庄洁猜他是喝了点酒，否则以他的性情和傲气不会说这些。她抽了根烟又回他："咱们以后还是只维持工作关系吧。私下朋友就算了，不合适。祝好。"

季仝一直没再回。

庄洁迎着顶头风回到家，张丹青煲了一锅浓郁的鸡汤正等着她呢，要对她这段时间的照顾表示感谢。庄洁很感动，这种天气来碗鸡汤简直不要太好，她接连喝了三碗，然后去卫生间放洗澡水，打算泡个舒服的澡。浴缸是她两年前住过来时特意买的，她喜欢泡澡。

张丹青收拾好厨房，坐在地毯上写文章，身边一堆乱七八糟的废稿。她乱丢乱放的毛病依然没改。

今天大降温，庄洁吹了一天的冷风，人都是木的。她穿着浴袍出来冲了杯感冒药——回来的路上打了几个喷嚏，八成是要感冒。

庄洁见张丹青在写东西，问她要不要咖啡，张丹青顺势道：

第一章 交个朋友

"谢谢姐。"

庄洁替她冲了杯咖啡,自己抱着一杯感冒药坐在沙发上。外面风越来越大,呼呼直响。她随手捡起一团废稿展开看,夸道:"写得很好啊。"

"不好,意境没渲染出来。"张丹青说。

"我觉得还行。"庄洁头脑简单,喜欢直白的文字,太晦涩难懂的她嫌费劲。

张丹青搁了笔,指着窗外:"姐,你形容一下此刻的天气。"

"风好大。"

"……姐,你延伸一下,几月的风,哪里的风,它怎么个大法。"

"深秋,窗外的风真不是一般的大。"

"……"

"脸都被吹皱了。"庄洁喝着感冒药,让她帮忙拿一贴面膜过来。

"姐,你这文字底蕴不行,太白描了。"张丹青给她拿了面膜。

"我就没底蕴。我喜欢阿城的白描,实实在在,不拿腔拿调,文字精准、有张力,寥寥几笔意境就全出来了,好句子和笨句子运用得相得益彰。"

"姐,你真是……中国能有几个阿城?"张丹青望着窗外的风,下巴贴在胳膊上说,"我想家了,我想我妈给我做的鲃肺汤。"

"那就回,你家离得这么近。"

俩人又聊了会儿,张丹青去睡觉了,庄洁把地毯上的废稿收了,身上搭了条毯子,听窗外的风。她心想该穿羊绒大衣了,回头去买一件黑色及踝款的,能挡寒。正想着要不要买一条羊绒保暖裤,廖涛就打电话过来了。她说老家变天了,冷得厉害,问上海怎么样。庄洁说温度还行,就是风大。

庄洁有截肢残端神经痛,变天的时候容易发病,残肢端会一阵一阵地疼。从前她为了缓解这种疼痛做过手术,但并没有根除。后来她学着适应这种痛,等到慢慢适应了,也就不觉得难以忍受了。她从前住院认识一个病友,对方是幻肢痛,那种更恐怖,无时无刻不在痛。

她刚才和张丹青聊天的时候有痛过,但这会儿已经过去了。廖涛还在电话里聊,说她交钱报了班,明天机构就教他们怎么运营网店。庄洁说那很好,等她学会了,自己就在朋友圈里宣传,也让自己的网红朋友帮忙打广告。廖涛告诫她人情最难还,不要随便找人帮忙。庄洁说:"我知道,我知道,我有自己的方式。朋友就是要你帮帮我,我帮帮你,大家相互帮忙,才不容易生疏。"

廖涛明白她心里有底,也没再说别的,提了句工厂就要投入使用了,何彰跃去买鸡了,收的都是散养的土鸡。他们还想雇个人,专门去陡山上养鸡,但不知道这个想法镇里同不同意。

庄洁说承包一块地就行,但这事不急,一步步来,等工厂投入使用了再说,又说自己寄回去了一些膏药贴,让何叔贴腰上试试,那是医院自己研发出来缓解腰肌劳损的。

挂了电话,庄洁收到一条好友申请:我是贝克汉姆。头像是西装革履的贝克汉姆。

"⋯⋯"

第一章 交个朋友

庄洁拄着拐回到卧室,对方又发来申请:交个朋友。

庄洁正在和医院谈购销合同,详谈服务和售后,家里打来了电话。她挂了一次,等来电铃声第二次响起的时候她才抱歉地出去接听。

廖涛告诉她,何彰跃正在医院抢救。

庄洁回到办公室,先朝院长道了歉,说后面的工作会有人跟进,未来有任何问题都可以联系她,随后拿着外套匆忙地出了医院。

她带的实习生跟出来,着急地问她怎么了,眼见就要拿下合同了。庄洁给要好的销售同事打电话,让对方来医院帮自己收尾。这家医院就是设备频出故障的那家,今天医院联系她,让她带着资料来一趟医院,院方有意再购置一台设备,这对庄洁来说是莫大的惊喜。

她一面在网上订票,一面收拾行李,收拾完直奔高铁站。刚找到位置坐下来,又接到了廖涛的电话,那头沉默了一会儿,说:"直接回家吧。"

庄洁明白,这是宣布死亡了。

她回到南枰镇时,何彰跃的遗体也刚从市里拉回来。

事故是在工厂车间里发生的,车间里面有一台原老板留下的大型机械需要移出去,何彰跃喊了几个亲戚帮忙,在搬移的过程中机械倾斜砸了下来。砸伤的人立刻被送去医院,一个亲戚重伤,何彰跃抢救无效身亡。

庄洁还没来得及难过,就被指挥着去处理各种事情。她先去市里接庄研，路上交代他一些作为长子应知悉的丧事流程。家里一团糟，光发讣告这件事都能争执不休。按当地风俗，如果家里有儿子，就要以儿子的名义发讣告，不兴以女儿或妻子的名义发。

庄研身份尴尬，不是何彰跃亲生的，按理说不该以他的名义发讣告。但何袅袅年龄小，而且有些流程忌讳女人在场。单就这个，亲族里的人已经吵得不可开交。

廖涛拍板，就让庄研以亲生儿子的身份给何彰跃发丧。庄洁刚把庄研接回来，他就被亲戚扯着穿戴丧服。屋里的长辈意见不统一：古板的，坚持在家里发丧，在家里布置灵堂，不兴在殡仪馆举办丧仪；稍微开化点的，认为只要亡人能体体面面地离开，具体在哪儿办可以灵活处理。

何彰跃的遗体比较特殊，直接就从市医院转到了殡仪馆。庄洁把庄研跟何袅袅安排好，然后去了殡仪馆找廖涛。

她被人指引着来到逝者化妆整容室，廖涛正目不转睛地看着何彰跃。一旁的陈麦冬穿着防护服，准备开始化妆。

庄洁侧脸看廖涛，全程拉住她的手。

待整容化妆结束，陈麦冬朝逝者微微鞠躬，然后看了她们一眼，表示节哀。

廖涛过去抚摸了下何彰跃的额头，朝陈麦冬致谢。陈麦冬原本想阻止她直接触碰逝者，看见廖涛的眼神后，终于还是没说出来。

廖涛看了何彰跃最后一眼，身一转，朝庄洁道："回吧。后面还有一摊事儿。"

殡仪馆布置好守灵区，庄洁回去接来了庄研和何袅袅，他们要一起在礼厅守夜。后半夜兄妹俩依偎着廖涛相继打瞌睡，白天

第一章　交个朋友

该哭的都哭完了，再充沛的精力也耗尽了。廖涛苍白着脸看庄洁："你去外面歇一会儿吧。"

庄洁因为腿残疾不能跪，坐着也不雅观，已经连着站了五六个小时。她先活动了一下腿，才一步步地往外挪，随便找了个台阶坐下。

她开始捋思路，想接下来家里该怎么办，廖涛该怎么办，庄研和袅袅该怎么办。医院里还躺着一个重伤的亲戚，回头肯定是一笔不小的赔偿。

听见脚步声，庄洁回头看，陈麦冬递给她一根烟，她接过点上，接着陷入更深的沉思。

陈麦冬看了眼她脱在一边的假肢，问她："我有休息间，你要不要去歇会儿？"

"不用，我想自己静会儿。"庄洁轻声回他。

陈麦冬说了句"节哀"，随后骑着摩托回了家。

*

丧礼结束后的第三天，庄洁送庄研回学校上课，庄研蔫嗒嗒地趴在门上看窗外，缓缓地问："姐，你什么时候回上海？"

"过完头七吧。"

"姐，我感觉这几天好像一场梦，我此刻正在梦里和你说话。"

庄洁揉揉他的头："别想太多。"

她把庄研送回学校，随后折去医院看望重伤的亲戚，对方还在ICU（重症加强护理病房）。她同伤者家属道完歉，又聊了会儿，往对方卡上存了八万块钱，说药费不够随时联系她。发生这种事谁也想不到，又是亲戚，伤者家属也没太为难她。

傍晚庄洁到家的时候，廖涛一个人坐在院子里，地上有五六个烟头，旁边桌子上丢着一个拆开的快递，里面是庄洁寄回来的膏药贴。

庄洁拉过来一张椅子坐下，想安慰廖涛又不知从何说起，索性沉默不语。

"冰箱里有速冻饺子，你跟袅袅煮着吃吧。"廖涛说了句。

"袅袅呢？"庄洁问。

"在楼上玩平板呢吧。"

"我下午去医院了，先给二叔转过去了八万，又跟主治医师聊了会儿，估计后续还得十万八万的。"庄洁摸出烟说，"将来多少会落点毛病，重活估计是干不了了。"

廖涛没接话。庄洁转着手里的打火机说："将来出院了肯定会要点赔偿，就看多少了。"

大半天，廖涛吸了口烟问她："你卡上还有多少？"

"六万现金，三十万的基金。"庄洁算了下说，"我还有两张信用卡，额度各有十万。"

廖涛回屋找出账本，放在桌子上说："家里还剩七万。你何叔的葬礼花了几万，礼金收了几万，差不多能扯平。买房花的不提，工厂前后投了有小二十万。"随后补充道，"我这些年存了笔钱，有个十三万。"

"你存私房钱干什么？"庄洁看她。

廖涛没细说。那钱都是庄洁这些年给家里的，廖涛没花，都私下攒着呢。

"家里有什么打算？"庄洁问她。

"该怎么办就怎么办，厂里前后投了二十万，我绝对要继续干。不算你二叔的医药费和赔偿，眼下每个月还有一万二的房贷，两套房，分了十年供。银行不会因为家里死了人就不收你钱。"

"我明天把基金卖了，把手头的钱都转给你。"庄洁说，想了想又问道，"厂里的机器设备买齐了吗？"

"买齐了。"廖涛捻灭烟，朝她道，"喊袅袅下来吃饭。"

何袅袅磨磨蹭蹭地下楼，筷子尖把一个饺子戳得稀巴烂。廖涛骂她："不吃滚上去。"

何袅袅把筷子一拍，带着哭腔同她顶嘴："你整天就会骂人，除了骂人还是骂人！你骂庄研，骂我，还骂我爸！何媛奶奶说，就是你太厉害了，才把我爸克死的……"

"袅袅……"庄洁刚开口阻止，何袅袅脸上就挨了一巴掌。廖涛骂她："滚上去睡觉。"

何袅袅扭头就上楼了。

"妈，你何必……"庄洁话音还没落，桌上的一盘饺子就被挥了出去。

庄洁不再说一句话，出去外面接电话。

电话是公司同事打来的，同事说这家医院太难搞了，细节等庄洁回来再说。院方也不着急签合同，说要跟庄洁沟通清楚了再签，而且钱还没批下来。庄洁应下，说三天后回。

她回院里的时候廖涛已经不在那儿了，她拿着扫把把地上的饺子和碎盘子清理完，上楼敲何袅袅的门。

何袅袅蒙在被子里哭，庄洁掀开她的被子，让她哭好了给廖涛道个歉。何袅袅有一兜一兜的委屈，说廖涛不讲理，整天就会骂人，还说她对何彰跃不好，跟个没事人一样，一点也不伤心，一滴泪也没掉。

庄洁问她这些是她自己的看法，还是听人嚼舌根的。何袅袅哭着说都一样。

庄洁自己也累，安慰完这个安抚那个，索性让何袅袅哭个够，自己下楼骑电瓶车出去转转。

*

回上海那天，廖涛跟何袅袅一起送她。廖涛在停车场停车，庄洁交代何袅袅："不要惹妈生气，气病了就没人管你了。"何袅袅撇着鞋子，扭着头没说话。

"有空了我带你去迪士尼。"庄洁又说。

何袅袅伸袖口抹了把泪，转身跑回了车上。廖涛远远地朝庄洁挥手，让她进站。

回去的高铁上她一直在想事情。她放心不下庄研，放心不下何袅袅，也放心不下廖涛。她想起了离世的爸爸。她爸去世那年她跟何袅袅一般大，在她爸的葬礼上，奶奶全程指责、谩骂廖涛，廖涛挺着肚子一滴泪没流。

昨天晚上廖涛同她聊了一宿，说何彰跃对得住他们姐弟俩，无论在情感上还是生活上，他从没有亏待过他们。而且他在他们母子最困难的时候，伸手拉了一把，是个有情有义的人。所以，无论如何，她都会把这个家撑下去，而且要越来越好。

第一章　交个朋友

庄洁在回上海半个月后，终于下定决心辞职，她打算回去帮廖涛。她递辞呈的当晚找王西夏聊天，回忆起当年的事。廖涛生庄研时，奶奶偷偷把庄研抱走，廖涛疯了一样地闯到奶奶家，拼了命才把庄研抢回来。廖涛怕拖累了娘家，就带着她和庄研租住在棚户区。自己那时残肢端发炎都不敢说，因为她清楚家里没钱。

家里快揭不开锅的时候，何彰跃找了过来，他带她去骨科看医生，做了新的接受腔。何彰跃照顾他们母子几个月后，一天，他问廖涛愿不愿意跟他过，说他可以带他们回南枰镇，给孩子重新安排学校。廖涛想都不想就应下了，第二天就抱着庄研、牵着她来了南枰镇。

何彰跃不擅长表达，但他会在他们姐弟生日的那天写四个字，亘古不变的"岁岁平安"。他会给他们姐弟买当下时兴的衣服，买上学骑的自行车，买城里人才看的书籍。庄洁同何彰跃之间和所有重组家庭一样，也隔着一段难以言说的距离。

王西夏听她一点点说完，说："我早就料到会是这个结果，我知道你会回去的。上海有万万千千个庄洁，不缺你一个。而你妈只有你一个，你应该回去帮她。"

庄洁望了眼窗外的东方明珠，第一次觉得它也不过如此，电视塔而已。

庄洁开始和公司办理交接，十一月十五日正式离职。部门同事对她不舍，一个接一个地轮番请她吃饭。庄洁有时喝两口，就会把自己的经验分享出来：光跑没有用，要善于动脑、善于用心，如果觉得实在啃不下来就果断放弃，把精力花在另一家；这个社会什么人都缺,唯独不缺聪明人;绝对不要在院长或科室主任面前耍心眼儿,他们能熬到这个位置有绝对的能力,自己才几斤几两,在他们面前耍心眼儿只会显得自己滑稽可笑。

同事问她:"那该怎么拿下?"

庄洁说:"真诚。这个世界上最能打动人也最容易被人察觉的,就是真诚。其次就是部门培训时常说的信赖感,首先要做一个让客户信赖的人,只有在这种条件下,对方才有可能买你的产品。"

众人起哄,让她再多传授点。庄洁说有些事要靠自己琢磨,要看临场发挥,只可意会不可言传,说着从包里摸出一个厚厚的笔记本,上面记的都是她当实习生时一点点钻研出来的沟通技巧。

庄洁到家时有了醉意,手机响了几遍她才接通,廖涛说何袅袅离家出走了,留了信说是去上海找她。自己一早就出来忙了,直到晚上回家才发现何袅袅不在。

庄洁让她别急,以何袅袅的年龄估计单独买不了票,就算买到票列车员也不会让她乘坐。廖涛说她用何彰跃生前的手机在网上买的票,里面有购票记录,她卧室的存钱罐也被砸了,而且去年给她办的身份证也不见了。

庄洁倒不担心,这明显是经过缜密计划的。以何袅袅的头脑,搞不好真能来上海。廖涛说她先去报警,调一下高铁监控看看,如果何袅袅真能凭本事去上海,自己也没白生下她。刚挂电话就收到提示有一通未接来电,庄洁有预感地回了过去,对方是上海站的工作人员,说她妹妹称自己和家人走散了,让她过去接一下。

第一章 交个朋友

庄洁接到何袅袅的时候，简直对她刮目相看。庄洁问她吃饭了没，她背着包摇头，说高铁上的饭贵，看起来还没食欲。

庄洁先带她去吃饭，等她吃饱了问她为什么闹离家出走这一出。何袅袅用手指缠绕着衣角，说："我一个人在家害怕。"

"害怕什么？"

"整天都我自己在家，晚上八九点妈才回来，我总感觉家里有鬼。"何袅袅说着就开始抹泪，"何媛奶奶老说爸爸会回来看，说他不放心我，我一听就害怕，我害怕爸爸回来把我带走。"

庄洁哭笑不得，晚上睡觉的时候告诉她人为什么会死，死了又会去哪儿，然后又描述了一番天堂的样子。何袅袅憧憬地说："那我们也去吧。"

庄洁骂她童言无忌，说天堂里有学校，去的不是时候就要接受教育。何袅袅一听就蒙了，学校对她来说是这个世界上最痛苦的所在。然后她就开始吐槽廖涛，说廖涛很暴躁，不能说事就事，总会因为她做的某一件错事就把她曾经的所有错事都翻出来，爱算旧账。

"不是'说事就事'，是'就事论事'。"庄洁纠正她。

"管它呢，都一样。"何袅袅继续说，"我长大会做这个世界上最温柔的妈妈，就算孩子考零分是个笨蛋也没关系，我不会骂他，更不会打他。"说着她又提到了自己的作文，说她的一篇作文被打零分，说到这里她就很生气。

"为什么被打零分？"

"因为老师让写'我的理想'，我写我的理想是当拆迁队队长，将来我就指着这些学校说：'拆、拆、拆，统统违建！'"

庄洁仰头大笑。

待何袅袅睡着后,庄洁出去给廖涛打电话,说自己已经辞职了,先回去帮她一年,等稳定了再回上海。廖涛说行,帮她半年就行。庄洁说行李已经封箱陆续寄回去了,不要随便拆,有几件是易碎品。

接着两人又聊了两句何袅袅。廖涛嫌何袅袅玩性大、太天真,一点事都不懂,说庄洁在何袅袅这个年纪都会为她分担家务了。庄洁劝她说孩子原本就应该天真,早熟不是什么值得夸赞的品质。

廖涛没接话。庄洁也察觉出这话不妥当,但也没解释。

庄洁带何袅袅去了迪士尼,住了主题酒店,疯玩了两天后,俩人拉着行李回了南枰镇。

廖涛过来接她们,只看了何袅袅一眼,没搭理她。何袅袅嘴一噘,她现在有靠山了,才不怕呢。

廖涛接过行李上了面包车,待她们上车后,说:"明天去看看自动挡车,你开着也方便。"

"行。"庄洁说。

廖涛大致和她聊了下自家烧鸡的推广方向,除了网上推广,还需要看市里的各大商超能不能铺货。她俩一个负责生产,一个负责销售。

廖涛又交代了她一些农村的人情世故,要她入乡随俗,别整那些洋气话。廖涛说前几天那谁家丫头从国外回来,路上遇见一位门里亲戚,她用普通话说:"伯伯好,您吃饭了吗?"

庄洁大笑，快笑岔气了。

"都土生土长的村里人，出去一趟回来拽普通话，能不出洋相吗？农村人不讲究那些，家乡话就行。"廖涛说着停了车，朝外面的人打招呼。

庄洁笑着望过去，一看，是陈麦冬。

陈麦冬没看庄洁，同廖涛打了声招呼，骑着摩托就朝殡仪馆去了。

"这小伙儿不错。"廖涛随口夸了句。

庄洁不置一词，人还行，就是度量不行。

"我给你何叔在殡仪馆办手续的时候，前台向我推荐了各种花样的丧葬品，我看得眼花。他过来帮我选了些，省了不少钱。"廖涛缓缓地说，"你何叔走得怪体面的。"

庄洁没接话。

"你见你何叔受伤的样子了吗？"廖涛扭头看她。

"见了。"庄洁看了看后排睡着的何袅袅。

何彰跃走的时候脸不是很好看，陈麦冬帮他做了局部填充，恢复到同生前差不多。庄洁扭头看廖涛，她眼角有点湿润。

到家门口时，她们又遇上了妇女主任。廖涛同妇女主任聊了几句，说庄洁先回来帮自己一段时间。妇女主任直说好："有能力的人到哪儿都能成事，不会被埋没的。"她笑着打量了庄洁一番，问廖涛："谈对象了吗？"

这话不知怎么就戳到了庄洁的笑点，她没忍住笑出了声。廖涛看了她一眼，让她沉稳点，随后朝妇女主任道："还没谈，随她便吧，我也做不了主。"

妇女主任笑笑，朝庄洁道："回头你加宝甃微信，她也是从市里回来的，现在是镇里的大学生干部。"

"宝甃是不是在坳里有民宿？"廖涛问。

"她本事大，啥都能干，现在镇上不是缺人才嘛。回头有事就吱声，你们娘儿几个别客气。"妇女主任说完骑着电瓶车走了。

庄洁开始笑，廖涛说她："笑什么？人宝甃能力不比你差，就是没投到好时候。"

庄洁摇头笑，她笑的是别的点，接着她随口问了句："邬姨家是干什么的？"

"她家啥也不干。"廖涛把车停院里，"早年她家在药厂投了股，够一辈子花销的了。回头你加她闺女微信，估计你们能聊上话。"

"我有。"庄洁喊醒何袅袅，让她下车回屋睡，自己拎着行李上楼。

*

这天陈麦冬下班回家，陈奶奶说她在街上碰见庄洁了，庄洁家门店装修了，从两间扩成了三间。她还说庄洁娘儿俩一看就有大本事，何家男人刚过完五七，这边她们就开始弄营生了。

"这也是一种能耐，家里天塌了还能撑起来。她本家一个叔叔重伤刚出院，听说这娘儿俩都往医院拿一二十万了。"陈奶奶说，"不容易，家里还有弟弟妹妹要养，她们娘儿俩也够受磨难的了。回头喊这丫头来吃饭。"

第一章 交个朋友

陈麦冬埋头吃饭没接话。

陈奶奶念叨完,用手指点他头:"吃才!连个媳妇都娶不上。你说当护士那姑娘多中意你,你偏不热。你还想找个啥样的?"

"她家扩门面干什么?"陈麦冬问。

"说是弄了间工厂做真空熟食。"陈奶奶挑着鱼刺说。

陈麦冬接过她手里的碗,帮她挑刺:"她女儿回来帮她?"

"谁女儿?"

"廖阿姨女儿。"

陈奶奶想了会儿,心里有了算计:"你要不说我还没留意。明儿遇见她问问。"

饭后陈麦冬去买烟,夜市上遇见朋友喊他喝两杯,他没喝,坐下陪他们聊了会儿。自从做了这一行,他滴酒不沾——万一半夜有需要,他不好一身酒气地去殡仪馆。

他坐了会儿,起身回家,经过麦叶汤摊位时顺手打包了一份。背着风点烟的间隙,他看见庄洁走了过来。她领着妹妹坐下,和老板要了两份麦叶汤。

陈麦冬站在摊位前等老板打包,他知道庄洁看见他了,但两人谁也没主动搭话。他干抽了会儿烟,庄洁喊他:"老同学。"

陈麦冬回头。

"怎么,不认识我?"

"没看见。"陈麦冬说。

庄洁意味深长地笑,骗鬼呢。陈麦冬随她笑去,玩了会儿手游,拎着麦叶汤回去了。老板喊他,说没付账,他又折回来扫码。他往前没走几步,就听见身后庄洁问:"老板,他帮我付了没？"

"没有，他就付了一碗的钱。"

"没付我自己付，姐不差钱。"庄洁说了句。

老板端着刚做好的麦叶汤上桌，庄洁吃了几口就放下了筷子。她坐那儿等何袅袅吃，何袅袅吃得很慢很慢，每舀一勺就要吹一吹。吃完庄洁载她回家，廖涛还在厂里忙，昨天工厂正式开工了。廖涛不让庄洁管厂里的事，只让她负责销售和管好袅袅的学习。

庄洁坐在床上批改何袅袅的作业，感慨她的功课实在太差了。等何袅袅完全睡着，庄洁拿着作业去阳台上，边抽烟边批改，改完把作业放一边，拿着手机刷朋友圈。当刷到王宝鳌拍的一群鸡鸭的照片，她在下面留言：回头拿到我家厂里卤。

没一会儿，王宝鳌私信她：真的可以卤吗？

庄洁：没问题，我把你养的鸡做个标记就行。

王宝鳌：会不会太麻烦？

庄洁：不麻烦。

聊着聊着她就闻到一股味儿——何袅袅的卷子被落下去的烟灰烫了一个洞。

"……"明天怎么跟老师解释？

廖涛回来的时候庄洁都快睡着了。庄洁去厨房里热了饭，盛出来说："妈，回头王宝鳌去厂里卤鸡，你就帮她卤一下。"

"卤鸡？"廖涛不明白她哪儿的话。

"她自己养的鸡，你尽管帮她卤，回头我有事找她。"庄洁说完，听到楼上有动静，就回去陪何袅袅睡了。何袅袅胆小，夜里

第一章　交个朋友

梦多易醒。

*

上午庄洁去店里看装修,经过一家早点铺时,看见陈麦冬坐在那儿喝粥,她折回来进屋,手机扫了下码,下巴朝陈麦冬那桌一扬:"老板,多少钱?"

"十块。"

她付完钱,看陈麦冬:"老同学,钱付了,你继续吃。"看姐多大气。

"……"

陈麦冬吃完去烧鸡店找她:"借个卫生间。"

"干什么?"

"撒尿。"

陈麦冬咬着烟从卫生间出来,看了圈店面,问:"不走了?"

"再说吧,先帮我妈把家里安置好。"庄洁应了句。

陈麦冬点点头。

"你删我微信干什么?"庄洁看他。

"误删。"

"……"

陈麦冬打开二维码让她扫,庄洁原本想着删就删了,免得生事。但最后还是奔着多个朋友多条路的原则扫了。她扫完说了句:"何叔丧礼那事谢了。回头请你吃饭。"

"行。"陈麦冬也没客气。

庄洁手指捻着耳垂,尴尬了几秒,说:"这样,我不是什么好东西,你也不是什么好鸟,咱俩就当扯平了。"

"扯平什么?"陈麦冬看她。

这话把庄洁问住了,她想了半天,道:"咱俩也别扯淡,就地铁里那事,从今儿起就过了。"

"亲嘴那事?行,过了,你要不说我都忘了。"陈麦冬一副无所谓的样子,显得好像只有庄洁当回事儿。

忘了?前天你还装不认识我呢。但庄洁不能直接这么说,她朝他伸出手:"成,是我自作多情了。"

陈麦冬看了眼她的手:"我不和人握手。"

"你手咋了?"

"我无所谓,会有人忌讳我的职业,所以我从不握……"陈麦冬话音还没落,庄洁就主动握了上去:"恢复邦交。你这人啥都行,就是度量一般。"

陈麦冬懒得理她,转身回了家。

陈奶奶在厨房炸什锦丸子,见他回来,喊他吃热的。他捏了个丸子抛进嘴里,换下衣服,趴沙发上补觉。陈奶奶见他趴着睡,推醒他让他回屋躺好,说趴着睡不好,容易压迫心脏。陈麦冬换上拖鞋回卧室,陈奶奶收起他的凉拖,念叨着天冷了,早该换棉拖了,随后去衣柜里扒拉厚衣服。

睡到下午一两点,陈麦冬接到电话让去殡仪馆。他骑车拐过去,远远就看见门口的两拨人,不用猜,肯定是娘家一拨,婆家一拨。

逝者是一天前喝农药自杀的,因为丈夫在外有姘头了。婆家发现的时候人都已经僵硬了,也没送医院,也没通知对方娘家

第一章 交个朋友

人,直接联系了殡仪馆。

逝者娘家人堵着不让办手续,要逝者丈夫出面给个说法。婆家出来一位长者说和,因为逝者丈夫怕挨打早就跑了。

陈麦冬问什么情况,小孙说手续还没办,但逝者女儿提出要化妆,想让她妈体面地离开。正说着,前台两拨人吵嚷起来,一个大学生模样的姑娘领着一个小男孩在一边哭。小男孩估计被吓坏了,嘶喊着要妈妈。

陈麦冬上前看了眼逝者,随后去更衣室换防护服,正穿着,小孙过来说:"师父,两家人和解了,婆家正在办手续。说是婆家给娘家打了欠条,等办完丧事就给钱。真是啥事都能遇见,也啥事都能用钱解决。农村就是腌臜事多。"

"我在市里处理过被入室偷窃者谋杀的遗体,被人尾随虐杀的遗体,被情人杀死泡在浴缸……"

"师父,师父,我知道了。"小孙换好衣服立刻闪人。

陈麦冬出来时天都黑了,他先去淋浴室洗了个澡。殡仪馆有大锅炉,烧的水比家里的热。他换了身毛衣出来,风一吹,打了个哆嗦,老实地折回去吹头发。

他吹完头出来,听着灵堂里孩子的哭喊声,裹了下身上借来的军大衣,骑上摩托就回家了。

到家他又看见了庄洁。她正坐在饭桌前听陈奶奶拉手风琴。陈奶奶见他回来,说:"我喊了小洁过来喝丸子汤,你自个儿回灶屋去煮一碗。"

陈麦冬脱掉身上的军大衣,转去厨房煮丸子。陈奶奶说他:"穿上大衣吧,等感冒就不拽了。"

"别拽了，去穿上吧。"庄洁附和。这两天冷，只有八九度。

陈麦冬看了她一眼。她倒裹得严实，羽绒服都穿上了。

"你柜子里都没啥厚衣服，小洁明儿个去市里，我托她给你捎几身。"

"行。"

陈麦冬低头就着火苗点了根烟，反正他也没空。殡仪馆就他一位正式的遗体整容师，没有特殊情况，他一般不会离开镇里。

客厅里庄洁在大笑，也不知道她笑什么。他端着煮好的丸子汤回屋，陈奶奶看见他手指上夹着烟，随口小骂了他几句，说他早晚跟他爷爷一样，抽个黑肺出来。

庄洁意味深长地看他，冲他挑了挑眉。刚陈奶奶聊到他为女孩子争风吃醋进少管所的事，说他是一个孝顺孩子，就是年少无知交了几个浪荡的朋友，吃了大亏。

陈麦冬吸溜吸溜地喝汤，听到奶奶在那儿心疼地安慰庄洁，说她命苦，跟冬子一样没投好胎。

庄洁倒不在意，笑说自己过得不比谁好，但也不比谁惨。陈奶奶兴起，说要唱歌，唱苏联的歌。她拉着手风琴，唱《喀秋莎》，唱《三套车》，说这些都是她小时候的红歌。人老了寂寞，见人话就多，平日里陈麦冬也没空听她说。陈奶奶拉着庄洁一直说，一件事反复地说，颠三倒四地说。庄洁因为从小和爷爷奶奶不亲，廖涛也不是个爱多说话的人，所以陈奶奶拉着她的手亲热地聊，她觉得还挺新奇。

陈奶奶聊着聊着就乏了，庄洁告辞回家，陈麦冬送她出来。她裹着围巾问："去喝两杯？"

第一章　交个朋友

"去哪儿喝?"

"去老张那儿吃涮肉吧,丸子汤没喝饱。"

"行。"陈麦冬回去穿外套。

两人步行至夜市区搭的大棚里,里面的铜锅涮咕噜噜冒着热气,庄洁呵着手坐下,说自己怕冷,最害怕寒冬腊月,万一不小心摔一跤,弄不好就要去医院。说完她跟老板要了份羊眼肉和毛肚。

陈麦冬点了俩素菜,问她喝什么啤酒。庄洁大手一挥:"来瓶二锅头。"这么冷的天,谁喝啤的。

陈麦冬看她,她看陈麦冬,俩人大眼瞪小眼。庄洁一扬下巴:"你先说点啥吧,我冷,让我歇歇。"

"腿怎么了?看你走路有点难受。"陈麦冬问。

"老毛病了,残肢端神经痛。"庄洁抿了口二锅头,"你家太冷,冰窖似的。"

"你们家开暖气了?"陈麦冬问。

"前几天就开了。我怕冷,我妈还烧了蜂窝煤。"

"去年镇上有俩中煤毒的老人。"

"我们夜里把火都熄了。"

老板端了菜上桌,庄洁夹了一筷子肉到锅里,问他:"你圈子都在镇里?"

"什么圈子?"

"朋友啊。"

庄洁给他倒酒,他挡着说:"我不喝酒。"

"你不喝过来干啥?我一个人喝多无聊。"

"我怕夜里要去殡仪馆。"

"哦哦哦，对不住，那我自己喝了。"庄洁又给自己倒了点儿。

隔壁桌在讨论滑雪场的事，说元旦就正式售票开张了，镇里的旅游业也会被带起来点儿。庄洁随口问了句："听说滑雪场里有酒店？"

"有，当然有酒店，是滑雪场自己投建的。说是还能泡温泉哩。"隔壁桌说。

"咱镇里有温泉？"庄洁吃惊。

"人工温泉嘛，扯扯就有了。"

"……"庄洁喝了口二锅头，看了眼陈麦冬，表情不言而喻——温泉也能人工？

陈麦冬点了根烟，提醒她别喝太猛。

"我十几岁就跟我妈喝，啥事也没有。"庄洁说完就笑了，"我觉得咱俩坐这儿喝酒还挺奇怪的。我在镇上也没个朋友。"

"你朋友不是遍地开花？"陈麦冬损她。

庄洁大笑，说："没到那个程度。我朋友是不少，大家平常都挺忙的，有事说事，没事不联系。"

"我算哪种？你寂寞空虚时的消遣？"陈麦冬掸了下烟灰问。

"你是能聊得上话的正经朋友，三观合的那种。我又不是那种随随便便跟男人喝酒的人。"

"你还有不正经的朋友？"陈麦冬眼神里带了点流气。

"去你的，你能不能收起那套偏见？你跟我什么关系呀，咸吃萝卜淡操心。姐自爱得很，姐从不、从不需要用身体……"庄洁懒得同他扯淡，看着铜锅里的毛肚，犹豫着要不要翻脸回家,一想:凭什么是她离开?便朝他道:"看不惯我,你就回家睡觉去。"

陈麦冬给她添酒:"对不住,是我心胸狭隘了。"

庄洁倒也没同他计较,捞着毛肚说:"认识到这一点很好。"

陈麦冬以茶代酒同她赔罪,庄洁喝了口说:"我想要快乐太容易了,那事激不起我半点兴趣。"

陈麦冬看了她一眼,给她夹了块肉,夸她说什么都对,说自己对那事也没半点兴趣。

庄洁犹豫了一下,终于还是问出了那个自己好奇已久的问题:"干你们这一行的,是不是多少都有点心理障碍?"

"还行,分人吧。"

庄洁点头,表示理解。"我问过妇产科的男医生,也问过男科的女医生,他们都说没多大障碍,我猜他们也就嘴上说说,多少都会有一点。"

"这种情况分人。特殊职业都会有专门的心理疏导。你了解这个做什么?"

"也不是刻意了解,就是听他们在科室八卦。"庄洁搪塞,随后又说,"我有一个前同事,她老公陪她进产房生孩子,后来她老公就不跟她同房了。她让我给她推荐熟识的医生。这种情况挺严重的,好像挂了心理科。"

"你很懂?"

"他们经常聊些身体或心理上的疑难杂症,我都会留意听,慢慢也就懂了。"

"你留意这些干什么?"

"用处大了，回头自己生病了，至少去医院不会被坑吧？"庄洁拍了下腿说，"我这腿出点小问题，不用去医院，自己就能解决。"

"医院好跑吗？"陈麦冬点了根烟，递给她。

"还好，都在承受范围内。"庄洁放下筷子吸了口烟。"我腿有残疾，比大部分人都顺利。"她说完笑笑，"而且不会有职场性骚扰。"

陈麦冬接过她手里的烟，吸了口，又还给她。

"你没烟了？"庄洁看他。

"最后一根。"陈麦冬拿起空烟盒示意。

"那也男女有别吧？"

"你拘这小节？"陈麦冬把烟盒扔进垃圾桶。

"该拘还是得拘。"庄洁犹豫。

"嘴都亲了，烟嘴……"

"成。"庄洁打断他，"过了。"

"你从没遇见过职场性骚扰？"陈麦冬接着话聊。

"谁会骚扰一个残疾人？"庄洁看了眼烟嘴，犹豫吸还是不吸，当她发现陈麦冬在看着她，索性不拘小节地吸了一口。

"我兴趣不高可能是因为职业，你没兴趣是因为什么？"陈麦冬问了句。

庄洁想了会儿，道："我也不跟你扯淡，我刚出社会那时候处了个男朋友，发展到上床的时候他被我的残肢吓到了，我当时自尊心强，然后就没了。"

半天，陈麦冬说了句："抱歉。"

第一章 交个朋友

"这有什么好抱歉的。"庄洁好笑道,"我有残疾本来就是事实。我倒不是有什么障碍,我只是还没遇到那个能让我在他面前从容脱掉假肢的人。"

"你爱而不得的那个人呢?"陈麦冬接过她手里的烟,吸了口又还给她。

"他?他在总部。而且我已经不爱他了。"庄洁沉默了会儿,说,"我倒是想脱,就怕他不敢看。"

"为什么不爱他了?"

"他已经不符合我的择偶观了。"庄洁捻灭了烟头,从锅里捞出几片青菜叶,说,"我今年小三十了,又不是十八,如果还什么都拎不清,那这么多年就真白活了。"

"你什么择偶观?"

"你搁这儿做访谈呢?"庄洁看他。

"回头帮你看看有没有合……"

"谢了,我不打算回来。"庄洁吃菜。

陈麦冬嗤笑了一声:"我也有市里的朋友……"

"别说是你?"

"别扯淡了。"陈麦冬出去买烟,顺势站在棚外等她。

庄洁吃好了出来,朝他挥手道:"别吧,我该去补习班接袅袅了。"

"你一身酒气地去接人?"陈麦冬找人借了辆摩托,朝后座示意道,"接了顺便送你们回家。"

庄洁伸腿坐上去,她正好懒得走。

陈麦冬把她们姐妹俩送回去,掉个头就走了。

庄洁回楼上放了一缸热水,正脱着假肢,何袅袅拿着数学卷子,咬着笔帽,磨蹭着过来了。庄洁没好气道:"滚蛋啊,我不签。考了十几分,好意思让我给你签。"

何袅袅手扶着门,举着手发誓说:"我保证,就签这最后一次。"

庄洁拄着拐去了卫生间。何袅袅伸着头往里看:"真的是最后一次。"

庄洁把她推回去,关上了门。昨天班主任打电话给廖涛,说何袅袅学习态度不端正,伪造成绩和家长签名。

庄洁舒服地泡在浴缸里同王西夏发微信,说明天去市里见她,顺便买两件羽绒服。王西夏让她先别买,说自己给她代购了两件外国名牌羽绒服。两人正聊着,庄洁收到陈麦冬的微信消息,他发了一张图片给她,上面写着:

及膝羽绒服一件(注:夜里穿,以暖和为主)

常规款羽绒服一件(注:日常穿,不要太臃肿,注重品质和款式)

两件羊绒毛衣(注:西装里面穿,不能太厚)

两套贴身内衣(注:浅色为主,忌"奶奶红",忌"爷爷灰")

两条牛仔裤(注:弹性好,修身型,注重品质和裤型,忌小脚裤)

十条内裤(注:不要三角,舒适度要高,颜色可以花哨,可以性感,忌"奶奶红",忌"爷爷灰")

附三围参照表:身高:182 cm,体重:80 kg,胸围:109 cm,

第一章 交个朋友

腰围：88 cm，臀围：114 cm。

庄洁回他："你也怪不客气的。"

等细看了图片，她又回："你事儿真多。"

接着又回："我们是买内裤的关系？"

继续回："十条？你以前都裸着？"

大半天，陈麦冬回她："内裤要天天换，冬天不容易干。我已经大半年没空买内裤了，镇里离不开我。"

接着又一条："如果开车就请帮我带回来，如果是坐高铁就先把内裤带回来，急穿，剩余衣服发快递。"

然后再一条："正在忙，回头聊。"

庄洁骂了句，直接把他微信名备注成"事儿精"。她接着和王西夏聊天，说明天顺便帮陈麦冬买衣服。

王西夏："帮陈麦冬买？"

庄洁："他奶奶怕他冻死，镇里殡仪馆离不开人。"

王西夏："他是镇长还是书记？网上不能买？"

庄洁觉得有道理，但也没反悔，毕竟今天已经答应陈奶奶了。她裹着浴巾出来，刚坐床上，正准备抹润肤霜，一只小手从被窝里伸出来抓她："姐，我已经把被窝给你暖热了。"

庄洁吓了一跳："谁让你给我暖的？"

"你不是嫌开电热毯皮肤干吗？我以后天天给你暖。"何袅袅说着把卷子和笔递了过来。

"行行行，先搁那儿吧，等我涂完霜。"庄洁好笑道。

何袅袅从被窝里钻出来。她穿了身海绵宝宝图案的秋衣，只见她拉起秋裤腿挠痒痒,干皮哗哗地往下掉。

"……"庄洁立刻把她赶下床,把床品掀了,换了套新的。何袅袅裹着被子站在一边:"咱妈前天才带我去澡堂搓的澡,我就是皮肤太干了!"

"搓完澡也不知道涂润肤霜,你那掉得跟头皮屑似的。"庄洁扔给她一瓶润肤霜。

"全家就你干净!你不洗头睡我屋,洗完头就睡自己屋,我嫌弃你了吗?"

"你睡觉鼻涕口水流我一枕头,我说你了吗?"

"你就很优秀吗?你睡觉不也磨牙放屁!我嫌弃你了吗?"何袅袅把被子一扔,回了自个儿屋。

"行行行,你回来吧,我给你签名。"庄洁喊她。

何袅袅反锁了门。

廖涛从厂里回来,说她们:"你们俩嚷什么呢?"说完看见庄洁裹着浴袍,撂了句,"天冷,别瞎讲究。"

庄洁敲何袅袅的门,说了几句好话,把签好的试卷从门缝塞给她,然后哆哆嗦嗦地躺回被窝里。冷死了,冷死了。

过了一会儿,何袅袅抱着枕头躺了过来,哼了一声:"谁稀罕枕你的枕头。"

*

隔天庄洁去市里,她先去理发店洗了个头,考察了几家商超的客流,随后约王西夏吃饭。

庄洁看中了两家客流不错的商超,但是苦于没有好的展位。

王西夏说:"我认识那边的负责人,回头可以帮你搭线。好展位一铺难求,我给对方打个招呼,等有好位置撤铺了让他说一声。"王西夏说。

"行,明年也行,不急。"

"你跟廖姨先慢慢来,有些事不能急。"

"我明白。"庄洁问她,"你怎么样?"

"什么怎么样?"

"别装傻。徐清河,你们昨晚不是约会了?"庄洁说得语气暧昧。

"再说吧。"王西夏有点一言难尽。

俩人又聊了些工作上的事。王西夏出主意,让庄洁看看能不能把镇里药厂的福利拿下。药厂年底给职工发的福利很好,去年是一箱食用油、一箱真空牛肉和两袋有机大米。王西夏说看能不能谈下来真空鸡。

庄洁拍了下桌子,说自己正有此意,她想谈谈药厂和瓷器厂。

王西夏说药厂好办,她可以从中说和,她有亲戚在里面有股份。瓷器厂有些难,一来瓷器厂是陈家的地盘,二来如果药厂谈成了,瓷器厂希望就不大,因为镇上大部分夫妻都在这两个厂工作,里面的负责人都通着气,福利不会发一样的。

"我有个太爷爷很热心肠,他儿子有药厂股份,如果他愿意帮忙,你家这真空鸡绝对……"

庄洁大笑,不愧是闺蜜。"他孙女是你堂嫂?"

"对,我堂嫂。"

"那就成了,我先去拜访一下厂里的负责人,实在不行,我再去拜访老爷子。"

庄洁早就规划好了，三只鸡装一个精美的礼盒，药厂有将近两千职工，六千只鸡也小三十万了。

"这事弄不好你自己都能搞定。"王西夏看她。

"怎么说？"

"山药那事你办得多漂亮，镇长特意给你弄了面锦旗。你去药厂谈，对方无论是看镇长还是你们孤儿寡母的面儿，这事都有很大的把握。"

庄洁打了个响指。

"你要能抹开面子，就给老李打个电话，公司也要发福利……"

"老李昨儿联系我了。她让我给她准备一千来只，一个箱子装六只，上海区和北京区都有。我昨天不是发朋友圈了嘛——'欢迎各界朋友订购公司或工厂福利。'她当时就私聊我了。"

"可以呀她。"王西夏惊讶。

"有好几位都私聊我了，都是买几只捧个场。这事怎么说呢，我只能发出来宣传一下，愿意帮的就帮了，不勉强。"

"对。"王西夏点头，"你不是要给陈麦冬买衣服吗？咱边逛边聊，不耽搁事。"

庄洁挽着王西夏胳膊逛街。王西夏犹豫了一下，说："昨晚上差点就睡了。"

"然后呢？"庄洁很八卦。

"意乱情迷嘛，都脱了，发现没家伙……"

"他没那玩意儿？！"庄洁震惊。

"……没套,不是没命根子。"王西夏无语了。

"吓死人了。接着呢?"

"接着他就送我回家了。"

"你们不会去买套?"庄洁也无语了。

"没必要。那会儿气氛很好,等清醒就没劲了。"说着王西夏摸出烟,察觉到是在商场里,又放了回去。

"我也想。"庄洁没头没脑地来了句。

"想什么?"

庄洁歪歪头:"想体验一下。"说完自己都忍不住笑了。

"可怜的孩子,你今年都三十了。"王西夏很同情她。

"就是说啊。"

买完衣服时间还早,她们先看了一场电影,然后去吃酸菜鱼。一直消磨到晚上九点半,庄洁才想起陈麦冬的内裤还没买,拉着王西夏慌慌张张地下楼。

庄洁挑着内裤,边挑边评价,说四角内裤像爷爷穿的,三角的才性感。王西夏分析说:"这是站在我们女人的角度。男人身体结构不同,也许三角的穿着不舒服吧?"

庄洁想了下:"三角的才应该更舒服吧?"

王西夏回着微信说了句:"谁知道呢。"

"在跟徐清河聊?"

王西夏合了手机,看着庄洁手里那条奇奇怪怪的内裤:"这什么内裤?"

"这怎么还有大象鼻子?"庄洁稀奇半天了,"难道是为了包裹性好?"

"这应该不是日常穿的。"她们正研究着，导购说这是丁字裤，也称情趣内裤。

两人对视一眼，哈哈大笑。

回去的路上，王西夏闲聊："我早前看过遗体整容师的纪录片，里面有讲到高度腐烂和遇到各种事故的尸体……反正程度你不能想象。像陈麦冬他们就需要一点点地整理这些遗体，有时候三五天都……总之非常考验他们的心理和生理。夏天防护服里都能倒出水，内衣裤湿透很常见。镇里的殡仪馆和市里的远不一样，镇里相对平和多了。陈麦冬以前在市里那个殡仪馆只接待非正常死亡的。反正啊，我这辈子是干不了这一行的。"

"我也不行。但凡我觉得伟大和崇高的职业，都是因为我干不了。"庄洁说，"我这人世俗又自私，对于特殊职业我不会带偏见，不会歧视，更不会找事。但不能让我做。"

"说实话，我觉得但凡有好的选择，没人会去做遗体整容师。而且也没几个人会真心看待这份工作的价值。他们是做久了，慢慢领悟到了遗体整容师的真正意义。"

"也没有什么职业是绝对伟大的，任何一个行业里面的人，素养都参差不齐，只有认真对待自己使命的人才伟大。"

"也许这些全都是在扯淡。"王西夏摇头笑道，"因为不赋予它职业价值就没人做了。"

庄洁大笑。

由于明天要去银行咨询贷款的事，庄洁夜里就和王西夏挤在一床。庄洁看见堆在衣柜上的衣服，问王西夏："你爸在养老院怎么样？"

"还行吧。"

"徐清河知道你家里的情况?"

"我堂哥跟他提过。"王西夏靠在床头,点了根烟,"你家那亲戚怎么样了?"

"我二叔一次性问我妈要十万。"庄洁说,"他出院一个星期了,腰上落了病,以后干不了重活。"

"你二叔多大?"

"五十多岁吧。"

"十万也行。但你要出合同,往后无论出现什么情况,你们家不承担任何责任与费用。"王西夏说。

庄洁点头:"我们是这么谈的。"

"口头谈有个屁用。明天我推荐一个律师给你,省得将来扯不清。"王西夏说,"你二叔能保证,万一回头他儿子女儿反悔了呢?你能保证你们熟食厂做大了,回头他们家不反悔?不要考验人性。我都后悔了,陈家那龟孙子开车撞到我爸,花三两万就摆平了,现在看那龟孙子混得意气风发的,我都恨不能去要个几十万。"

"我也考虑过请律师,但我总觉得有点见外。"庄洁犹豫,"本来这笔钱现在就要付,但二叔家说年前付完就行。我先打了个欠条。"

"妇人之仁。"王西夏掸了掸烟灰,看她,"丑话说前头,后面不吃哑巴亏。你二叔不也让你打欠条了?"

"成,明天我去事务所打合同。"

王西夏盯着天花板发呆,随后捻灭烟躺下,问:"老家住不住得惯?"

"都住十几年了,怎么会住不惯。"庄洁也躺下。

"这怎么能跟以前比?你以前全套护肤品才百十来块,现在不得三两千?"

"住倒是能住得惯,就是冬天洗澡洗头麻烦。"庄洁说,"我又不方便去澡堂,家里热水也不稳定。"

"你们镇里的房怎么不装修,铺铺地暖住进去岂不方便?"

"再说吧。眼下哪有精力管房子。"庄洁应了句。

"人啊,就是太把自己当回事。如果把自己当成动物园里的猴子,什么都容易咽下。"王西夏莫名其妙地来了句。

庄洁笑笑,说她:"睡吧,猴子。"

*

第二天回南枰镇,庄洁把衣服给陈麦冬送去。陈奶奶给钱她不收,说回头陈麦冬会给。陈奶奶不依,直往她手里塞钱,说自己也只能给孙子买点衣服,不能把她这点快乐也给剥夺了。

庄洁不好再推,如数收下后回了家。她把信用卡里的钱套出来了一笔给廖涛,用来买活鸡,剩下的庄洁要拿来付店铺的装修费,还要定制礼盒及包装箱。她打算明天去药厂谈合作。已经进入十二月了,一般公司福利都在元旦左右发。

等她回到楼上,何袅袅正在用戴森吸螨,她看见庄洁后立刻邀功,说家里的地板、沙发还有床,统统打扫干净了。自从庄洁把戴森从上海发回来,何袅袅就承包了所有的吸尘工作。如果不是庄洁及时阻止及警告,她能追着给纪三鹅子吸毛。

第一章 交个朋友

纪三鹅子看见庄洁很兴奋,用翅膀扑扇着她的腿。庄洁反脚给了它一下,自己差点被绊倒,又顺手从包里剥了颗糖喂它,交代着何袅袅:"晚点带三鹅子去下溪村划划水。"

"我不去,我还要上补习班。"

庄洁回厨房煮晚饭,冰箱里有炖好的肉,她直接下了肉汤面,喊何袅袅下来吃,又往保温桶里装了一碗,给厂里的廖涛送去。

那边廖涛正打算回家煮饭,见庄洁送了过来,便坐下边吃边问她情况。庄洁掏出了个账本,给她算了笔账,说手头这笔贷款很划算,比房贷利息还低,眼下正在审核,批不批就看下周一了。

廖涛很满意,三个子女里她最满意的就是大女儿,办事效率高,像她。她第一任丈夫文绉绉的,像个教书先生;第二任丈夫不是做生意的料,邻里亲戚去买烧鸡,他总不好意思收钱;唯一的儿子又太软弱,没一点儿男人该有的血性。

*

陈麦冬下班刚到家,陈奶奶劈头盖脸就凶他:"你一个爷们儿,让一个姑娘家给你买裤头,臊不臊?"

"我又没空。"

"我不会去超市给你买?"

"你买的质量太差……"

"那你也不能让小洁给你买,不懂得尊重人。"

"她说什么了?"陈麦冬问。

"她啥也没说。"

陈麦冬坐下吃饭，嫌奶奶管得太宽。陈奶奶直敲他头："你就一个人拽吧。"说完捂住心口坐下。

"心口疼？"陈麦冬放了筷子。

"你明儿个去见见那姑娘，在药厂里当质检员，听说长得可标致了。"

"我不去。"

"你想气死我？"陈奶奶佯装要打他，随后又念叨，"我原先还惦记着小洁，但我套过她话了，她回头还要回上海。"

"你很中意她？"陈麦冬吃着饭问。

"我中意有什么用？不是小看你那两把刷子……"她话没说完就迈出了门。超市里搞活动，原价五块七一斤的鸡蛋，限时特价三块六，她要去抢一兜。

陈麦冬把衣服依次试了，随后换上一套，发微信给庄洁："谢了，眼光很好。"

庄洁带着纪三鹅子在下溪村划水，看见微信消息后回他："不客气。"

陈麦冬："在哪儿？"

庄洁："在下溪村遛鹅。"

陈麦冬："吃饭了没？"

庄洁："都几点了。"

陈麦冬："去老马那儿吃羊肉串？"

庄洁："不去。"

陈麦冬编辑了半天，回她："找你谈事，生意上的事。"

庄洁："咱俩有啥生意上的事？"

第一章　交个朋友

陈麦冬："找你订烧鸡，两千只。"

庄洁秒回："老马那儿见！"

庄洁喊了声三鹅子，拽着它的脖子将它放在电瓶车的脚踏板上，骑着车风风火火地赶了过去。

陈麦冬过去的时候庄洁已经到了，只见她站在烧烤炉旁，朝他喊："冬子，吃什么随便点！"

"……"陈麦冬点了十根羊肉串、两块烤羊排和五串烤土豆片。人刚坐下，庄洁怀里抱着一只大鹅，问："就点这些？"

"够了。"陈麦冬示意她坐下。

庄洁给他倒了杯茶，准备洗耳恭听。

陈麦冬也不跟她卖关子，言简意赅地说："瓷器厂年底要发福利，我今天跟他们打招呼了，回头你去签合同就行。"

"你们两家很亲？"庄洁好奇。

"我们本家。"陈麦冬含糊地说了句。

庄洁拍他肩，承他这个情，明白他是看见自己发的朋友圈了。她要了一瓶二锅头，说要敬他一杯，让他回头有要帮忙的地方就吱一声。

陈麦冬也不客气："你多去我家看看，我奶奶很喜欢你。我平常忙，也嫌她唠叨。"

"成。小事儿。"庄洁拍胸脯，"你奶奶就是我奶奶。"

陈麦冬夸她仗义，说刚还误会她来着。

"误会我什么？"庄洁看他。

"我给你发微信，你对我冷言冷语。我一说有生意，曹操都没你快。"

庄洁大笑，随后拍他肩："误会，误会，天大的误会！"

陈麦冬扯了下嘴角，懒得同她计较。

庄洁让他起身。看完他身上的衣服，庄洁毫不吝啬地夸赞道："好看！挂在那儿只有七分，穿你身上有十分。"

屋里热，陈麦冬顺势脱了外套，庄洁坐着打量他：身材比例很好，肩是肩，腰是腰，屁股是屁股。

俩人没吃上几口，陈麦冬就被电话叫走了——陈奶奶在超市里犯糊涂了。

庄洁回家给王西夏发微信，说陈麦冬人不错，帮她拉了瓷器厂的生意。王西夏说陈麦冬他爸跟瓷器厂老总是堂亲，是从小穿一条开裆裤的关系。庄洁这才了然，给陈麦冬发微信："瓷器厂的事谢了，一切尽在不言中。"后面跟着一个双手抱拳的表情。

陈麦冬正在泡脚，看见庄洁的微信消息后拿毛巾擦了擦脚，披了件外套出去。他在大门外抽了根烟，蹲在墙根回庄洁："客气。"又问她在干什么。

庄洁："一面泡脚一面给你们发微信。"

陈麦冬："我们？"

庄洁："西夏和你。"

陈麦冬："我前一段儿相亲了。"

庄洁八卦："你中意了没？"

陈麦冬："聊不到一块儿去。"

庄洁安慰他："再接再厉，聊不到一块儿去是硬伤。"随后又问，"你的择偶标准是什么？我看我身边有没有合适的。"

陈麦冬:"我没什么标准。你的标准是什么?"

庄洁想了会儿,回:"比我强大,能让我全心依赖。我希望他照顾我多点儿。暂时就这些吧。"

陈麦冬:"我也有标准了,能够无条件地让她全心依赖。"

庄洁:"滚蛋。"

陈奶奶出来倒洗脚水,被蹲在墙根的陈麦冬吓一跳,以为那里蹲了条大黑狗。陈麦冬回屋转了一圈,靠着沙发背仰头想事情,接着就把自己整个窝在沙发里。陈奶奶骂他没个正形。

庄洁的情感经历并不丰富,没有被人追的经验。念书时,虽没什么人歧视她,但也没有男生跟她表白过,原因她自然清楚。仅有的一次恋情还是她先搭讪的,谈了一年后两人就仓促地分了手。她喜欢的人有很多,但都仅限于初次见面,随着日后的接触,还没等表白,那点喜欢就没了。王西夏曾说她把好感和喜欢混淆了,但她不管那么多,无论是好感还是喜欢,都随着接触幻灭了。

庄洁和王西夏继续聊着。

王西夏:"咱俩混社会七八年了,形形色色的人都见过,无形中眼光就高了。"

庄洁:"不是我自恋,而是随着深入地了解,我发现他们都不过如此,全都配不上我。"

接着又回:"至少要跟我比肩吧?"

王西夏:"对,就是配不上我们。"

庄洁:"嫌弃我残疾的,我能理解,但我也真瞧不上他们。我曾为季全怨恨过自己的残疾,但后来我想明白了,我们之间的

119

问题不是我残疾的问题，而是他不能接受我残疾的问题。"

王西夏："这么想是对的。"

庄洁："每个人有每个人存在的问题。原生家庭、身体残疾、身高相貌，这些都改变不了。找对象就是找能接受自己不完美的。我就是我，就是这个样子，接受不了就滚蛋。"

王西夏没回。

庄洁放下手机，躺被窝里给何袅袅批改作业。

没一会儿，王西夏回她："刚去洗澡了。"

接着又问："你对陈麦冬的喜欢还在不在？"

庄洁："我发现我对他不是喜欢，而是欣赏。"

王西夏："滚。"

庄洁："你不信？！"

王西夏："无论欣赏还是喜欢，这种感觉还在不在？"

庄洁："在啊。"

接着她又回："陈麦冬给我的感觉很难形容。我老代入他的职业，觉得在他这种人面前特有安全感。"

王西夏："……"

庄洁："他对我有偏见，觉得我轻浮，认为我是一个情场老手。"

王西夏："我也觉得你像情场老手，这跟你性情有关。能欣赏得来就是优点，欣赏不来就是偏见。但陈麦冬帮你，不像是对你有偏见。"

庄洁："这事怎么说呢，就看他拿我当什么。我对朋友相对宽容，即使我不认同别人的三观，我也不会指手画脚。但对另一半我要求苛刻,因为我余生都要跟他过。刚开始我也觉得他喜欢我,但后来我发现我自恋过头了,他应该就是拿我当朋友。"

王西夏:"不能聊了,明早还有事。"

庄洁:"好梦。"

她把何袅袅作业批改完,随手搁在床头柜上,盖好被子睡觉。

*

今儿天很好,庄洁打算先洗个头再去制药厂。她打了盆热水放在院里,脱了外套正准备洗,看见了何袅袅,便朝着何袅袅问:"妹儿,想不想赚外快?"

趴在凳子上写作业的何袅袅直点头。庄洁捋着袖子说:"帮我洗一次头,二十。"

"我还要写作业。"这点钱何袅袅看不上。

"三十。"庄洁说,"帮我按摩头皮十分钟。"

"一口价五十。"何袅袅说。

"行,五十就五十。"庄洁答应得很痛快。

何袅袅先把她的头发打湿,然后按了一把洗发水,小手轻轻地给她按摩头皮。等准备换第二盆水的时候,何袅袅拿过手机说:"姐,第二盆半价,二十五块钱。"

"什么?"庄洁托着满是泡沫的头发看她。

"第二盆就要半价。"何袅袅不怕她。自打从上海回来,廖涛就断了何袅袅的零花钱,她身上统共就剩十块了。

"行,半价就半价。"庄洁不跟她扯,先把头发洗完再说。

"那你微信还是现金?"何袅袅蹲下问她,"如果你要涂护发素,还要加二十五,统共一百块。"

"……"

何袅袅帮她洗完头,拿到钱后,踩着自行车就跑了。庄洁吹干头发,化了个淡妆,裹上羽绒服,戴上羽绒帽,就骑着电瓶车去药厂了。

在街口遇见了陈麦冬,她正要过去打招呼,就看见一位姑娘朝陈麦冬款款而去,身后跟着妇女主任。

庄洁秒懂,细看了眼那姑娘,就贴着陈麦冬骑了过去,轻吹了声口哨,留下句:"大兄弟,等你好信儿!"

陈麦冬回头看,庄洁骑着电瓶车一阵风似的不见了。

庄洁在药厂门口被保安拦下,她有点后悔不该骑电瓶车。她给厂里的熟人打了个电话,又理了下妆容,等对方来接。

填完登记卡,她随熟人进去。这位熟人帮她引荐了药厂采购业务负责人,剩下的全靠她自己了。庄洁给熟人递了根烟表示感谢,对方接过烟说:"举手之劳,我也帮不上啥忙,但你心里要有个底。今年药厂效益差,管理层也乱。五一那时候做了大改革,请了外面的专业团队来管理。"

"外请的管理团队?"庄洁问。

"以前的管理层很乱,这个的小舅子,那个的小姨子,啥事都能插一手。企业想正规化,肯定要大改革。"熟人点到为止地说。

"这管理层不讲情面的,你心里有个数。负责人是我们一个镇上的,他好说话,就看管理层批不批了。"

"成,明白。"庄洁点头。

熟人带庄洁去见了负责人，两人客套了几句后，庄洁说明了来意。负责人听后很为难，说年底的福利在半个月前就订好了，而且是镇里种植的有机蔬菜。

庄洁诧异。

负责人笑说："镇里也给了我们任务的。"

庄洁了然，同他加了微信，告辞离开。

药厂没拿下，她就想别的出路。庄洁回家偷偷登录何袅袅注册的账号，她偶尔会直播吃烧鸡和吐槽廖涛，粉丝量有小五千。

她一一看了回放，鼻子差点气歪——何袅袅除了吐槽廖涛，吐槽庄研，吐槽老师，还吐槽她。何袅袅在直播里不喊她"姐"，也不喊她"庄洁"，而是喊她"红皇后"，何袅袅自己的昵称则是"貌美白皇后"。

庄洁正查着红皇后和白皇后是什么，收到了陈麦冬的微信消息："奶奶晚上要煮面。山西刀削面、河南烩面、兰州牛肉面、新疆拌面，你吃什么？"

庄洁："晚上我要在家煮饭。"

陈麦冬："不影响你煮饭。"

庄洁想了会儿："行吧，你们先吃。我煮完再去。"

陈麦冬又问："奶奶会做山西刀削面、河南烩面、兰州牛肉面、新疆拌面，你吃什么？"

庄洁："随意吧，只要好吃我都不挑。"

她折腾了一下午研究怎么直播，傍晚去厨房煮饭，煮完饭给在厂里的廖涛送去，然后去了陈麦冬家。

她到了门口，没进去，先给一个认识的网红打电话，大致了解了一下怎么吸粉、怎么直播。通完电话，她看见门口的人，朝他问："奶奶煮的什么？"

"刀削面。"陈麦冬转身，"我给你盛一碗。"

庄洁哆嗦着进了屋。屋里开了暖气，也燃了火炉子，庄洁双手伸在火上烤："奶奶呢？"

"去串门了。"陈麦冬把面端给她。

庄洁坐下吃了几口，问他："相亲相得怎么样？"

"没成。"陈麦冬敷衍了一句。

"那小姑娘是个过日子的，我认识她哥，她哥叫什么来着……到嘴边还忘了。我们办生产许可证的时候遇见了她哥，她哥是个胖子，走起路来两条胳膊划水似的一摆一摆的，特别有意思。"庄洁忍不住笑了，随后脱了羽绒服吃饭，屋里热。

"他哥有病。"陈麦冬俯身准备换煤球。

"你怎么拣人吃饭的时候换煤球？"庄洁双手遮住碗，怕煤灰飘进来。

陈麦冬放下了火钳子，没换。

"她哥是激素吃多了。那天她妈还找我推荐医院，我给她介绍了一家。"庄洁看陈麦冬俯身间腰上露出的内裤边，问他，"内裤舒不舒服？"

"还行，颜色有点素了。"

"你就是骚。内裤颜色越浅越好。"

陈麦冬搂起毛衣，整理了下内裤边，又提了下裤子，朝她道："我喜欢骚。"

"那我应该给你买大象鼻子。"庄洁大笑。

陈麦冬咬着烟看她。

庄洁不知道该怎么形容,摆手道:"回头你见了就懂了。"随后看着自己碗里的面,有点吃不下了。

"吃不下别吃了。"陈麦冬给她泡八宝茶。

"别泡了,我准备回了。"

陈麦冬手上没停:"奶奶快回了,中午她就要我问你想吃什么。"

"行,反正我也没事。"庄洁挪到沙发上等。

"你上午去制药厂了?"陈麦冬坐下吃她剩下的面。

"是啊,我想谈下他们厂的年底福利。"

"这种大企业不好谈,他们一般都会先消化镇里的农产品。去年是每人一箱山药、一箱红枣。"

"周村的红枣?去年九月不是修路吗,我回来的时候绕到了周村那里,那成片成片的枣林好漂亮,风里都有一股枣甜味。"庄洁说。

"周村形成产业了,红枣销路挺好的。这些年上面大力推进脱贫攻坚,陆续有大学生返乡创业,好政策和思路都挺多的。"

"什么好政策,我怎么没享受到?"庄洁问。

"你是大学生返乡创业?"

"我难道不是?"庄洁看他。

"不懂,你回头去镇里问问。"陈麦冬扒着最后一口面。

"锅里没面了?"

"没了,最后一碗盛给你了。"

"那你也不能吃我剩下的呀?"

"我吃你剩下的犯法？"

"……"

陈麦冬又不紧不慢地说："听说大学生返乡创业有税补、租赁补、贷款扶持之类的。"

"我都没享受到！"庄洁起身。

"你为什么要享受到？"

"因为我是大学生返乡创业呀！"

"你创哪儿的业？"陈麦冬绕她。

熟食厂的法人是廖涛，跟她没什么关系。庄洁反应过来，懒得理他。她打了个哈欠，这屋里暖和得让人起困意。她瞥见挂在墙上的全家福，问陈麦冬："中间那对是你爸妈？"

陈麦冬看了一眼："十几年前拍的。"

"他们都各自成家了？"

"他们的小孩比你妹妹都……"说着座机响了，陈麦冬看了眼来电显示，犹豫了一下才接通，"喂"了声。

电话是他妈打的，大致问了下他的近况，问春节有没有空见一面。陈麦冬回："再说吧。"

话筒声音大，庄洁清晰地听见他妈问："你们春节不放假吗？"

"我们没假期。"陈麦冬脚尖踢着墙面回道。

"我往你账户里转了点钱，你自己看着买点东西。"

"我有钱。"陈麦冬望了眼墙上的挂历。

话筒里开始沉默，母子俩沉默了有一分钟，他妈先开口，说："你现在有多高？"

"没量过，一米八吧。"陈麦冬语气有点敷衍。

电话里又一阵沉默。

庄洁受不了了,嫌这对母子扯淡,一口喝完八宝茶准备回家。陈麦冬挂了电话,朝庄洁问:"你要回了?"

庄洁看陈麦冬:"你想见她就说……"

"我没想见。"

"这有什么丢脸的?儿子想妈不很正常……"庄洁嫌自己多事,"行,你没想,老娘要回了。"

她骑上电瓶车,双脚点着地出了院子,临出门又回头:"想你妈了就见。你看我,我想我爸都要睡前许愿。"说完就走了。

家里何袅袅正在跟廖涛犟嘴,她口气很大,说看不上清华、北大,将来要考哈佛、麻省、斯坦福。

"你扎个翅膀上天都行。但现在,立刻给我写作业去!"今天班主任在群里艾特①了廖涛,说何袅袅作业没写完,字迹潦草,还抄写网上的范文。

何袅袅气呼呼地上楼,廖涛埋怨了几句,说学校每天布置的作业家长除了要签字,还要打卡,家长哪有那么多工夫?

庄洁抱着茶杯说:"养个花还要天天浇水施肥,哪有孩子生下来自己就能成才的?"

"你别站着说话不腰疼。"廖涛火大,顺手把庄洁拉进了学校家长群,"你每天督促她写作业,尽快把成绩搞上去,看明年能不能转去市里。"

---

① 艾特,网络流行词,字符"@"的音译,根据英语"at"的读音读作"艾特"。网络中常用"@+昵称"用于提醒或通知那个人。

"自己学习不上心，转哪儿都没用。初中还是让她在镇里的文殊中学读吧，回头高中再去市里。文殊的校长是我以前的班主任，他很会引导学生。"庄洁把手里的茶杯递给廖涛，然后用火钳子掀开火炉看，里面火早灭了。

"今儿早上厂里出了个事，有个工人的手差点被机器绞到。安全意识太差了。我直接关停厂子，给他们全面培训了一天。"廖涛喝了口茶说。

"不要太着急，也给工人个适应期，等慢慢走顺就好了。目前接的单不着急，一点点来。前期先不让工人加班，等回头操作完全熟练了再说。订单一下子接太多我们也消化不了，我陆陆续续地跑，咱们有多大能耐干多大事。"庄洁站在空调的出风口处，"袅袅交给我就行，她最近学习进步挺大的。中学我建议她先在镇里念，以她目前的成绩，就算去市里，也只能去最差的学校。"

"我是觉得，市里再差，教育水平也比镇上好。"廖涛也想图清静，"让她离开家去学校住宿，住俩月就懂事了。"

庄洁觉得好笑："家里都管不好，学校更管不好了。咱们家情况也特殊，何叔刚离开两个月，袅袅嘴上不说……"

"行行行。"廖涛也烦，"让她写个作业，她捉捉鳖摸摸虾，就是不写。我说一句，她能回一箩筐。"

庄洁回楼上泡脚，看见何袅袅趴在她的被窝里写作业，嘴里还咬着棒棒糖。何袅袅看见庄洁，先是一愣，发现暖错了被窝，当下掀开被子，鼻子一哼，抱着作业回了自己卧室。

庄洁坐在床前的椅子上脱掉裤子，起身裹上厚睡袍，再坐下脱假肢。等残肢完全露出来，她拄着旁边的拐去洗手间。

正当她用毛巾热敷残肢时，陈麦冬发来语音："我在你家门口，给你送了几贴膏药。我朋友自己家研制的，专门用来缓解残肢端神经痛的。"

庄洁回他："靠不靠谱？"

陈麦冬发来语音："他自己就用的这个。你贴上试试，有效果就用，没效果就扔了。"

庄洁听见他语音里的风声，回他："等我。"

她重新戴上假肢，穿了套棉家居服，下楼去拿药贴。见陈麦冬等在摩托车上，她快步走过去问："在你家的时候怎么不给我？"

"刚取的快递。"陈麦冬递给她，"有效果我让他再发。"

"成，多少钱？"

"不要钱。"陈麦冬掉转摩托车头，"热水敷一敷再贴，不要超过一个小时。"

"好，谢了！"庄洁看着手里的药贴。

"这不是狗皮膏药。我朋友是中医世家，他爷爷跟过施今墨……"

"你还有这种朋友？"庄洁惊讶。

陈麦冬理都不理她，轰上油门走了。

庄洁拿着药贴哆嗦着回屋，廖涛坐在电脑前问她："谁呀？"

"陈麦冬，他给我送了几贴膏药过来。"庄洁反锁上屋门，"说是缓解残肢痛的。"

"这孩子不错。"廖涛戴着眼镜，一下一下地敲键盘，随口问

129

庄洁,"他是不是喜欢你呀?"

"这哪跟哪啊。"庄洁过去看她在敲啥。

"我在练打字,网上接单能回复得快点。"廖涛说,"我现在一天学一点,等你回上海时,我就都熟练了。"

"你管好生产就行,这对你来说太大材小用了,回头做大了直接请客服。"庄洁说。

"我自己还是要懂点。"廖涛坚持。

"你不要把精力花费在这种小事……行行行,你想学就学吧。"庄洁抱着药贴上楼。

"小事都干不好的人,能指望他干大事?"廖涛说。

"行行行,你都对!"庄洁回。

庄洁上楼先热敷了残肢端,然后撕开药贴,嗅了嗅,抱着怀疑的态度贴了上去。十几分钟过去,残肢端传来的感觉从阵阵的疼变成缓缓的痒。她发微信给陈麦冬:"有点效果。"

陈麦冬:"贴上多久了?"

庄洁:"二十分钟。"

陈麦冬发了条语音给她,里面是陈奶奶絮絮叨叨数落他的话,说别以为她不知道,院里那棵无花果树就是被他的尿烧死的。

庄洁:"奶奶还没睡?"

陈麦冬:"十一点前都不睡。"

庄洁躺被窝里,一面等药效全部发挥,一面同他聊天:"不疼了,就是有一点痒。"

陈麦冬发了张截图给她,内容是他问他朋友痒是怎么回事,他朋友说是正常现象,等用过三贴后就不痒了。

第一章　交个朋友

庄洁看截图上有两段话被打了马赛克,就问他:"马赛克里是什么?"

陈麦冬:"他问你是不是我对象,我回不是。"

庄洁:"这有什么好打马赛克的?"

陈麦冬没回。过了半个钟头,庄洁都睡着了,陈麦冬打电话给她,说药贴该撕了。

隔天起床,她脚踩到了扔在地上的药贴,俯身捡起来看,又翻了翻通话记录,原来陈麦冬给她打电话不是梦里的事。

廖涛敲门进来,见她坐在床头发呆,把手里的毛毛拖鞋给她,说鞋底已经绱了层防滑底,外面在下雨,预报说晚上有雪,让她穿厚点。

庄洁拄着拐来到窗边,拉开窗帘往外看,外面正下着绵绵密密的小雨。

*

妇女主任一早就来了陈麦冬家。她给陈麦冬介绍了俩姑娘,他都不如意,她刻意过来了解下情况。她原本不爱给人说亲,也不爱管闲事,但陈奶奶往她家跑了几趟,说镇上谁都不行,还得是她才能把自己孙子的亲事说下来。她明面上笑,心里也为难——陈麦冬不禁打听,镇里知道底细的好人家都不愿意嫁。

这孩子年轻时候有点浑,虽然这几年浪子回头,已经往正路上走了,但好姑娘一听他进过少管所,又在殡仪馆工作,家庭关系也复杂,一个个都摇头不情愿。难得有两家同意见一见,这孩子反倒不热。

陈奶奶说着标准:"就照着何家大女儿那个性格……"

"庄洁?"妇女主任直摇头,"我早了解过了,那姑娘不行,将来她还要回上海的。"

陈麦冬垂头戴手套,骑上摩托就出门了。陈奶奶在身后念他,说天冷,骑摩托喝一肚子的风。

等到了殡仪馆,他犹豫了会儿,又骑着摩托折了回来,见妇女主任回家了,就掉头去了她家。妇女主任家今天有喜事,她公公过寿。陈麦冬刚准备掉头走,就碰见了出来的妇女主任,妇女主任热络地招呼他进屋坐。

"不坐了邬姨,改天吧。"陈麦冬说。

"有啥事不方便说?"妇女主任问。

陈麦冬略犹豫了一下,说了来意。

妇女主任先是惊讶,随后应下:"行,成不成的我先去套套话。"

"那就先谢谢邬姨了。"陈麦冬说。

"谢个啥,也不知道成不成。"妇女主任调侃他,"别说,你眼光还怪好的。"

事毕,陈麦冬骑着摩托继续回去上班,在街上遇见一个熟人,陈麦冬两脚支地同对方打招呼,随后扔给对方一根烟。

庄洁抱着纪三鹅子同何袅袅做直播,尽管没有几个人看,烧鸡没卖出去,纪三鹅子倒有不少人开价,最高出到了两千。

何袅袅吐槽庄洁为了涨粉丧尽天良——她给纪三鹅子化了妆,还给它戴了个粉色的蝴蝶结。姐妹俩忘了关麦,这段画面也被直播了出去,弹幕里的人笑翻了,直播间竟接连卖出去十几只烧鸡。

廖涛不同意何袅袅直播,说她应该好好学习。庄洁认为一星期播个两回没事,而且她也在身边坐着。

母女俩正说着,妇女主任在院里喊了一声,廖涛应声出去,把对方迎进了屋。庄洁依然坐在电脑前,教何袅袅如何回复买家的问题。

她们的网店开业有半个月了,偶尔庄洁也会发个链接在朋友圈,有心买的自然就买了。她觉得无论做微商还是电商,只要没坑蒙拐骗,朋友圈卖货不丢人。

前期朋友帮忙转发的挺多,网店生意相当不错,半个月销量有两千只左右。庄洁心里很清楚,靠朋友捧场只能支撑一时,后期还得靠烧鸡自身的味道好。味道不好,再多人帮忙宣传都长久不了。

说媒得有水平,媒能不能成,全靠媒人的一张嘴。妇女主任没点明来意,她说:"我刚从队里回来,经过门口就过来坐坐。"

廖涛给她泡了杯茶,两人关系原本就不错,喝着茶自然就聊了起来。妇女主任朝庄洁努努嘴,问廖涛:"她一个人在上海,你放心得了?"

"她比我强,比我有文化,脑子也活络,在那儿工作我放心。"廖涛看了庄洁一眼,摇摇头,轻声说,"她心气高,一心想在那里扎根。我是不愿意,但我没办法。"

"她一点都不愿意回来?"

廖涛摇头:"咱们是从没出去过,从没见过世面才愿意留下的。她开过眼界,见过花花世界,怎么甘愿回来?我是想让她在北京工作扎根,离得近,有啥事我也在身边。"

"回来工作好点。咱们镇里很多人都在北京,相互也有个照应。一个人在上海,孤零零的,也不是个事。"妇女主任彻底歇了心思,"不瞒你说,我这边有个亲,看小洁愿意留下就撮合撮合。"

"这事我完全做不了她的主。"廖涛忧心地说,"她主意比我大。我话说一箩筐,她一句就能堵得我没话。"

妇女主任深有同感:"我们家那个也是,我敢说她一句,她能把天给掀起来。"

"宝鳌多听话呀,出去工作了几年还愿意回来,民宿经营得有声有色。"

"她那是……"妇女主任有苦难言——她那是混不下去了才卷铺盖回来的。

"你还想啥呀。他们小两口过得蜜里调油。"廖涛笑说,"前儿个我在坳里见到宝鳌了,她牵着西平的手,一蹦一跳的像小孩一样。俩人正走着还能亲到一块儿,我骑着电瓶车跟在后头……"

妇女主任老脸都臊红了,嘴里说着:"回去腿给她打断,整天不好好走路。"

"这就是你的不是了,两口子过得好你还不满意?"廖涛羡慕道,"你就偷着乐吧。等着抱外孙吧。"

说起抱外孙,妇女主任就头疼:"我天天催生,天天打听生龙凤胎的药,这死丫头非要跟我作对。不说了不说了,我得赶紧

第一章 交个朋友

回了。"

廖涛把她送到大门口，俩人站着又聊了会儿。半晌，廖涛回屋，庄洁一边接着单一边问她："邬姨要给我说亲？"

"你怎么知道？"

"她老看我，我还能不明白？"庄洁哼了一声。

"时间差不多了。"廖涛提醒她，"药贴该揭了。"

庄洁揭着药贴问："谁呀？"

"什么谁呀？"

"邬姨说的对象是谁？"

"估计是见事不成，她也没说。"廖涛交代庄洁，"我先去厂里了，晚上别煮饭了，我带工人去吃涮肉。你要是来就带着袅袅……"

"我不去。"庄洁闻了闻药贴说，"你们聚吧。"

"你太恶心了，贴过的揭下来还闻闻。"何袅袅嫌她。

"你忘了，你小时候还啃过我脚指头呢。"庄洁说。

何袅袅手一伸："直播钱。"

"填完单，货发走了再说。"庄洁穿好假肢去了院里，雨虽然停了，但天还是阴沉沉的。她伸了个懒腰，回屋把快递单一张张撕开，让何袅袅一张张地填，填完让快递员来收。

"我真羡慕庄研，他可以去市里念书，可以躲过你的剥削和压迫。"何袅袅填着单子说，她手指都快磨出茧了。

庄洁把真空烧鸡一只只包裹好，封进包装箱。家里临时腾了一间房当仓库，平常用来发快递。

135

*

陈麦冬收到信儿没作声，妇女主任安慰他，说回头再给他介绍。

陈麦冬接了通电话出去了，朋友约搓麻将。他去了麻将馆，朋友给他拉凳子，递给他根烟，大家边搓边聊近况。

从前他狐朋狗友很多，自打从少管所出来就都断得差不多了，只剩三两个朋友还有联系。而且这三两个也都改邪归正了，做买卖的做买卖，上班的上班，基本都成家立业了。他们一个月偶尔聚一次，抱怨抱怨生活，聊聊近况。

"冬哥，上个月刺猬出来了。"

"出来呗。"陈麦冬扔了张牌说。

"前几天听说他找武大郎敲了笔钱。"

"武大郎给他了？"

"他天天领着一帮狐朋狗友去武大郎饭店吃，吃完了就拍屁股记账，武大郎图清静就给了。"

"武大郎也不容易，他爹的水滴筹，我还给转过去两百呢。"

"两百你也提。我小舅子结婚，我光礼钱前后都随了十几万。他奶奶的，我一年才赚这点钱。"

几个人笑阿杰，陈麦冬也笑，随后想起什么，问阿杰："是不是有个叫庄洁的在你那儿发货？"

"网件？"

"对。"陈麦冬点头。

"我就没见过这种女人，把价格给我往死里压。"阿杰坐直了

第一章　交个朋友

身子，"她往我那儿一坐，说平均每天至少一百单，问我给什么价。我随口给她报了个价，她一听，扭头就走。我搞不清楚情况，立刻喊住她，她回头朝我砍了个价，问我行不行。"

"别扯淡，最后谈成了没？"陈麦冬点了根烟。

"当然谈成了，我们干快递的竞争激烈，能赚一点是一点。这女的也精，压那价跟打听好了似的。"

陈麦冬扔了张牌，也没接话。

"哎，冬哥，你打听她弄啥？"

"弄你。"陈麦冬回了句。

"弄弄弄，你随便弄。"

一桌人笑他恶心，陈麦冬懒得理他。

"哎，冬哥，我见着娟子了，那天我去农行存钱，看见她，吓了一跳。"

陈麦冬看他："关我什么事？"

"她朝我打听你来着，还问我要了你微信。"

"她调回来了？"

"应该是。不过听说她离婚了，她老公爱酗酒，还家暴。"

说着麻将馆的棉帘子被掀开，陆续进来几个人。

朋友朝陈麦冬使眼色，陈麦冬看了眼，又继续回头搓麻将。

进来的人是刺猬，陈麦冬当年就是和他斗殴，被他老爸弄进了少管所。

刺猬拉了张椅子坐下，他身边一个人朝陈麦冬说："冬哥，借点零花钱花花呗？"

"借你妈。"陈麦冬的朋友回道。

刺猬抬脚就踹他,人没踹着,反被一旁的陈麦冬踹翻。

*

事隔两天,庄洁听到信儿,说陈奶奶把自己孙子打了一顿,然后拎着镰刀去了刺猬家,喊着要割了那个猪崽子的头。刺猬鼻孔外翻,某个角度看确实像猪,但没人敢明目张胆地喊。

"陈奶奶辣着呢。"廖涛用馒头蘸着辣椒酱说,"她是怕孙子再被刺猬缠上,人滑下去容易上来难。"

"厉害。"庄洁夹着土豆丝应了句。

廖涛敲她手:"别满盘子乱夹,照自己那个位置夹。"

"我这儿都是青椒。"

廖涛不理她,自顾自地说:"陈奶奶早年差点进国家队,我忘了是乒乓球还是羽毛球,反正四五十岁了还晨跑呢。"

"厉害。"庄洁喝了口汤。

"他们老两口人都不错,就是儿子拉了后腿。"

"厉害。"庄洁心不在焉地附和。

廖涛打了她一下,交代了她几句,就骑着电瓶车去工厂了。

庄洁洗好碗,坐在电脑桌前研究怎么用快递打单机。为了提高效率,她买了打单机,付费下载了打印软件,据说时速高达一两千单。折腾了大半天折腾出恼意,她拿着打单机去快递网点,想让快递员教她怎么操作,不料在网点看见了陈麦冬。她还没来得及调整状态,陈麦冬远远地就跑了。

"……"

她从网点回来,连接好打单机,等成功出了单,她拿出手机给陈麦冬打了过去。那边接通后没说话，庄洁问他："你夹着尾巴跑什么？"

"没看见你。"

"别扯淡了，没看见我跑什么？"

"有事，我这会儿正忙呢。"

"前两天是你让邬姨来的？"庄洁开门见山地问。

"什么？"

"你装是吧？"

"晚上见面说，我这会儿在殡仪馆忙。"陈麦冬把手机放进置物箱，戴着手套和口罩去了化妆间。

庄洁开始怀疑陈麦冬喜欢她，是在脚踩到药贴的那一天早上。然后她又寻着蛛丝马迹，一点点地证实：她随口抱怨他家冷，他就燃了火炉、开了暖气；她无意间说自己有残肢痛，他就让朋友发来了药贴，还不睡觉提醒她时间到了该揭掉；她发朋友圈卖烧鸡，他帮忙联系瓷器厂；她回上海，他还刻意找借口送她。他找人上门说亲，事没成，他就翻脸不认人，连着三天都没联系她。

庄洁越想越确定，拍着桌子给王西夏发微信，说这货绝对喜欢自己。

王西夏谁都不服，就服庄洁身上那股与生俱来的王者自信。

庄洁信誓旦旦，说自己混社会七八年了，能有如今的成就，凭的就是一双慧眼和这股自信。人无论何时，都要尊重和相信自己的直觉。直觉这种东西，是一个人根据自身阅历和经验，对一件事所作出的下意识的判断。

庄洁很擅长化被动为主动，化同情为欣赏。截肢的第一年，她哭过、闹过、绝食过，做过很多激烈的反抗。廖涛指着她鼻子骂："比你惨的人一大把，你想自甘堕落地活着，还是骄傲自尊地活着，全看你怎么选择。"

最煎熬的一年里，她反复看残运会，读海伦·凯勒，读霍金，读张海迪，读史铁生，试图从他们身上获得一些精神上的鼓舞。

高中她借宿在小姨家，因为有个酗酒和好吃懒做的姨夫，她学会了察言观色，学会了人情世故，学会了不给人添负担，学会了接受和面对自己的残缺，学会了做一个积极乐观的残疾人。

从小她就懂得怎么区分大人的脸色，怎么获得他们的赞赏。在她学着怎么生存的过程中，身上自然而然地就有一股远超同龄人的成熟、聪慧，以及世故和圆滑。

一个人身上，可以同时具备无数个褒义和贬义的特质。她的这些特质交杂在一起，并不显得违和，她身处的环境，决定了她释放哪一种特质。

就如庄洁所说："我并不是拿不下季全，而是我要花费很大的心思才能让他家人接受我。我累了，我不想，而且我也不需要再去努力获得别人的认可。"

王西夏回她："主要是你觉得他不值得你再花心思了。"

庄洁："一语中的。"

王西夏："到底是性格决定命运，还是命运决定性格？"

庄洁毫不犹豫地回："性格决定命运。性格是基因里与生俱来的，哪怕陈麦冬去做神父，也感化不了人。他三十岁的人了，还跟人在麻将馆打架。"

第一章　交个朋友

接着她又回了句:"也没度量,亲事不成,就打算绝交。上次他送我回上海,扭头就把我删了。"

说完她退出和王西夏的聊天界面,点开陈麦冬微信,发了一条:"清垃圾粉,打扰勿回。"

见发送成功,她便继续同王西夏聊:"这次没把我删了。"

王西夏:"他删你不很正常吗?你不也删了季全。"

庄洁:"我们性质能一样吗?"

王西夏:"行,你说啥都对。回聊,部门要聚餐了。"

庄洁收到一条群通知,何袅袅班级这周五要开家长会,请所有家长务必抽空去,去的家长需要在群里接龙。

庄洁接完龙就去了烧鸡店,在店里坐了一下午。店里生意还行,与旺季比算不上好,但与同行比算不错。镇里大小烧鸡炸鸡店共八家,她挨个儿看了,就自家店门前还有俩人排队。

晚上陈麦冬下班经过店门口,庄洁一眼扫见他,也随着去了他家。陈奶奶在屋里吃饭,见她来了赶忙邀请她入座。

陈麦冬洗了澡,坐在火炉边上烤火。庄洁问他:"你不吃饭?"

"我不饿。"

"他没脸吃。"陈奶奶说。

"……"庄洁喝着热乎乎的鸡汤,非常同情地看了他一眼。陈麦冬扒了扒晾干的头发,转身回自己房间了。

"你不吃饭?"庄洁又问。

"我不饿。"陈麦冬还是那句。

"饿死他算了,反正也不成器。"陈奶奶奚落他。

庄洁明白这祖孙俩在置气,有点尴尬,喝完汤准备回家。陈

141

奶奶拉了拉她，朝陈麦冬的房间努努嘴，小声地说："小洁，你去喊他过来吃饭，这兔孙三天都没吃了。"

"……"

庄洁过去敲开门，看着坐在床边抽烟的人："兔孙，你想饿死？"

"你来干什么？"

"看笑话呀。"庄洁在他对面的椅子上坐下。

陈麦冬没理她。

庄洁看他搭在书桌上的手，手上夹着燃了半截的烟，问他："你让邬姨去我家了？"

"忘了。"陈麦冬故意看她。

庄洁看见他眼角的瘀青，声音莫名柔软起来："打架就算了，还破相。"

"你管我？"陈麦冬声音也很柔。

"你喜欢我啊？"庄洁冷不丁地问了句。

"是你先说喜欢我，我才让人上门的。"陈麦冬一脸无所谓地捻灭烟，"不成就不成呗。"

"你这不也承认了？"

"这有什么不能承认的？"陈麦冬反问她。

"那你见我跑什么？"

"没看见。"

"放屁。你真没看见？"庄洁看他。

"没、看、见。"陈麦冬一字一句地说。

"行，王八蛋。"庄洁无所谓地笑笑。

第一章　交个朋友

"你追来我家就是为了问这？"

"嗯。"庄洁点头。

"问你件事呗？"陈麦冬玩着打火机看她。

"问。"

"你有没有对我动过心？"

庄洁有一瞬间失神，想起那天早上的悸动，随后点头："嗯。"

"我比不上上海呗？"陈麦冬来回打着火苗。

"嗯。"

"那你还来撩什么骚？"陈麦冬话里带着冷意，像酣睡的猫忽然伸出了利爪。

庄洁猛地被问住，又羞又怒，起身就要走，陈麦冬拦住她："你打算怎么样？"

"什么怎么样？"

"咱俩事没成，你往后什么打算？"

"什么什么打算？"

"继续这样没事人一样来往？"陈麦冬看她。

"我还没想过。"庄洁实话实说。

"没想过？"陈麦冬"扑哧"笑了一声，看着她眼睛，"真没想过假没想过？"

"王八蛋。"庄洁骂他。

"气急败坏了？"陈麦冬揽住她的腰，对着她的唇就吻了过去。

*

"小洁，你要回了？"陈奶奶在厨房见她要离开，问道。

"回了，奶奶。"

陈奶奶回客厅，见陈麦冬正坐下喝鸡汤，数落他："看你以后还敢不敢。"

"敢。"陈麦冬犟着头，"他欺负我一次，我就打他一次。"

"你把碗给我放下。"

陈麦冬闷了一大口鸡汤，放下就放下。

陈奶奶生气，狠抽他背："你要再捅个窟窿，你要我一把年纪怎么办？"

"我心里有数。"

"你有个屁。"

"那我就活该站着被他打？"

"你回来跟我说……"陈奶奶忽然止了话，半晌，妥协道，"算了，人各有命，我也管不了你几天了。"

陈麦冬默不作声地吃饭，没再犟嘴。陈奶奶回厨房给他捞了根大鸡腿，问怎么小洁一劝他，他就没羞没臊地出来吃了。陈奶奶说完掰过他的头看他嘴："嘴怎么破皮了？"

"摔的。"陈麦冬敷衍。

陈奶奶信他个鬼，不动声色地琢磨了一下，没再问。过了会儿，陈奶奶拉家常说："我上午去看新房了，屋里不开暖气就很暖和。"陈家几年前在镇居民区置办了新房，半年前开始装修，这个月才完全装好。

"因为楼上楼下都有地暖，我们家才热。"

"哟呵，那咱以后就不用交取暖费了？"

"要交吧。"陈麦冬撕着鸡腿说，"要不年前我们搬过去？"

"我可不去,我住不惯电梯房。"陈奶奶形容坐电梯跟下地狱似的。

"你今天是怎么上去的?"陈麦冬问。

"走楼梯啊,楼梯间又亮又宽敞。"

"爬到十二楼不累?"

"不累,我浑身畅快得很。"陈奶奶甩着胳膊锻炼身体,"真是钱花哪儿哪儿舒坦,我楼上楼下看了几户,就咱们家装修得好。你王婶家一推开门,哟呵!差点给我闪瞎,墙上花里胡哨的,贴的啥呀!那沙发也奇奇怪怪的,全是大俗花跟蕾丝边,坐着不扎屁股?她说那是外国皇室风格,我也不敢乱说话,只能说好看。你何姨家也是,墙上挂了一大幅画,画里是一只瞪着眼的独腿鸟还是鸡。她儿子说那是什么大山……八大山人的真迹。挂幅鸟就挂幅鸟吧,可鸟下面偏又摆了一溜的鱼缸,里面养着两条奇怪的鱼,她儿子说是金龙鱼。金龙鱼不是卖油的吗?我也不懂,不敢乱说话。"

陈麦冬百度搜出八大山人,念给他奶奶听。陈奶奶念叨了一句:"我以为八大山人是八个人呢。"

*

隔天陈奶奶去庄洁家店里买烧鸡,在店里面碰见一个姑娘,陈奶奶头一扭,假装没看见。那姑娘原本要同她打招呼,见她不待见,讪讪地走了。

庄洁一面打包炸鸡,一面好奇地打量她们。陈奶奶见那姑娘离开,骂了句:"骚狐狸。"

145

庄洁瞬间了然，那姑娘就是陈麦冬的初恋。陈奶奶提过一嘴，说陈麦冬进少管所，起因就是那姑娘脚踩两只船。

陈奶奶悄声问庄洁："她的工作服咋那么眼熟？"

"银行的制服。"

陈奶奶很吃惊："她怎么会在银行？"

庄洁摇头："不清楚。"

陈奶奶盯着庄洁嘴唇，狐疑地问："你嘴怎么破皮了？"

"摔的。"庄洁搪塞。

陈奶奶眼神变了几变，随后不动声色地说："小洁，给奶奶炸个鸡排吧。"

"行。"庄洁亲自帮她炸，炸完切成小块，准备帮她打包时，陈奶奶阻止道："不打包，我就搁这儿吃。"

庄洁把鸡排装进盘子里，交代道："您可要忌口，不要贪多。"

"好好好。"陈奶奶坐下一面吃，一面笑眯眯地看她。

庄洁置办了一套收银系统，教收银员怎么用。收银员是镇里的媳妇，文化程度不高，听得稀里糊涂的，庄洁耐着性子一点点地教对方。

陈奶奶临走又买了只大鸡腿，骑着老年电动车给殡仪馆的陈麦冬送去。等见到陈麦冬，陈奶奶手往他肩上一拍："孙子，奶奶奖励你的。"

陈麦冬只觉得莫名其妙。他下班回家经过烧鸡店，碰见从里面出来的庄洁，庄洁戴着羽绒服自带的毛领超大的帽子，骑着电瓶车准备回家。

陈麦冬往前一步，凑在庄洁脸前确认："老同学？"

第一章 交个朋友

庄洁吓了一跳,张嘴就骂他。

"这是什么毛?"陈麦冬手欠,拽了根庄洁帽子上的毛。

"滚蛋。"

这条狐狸毛领是她花大价钱买的,毛发又浓又密又长,寒风一吹,尽显飘逸。

她五指捋了捋被陈麦冬弄乱的狐狸毛,骑着电瓶车就要走。陈麦冬转头跟上:"翻脸了?"

庄洁吃了哑巴亏,懒得理他。那天陈麦冬亲完她,说了句"扯平了"。如果她处理不好两人的关系,索性还是继续当老同学。

"你亲我的时候我翻脸了?"陈麦冬轻飘飘地问,"就你嘴值钱?"

庄洁刹了车,看着陈麦冬,半天憋了句:"行,扯平。"

"你比我有度量。"陈麦冬骑在摩托上,双脚支地,发自肺腑地夸她。

"有事没?没事各回各家。"庄洁不想同他扯淡。

"毛掉你嘴皮上了。"陈麦冬好心提醒她。

庄洁把嘴唇上的狐狸毛捏掉,心里直骂黑心的卖家——对方再三保证不掉毛的。

"回我家喝雪梨汤?"陈麦冬问。

"你觉得合适?"庄洁睨他一眼。

陈麦冬摸出烟,挡着风点了根:"有啥不合适的?"

"咱往后一是一,二是二,见面就是个点头的交情。"

"你这还不是翻脸了?"

"对,老娘跟你翻了。"

147

陈麦冬掏出手机,打开微信,让她看自己给她的微信备注名——狗脸儿。

"你才狗脸儿。"

"没你狗,没你翻脸速度快。"陈麦冬把手机装兜里,朝她道,"咱俩扯平了,这事过了。"

"行。"庄洁也痛快,主要她也不占理。

"为这点事翻脸犯不着。咱俩谁也不欠谁的,以后处不好了再翻。"陈麦冬建议。

"行。"庄洁附和。

"怪冷的,先回去喝碗雪梨汤?"陈麦冬看她。

"你自己喝吧,我回家了。"庄洁撇了下嘴,"省得有人说我撩骚。"

"我骚,是我骚。"陈麦冬的摩托车轱辘轻碰了下庄洁的电瓶车,"别跟哥一般见识。"

"我不太想喝。"庄洁无意识地拿乔。

"洁儿,哥错了。"陈麦冬语气骚包地说。

"滚蛋。"庄洁"扑哧"一笑,随他去了陈家。

屋里的火炉上炖着雪梨,陈奶奶往里面丢了把红枣,满屋子的枣甜味。陈奶奶交代庄洁说再炖半个钟头才入味,随后就出了门,说是去做弥撒。庄洁不懂:弥撒不是周日做吗?陈奶奶说这是小弥撒,光一些孤寡老人围着做的。

"……"

陈麦冬擦着头发去厨房,见庄洁在热饭,问:"奶奶呢?"

"去做弥撒了,她让我帮你热饭。"庄洁盛着饭看了陈麦冬一

第一章　交个朋友

眼，他换了件羊驼色的高领毛衣，显得人很柔和。庄洁随口就夸了句："你脖子长，穿高领好看。"

陈麦冬没接话，擦着头发回了客厅。

"头发不是擦干的，是吹干的。"庄洁把饭给他放桌上。

"你不吃？"

"我不饿。"庄洁往炖锅里丢了坨冰糖。

陈麦冬立在镜子前抹护肤品，他脸有点皴，被风刮的。庄洁围过去，看他一遍一遍地干涂乳液，建议道："你光涂乳液不行，还得用霜。你鼻子都起干皮了。"

"我没空去买。"陈麦冬应了句。

"网上买就行了。"庄洁指着他嘴说，"你再买支润唇膏，你嘴都裂了。"

"你嘴也裂了。"陈麦冬看她。

俩人都避开各自嘴上的伤，不提。

"我有轻微唇炎。"庄洁抿了抿唇，天一冷，她就容易犯唇炎，嘴唇皴裂脱皮。

说着她从兜里摸出一盒润唇膜，指尖一打圈，往嘴上涂："我是懒得涂，老忘。"

"你这个润唇膏怎么用手……"

"我这是润唇膜，比润唇膏效果好。"

"分男女吗？"

"不分。"庄洁说完看了陈麦冬一眼，他微微噘着嘴。

庄洁笑他："滚蛋，吃了饭再涂。"

陈麦冬双手揣兜地靠着墙，看她："女孩子要保养好嘴唇。"

149

"为什么?"

"接吻的时候柔软。"

庄洁合着润唇膜的盖,偏脸看陈麦冬:"是谁在撩骚?"

"我,我撩骚。"陈麦冬大方承认,"撩到你了?"

庄洁撇给他一个眼神,让他自己意会。

陈麦冬坐下吃饭:"咱俩太凶猛了。"

庄洁明白他说的什么,懒得理他,从锅里捞了碗雪梨,打算喝完回去。

陈麦冬指着一个袋子说:"先贴着。"

庄洁拿过来一看,里面是药贴,刚好上回他给的也快贴完了。庄洁犹豫着说:"不给对方钱不好吧?又不是只有几贴。"

"他不会收。"陈麦冬说,"回头把烧鸡给他发过去一箱。"

"行,这个绝对没问题。"庄洁应下。

"直播怎么样?"

"一般。"庄洁围坐在火炉旁,抱着雪梨汤碗轻轻地吹,"我先把网店和实体做好,直播回头再说吧。"

"班长联系你了没?"陈麦冬吃好放了筷子。

"我们初三的班长?"庄洁摇头,"没有。"

"估计快联系你了。"陈麦冬漱了漱口,"他正组织同学会,说年前去探望一下王老师。"

"王老师怎么了?"

"半年前中风了。看年前能不能聚一块儿去看看。"

"好,我去。"庄洁对初三教她的几位老师印象都很好。当年她转过去,班里的同学对她都很友善,她还很诧异,后来是廖涛说，她转到班里前，老师提前和同学们打了招呼。

"润唇膜。"陈麦冬朝她伸手。

庄洁掏出来给他。陈麦冬学着她的样子，小指肚转一圈，然后往自己嘴上涂。

庄洁大笑不止："你可真娘。"

陈麦冬没理她。

"哎，不会吧，你竟然修了眉？"庄洁吃惊，"修得还怪好看的。"

"我学过。"陈麦冬说。

"来来来，帮我修一下。"庄洁站过去，"我手笨，两边总是修得不一样。"

陈麦冬合上润唇膜，转身去找化妆包，待拿到化妆包，俩人皆是一愣。庄洁摆手道："谢了，我自己能修。"

"……"陈麦冬掏出修眉刀，照着镜子给自己修。

庄洁默不作声地看了陈麦冬一会儿，拧开润唇膜，指尖转一转，掰过他的脸，把他嘴上的擦掉，帮他重新涂。

陈麦冬望着庄洁鼻尖的雀斑，听见她说"张嘴"。

他张嘴，她说："太大了，微张。"

他轻合了嘴，她又说："微微噘一下。"

他望着她的眼睛，微微噘了一下。

涂好后，她合上盖子递给他："给你了。"

他机械地收下。她又摸出根烟，俯身在火炉上点燃，抽了一口，看着他说："我回了，记得每天睡前涂。"

陈麦冬送她出去，巷子里黑黢黢的。她骑上电瓶车，问："你们这儿的路灯坏了？"

"坏了。"

"你回屋吧。"庄洁看他。

陈麦冬接过她手里的烟，抽了口又还给她："刚手抖什么？"

"屁。"庄洁看着烟，又慢慢地抽了口。

陈麦冬没再问，又接过她手里的烟，又抽了口后还给她。

"抽你自己的。"庄洁烦他。

"嘴疼不疼？"陈麦冬得寸进尺。

庄洁要翻脸，他连忙说："我疼。"他帮她戴好帽子，捋了捋狐狸毛领，"明天去看电影？"

"不去。"

"去不去？"

"不去。"

"去呗，我给你买爆米花。"

"再说吧。"

庄洁到家先往浴缸里放热水，趁脱衣服的间隙回了王西夏微信。王西夏问她怎么这么久才回信息，她没回答。

庄洁："我要泡澡了。我妈说后天有雪。"

王西夏："谁知道呢，天气预报就不准。你泡澡吧。"

庄洁试了试水温，躺进了浴缸里。刚惬意地躺好，她就朝门外喊："袅袅！袅袅！"

何袅袅没听见，纪三鹅子闻声扑来，庄洁拍拍它的头，让它去喊何袅袅。她急着躺进来，忘开暖风机了。

第一章 交个朋友

纪三鹅子回来，直直地望着她，表示没找到人。庄洁抬脚指着对面的暖风机，嘴巴一噘，示意它打开暖风机。

纪三鹅子意会，扁扁的嘴巴朝着启动键一啄，暖风机开了。

庄洁朝纪三鹅子竖大拇指，她很骄傲，经过自己的驯化，这只鹅比狗都强。纪三鹅子扑棱了几下翅膀，嘎嘎叫了几声，趴在暖风机前取暖。

庄洁朝它挥手："闪开闪开，你挡着暖风了。"

*

隔天，庄洁睁开眼就看见何袅袅托着脑袋，像一朵变异的花朝她笑。她翻了个身："说事。"

"明天就圣诞节了。"何袅袅哼哼唧唧地说。

"跟你有什么关系？"

"我想送老师一盒巧克力。去年别的同学都送了，就我没送。"

"你老师针对你了？"

"不是。"何袅袅有点急，"你不懂，别的同学都送了，就我没送，显得咱家穷，显得我小气。"

庄洁打了个哈欠，半坐起来问："几点了？"

"七点。"

庄洁看她背上的书包："送巧克力没创意，显不出你用心。中午回来我把礼物给你准备好。"

"好！"何袅袅猛点头，转身要去上学，又折回来说，"那个，姐，我想下学期参选班干部，但我们的班干部是投票选举，谁票高谁就当。班长我就不选了，我想当语数的课代表。"

"你想当啥?"庄洁没听清。

"我们选班干部不看成绩的,光看谁得票高!"何袅袅说,"我长得太漂亮了,班里的女生都不太喜欢我。"

"……"

"我们班人缘好的同学,都有一个好妈妈。他们的妈妈经常给班里送烤蛋糕,送蛋挞,送牛奶,还送西米露,咱妈啥也没送过。"

"行行行,我知道了。"庄洁打发她上学。

何袅袅噘着嘴走了。

庄洁又躺回了被窝里,打算睡到自然醒。翻了会儿身,睡不太着,她摸出手机缩在被窝里玩。陈麦冬凌晨发了张截图过来,他订了今天晚上七点五十的电影票。

庄洁看了眼,没回,转而给自己的技师发微信,问对方接受腔发货了没。她回来前又订了套备用的接受腔和硅胶内衬。半天不见技师回复,又睡不着,她索性起了床。

外面还是阴沉沉的,廖涛解着围裙从厨房里出来:"你也是出邪。往年春节回来,哪天不是躺被窝里干熬,不熬到中午饭不起,现在有大把的时间,你倒不睡了。"

庄洁盛了碗稀饭,拿了个包子站在灶前吃。廖涛从锅里捞了两个荷包蛋给她,庄洁避之不及:"我不吃荷包蛋。"

"荷包蛋最有营养。我往锅里打了四个,袅袅吃俩你吃俩。"

"我最讨厌吃鸡蛋。"庄洁有点烦。

"别废话,鸡蛋最有营养。"廖涛打开盒子,又拿了两片倍立健给她,"晚会儿记得吃。"

第一章 交个朋友

"我不吃。你整天买的……"

"你姨父是做这个的,我就买了一套。贵着呢,吃吃没坏处。"廖涛嫌她不识好歹,"我都不舍得让袅袅跟庄研吃。"说完指着一桶蛋白粉,让她每天泡一杯。

"行行行。"庄洁敷衍,"我平常也有吃。"

"你就敷衍吧,身体是你自个儿的,没人能替你受。"廖涛又交代了她几句,匆匆去了厂里。

庄洁把荷包蛋的一圈蛋白吃掉,中间的黄喂了纪三鹅子。吃完饭,她挑了几个漂亮的苹果,包装成"平安果",准备让何袅袅拿去送老师。

忙完她正准备去烧鸡店,接到一通陌生的座机电话,对方说是药厂办公楼的,让她过去洽谈业务。庄洁也不好问是啥业务,回楼上换了套正装,开车去了药厂。

她回来的时候满脸狂喜,跑去厂里找廖涛,说药厂订了四千只真空鸡,要求是半个月内就要收货。母女俩分工,一个打电话订购活鸡,一个联系包装厂订购纸箱。药厂要求一个纸箱装两只鸡,外包装得尽量显得大气。

她家烧鸡卤得好,除了制作上讲究,原鸡也很讲究。廖涛从不用冷冻鸡,都是现宰的活鸡,她家有长期合作的养鸡场。

等一切安排好,庄洁才开始同药厂熟识的人打听。这件事肯定是有人帮了自己,自己得承这个情。对方说原先订的有机蔬菜减产了,本打算换成冰冻带鱼,负责福利这块儿的人是羊沟村的人,他就往上提了一嘴,说带鱼和真空烧鸡都行。上头选了烧鸡。

庄洁问具体负责福利这块儿的人是谁,对方说:"你也犯不着上门感谢,你们家的情况大家也都清楚,都一个镇里的,举手之劳而已。"

"明摆的,就是你帮羊沟村销了山药,这人有意帮你。"廖涛分析说,"咱娘儿俩也都发了朋友圈,欢迎洽谈福利,也许是有心人看见,顺手就帮了把。"

庄洁认同,她也是这么想的。

"管他呢,这侧面说明咱娘儿俩有本事,咱家的烧鸡有实力!"

庄洁大笑,说了早上的事,说何袅袅认为自己被女生排挤,是因为她们嫉妒她漂亮。

"袅袅在她们班就是最漂亮的。"廖涛朝她道,"你们仨都好看。袅袅你俩五官明亮,庄研秀气。袅袅成绩再差,我都从来不担心她,性格都长在脸上。别看我是个没文化的,我懂的不比你们少。"廖涛说,"你跟袅袅性情都通透,能吃苦。庄研不行,他吃不了苦,他像你爸。"

庄洁教廖涛用软件管账,也不敢接话。一提起庄研,廖涛就没完没了。

"你爸出去吃饭爱看人厨房,厨房邋遢,他就不吃。我就不爱看,谁家厨房都一样,闭着眼吃就是了,又死不了人,看了净硌硬自己。所以你爸吃不了苦。庄研也吃不了苦。庄研说我不理解他,不懂他,说他需要隐私,需要自由。我是睁一只眼闭一只眼,懒得搭理他。他学画画我不打断他腿他就该知足了,还要我理解他。"眼见着话头就波及她们姐妹俩,"我就是吃了读书少的亏,我说不过你们,你们这代人就是仗着自己念了点书,见识比我们广，就反过来欺压我们。我就搞不懂了，我供你们吃，供你们穿，供你们念书，你们长大了一个个问我要尊重，要理解，要自由。还不如问我要钱呢。"

庄洁看了眼时间，随口应了句："我可没问你要。"

"拉倒吧，最看不惯你了。"廖涛怼她，"我敢催一句婚，你准有一箩筐的理儿回我，所以我也不催婚，不自找没趣儿。"

"……"

"我跟庄研规划将来，他跟我谈理想；我跟他谈责任与担当，他跟我谈自由；我跟他谈钱，他说我不理解他。去你们的吧，净是你们的事儿。"

庄洁想笑又不敢笑，说："你当着他面说呀……"

"我才不自找没趣儿，我又说不过他。上个月我说要检查何袅袅的英语单词，她反说我又看不懂。你们一个个都厉害死了。"

庄洁试图转移话题，拿鼠标点着软件，说："先填好药厂的订单，下一步点审核，然后就自动存档了。回头交了货，我再教你怎么操作引用业务。"

廖涛总是在她面前数落庄研，在庄研面前数落何袅袅，在何袅袅面前数落她。反正是指东打西，就是不照着当事人的面数落，经常是正数落着一个，剩下俩无辜的也捎上了。但廖涛有一个优点，就是发泄完了，转头就忘。她把庄洁教她的操作步骤一条条记下，随后合上笔记本说："咱们晚上吃火锅，庆祝一下。"

*

"几点了？"陈麦冬理着化妆箱问。

"师父，五点了。"

"你都记住了？"陈麦冬问。

"记住了。"小孙点头。

陈麦冬想了会儿，亲自躺在操作台上："你把流程走一遍。"

小孙问："那我先洁面？"

陈麦冬睁开眼看他："需要逝者教你？"

"师父，我错了！"小孙朝他鞠躬，"求您别再猛地睁眼了。"

陈麦冬闭眼躺好。

小孙先帮他洗脸，敷面膜，等揭掉面膜后再正式上妆。上完妆，陈麦冬看着小孙，说："要是有回访，你洗脸这个力度绝对差评。"

"……"

"你躺下，我给你洗一次。"

"不用……"

陈麦冬把小孙强行摁下，洗脸，敷面膜，上妆。妆好让他起来，他已经睡着了。

"……"

等陈麦冬换好衣服准备下班，小孙才被喊醒。他过来竖大拇指："师父，五星好评，我都舒服得睡着了。"

陈麦冬轻踹了他一脚。小孙凑过来，递给陈麦冬一个苹果："师父，给你一个平安果，图个好寓意。"

陈麦冬接过啃了口，骑上摩托就回家了。到家换了衣服，他刚准备出门，又折回屋洗了个苹果，拿保鲜袋一装，揣进了兜里。

七点他就等在影城门口了，抽了根烟，拿出手机准备给庄洁发微信，删删改改了半天也没发，随后坐下打游戏。电影开场十五分钟后，庄洁才乘着步梯晃上来。

她看了一圈，没见着人，正准备转身回家时，看见陈麦冬窝在按摩椅里打游戏。她过去踢他："没看见吗，不付费不让坐。"

"已经开场了。"陈麦冬盯着庄洁脚上那双红色棉拖鞋看。

"开就开呗。"庄洁顺着他的目光看向自己的脚，"观影不让穿拖鞋？"

陈麦冬把电影票给她，自己去前台买爆米花。

俩人俯身找座位坐好，认真地看了会儿，陈麦冬倾着身子问："你是怕熟人看见？"

"扯淡，我怕这？"庄洁倾过身子回他，"厂里忙，我们家晚饭耽搁了。"

"你应该配套棉睡衣出来。"陈麦冬说。

"事儿精。"庄洁回了句。

"这是礼貌。"

"你还看不看了？"庄洁想翻脸。

"看。"

"你喷香水了？"庄洁凑他身上闻。

"体香。"陈麦冬推她头。

"……"

庄洁想表现自己也是体面人，朝陈麦冬道："我怕滑，我棉拖都有防滑垫。"随后又补充道，"我也精致得很，只是在村里没必要……"

"你把懒和不精致弄混淆了。"陈麦冬说。

159

"……"

"另外，南枰镇是一个拥有上市企业和旅游业的大镇，和村有本质的不同。"陈麦冬给她科普，"村里不会有电影院。"

"我穿拖鞋不配跟你看电影？"

"配。"

"事儿精。"庄洁服了。

陈麦冬没忍住："你羽绒服上有饭渣。"

"……你才有饭渣。"

陈麦冬打开手电筒让她自己看，庄洁垂头，发现胸口有几滴吃火锅时溅上的红油。

后排人踢他们的座椅背，陈麦冬关了手电筒，老实看电影。

庄洁心里不爽了：老娘火急火燎地跑来陪你看电影，你还横竖挑刺儿。她伸手抹了抹胸口，红油根本擦不掉。

陈麦冬递给她爆米花，她伸手推开。陈麦冬俯身轻声问："生气了？"

庄洁回他："活该你单身。"

"哐"——座椅背又挨了一脚。

庄洁也老实了。

俩人又努力看了会儿，陈麦冬拉拉庄洁，俩人去了最后一排的无人角落。庄洁落座，陈麦冬递给她一个大苹果，小声说："洗过了。"

"不吃。"庄洁推开。

"图个吉利。"

庄洁想想也是，接过咬了口，嫌皮碍事，索性把皮一溜溜地用牙啃下来。她把啃下来的皮装进保鲜袋里，边看电影边吃，吃到一半不想吃了，委婉提醒他苹果买大了。陈麦冬二话不说，接过就吃。

庄洁看着电影，耳边全是嚼苹果的声音。陈麦冬不自知，贴着庄洁耳朵说："这个演员演技不错。"

"还行。"庄洁看着屏幕回。

"他演过贾樟柯和姜文的电影。"

"你懂的不少啊。"

"我交际少，在家看电影多。"陈麦冬随意地说。

"因为职业？"

"不全是。"陈麦冬看着屏幕，"我从少管所出来就老实了。"

庄洁坐直了身子："你要和我交心？"

陈麦冬看她："你警惕什么？"

庄洁老实道："我害怕别人和我交心。因为我就没心。"说完笑了起来。

陈麦冬说："我也没心。"

庄洁慢慢止了笑："咱俩算什么？空心人？"

"比干。"

"……你这笑话真冷。"

陈麦冬递给她爆米花："别浪费，二十八一桶呢。"

庄洁边往嘴里塞爆米花边说："问你一件事。"

"说。"

"当初为什么在班里老打架？"

"因为我狂。"

庄洁踢他:"好好说话。"

"想吸引女生注意。"

"别扯淡了。"

庄洁想问他为什么老师请家长,他每回都只报他妈的手机号。她看着陈麦冬的侧脸,没问出口。

"你那么早就喜欢我?"陈麦冬看庄洁。

"去你的吧。"庄洁骂他,顺嘴又说了句,"我羡慕你能报你妈的手机号,我想报我爸的,但我知道他不会来。"

陈麦冬没接话。庄洁从兜里摸出五百块钱,塞陈麦冬手里道:"还给你。"

"你还留着?"陈麦冬看着钱。

"又不是我的钱。我当年夹在了书里,我妹妹翻书柜翻出来的。"庄洁说。

"我都忘了。"陈麦冬把那五百块钱装进钱包里,无所谓地说了句。

"狗屁。"庄洁拆穿他,"还忘了,那怎么我一拿出钱,你第一反应是问我还留着?"

"就是忘了。"陈麦冬吃爆米花。

"我当时很羡慕你们家有钱,你爸妈随随便便就能给你好几百,而你转手就能送同学好几百。"庄洁贴着他耳朵说,"我看了,你这几张都是1990版,说不定有收藏价值。"

"你还看不看电影了?"陈麦冬嫌她聒噪。

"生气了?"庄洁歪头看他。

陈麦冬推她头。

第一章 交个朋友

"我觉得你人不坏,是有一回早自习,值日生把地弄得太湿,你踹值日生的屁股,让他把地拖干。"

"还否认喜欢我……"

"别自恋行吗?"庄洁说,"我从小爱观察人。一来班里就咱俩家庭情况特殊,二来你有钱,风头也最盛,经常领着一帮狗腿子去网吧。"

陈麦冬从外套内兜里掏出一袋酸奶,撕开口递给她:"渴了吧?"

庄洁接过问:"怎么还是热的?"

"我在热水锅里拿的。"

"热水锅?"

"前台有一个大炖锅,里面都是热饮料。"

庄洁一口气喝完,说:"你绝对放贴身口袋里了,好大一股香水味。"

"……"

"香水要穿好衣服再喷,不要往毛衣上喷。"庄洁说着伸手摸他外套内衬口袋。

"你干什么?"陈麦冬拽她手。

"我证实一下自己的判断。"

"有,行了吧。"陈麦冬无语了。

庄洁坐好:"香水是不是喷毛衣……"

"是,好了吧。"

庄洁得意:"服不服?姐的直觉……"

"活该你单身。"陈麦冬怼她。

庄洁吃爆米花，才不理他。陈麦冬倾着身子说："好歹你也是大上海回来的，土老冒。"

庄洁看他。

"男人喷香水讲究内敛，喷里衣不喷外衣。"

庄洁根据经验判断他是在胡扯。"那你夏天怎么喷？把香水倒肚子里？"

"我夏天从不喷香水。"陈麦冬回。

"那你喷啥？"

"体香。"

"滚蛋。"

"我夏天爱出汗，不喷香水。"

庄洁也想体现自己的精致："我四季都喷。"

陈麦冬瞥了眼她的胸口："今天喷的麻辣火锅味？"

"……"庄洁大笑，又瞬间捂住了嘴，"过不去了是吧？"

陈麦冬吃爆米花，没接话。庄洁透过屏幕的光，打量他身上的大衣和毛衣："新买的？"

"去年的。"

"我说的是手表。"

"我回答的也是手表。"

"行。"庄洁不跟他杠。过了一会儿，庄洁说："今天接了个大单，我一直在车间忙，七点半才吃饭，吃完也没来得及换衣服。"

"我下班换好衣服就来了。"陈麦冬吃爆米花。

"你没吃晚饭？"

陈麦冬继续吃爆米花。

第一章 交个朋友

"我们现在去吃饭?"庄洁问。

"我不饿。"陈麦冬说。

"我饿了,我晚上没吃饱。"庄洁说。

"行吧。"陈麦冬勉为其难。

俩人猫着腰出影厅,等到了外面,庄洁问:"吃什么?"

"砂锅面吧。"

庄洁点头,顺便扫了眼陈麦冬的打扮,说:"你穿大衣好看,身材好,能撑起来。"

陈麦冬看手机,没接话。庄洁想到他像一只巨型犬窝在按摩椅里的画面,"扑哧"笑了出来。

陈麦冬看她:"笑什么?"

庄洁摇头:"没什么。"

他们沿着路边去夜市,街上有三五成群的游客,庄洁问:"下溪村的蜡梅是不是要开了?"

"估计要开了。"

"滑雪场是不是要开了?"

"元旦。"

庄洁点头。

"抽烟吗?"陈麦冬看她。

"来一根吧。"

庄洁嘴里含着烟,陈麦冬挡着风给她点火,随后自己也点了根。

俩人站在背风处抽,庄洁问他:"哎,你猜我们像什么?"

"狗男女。"陈麦冬吐了句。

165

庄洁大笑,接着抖抖烟灰,深深地看了陈麦冬一眼,转身去了条暗胡同里。

陈麦冬尾随过来,庄洁倚着墙静静地看他。

陈麦冬抽了口烟,问:"涂唇膏了吗?"

"看不出来?"

陈麦冬挑她下巴:"看不出来。"

"再看。"

陈麦冬凑近了看,大拇指抹了下庄洁的唇,接着放嘴边舔:"没涂。"

庄洁撩眼皮看他,手无意识地摸上他的脖子,指尖轻摁他的喉结。

陈麦冬偏头抽了口烟,再无动作。

庄洁等了半天,瞥他:"你是没领会意思还是怎么着?"

"什么意思?"陈麦冬反问。

"你跟着我过来干什么?"

"避风。"陈麦冬拢紧了大衣,"你朝我使眼色,难道不是让我过来避风……"话没说完,腿上就挨了一脚。

"你装大尾巴狼是吧?"

"你凭什么打人?"

"是男人吗你?"庄洁恼了。

陈麦冬抿了抿嘴唇:"嘴干,起皮。"说着从兜里掏出润唇膜,手指一转,娴熟地朝嘴上涂了一圈。

"滚一边去。"庄洁气爆了。

"你生什么气?"陈麦冬奇怪。

第一章 交个朋友

庄洁踹了他一脚，骂骂咧咧地走了。

"哎——洁儿，不吃饭了？"

庄洁回头，朝他竖了个中指。

陈麦冬看着她的背影，烟头一掸，转身回了家。

他到家先冲了个热水澡。陈奶奶骂他："拽吧，看街上有几个男人像你这样。"说完拎着他那比命还薄的大衣挂进他衣柜里，又拿出一件厚羽绒服。

陈麦冬裹着羽绒服热剩饭，陈奶奶说他："不是去约会了吗？"

"谁说去约会了？"陈麦冬坐下扒饭，"你去睡呀。"

"我本来都快睡着了，被你推门的声儿给吵醒了。"陈奶奶回了卧室，躺床上翻了会儿身，问他："电影好看吗？"

"好看。"陈麦冬在客厅应声。

"演的啥？"

陈麦冬努力想了会儿，说："演两拨团伙争地盘、偷摩托，其中一个头头误杀了警察然后逃亡的事。"

"坏人抓住了没？"

"什么坏人？"

"杀警察那个。"

"不知道，没看完。"

"没看完就说好看？净知道哄我。"陈奶奶念叨，"按照规矩，坏人肯定被抓住了。就为了偷摩托背条人命，这伙人没出息，不值当。"

"这还分值不值当？"

"要分。"陈奶奶有自己的逻辑，"自己游泳淹死跟救人淹死，哪个更光荣?"

"奶奶有理。"陈麦冬坐过来陪她,"您睡吧。"

"人想走歪路,一晃儿的事。为些上不了台面的事把自己搭进去,不划算。"陈奶奶叮嘱他,"记住了啊。"

陈麦冬点头。

"猪崽子没再找你吧?"

"没有。"

"离那狐狸远点,可别再惹一身骚。"陈奶奶敲打他。

"哪儿的事。"陈麦冬有点烦。

"你烦奶奶也要说。你爸妈是指望不上了,将来我要走了,可就剩你自己了。我就老怕啊,老怕你闯了事没人给你兜底,没人管你。我就中意小洁,她能管住你,厉害是厉害了点,但她能扛事。我就不喜欢柔柔弱弱的娇娇女。"陈奶奶对娟子耿耿于怀,学着她的声音说,"冬子哥,你抱抱我嘛。"

"……"

陈奶奶见过娟子几回,她从前经常等在陈家大门外,娇滴滴地喊:"冬子哥,冬子哥。"

陈麦冬躺在行军床上,斟酌着想发微信给庄洁,但好在他识相,这会儿发过去绝对会被拉黑。陈奶奶偷偷看他手机,当看见他微信置顶上的"狗脸儿",警惕地问:"狗脸儿是谁?"

"没谁。"陈麦冬合上了手机。

"狗脸儿是不是跟猪崽子一路货色?"

"……不是,狗脸儿是一个外号,说这人翻脸快。"陈麦冬轻拍奶奶,哄她睡觉。

第一章　交个朋友

"冬子，你觉得小洁咋样？"

"就那样吧。"

"哟呵，这了不得的语气，人家还看不上你哩。"

"这可说不好。"

"信你个鬼。"陈奶奶撇嘴。

"爱信不信。"

"这姑娘心气高，将来有碰壁的时候。"

陈麦冬没接话。

"太好的家庭不容易接受她，普通的男人不入她眼。结婚过日子不是两个人的事，婆家如果不满意媳妇，就算结了婚，难过的日子也在后头。我有一个表妹，生下来就缺一条胳膊，长得可漂亮了。后来一个知青喜欢她，两人偷偷好的哟，那知青回城还想办法带了她回去。后来婆家不愿意，一直找事，一直找事，再后来那知青就把她送回来了。"陈奶奶回忆说，"后来她爹要把她嫁给一个瘸子，她受不了，出嫁前一天就喝药了。"

陈麦冬拍奶奶手："睡吧，别瞎操心了。"

"小洁三十了吧？看吧，将来多半是高不成低不就。"

*

事隔两天，庄洁收到陈麦冬发来的微信消息："清理僵尸粉，打扰勿回。"

庄洁看了眼，继续忙事。陈麦冬发了张照片过来，拍的是奶油草莓。庄洁看了眼图片，草莓有小孩儿拳头大，顺手回他："中看不中吃，空心货。"

陈麦冬:"新研究的杂交品种,果肉细腻,汁多饱满。"

庄洁发语音问他:"你研究的?"

陈麦冬又发了张咬过一口的草莓照片,同时发语音给她:"不空心,酸甜可口。"

庄洁没回他。

陈麦冬:"晚上过来吃?"

庄洁:"没空。"

陈麦冬:"忙什么呢?"

庄洁:"教我妈用软件管账,教工人发快递,教何袅袅做作业,交治污罚款,还要拖着腿去谈新的养鸡场,因为跟我们合作的养鸡场查出了病鸡……"

庄洁一串连珠炮似的轰了过去。陈麦冬没再回。

庄洁发完有点后悔,但也懒得去解释,事情一件件忙完,骑着电瓶车去学校开家长会。等到了学校,她接到廖涛的电话,说养鸡场那边谈妥了,但价格没谈下来。庄洁说:"谈不下来就谈不下来,先把药厂的这批福利给弄了。"

她找到何袅袅所在班级,坐到最后一排,一面听老师讲一面手放在课桌抽屉里发微信。班主任点到何袅袅的名字,说:"这位同学从上学期的倒数第三名,火箭般地冲到了这学期的第四名,下面有请何袅袅的家长为大家分享孩子的学习方法。"

庄洁赶鸭子上架,众家长看着她,老师也殷切地看着她。请私教补课——是万万不能说的;不写作业就打——也是万万不能说的。好在她脑子转得快,迅速理出了一套完美的话术,万语千言汇成一句话:感谢老师付出,感谢校方栽培。

傍晚回家,何袅袅跳出来,手一伸,说:"第四名。"

"你是为我学习的?"庄洁教育她,"我给你交学费,花高价请私教,你考出好成绩不应该……"正说着,何袅袅转身就走。

"回来。"

何袅袅不理她。

"给你一分钟。"

何袅袅转身回来,庄洁掏出两百块钱给她:"不错,再接再厉。"

"放心,等我将来发财了全都还给你,辅导费、学费统统还你。"何袅袅恨恨地说。

"先把学习搞好吧。"庄洁给她立规矩,"这个学期稳住,不求进步但求稳。"

"姐,你有时候跟妈太像了。"何袅袅说,"小心嫁不出去。"

"期末要是考好了,寒假我带你们出去玩一个星期,地点你们挑。"

"我才不信咧。"

"信不信随你,考好再说。"庄洁刮她鼻子,回厨房准备晚饭。

饭后她去遛纪三鹅子,稍不留意它就朝臭水沟里钻,好在沟里结了厚厚的冰。她拽着脖子把纪三鹅子拎了出来,指着臭水坑教它:"脏,z——āng——脏!"

说完她就听见了熟悉的摩托车声,回头一看,陈麦冬停在她跟前:"嗨。"

有几秒的尴尬以及不自然,庄洁莫名就回了他:"嗨个屁啊。"

庄洁说完惊觉自己嘴欠,问他:"干什么?"

陈麦冬递给她一篮草莓:"事都解决了?"

庄洁接过:"解决了。"

"陪你喝一杯?"

"不去。"庄洁摇头。

"生气了?"陈麦冬看她。

"犯得着吗?"庄洁说,"我纯属不想跟你喝。"

陈麦冬从兜里掏出一小瓶白酒,庄洁来了瘾,下巴一扬:"走,夜市口。"

正说着,只听得一阵狗吠鹅叫,纪三鹅子正伸着脖子张着翅膀,撵着一条土狗跑。纪三鹅子撵上土狗,挥着翅,劈头盖脸地打那土狗。

"三鹅子。"庄洁喊。

纪三鹅子转身回来,它身后的狗又吠了一声,纪三鹅子又折回去打了它一顿。

庄洁把纪三鹅子和草莓送回家,随后坐上陈麦冬的摩托去喝酒。

俩人来到夜市口,点了烤鱼,又点了小菜下酒。庄洁说:"我这人做事毫无章法,万事随心,说翻脸就翻了,说好就好了,最烦跟人扯淡。"

陈麦冬掏出一个保鲜袋,里面装了枚小小的酒盅,他往里斟着酒。

庄洁打量酒盅上的花纹:"有年头了?"

"有点。"

第一章　交个朋友

庄洁闻了闻酒，抿了一口，直夸好酒。

"我爷爷爱抿两口，这个酒不伤身。"陈麦冬倒了一点。

庄洁也不嫌酒少，举着酒盅慢慢品："我打算戒酒了。"

"戒了也好，喝酒容易误事。"陈麦冬说。

"我们早年跑销售，饭桌上一圈客户，啥也别说，先干三杯酒。"庄洁转着酒盅说，"不分男女，三杯酒才有资格入座。坐下能不能谈成又是另一回事儿。"

陈麦冬抽着烟听她说。庄洁觉得没劲儿，懒得说了，拿着筷子吃鱼，吃了口，评价道："味道一般。"

"老板厨艺不稳定。"陈麦冬有经验，"有时候好吃，有时候一般，凭运气。"说着，后厨传来夫妻俩的吵架声。

"话音像重庆人？"

"就是重庆人。"陈麦冬说，"去年十月一才开的。"

庄洁笑了笑："别说，咱们镇还挺像那么回事儿的。"

"出了名的全国模范镇，劝你眼皮子往下撩撩吧。"陈麦冬转着打火机说，"别太偏高了。"

庄洁大笑。

陈麦冬看她："恨不能户籍都改了。"

"那还不至于。"庄洁反省了会儿，说，"我就是见的东西太多了，想要的东西也太多了，回不来了。我最服气什么都见过，回头还能安分做自己的人。我不行，我做不到。"

陈麦冬默不作声。

"追根究底，还是骨子里自卑，不自信。"庄洁自嘲。

"你还挺能认清自己。"陈麦冬接了句。

庄洁喝酒，懒得理他。俩人沉默了几分钟，喝酒的喝酒，抽烟的抽烟。

陈麦冬正想事情呢，被庄洁在桌下踢了一脚，她朝门口使眼色。陈麦冬一回头，就看见娟子在门口边取下围巾边和同事说话，接着和老板点了烤鱼。

"哎，不去打招呼？"庄洁看热闹。

"你作吧。"陈麦冬掸了掸烟灰，"我先忍着。"

"好心当成驴肝肺。"

"别扯淡了，你有心？"陈麦冬看她。

"你火什么？"

"我火什么你清楚。"

"谁喊我喝酒的？"

"我喊你是担心你……我欠，行不行？"陈麦冬给她斟酒，"喝吧，别找事了。"

"你才找事。"庄洁瞪他，"莫名其妙。"

"行，我莫名其妙。"陈麦冬看她，"别瞪了，跟男朋友撒娇似的。"

"去你的。"庄洁骂他。

陈麦冬笑出了声："这句话也像，尤其是尾音。"

"懒得理你。"庄洁低头吃鱼。

陈麦冬凑过去看她，庄洁推他头："起开。"

"你吃吧。"陈麦冬坐好，没再逗她。

"陈麦冬？"娟子从包厢里出来看见他。

陈麦冬回应："吃饭？"

第一章　交个朋友

娟子看了眼庄洁："我们同事聚餐。"

陈麦冬点头："行，不耽搁你们。"

娟子欲言又止："好，那改天聊。"

娟子回包厢后，庄洁好奇地问道："挺大方的，为什么奶奶看不上？"

"那时候小，十五六岁，说话矫情。"

"她真的……绿了你？"庄洁想委婉地问，但委婉的风格不适合她。"奶奶说的。"她先把自己撇清。

"哪儿的事。"陈麦冬别开脸。

"老同学，"庄洁安慰他，"你绿绿我，我绿绿你，很常见，不算事儿。"

"她没有绿我，我斗殴也不关她的事。我奶奶对她有偏见。"

"那你为什么斗殴？"

"你怎么这么事儿？"陈麦冬看她。

"巧了。"庄洁打开微信，让他看自己给他设置的备注名——事儿精。

"你才事儿精。我跟我爸吵架了，喝完酒寻衅滋事，猪崽子撞枪口了呗。"陈麦冬似乎毫不在意地说。

"他还问我借过零花钱，我当时仅有的三块钱。"

"他现在也四处借。"陈麦冬吓她，"小心再问你借。"

"他怎么混成这样了？"庄洁问。

"他前几年弄了个催债公司，专门替人要债，后来闹出人命就进去了五六年。"陈麦冬抽了口烟说，"我犯事早，要不然也跟他差不多。"

"你是误入歧途,他是骨子里坏。"庄洁倾着身子说,"这猪崽子堵过女学生。我撞见过一回,他扒人裤子。你最多掀人女生……"

"我没有掀!"陈麦冬生气,"我再说最后……"

"好好好,你没掀,我记岔了!"

陈麦冬把打火机撂桌上,闷头抽烟不说话。

"自罚一杯。"庄洁准备喝,被陈麦冬拦下道:"少喝点吧。"

"我就喝了三盅,两瓶葡萄糖口服液的量……"她正说着,只见陈麦冬兀自把酒拧好,揣回了兜里。

"别闹了,快拿出来。"

"不拿。"陈麦冬语气很强硬。

"你咋这样?我嘴里连一点酒气都没有。"庄洁看他。

陈麦冬不为所动。

"最后一盅?"庄洁朝他商量。

陈麦冬掏出来,勉强给她倒了一盅。她美滋滋地舔了一口,问他:"你怎么会当遗体整容师?"

"我学习差,也不会干别的,我爷爷就让我学殡葬。"陈麦冬想了会儿说,"我一个堂叔生前是缉毒警察,后来被人报复了,去世的时候面目全非。我还挺崇拜他的,多少受了点影响。"

庄洁点头:"挺好的。"

陈麦冬看她,庄洁问:"老看我干什么?"

陈麦冬从兜里摸出一片口香糖:"看你漂亮。"

"你怎么跟哆啦A梦似的,口袋里能一直掏东西?"

"我口袋大。"陈麦冬嚼口香糖。

陈麦冬一直看庄洁:"你脸有点红了。"

庄洁从兜里掏出盒烟,抽出一根烟点上抽了口:"别撩骚。"

陈麦冬把口香糖吐出来包好,随手掷进了垃圾桶,说:"我也万事随心。我们这一行,生生死死看惯了,也看开了,更懂得享受当下。"

庄洁没接话。陈麦冬去付账,付完推开门朝外看,回头说:"那边有露天唱歌的。"

庄洁穿着外套出去:"大冷天的唱什么?"

陈麦冬问她:"要不要去看看?"

庄洁看时间还早,应下:"行,看一会儿。"

俩人步行过去,路边有个户外音响,付五块钱可以上去唱一首,眼下围观的多唱的少。庄洁看他,问:"你要唱?"

"我不会唱。"

"不会你过来干什么?"

"我村里人,爱热闹。"

"……"

老板看见庄洁,揽生意道:"姑娘,你要不要唱?免费让你唱。"

"免费就唱。"庄洁过去点歌。

还没点,音乐就自动切到了下一曲,庄洁一听,对老板说:"就这首吧,消原音。"

"沧海一声笑,滔滔两岸潮,浮沉随浪只记今朝。苍天笑,纷纷世上潮,谁负谁胜出天知晓。江山笑,烟雨遥,涛浪淘尽红尘俗世几多娇。清风笑,竟若寂寥,豪情还剩了一襟晚照。苍生笑,不再寂寥……"

一直到她唱完，围观的人纷纷鼓掌，陈麦冬才缓过神。庄洁过来问："唱得怎么样？"

陈麦冬点头："女中豪杰。"

"有点出风头了。"庄洁示意一圈，"全是熟人。"

"你不是不怕吗？"

"人怕出名猪怕壮。"庄洁回了句，"太高调了。"

"……"

陈麦冬骑着摩托送她回去。眼看路不对，庄洁问："你去哪儿？"

"去黑灯瞎火的地儿。"陈麦冬迎着风说。

陈麦冬停在了一片麦田边，庄洁明知故问："停这儿干什么？"

陈麦冬抿了抿嘴唇："我嘴唇很滋润，不皴不起皮。"

"关我什么事？"

"关你的事。"陈麦冬摸她脸。

"谁撩骚？"庄洁看他。

"我，是我撩骚。"陈麦冬一败涂地，"一直是我撩骚，一直是我主动。"

*

庄洁到家时，廖涛在泡脚。见庄洁回来，她擦着脚问："去哪儿了？"

"跟朋友喝了点酒。"庄洁端起桌上的茶就喝。

"男的？"

"陈麦冬。"

廖涛没再说什么,只说入乡随俗,让她稍微注意点。

"知道了。"庄洁上楼。

她坐在床前椅子上脱假肢,何袅袅从被子里钻出头:"哼,你卑鄙无耻,竟然给我假钱。"

"你怎么知道是假钱?"庄洁反问她。

何袅袅想,不能说自己拿去花,被人认出来了。她说:"我懂假钱,一对比就知道。"

"回头跟你换就是了。"庄洁不在意道。

"但你让我很丢人!"

"怎么丢人了?"庄洁说,"有给你开家长会倒数几名丢人?"

"你才给我开了几次?"

"三次,两次倒数第三。"

"哼,反正我已经跟咱妈告状了。"何袅袅说,"我说你随随便便就跟一个男人出去了。"

"怕你?"庄洁裹着浴袍,拄着拐去了卫生间。

洗漱后,庄洁躺被窝里看微信群,一帮女人在聊婚恋等私密话题,聊着聊着就热闹了起来,未婚的说婚恋关系里精神契合最重要,已婚的不服,跳出来说钱才是王道,有钱有婚的说这些全是狗屁,性生活和谐才是根本。

庄洁兴致缺缺地看了几眼,退出了群聊界面。她发消息给王西夏:"你跟徐清河怎么样了?"

王西夏:"后天见面聊,我晚上八点的票。"

庄洁:"好,我去接你,晚上睡我家。"

王西夏:"行。我有好多话想跟你说。"

庄洁:"我也是,我也有事跟你说。"

元旦的前一天,庄洁在花店遇上了陈奶奶,她说要买一盆山椿。

庄洁挑了支蜡梅,准备和山椿一块儿付钱,陈奶奶不依,非得连蜡梅一块儿付,还说不让她付,就是看不起她。

庄洁把纪三鹅子从电瓶车踏板上赶下来,把一盆白山椿放上去。陈奶奶说:"正好,那我就不让冬子来搬了。他今儿凌晨四点就去工作了,那一户的老太太瘫痪三年了,身上没一块好肉,全是褥疮。"陈奶奶边走边说,"我还认识这老太太,今年夏天去看了她一回,哎哟,屋里那个味儿。"

"她家里没有人伺候吗?"庄洁问。

"有,她儿子给她请了保姆,我觉得那保姆不尽心,要是尽心身上会烂?"陈奶奶说,"她儿子有钱,要她去市里的大医院,她说医院不干净,死也要死在家里。反正就这么一天天地熬,昨天夜里去的。也怨不得人家保姆不尽心,儿子儿媳妇在市里做买卖,一个星期就回来一趟。我猜她儿子儿媳妇从没给她擦过身子。人老了哟,生病就是遭罪,子孙再孝顺也替不了。"

"奶奶,您这粉水晶手串真好看。"庄洁瞅见她手腕上隐约露出来的手串。

陈奶奶扒开袖子让她看,可高兴了:"冬子给我买的,我嫌颜色太嫩,他说这个色好。"

"好看。"庄洁说。

"说啥来着,我也老来俏一回。"陈奶奶乐不可支,"冬子说粉色是我的星座幸运色,我也不懂,但我觉得很有道理。自从戴上这个幸运色,啥事都可顺了。"

"……"

"我们冬子可贴心了,每年生日都会给我买礼物,还会带我看电影呢。"陈奶奶滔滔不绝地夸着陈麦冬,完全忘了前一段儿生气打他的事,说着还指指天,"他说等睡醒了带我去看电影,叫什么《只有芸知道》。"

"……"

陈奶奶很高兴,自顾自地说,完全没给庄洁接话的机会。路上俩人碰见镇政府的人,对方和庄洁寒暄,问她有没有兴趣加入村聘干部,说大城市竞争大,今年有俩返乡的大学生被聘了干部。

庄洁直摇头:"我不是返乡,我明年暑假就回上海了。"

对方有点遗憾,随后客套道:"行,在哪儿发展都一样,我以为你不回上海了。"

"等我妹升中学我就回了。"庄洁也客套了一句,"回头镇上要有事,我一样帮。"

"有你这句话就行。"对方玩笑道,"书记可是发话了,说你们这几只飞出去的金凤凰可是镇里的希望啊,不要忘了回头帮衬帮衬家乡!"

庄洁大笑:"行,有事就联系,能帮绝对帮!"说着两人扫码加了微信。

那人离开后,陈奶奶的情绪明显低落了,她试探着问道:"回去好找工作?"

"好找，我们公司有保留职位，我随时能回。"庄洁说。

"啥是保留职位？"

"就是为一些优秀的离职人……"庄洁简单明了道，"我要是回公司，还是以前的待遇和级别。"

陈奶奶没接话。庄洁以为她担心自己，又说："就算我不回自己公司，也有大把的公司可以挑。"

"那你很厉害。"陈奶奶言不由衷。说着俩人到了陈家，陈麦冬正端着碗从厨房出来，看见庄洁先是一愣，随后扒拉着鸡窝头回了屋。

"冬子，你是才睡醒？"陈奶奶问。

陈麦冬在屋里应了声。

"别吃剩饭了，我晚点给你擀面。"

庄洁把山椿搬下来："奶奶，是放屋里还是院里？"

"放屋檐下就行。"

庄洁刚放好山椿，陈麦冬从屋里出来了，头发已经理顺了些。他拿着电瓶车上的蜡梅说："犯不着买，去下溪村折就行了。"

"这是我的。"庄洁说。

陈麦冬又把蜡梅放回去，看她："回头我去下溪村给你折……"

"就你手欠？昨儿广播上还说，蜡梅是吸引游客观赏的，不是折了摆自己屋的。"陈奶奶训他。

"就是，好好的蜡梅折人家干啥？"庄洁附和。

陈麦冬摸摸鼻子："不折就不折。"

陈奶奶看了看时间，问陈麦冬："咱几点的电影？"

"两点。"

"两点就不急了。"陈奶奶招呼道,"小洁,你们回屋坐,我去擀点面。"

"奶奶,我先回了,家里还有事呢。"庄洁准备回。

"火炉里有烤红薯,奶奶买的红心的,很甜。"陈麦冬说。

庄洁闻到了味儿:"行,吃一个。"

陈麦冬挑开火炉看,还不太熟:"再等几分钟就好。"

庄洁点头:"下午看电影?"

陈麦冬凑过来:"带奶奶去了一回电影院,她有点上瘾了。"

庄洁点头。

"这两天忙什么呢?"陈麦冬问。

"车间工人不够,忙着赶药厂的福利。"

"姑且相信你。"

"本来就是。"

"不是躲我?"

"躲你?"庄洁撇了一下嘴。

俩人面对面离得近,陈麦冬倾了下身子,嘴唇轻轻擦过她脸颊,然后若无其事地回去捞红薯:"相信你了。"

"德行。"庄洁笑他。

陈麦冬没看她,垂头剥红薯皮:"晚上出来?"

"出来干什么?"

"今天年末,2019年的最后一天。"陈麦冬说得正经,"出来跨年。"

"跨个屁。"

"屁可不兴跨。"陈麦冬顺口回她。

庄洁轻踹了他一下。陈麦冬剥好红薯咬了一口,递给她:"很甜。"

庄洁看了眼红薯,照着咬了口,附和道:"是很甜。"

陈麦冬别开眼,没作声。庄洁笑他:"你今天好像一只绵羊,咩——"

陈麦冬看看庄洁,准备凑过去,被陈奶奶的喊声打断,他深深地看了她一眼:"等着。"说完去了厨房。

庄洁把红薯皮一扔,拍拍手,骑上电车说:"奶奶,我先回了。"

"不留下吃饭啦?"

"改天吧,家里有事。"说完她就出了院子。

*

陈麦冬往保温瓶里倒热水,奶奶边擀着面边念叨:"今儿在街上碰见政府楼的人,那人要小洁当什么村干部,我一听,心里可欢喜了……"

"她应了?"陈麦冬看奶奶。

"没有。"奶奶惋惜地说,"她说明年暑假就回上海。"

陈麦冬没接话。

"你说小洁应下多好。姑娘家心比天高容易吃苦。"

"她留镇里能干什么?"陈麦冬淡淡地说。

"人家王辉不也是北京的大学生,他不就留了镇……"

"王辉念的农业大学,所以他能作为人才留镇里。庄洁念的金融，她留镇里能干什么？"陈麦冬说，"不是农村留不住大学生，重要的是他们留下来能发挥什么价值，发挥不了价值就是浪费人才。种地、修路用不上她，搞经济发展是镇长的事，她回来能干什么？您说，她回来能干什么？"

"你怎么倒起兴儿了？我就随口一句，你回了我一车。"奶奶说他。

"我没有起兴儿，我是在陈述事实。"

"你跟谁陈述事实呢？"奶奶看了他一眼，"你跟我一个老太太陈述什么事实？我又不懂啥是'人才'，啥是'发展'……"

"别搡了，我不吃了。"陈麦冬烦。

"我就搡，你不吃我吃，也不明白置啥气。"

"我没有置气。"陈麦冬摸兜里的烟，站在屋檐下吸。

"去去去，上班去，招人烦。"陈奶奶撵他。

陈麦冬骑上摩托准备走，陈奶奶又喊住他："你不会戴双手套？"说着回屋给他拿手套，出来拿着手套抽他的背。

陈麦冬觉得莫名其妙："我就待见娇滴滴的女生，至少不会平白挨打挨骂。"

陈奶奶不但打他，还把他嘴里的烟拿掉："再抽，腿给你打断。"

"……"

告别厅的仪式刚举行完，陈麦冬就来到街上，边抽烟边发微信给庄洁："晚上八点，告白等你。"

庄洁问他："什么告白？"

陈麦冬："镇东那个酒吧。"

庄洁："再说吧。"

陈麦冬："再说是几个意思？"

庄洁："再说就是再说。"

陈麦冬掸掸烟灰，放下手机没再回。他正准备回殡仪馆，又收到庄洁的微信："九点吧？"

接着她又回了条："我弟弟今天回来，我傍晚六点去接他，估计吃完饭都八九点了。"

陈麦冬："好。晚点也没事。"

庄洁："你刚刚没生气？"

陈麦冬："生什么气？"

庄洁："装吧，直觉告诉我你生气了。"

陈麦冬："才没生气。"

庄洁："行行行，你没生气，晚上见，这会儿忙。"

陈麦冬捻灭烟，左右看了看马路，几步迈去对面的殡仪馆。小孙见他心情好，招呼道："师父，咱晚上去跨年吧！"

"跨什么跨。"陈麦冬踹他，"丧户在哭，你竟然惦记着跨年。"

*

庄洁在卤煮间配大料，她家卤鸡有自己的配料比例，要一种一种地兑好。这种活教不得外人，只能她们娘儿俩自己配。

"我可听见闲话了，说你和陈麦冬关系近。"廖涛手抓着一把花椒，边闻边说。

"说呗，我还不能社交了？"庄洁配着料说。

"大冷天的在街上唱什么歌，嫌不够出风头？"廖涛把花椒扔掉,"这花椒不行,不够味儿。"

庄洁闻了闻:"我托人从四川发过来一批?"

"见不着实物心里没底。"

"人家老家就是产花椒的,不比你懂?"庄洁说。

"照你这么说,西湖人都懂龙井?"

"从小耳濡目染,至少比我懂。"

"几点了?"廖涛问。

"三点了。"庄洁问,"晚上吃啥?"

"铁锅炖大鹅。"廖涛没好气道。

庄洁大笑:"那庄研还不得找我们拼命?"

"除了鸡,吃啥都行。"廖涛说。

"我也是,八辈子都不想再吃鸡了。"庄洁想了会儿说,"我烧个羔羊肉,炖几条小黄鱼吧,庄研爱吃。"

"你去接他,我来弄吧。"廖涛说,"你煮饭就是糟蹋粮食。"

"用得着我的时候我厨艺就好,用不着了就难吃?"庄洁无语了,"你们真难伺候。"

"好吃好吃,我女儿煮饭天下第一。"

"虚伪。"庄洁笑了声。

"你上回煮的那饭,我端给鹅,那鹅就尝了一口,一嘴就给掀了。"廖涛就看不惯那鹅。

庄洁大笑。

*

庄研出站看见纪三鹅子,兴奋地跑过来抱它,说它变肥变大变可爱了。

"咱妈想炖了它，我给保了下来。"庄洁帮他拎行李。

"要不是我每天喂它，它早就死了。"何袅袅表功，"你问问咱姐，看她清理过一回鹅粪没有。"

"长高了。"庄洁攀着他肩走，"学校伙食不好？感觉瘦了。"

"没瘦啊。"庄研抱她，"姐，我好想你。"

姐弟俩一路勾肩搭背地走到了停车场，这才察觉不对劲，回头一看，何袅袅正拽着鹅翅膀幽怨地站在出站口。

"……妹儿，快过来！"庄洁朝何袅袅招手。

何袅袅扭头往反方向走。

庄洁追了过去："怎么了？"

何袅袅很生气，想到他们每一回都冷落自己就很生气，她抹着眼泪往前走。

"袅袅，哥哥给你买了新款贴纸。"庄研从背包里掏出贴纸给她。

"我不要。"何袅袅夺过来扔掉。

"你要啥，姐给你买。"庄洁说。

"我要我爸！"何袅袅哭着说。

"别生气了。"庄洁和庄研跟在她身后道歉。

何袅袅不理他们，只顾哭着往前走。

庄洁默不作声地跟了会儿，随后凑过去勾着她脖子，说："好了，原谅姐姐了？"

"我想我爸。"何袅袅抽泣道。

庄洁不懂怎么安慰人，揉了揉她的头："我也想爸。"

第一章　交个朋友

"你想的是你爸，我想的是我爸，咱俩不是一个爸。"

"你爸难道不是我爸？"庄洁笑她，"你才出生几年？你出生前我就在这个家了。"

"而且咱们仨一个妈。"庄研插嘴。

"我跟妹儿说话，你插什么嘴？"庄洁推他。

"袅袅也是我亲妹儿。"庄研不服。

"现在我香了？嫌我烦的时候想打就打，想骂就骂！一个偷我零花钱买颜料，一个给我假钱。"

"……"

庄洁赶到酒吧的时候已经十点了。陈麦冬瘫坐在卡座里打游戏，庄洁走过去轻踢他："吃晚饭了吧？"

"吃了，奶奶熏了牛肉。"陈麦冬关了手机屏。

"来多久了？"

"刚来。"

"点了什么？"庄洁脱掉羽绒服。

"水果小食拼盘，还没点酒水。"

"调杯应景的酒就行，反正这儿也不是喝酒的地儿。"庄洁用手指理着头发。

陈麦冬看她："洗头了？"

"见你不得沐浴焚香，正冠更衣？"庄洁耿耿于怀。

"过不去了是吧？"陈麦冬没什么正形地仰坐着，两条大长腿挡了道。

庄洁踢他："合上腿，让我过去。"

陈麦冬收腿,她俯身过去的时候,一绺头发扫在他鼻尖。陈麦冬朝服务员报完酒名,回头看庄洁:"喷香水了?"

"跨年,总不能邋邋遢遢地跨吧。"她从包里摸出一副耳坠子,偏头往耳朵上戴。

陈麦冬打量她:"在村里有必要打扮?"

"你双不双标?"庄洁看他,"哪个村有酒吧?"

陈麦冬再不接话。

"跨年,当然要打扮得漂漂亮亮的。尽管这酒吧不咋地。"

"……"

庄洁照着手机涂口红,抿了抿嘴,问他:"好看吗?"

陈麦冬点头:"还行。"

"装深沉?"

陈麦冬没理她,端起柠檬水喝。

"我好不容易才甩掉两条尾巴,他俩非要我带着去看电影。"

"我又没生气。"陈麦冬看她,"跟我多小心眼似的。"

"那你深沉啥?"

"我一直都这样。"陈麦冬掏出烟点上。

庄洁指尖戳了下他的头,他低头笑了下,在桌底握住她的手:"很美。"

"什么很美?"

"你。"

"德行。"庄洁笑他。

陈麦冬捏着烟放她嘴边,她就着吸了口,他也照着红印吸了口,用力握她的手:"美得让人望尘莫及。"

庄洁大笑，轻轻挠他手心："所以才出一手的汗？"

陈麦冬没作声，拿着纸巾擦她手心，擦完又擦自己手心。

庄洁夸他："你也美。"

"我知道。"陈麦冬应声。

"臭屁。"庄洁笑他。

"我不美，你愿意亲我？"陈麦冬轻声问。

庄洁夸他："有理。"

陈麦冬倾身过来，庄洁点着他额头把他推开："晚会儿。"

陈麦冬坐正，垂头喝柠檬水。

庄洁看了一圈："你找的这位置还怪隐蔽的。"

"因为我居心叵测。"

庄洁大笑，轻踹他一脚。

"跳舞吗？"陈麦冬问。舞池已经换了音乐。

"我不会。"庄洁说，"但我喜欢看人跳。"

陈麦冬把外套交给她，转身下了舞池。原本有几对在跳，后来逐渐都散了，围在一侧看他跳。

陈麦冬面对着庄洁的方向，抬手顶胯间骚劲儿十足。庄洁夹了根烟走过去，也立在一侧看。

周围一圈尖叫、吹口哨的男男女女，他统统看不见，眼睛紧紧地盯着意中人。

庄洁淡淡地吸了会儿烟，顺手从花瓶里抽了枝玫瑰，往他身上一掷，然后回了自己卡座。

陈麦冬跳完坐回来，也没看她，顾自端起柠檬水喝。庄洁把手里的烟递到他嘴边，他眼睛盯着她，照着抽了口。"跳得怎么样？"

"魅力四射。"庄洁赞美道。

"不信。"陈麦冬看她。

"怎么才信？"庄洁鬼使神差地问。

"吻我。"陈麦冬说得大胆。

庄洁倾身轻吻他。

"不够。蜻蜓点水都没这么点的。"

"它怎么点，进去洗个澡？"庄洁说得很轻，"事儿精。"

"走，这里没劲儿。"陈麦冬拿起外套。

"不跨年了？"

"跨个屁。"

"……"庄洁先警告他："我不跟你在街上晃，我怕冻死。"

"不晃，回我新房。"陈麦冬说。

庄洁一屁股坐下，警他："我看起来像随便跟人回家的人？"

像，但他不敢说。

"我从没领姑娘回过家。"陈麦冬看她，"跨了年我就送你回去。"

"这里不能跨？"

"这儿太乌烟瘴气了。"

庄洁穿上外套，还不忘拆穿他："难道不是熟人太多？"

俩人一前一后准备离开酒吧，跟一伙人擦肩而过时，庄洁猛地回头，其中一人朝她轻佻地笑。她冲过去就踹对方，然后朝陈麦冬喊："他捏我屁股。"

第一章 交个朋友

陈麦冬把庄洁护在一边,转身就打了过去。那边人多,陈麦冬逐渐显出吃力,庄洁见状,拎着凳子就冲了过去。保安过来把人拦开时,陈麦冬已经挨了几下,吃了点亏。

等他俩从酒吧里出来站在路边,陈麦冬问她:"吃亏了没?"

"没。"

"腿呢?"

"没事。"庄洁说。

"我不是让你老实待一边吗?"陈麦冬看她。

"我待了呀,我见你吃亏……"

陈麦冬不想听,挪了个位置。

"你气什么?"庄洁问。

"我吃亏是我的事,我要你管了吗?"陈麦冬没好气地说。

"你要是能打得过,需要我出面?"庄洁也火了。

"行,你厉害。"陈麦冬往前走。

"跑什么,伤你自尊了呗?"庄洁追陈麦冬。

陈麦冬回头:"我是因为要一面护着你一面打,分心了才吃的亏……"

"我冲过去之前你已经吃亏了。"

"是你盲目冲过来,我要护你才吃……"

"我冲过去之前你已经吃亏了。"庄洁又陈述一遍。

"行,你是觉得你能扭转局面?"

"不知道,我是看你吃亏我才冲过去的。"庄洁还是那句话。

"我没有吃亏,我只是暂时落下风,因为我要一面打,一面防着有人过去欺负你。"陈麦冬教她,"男人为你打架的时候,你应该找个安全的地方老实待着,而不是举着凳子杀过去。"

"还说不是伤你自尊了?"庄洁脑子转不过弯,"要不是看你打不过,我会冲过去?"

"行,你厉害行了吧。"陈麦冬往一侧挪了挪,从兜里摸出烟。

庄洁干站了会儿,看看陈麦冬,转身就要回家。

陈麦冬拉住她,她甩开手:"滚开。"

陈麦冬骑上摩托挡住她的路:"上来。"

庄洁不理他。

"我怕伤自尊?我是怕你受伤。"

"我受伤干你屁事?"

"就干我事。"

庄洁看看他,上了摩托:"送我回家。"

陈麦冬好心提醒她:"还有半个小时跨年,最好别生气,否则来年糟一年的心。"

"谁跟我说话谁是狗。"

"我从前一个人能单挑八个。"陈麦冬说。

"狗。"

"今天要不是你拖我后腿,我能把他们全撂了。"

"狗。"

"我衣服厚,挨几下就挨几下,我主要担心你踹人的时候站不稳,或者假肢掉了怎么办。"

"……谢了,我假肢带锁,掉不下来。"庄洁懒得理他。

"冷了就抱住我,我能给你挡风。"

"不冷。"

陈麦冬轰地一下提速,庄洁骂他:"王八蛋。"

陈麦冬又轰地一下,庄洁捶他:"你有病?"

陈麦冬放缓了速度,从兜里摸出一片口香糖,剥开塞嘴里,然后拉起她的手塞进自己外套口袋:"下回我远远地躲开,让洁姐为我冲锋陷阵。"

"想得美。"

庄洁看路不对,问道:"你去哪儿?"

"去新房。"

"我不去。"庄洁气他,"我去数蚂蚁,去看广告,去挖土,就是不去新房。"

"你信不信我把你撂在这荒天野地里?"

俩人说着到了新房,陈麦冬停好车:"上去吧,姑奶奶。"

庄洁随他上电梯:"几点了?"

"十一点四十五,还有十五分钟。"

"我不能太晚回,待二十分钟就走。"

"行。"陈麦冬用指纹解锁。

庄洁站在门口地垫上:"有拖鞋吗?"

"直接踩就行。"

"新房子,我还是换鞋吧。"

陈麦冬也没换,直接拉她回屋:"你自己先转着,我给你泡杯茶。"

不换就不换,庄洁心安理得地享受他的贴心。她不常去别人家做客,原因就是不想换拖鞋。

她每个房间都看了,陈麦冬问她:"怎么样?"

"格局不错，品位也好。"庄洁评价道，"多大？"

"一百八十平。"

"挺好的。看起来还没住过人？"

"这是第一回煮水。"

"怎么不搬过来？这儿可比老院子暖和。"

"奶奶说坐电梯跟下地狱似的。"

庄洁大笑，顺势脱了外套坐在沙发上，随手摸了摸沙发，又细看了一圈客厅："你眼光还挺好。"

陈麦冬端了茶和酒盅坐过来。

"怎么还有酒？"

"就这一盅。"

"别不是有计划的吧？"庄洁怀疑道。

陈麦冬拿遥控器："看哪个台？"

"随意吧。"

陈麦冬调了一圈，放了一个热闹的综艺，把遥控器搁桌子上："再有五分钟就跨年了。"

庄洁看了眼湿漉漉的遥控器，拿起茶杯，边喝茶边偏脸看陈麦冬。陈麦冬正襟危坐，一脸认真地看电视。

突然，陈麦冬像想起什么似的："你是不是还欠我一个'蜻蜓洗澡'？"

庄洁嘴里的茶笑溢了出来。

陈麦冬也顾不得她笑，催她道："抓紧时间吧，我还要送你回家。"

庄洁大笑。陈麦冬放松了状态，掏出根烟点上，眼睛看着电

第一章　交个朋友

视:"那就跨完年回家吧。"

庄洁反身坐他腿上:"怎么像是松了口气?"

"没有。"

庄洁将他的脸扳正:"千方百计把我骗来,不就是想亲亲,这会儿怎么屌了?"

"不是屌。"陈麦冬吸了口烟。

"怎么,你不一直觉得我轻浮吗?"庄洁就着他手里的烟抽了口。

"没有。"

庄洁摩挲着他眉毛,轻轻地说:"撒谎可是会遭雷劈的。"

"前几次见面觉得你轻浮,后面没这种感觉了。"陈麦冬实话实说。

庄洁亲了下他的眼睛:"奖励你的。"

庄洁身上的毛衣和胸衣被脱了下来。气氛正好,只听他又说:"宝贝儿,我先帮你取假肢。"

假肢!她瞬间清醒,猛地推开他,反手就是一巴掌。

陈麦冬被打蒙了,本能地骂了句:"你有病吧!"

"你差点强暴我!"

"你说什么?"陈麦冬难以置信。

"我要回家。"她开始一件件穿衣服。

"你再说一遍!"陈麦冬看她。

"你说要送我回家的!"庄洁也不示弱地看他。

陈麦冬转身去了卫生间,出来后不见庄洁人影,赶忙拿上钥匙下楼,骑着摩托追上她:"我送你回去。"

俩人一路沉默，等到了庄洁家门口，陈麦冬看着她的眼睛，说："老子道行浅，你厉害，你真有本事。"说着翻出手机里她的微信和电话号码，当着她的面一一删除，"我就是贱！"

元旦这天晚上，庄洁接王西夏来她家，廖涛给王西夏煮了碗牛排面，然后领着庄研和袅袅去滑雪场看烟花了。滑雪场今天开业，晚上有烟花秀。

王西夏吃着面看庄洁："怎么了？"

"你先吃，回头说。"

"我跟陈麦冬翻脸了。"庄洁没忍住。

"翻脸了？"

庄洁一肚子委屈，却不知道该怎么说，好半天，她摆摆手："算了，就当我没说。"然后回楼上给王西夏找毛巾和牙刷。

王西夏洗了碗上楼来，庄洁递给她牙刷："我铺了两床被子。"

"你还想跟我一个被窝？"

"去你的。"庄洁骂她。

"你这房间怪暖和的。"王西夏见开了空调，又开了暖风机，问她，"你不嫌干？"

"我不觉得干。"庄洁说，"两台加湿器一直开着。"

"今年也不下雪，干得流鼻血。"王西夏在卫生间说。

庄洁坐在床前脱假肢："天气预报不准。"

王西夏刷着牙走了出来，往窗前一站，含糊不清地说了句话。

"你说啥？"庄洁问。

王西夏回卫生间漱口："残肢端还疼？"

第一章 交个朋友

庄洁贴着膏药说："时不时地。"

"不是说膏药管用吗？"

"膏药只能缓解，又不能根除。"庄洁挂着拐去洗手间，王西夏把挤好牙膏的牙刷给她，抽了张洁面巾擦脸，倚在门上说："我说，我跟徐清河在一起了。"

"啊？"庄洁刷着牙看王西夏。

"一个礼拜前的事。"

"你竟然不跟我说！"

王西夏转身躺到被窝里："这不正说着呢吗？"

庄洁追出来："结果呢？"

"去去去，刷完牙再说话。"

庄洁洗漱完，坐在床前椅子上涂护理膏："坦白从宽。"

"烟呢？"

庄洁指指五斗柜，扔过去一条擦脚巾："别把烟灰弄床上。"

王西夏点着烟，抽了几口说："反正就那么一回事儿。"

庄洁八卦："你主动的？"

"谈不上谁主动。"

"好事。能睡一块儿就说明……"

王西夏抖着烟："睡觉算个啥。"

"行，你说啥就是啥。"庄洁不同她争，她按摩着残肢端说，"这是好事。无论是身体还是心，都往前迈了一步。"

"这是好事。"庄洁反复说着。

王西夏没接话。

庄洁躺到被窝里，摸过烟盒点了根烟："你现在烦啥？"

"徐清河说过年见家长。"

"这不是好事吗，你不就是奔着结婚去的吗？"

"我后悔了，我不想结了。"

"见家长就见家长嘛，他们又不是老虎，看把你吓的。"庄洁安慰道。

王西夏有点崩溃，庄洁递给她纸巾，扯掉她手中的擦脚巾说："你也不嫌臭，我都说了这是我跟袅袅擦脚的。"

王西夏把脸埋在胳膊里，庄洁一只手轻抚她的背，一只手托着下巴哼歌儿。

二十分钟过去，王西夏收拾好了情绪，说："徐清河是个好人。"

"你是个渣滓？"

"去你的。"王西夏笑了。

"我很替你难过。想走，就痛痛快快地走。"庄洁看王西夏，"昂首挺胸，不管不顾地走啊。我就服你们，好像一段恋情就耗尽了一生。境界高的整成哲学家，没思想的整成神经病。"

"你才没思想。"王西夏突兀地转移了话题，"我单子被人抢了。"

"抢过来就是了。"庄洁接了句。

"懒得抢，厌倦了。"王西夏淡淡地说，"我想调部门，不想跑医院了。"

"没斗志了？"

"以前我铆足了劲儿跑单是为了还我堂哥钱，现在钱还完了，我也厌倦了。医院就那几家，设备也就那几台，一个萝卜一个坑，不是被人抢饭碗,就是去抢别人的饭碗。"

"没办法,不只咱们这一行,哪一行都残酷。从原始人开始,无论母系社会还是父系社会,谁主导经济和生产力,谁就有话语权。"庄洁抽着烟说,"我还挺适应的,别人不抢我单我还失落呢。"

"在这种环境中待久了,人无形中就变硬了。"王西夏说。

庄洁古怪地看她:"你说这话真吓人。"

"可能年龄大了。"王西夏转头看她,"你跟陈麦冬怎么回事?"

庄洁脱口而出:"他想睡我,没睡成就翻脸了。"

"……我不信。"王西夏笃定。

"你啥意思?"庄洁看她。

"这里面有故事。"

"他约我去酒吧跨年,跨着跨着就跨到他家了,然后他那啥我未遂,就当着我的面,把我的联系方式逐一删除了。"

"那啥未遂?"王西夏吃惊。

"他衣服都给我脱了……反正就是那么一回事。还好我及时清醒了!"

王西夏变了脸色:"他给你下药了?"

"……没有。"

"你当时清醒吗?"

"清醒。"

"你清醒的状态他怎么会那啥你?"王西夏奇怪了。

"他撩骚。"庄洁捻灭烟,"他在酒吧跳浪舞,就是那种让人心潮澎湃的舞,骚得不行。然后我们就去了他家……"说着止了话头,"我再好好想想。"

"他跳浪舞你看得心潮澎湃,然后就去了他家?"王西夏再三问道,"他跳了浪舞,你就去了他家?"

庄洁犹豫:"不全是。是去外面转,太冷了,他说他家暖和,我们就去跨年了。"

"你们为什么要去外面转?"

"……"

"行,先不说这个。你们去他家了,接着呢?"

"我以前不是跟你提过,我们亲过两回嘴……"

"你没提过。"王西夏打断她。

"……"

"好吧,你提过,你说你喜欢他,在去上海的地铁上吻了他,他把你删了。"王西夏理着时间线。

"好了好了,你到底是他朋友还是我朋友?"庄洁恼火。

"这狗崽子是怎么欺负你的?!"

庄洁捋了捋,想了好一会儿,说:"我原本想见面跟你聊,但没想到昨晚就翻脸了。我跟他之间发生了一些微妙的变化,也就这几天的事。"

王西夏点头,想听她怎么说。

"我尽量客观地跟你说。"庄洁阐述,"我挺喜欢他的,他也很喜欢我。亲嘴呢又很舒服,亲亲就亲亲,我也不排斥。昨天晚上跨年,他又跳舞又打架的,觉得自己魅力无边,就让我主动亲他一回。我心想这跨着年呢,我就应景地亲了他,然后衣服就被脱光了。"

"……"王西夏一时惊住,竟不知该怎么接话。

庄洁看她:"你有什么疑问?"

王西夏沉思了会儿,问她:"他脱光你衣服的时候,你在干什么?"

庄洁纠正她:"也没有脱光,就毛衣跟胸衣。"

"他脱你毛衣的……"

"我隐隐约约间觉得,我们可能在亲。"庄洁犹豫道,"我不确定,但我是这么觉得的。以我对自己的了解,我不会轻易就被人脱了衣服,必然是发生了什么。"

"……"

庄洁又回忆了一会儿:"隐隐约约间我身体里还有一股股情潮在涌动,我当时不太懂,事后查了,那应该就是被撩拨起的情欲。"

"对,是情欲。"王西夏原本想笑,但莫名就温柔了起来,问她,"然后呢?"

庄洁也理明白了,轻声说:"他说要帮我脱假肢,我想起自己的残肢,瞬间就清醒了。"

王西夏问:"是不是在整个过程中你没有反抗?"

庄洁点头:"那感觉怪舒服的,我没反抗。"

王西夏又问:"是不是因为你没反抗,他就觉得你默认了?"

庄洁掏了根烟:"也许吧。"

"清醒后呢?"

"我本能地甩了他一巴掌,说他差点强暴我。然后他就送我回来,放了些绝交的狠话,就翻脸了。"

王西夏点点头，没再问。

庄洁无所谓道："翻就翻吧，长痛不如短痛，反正我要去上海。"

王西夏附和："也好。"

庄洁抽着烟，没接话。

王西夏碰碰她："动心了？"

庄洁没否认："有点儿。"

"你对上海有执念。"

"有就有吧，有执念是好事。"庄洁无所谓道。

王西夏躺好："柏拉图说了个啥，有几个人能达到他那种境界，饮食男女，情欲丝毫不比精神交流低级。"

庄洁也躺好："我见过季全父母一回。"

王西夏看她："我怎么不知道？"

"那天我们在南京路吃饭，碰见了他父母。"庄洁平静地说，"他父母气度很好，保养得也很好，跟我打招呼也很礼貌客气，但有一种说不出的疏离感，有一种居高临下的姿态。季全身上也有这种姿态，是一种漫不经心的高姿态。我不喜欢在感情中落下风，这让我没有安全感。"

王西夏说："我也是。"

庄洁说："但我也不喜欢占上风，时间久了会累。西夏，人有时候真得认命。咱们都是草根家庭，上数三代都没什么大文化，然后拼命地在大城市扎根，同阶层的看不上，在高阶层面前又自卑。自从我明确地拒绝了季全，他再没联系过我。"

"你后悔了？"

"没有。"庄洁摇头,"有些事置身其中是不自知的,等发生后再回头看,就别有一番感悟。"

"我在想,如果真的喜欢一个人,怎么会轻易放弃?除非他并没有那么喜欢你。如果他真的喜欢你,怎么可能几年不表白?"

"啊,一箭穿心。"庄洁捂住心口,"你伤到我了。"

"认清自己,再坦然地接受自己,这需要一个过程,更需要勇气。"

·第二章·
给你当情人

第二章　给你当情人

　　隔天庄洁和王西夏去吃麻辣烫，掀开棉帘子就看见了店里坐着的陈麦冬，他和两个同事正在吃饭。

　　庄洁视若无睹，去窗口点单。那边王西夏同他们打招呼，不知怎么就聊起了滑雪场，说镇里人持身份证去的话门票半价。

　　庄洁擦擦凳子落座，王西夏问她："吃不吃烤肠？"

　　"我要吃爆开的。"

　　"那就再烤会儿。"王西夏坐回来说，"晚上去滑夜场？"

　　"不去，刚开业，人最多。"庄洁瞟了眼陈麦冬，他和同事边吃边聊。

　　"别看了。"王西夏用口型提醒她。

　　庄洁摇头晃脑，不看就不看。

　　王西夏贴着她说了句话，她听后仰头大笑，一屋子的人全看了过来，唯独陈麦冬置若罔闻。庄洁听到烤肠的爆裂声，正要过去夹，老板夹起来给了陈麦冬那一桌。他三两口吃完，起身扫码付账，临走前朝王西夏招呼："西夏，你吃着，我们先回了。"

　　"行，回头联系。"王西夏应声。

　　庄洁撇撇嘴，不说话。

　　"管理好表情。"王西夏提醒她。

两人吃完饭付账，老板朝准备扫码的王西夏说："你的饭钱那个殡仪馆的人付过了。"

庄洁喝着热酸奶准备出去，老板喊道："姑娘，你还没付钱呢。"

庄洁回头。

"殡仪馆那人只掏了她一个人的钱，你的还没付。"

庄洁没忍住飙了一句脏话。

出来走在街上，庄洁分析道："他就是想引起我的注意。"

王西夏说："他可能不想和你有半毛钱关系。"

"不可能。"

王西夏接了通电话，看庄洁："我去我堂哥的民宿，晚上他们有活动，你要不要过来？"

"不去。"庄洁又问，"你看见他耳朵上的蓝耳钉了吗？"

"怎么了，为你戴的？"

"他以前不戴的。"

王西夏大笑，一个比一个让人服气。

"走吧，我送你去你堂哥那儿。"

王西夏坐在电瓶车后座："你家鹅像你。"

"像我什么？"

"霸道。"

"必须称霸全镇。"庄洁接话。

"心里不得劲儿啊？"王西夏调侃她。

"搁你心里能得劲儿？"庄洁骂道，"啥人啊，没度量。"

"你说他差点强暴你，他心里能好受？他当初进少管所就是被刺猬给设计了。"

"嗯？！怎么设计的？"

"刺猬家有关系，伤情鉴定做了手脚。"王西夏说，"我可提醒你，别最后玩火自焚。我堂哥结婚前境界可高了，又是吃斋念佛，又是厌世不婚，打算一辈子独身。就几个月时间，人家丢了一块骨头，他就跟着跑了。我也是服了。"

"说明人王宝鳌有能耐。"

"她就是个小作精，但我堂哥吃这套，觉得她可爱到爆。"

"这不就得了。"

"俩人整天黏得跟泥一样，一个喊'平平'，一个喊'宝儿'，那个作的呀。"王西夏望着下溪村的游客，"你说这些人真闲哈，大冷天的出来赏梅，为什么不躲被窝里睡觉？"

"我也搞不懂。"庄洁附和，"梅花不就五个瓣吗，有啥好赏的。"

"我从来就不觉得下溪村美，每年摘桃摘得烦死了。"

"我也欣赏不了。"

到了民宿，王西夏下车，庄洁掉头就回了家，家里还有一堆事儿。廖涛订的一批大料质量不过关，庄洁打算亲自去四川找一家供应商。

母女俩商量后，庄洁联系了四川的朋友，订了五号的机票。烧鸡店又来电话，说忙不过来，庄洁又折去门店。一直忙到晚上八九点，她随便吃了点饭，跟廖涛商量着要不要请个钟点工，专门负责周末和节日。

廖涛怼她："庄研就不能去帮忙？"

庄洁也不是个软柿子："你跟他说呀，冲我发什么火？"

"你嘴贵？"

"我就嘴贵，凭什么我去说？"

"行行行，都指望不上，一个个都有理。他人呢？"

"带着袅袅去滑雪了。"

廖涛很意外："这次回来懂事了，知道领着妹妹玩了。"

"是啊，全家就我不懂事，就我指望不上。"

"别找事了，等过年，我给你整件貂皮。"

"我不要貂，暴发户似的。"庄洁刷起微信朋友圈，看见一段小视频，里面有涮羊肉，有篝火，几桌人在院子里又吃又跳的。

她仔细看了一遍，拿起电瓶车钥匙说："我出去一趟。"

廖涛说："车间还没忙……"

"我就是头牛也该喘会儿气吧？除了吃饭我一天都没歇过。"

廖涛心里明白她也忙了一天，追出去递给她手套："去玩吧。"

"车间就那一点活儿，回来我再做。"庄洁戴着手套说。

廖涛说："我喊个工人加班就行。"

"你这不也能请个工人？"

"我不是想省点加班费……"

"加班费才几个钱？老是把精力消耗在这种小事上。"庄洁服了。

"发家的都是能精打细算的。"

"行行行，你厉害。"庄洁骑着电瓶车去了下溪村。

等到了民宿，庄洁给王西夏打电话，她出来迎庄洁进去。后院里很热闹，院子中间烧了火堆，周圈几桌人吃着涮肉。

庄洁脱着手套说："蹭碗肉呗，我在家就吃了半碗剩的面条。"

"坐，我给你拿碗筷。"

庄洁看两桌人脸生，估计是游客，对王西夏说："你堂嫂是个生意人。"

"这两桌是同学聚会。"

"他呢？"

"谁？"

"陈麦冬。"

"我堂哥约他来有事。"

庄洁往碗里捞肉，扫了眼陈麦冬，朝王西夏说："今天快忙死了，工厂和门店两头跑。"

"廖姨呢？"

"我妈也没闲着，都忙。"

"你家缺个得力助手，你得栽培一个出来，将来你回上海了，他能撑起你这一角。"

"再说吧。主要前期太乱了，等一点点捋顺就好了。"庄洁犹豫道，"而且现在贴心人很难找。"

"找本分的亲戚就行。"王西夏正说着，徐清河端了份肉上桌。

庄洁诧异地看看王西夏，只见她托着腮往锅里下肉。

徐清河去了陈麦冬那桌。庄洁说："坦白从宽。"

"他带家人过来玩的。"王西夏说，"他妹带着孩子去了滑雪场。"

"都来了哪些人啊?"庄洁小声问。

"就他妹和外甥。"

庄洁看那桌人,无意间和陈麦冬对视上,他目光像陌生人一样掠过,继续吃喝。

"鳖样儿。"庄洁小声骂了句。

"你骂人家干什么?"王西夏看她。

"我不爽。"

"不爽憋着。"

"憋不住。"庄洁悄声说,"他越装正经不理我,我就越想搭理他。"

"你这是病。"

"不管了。"庄洁摇头,"今晚睡我家?"

"再说吧。"

"你堂哥这儿生意这么好,有房间给你住?"

"有。"

"别住了,去我家。"

"行吧。"王西夏略显犹豫。

俩人正聊着,就听见屋里喊:"平平,平平。"

这边应声:"宝儿,我在这儿。"

庄洁和王西夏对视一眼,庄洁捏着喉咙喊:"夏夏——"

王西夏掐着调儿回:"洁儿——"

听见的人意会,朝她们道:"西夏,你净带头出你堂哥洋相。"

两人大笑。庄洁抬头,又跟陈麦冬对视了一眼,她贴着王西夏说:"看吧,等会儿他必然要找个机会跟我说话。"

见陈麦冬出去，她紧跟上去。

他在小卖部拿了包烟，她也随手拿了包。陈麦冬撕开包装，直接点燃了一根，问老板："多少钱？"

"二十块。"

陈麦冬扫码，手机信号不好，便从兜里掏出五十块给老板。

"老板，你家没信号。"庄洁看了眼陈麦冬，说，"我没带现金。"

陈麦冬接过老板找的钱，揣兜里目不斜视地离开了。庄洁撇撇嘴，无所谓，一包烟的事儿。

那边陈麦冬准备离开，有人要送他，他摇头说不用。王西夏小声说："他摩托坏路上了。"

庄洁又坐了会儿，催王西夏："我们回吧？"

王西夏犹豫道："你先回，我随后。"

"一起回啊，还分两拨？"

"你先回，我随后。"

"我电瓶车带你一起啊。"

"我堂哥送我。你先回，我随后。"王西夏还是那句话。

庄洁看一眼徐清河，心底了然，撇嘴道："直接说不就行了，还随后。"

"你自己没眼色，还怪别人？"王西夏说，"他说找我有点事。"

"……"

庄洁骑着电瓶车回家，半路遇见陈麦冬。村道窄，庄洁一个劲儿地鸣喇叭，他死活不让。她准备往他身上撞，他扭头见是她，往路边上挪了挪。

215

她骑出去百十米，回头看，黑黢黢的路上只有他一个人孤零零地走着，又折回去问："好心捎你一段儿？"

陈麦冬看她一眼，越过她往前走。

"哎，生气呢？"庄洁跟在他身后，"我给你照着路。"

陈麦冬没理她，从兜里摸出烟点上，边抽边走。

"犯得着吗？"庄洁说，"低头不见抬头见的，一点度量都没有。"

陈麦冬充耳不闻，戴上了羽绒服上的帽子。

庄洁心里骂了句，提了速就走。骑了几十米，又折回来说："对不住，行了吧？"

陈麦冬还是不理她。庄洁反思，决定大气一回，语气诚恳道："陈麦冬，对不住。"

他戴着帽子不回应，也不知道听见了没。庄洁跟他并行，脸凑上去："哎，对不住。"

他没听见似的，继续走。

"你大爷的。"庄洁耐心耗尽，朝他腿上就是一脚，踹完准备跑，被陈麦冬一把拽住电瓶车："你就是这么道歉的？"

"不装聋了？"

"别和老子说话，再说话是狗。"陈麦冬烦她。

庄洁看他："气急败坏了呗？"

"要不是你……"陈麦冬欲言又止，朝她竖大拇指，"高手，老子玩不过你。"

"玩不过就翻脸呗。"

"滚蛋！"陈麦冬额上青筋凸起，"你不就仗着老子喜欢你，在这儿跟我作。"

"你不也仗着我喜欢你?"

"你喜欢?"陈麦冬看她,"你要喜欢会说我强暴你?"

"我说差点……"

"一样。"

庄洁不作声。陈麦冬指着她鼻子控诉:"你作践我……"

"活该。"庄洁服了,"你要这么理解我也没办法。"

庄洁一口气憋在胸口:"你再跟我说话就是畜生!"她骑着电瓶车要走,陈麦冬挡住她,说:"先道歉,再解释。"说完一屁股坐在后座上。

俩人对峙了几分钟,陈麦冬先开口:"开始吧。"

庄洁不跟这疯子一般见识,识时务地道:"对不起。"

"冬哥,对不起。"陈麦冬教她。

"冬哥,对不起。"庄洁复述。

"你还甩了我一巴掌……"

"你还要打我?!"庄洁难以置信。

"我在教你怎么做人。"陈麦冬从兜里摸出一片口香糖,"解释吧。"

"解释什么?"

"你说呢?"

"我不习惯在人前脱假肢。"庄洁实话实说。

陈麦冬微愣,随后点头:"行,这也是理由。"接着拍拍车座,"你不是要捎我一段儿吗?"

庄洁想骂,但局势不容人,只得老实地骑车回家。陈麦冬倒也安生，没再找事。

庄洁把车停在路口，示意他自己走回去。陈麦冬朝她扬下巴，示意她骑到陈家门口。庄洁把陈麦冬送到家门口，他下车后喊她："庄洁。"

庄洁看向他。他俯身捧住她的脸，用力地吻了上去，随后抿抿嘴："勉强原谅你了，晚安。"

庄洁想把受到的屈辱告诉王西夏，但没脸开口。她安慰自己，算了，权当扯平了，自己也甩了他一巴掌。

临睡前她发微信问王西夏："回来吗？"

王西夏："不回。"

庄洁哼哼了两声："见色忘友。"

王西夏搪塞她："回头说。"

庄洁："徐清河在你屋？"

王西夏没回。

庄洁："果然是见色忘友。"

半天，王西夏回她："明天面聊。"

第二天也没面聊，王西夏一早就坐徐清河的车回了北京。庄洁坐在屋檐下晒太阳，第一次感到了孤独，有种被抛弃的失落感。自从王西夏和徐清河谈对象后，王西夏联系她的次数日益减少。这整整一年，庄洁基本每天都发微信同她聊天，长则一两小时，短则几分钟。自从陈正东跳烟囱后，她就担心王西夏想不开，每天陪聊。

她忧伤着忧伤着就开始发困，坐在竹椅上打瞌睡。何袅袅蹑手蹑脚地过来,朝她身边一蹦:"姐!"

庄洁吓得拿鞋子掷她,她做个鬼脸,说:"姐,你谈个对象吧。我看你自己坐这儿好可怜,等你八九十岁……"

"滚。"庄洁打了个哈欠,问她,"咱妈呢?"

"她和邬姨一块儿,不知道干吗去了。"

"行吧。"庄洁伸个懒腰,冬天的太阳太舒服了。她回屋拿上一袋零嘴,骑着电瓶车去烧鸡店。

路上遇见陈麦冬,她扭头就走。

"犯得着吗?"陈麦冬拦住她,"低头不见抬头见的,一点度量都没有。"

庄洁哑口无言。他把她说过的话原封不动地还了回来,接着又毫无诚意地道歉:"姐,对不住啊。"

"……"

庄洁回了烧鸡店,店里阿姨告诉她,今儿一早就有人送了箱车厘子来。她问是谁,阿姨随口就说:"殡仪馆里给死人化妆的那个男人。"

庄洁被"给死人化妆的那个男人"这个称呼刺到了,她看着阿姨,想告诉她应该用尊重,至少礼貌的语气称呼别人。但阿姨完全不自知,一面腌着鸡排,一面用喜庆的口吻说她闺女怀孕了,也找关系查了,是个大胖小子。

算了,庄洁想。她蹲下拆车厘子的箱子,那边阿姨搭话,说车厘子可贵了,上个月她女儿去市里检查,超市里随手拣了十几颗一上秤,乖乖,小五十块。

庄洁让她装点回去,她不好意思地摆手。庄洁给她装了点,又给店里的员工洗了一盘，剩下的拿回了家。

　　傍晚廖涛套庄洁话，问她喜欢的那个上海男人。以往庄洁嘴严实，只说是公司的领导，上海人，旁的再不说。廖涛这回没忍住问道："他父母做什么工作的？"

　　"他们是高知家庭。"

　　"啥是高知家庭？"

　　"高级知识分子家庭。"

　　廖涛明白了："他们家不接受你？"

　　庄洁指着车厘子："您不能一口一个地吃？我也是服了，一个车厘子能分几口。"

　　廖涛怔了下，脸一拉："没办法，我打小家里就穷，吃东西自带一股穷酸样。"

　　"我这样说了吗？"

　　"你真是吃了两天饱饭就忘了自己是谁，什么是高级知识分子家庭？我没上过几年学，可我也知道，人的知识越渊博，对他人的宽容心就越大。真正有知识的人至少不会歧视人。他们嫌弃你的腿，是他们自身的问题，怨你腿什么事？我亏你们了吗？我能尽的义务我全尽到了，家里再难，我没有让你们姊妹仨过得比别人差，现在不指望你感恩，你反倒因为想嫁个高门槛，回头嫌自己家穷酸了？"

　　"我没有嫌弃。"

　　"庄洁，你扪心自问，你没有嫌弃过？"

　　庄洁不作声。

　　"金窝银窝不如自己的狗窝，你倒好，心气高的……你哭啥?"廖涛虚了底气,"错了还不让说?"

庄洁擦泪,一句话没接。

"你是我生的,我能不心疼你?"廖涛鼻头也酸,"我难道不知道你为这个家的付出?房子我给你买的一百四十平,给庄研买的一百二十平,我还不是心疼你万一找不到……"

庄洁默默地流泪,也不接话。

"你这些年给的钱我都一笔笔记着,回头都给你,我一分都不会要。"

何袅袅放学回来见气氛不对,庄洁和廖涛各自坐在一侧,地上有白花花的纸。何袅袅把书包轻轻一放,干站了会儿,就去厨房刷中午泡在锅里的碗。

没一会儿,庄洁进来了,接过碗道:"你先去写作业吧。"

何袅袅没去,站在她身后抹泪。

"没事儿,我就跟咱妈拌了几句嘴,你去写作业吧。"

何袅袅出去写作业,廖涛进来,翻了会儿冰箱说:"我给你烩个菜吧,你不是爱吃烩菜吗?"

"行。"庄洁点头。

"你出去歇会儿吧,我来刷。"廖涛把她攥了出去。

*

吃完饭庄洁出来闲转,经过殡仪馆时顿了下。殡仪馆门口停了辆灵车,她随着家属上了台阶。她来过一回,大致记得方位,工作人员在布置灵堂,她循着哭声去了化妆间。

逝者家属隔着一面玻璃看陈麦冬给他们儿子化妆,庄洁悄声

221

站在门口,想看他是怎么给逝者上妆的。

逝者因为长期被病痛折磨,脸颊深深地凹了下去,陈麦冬正一丝不苟地给逝者面部做局部填充。庄洁从未见过他这么认真、平和、温柔的一面。他一只手拿着镊子,另一只手挡着逝者的脸,一点点地往嘴里塞填充物。正看着,逝者父母转向她,哭着问她是谁。

庄洁朝他们道歉,立刻退出了化妆间。她等了将近两个钟头,才见陈麦冬从淋浴房出来。陈麦冬看见她很是诧异,问:"你来这儿干什么?"

"闲逛。"

"……"

"哎,"庄洁肩膀碰碰他,好兄弟似的问,"饿不饿,请你吃消夜?"

"不饿。"陈麦冬不给面子。

"得了啊,别没完没了了。"庄洁拍他肩,说,"老同学,给个台阶就应……"

"你是等我?"陈麦冬戴着手套骑上摩托,看她。

"对啊,咱不是很久没聚了……"

"咱俩啥关系,需要天天聚一聚?"

"别扯淡了。"庄洁耐心耗尽,"吃不吃消夜吧?我等了你俩钟头,还要看你脸色?"

"我让你等我了?"

"陈麦冬你就作吧。"庄洁也戴上手套,骑上电瓶车,"蹬鼻子上……"话音还没落,陈麦冬亲了她一下,说:"回家喝汤去,奶奶煲了汤。"

庄洁没接话，跟在他后头回了陈家。陈奶奶晚饭时犯了糊涂，只煲了汤，没煮晚饭。陈麦冬煮了两包方便面，随便吃了点，就去哄奶奶睡觉。庄洁坐火炉旁烤了会儿火，然后来到主卧，坐在行军床上给陈奶奶唱《过昭关》："一轮明月照窗前，愁人心中似箭穿，实指望到吴国借兵回转，谁知昭关有阻拦……"见陈奶奶睡下，她轻声随着陈麦冬出去。

俩人各盛了碗汤，坐在沙发上喝着。庄洁看了眼时间："喝完我该回了。"

"我送你。"

庄洁放下碗，看看陈麦冬，拿着手套出了屋："不用送，我自己回。"

陈麦冬出来，骑着摩托跟在她身后。庄洁把电瓶车停回自家院里，朝他招手："回吧。"

陈麦冬坐在摩托上，熄了火，干看她，也不走。庄洁走过来，左右看看，朝他道："典型的牵着不走，打着倒退。"

"没明白。"陈麦冬嗓子沙沙的，装傻。

"装是吧？"庄洁轻声问，"至于吗？"

"至于。"

"行。"庄洁大气道，"山不来就我，我便去就山。学学我，错就是错，错了就该放低姿态。不比有些人，干端着，斤斤计较，小肚鸡肠，这有啥好处呢？"说完吻了他一下。

陈麦冬好像并不满意，继续看着她。

庄洁又吻了他，贴着他耳朵说："事儿精。"说完挥手回家。

"狗脸儿。"陈麦冬喊住她。

庄洁看他。

"是不是忘事了?"陈麦冬提醒。

"啥事?"

"想想。"

"对,正事。"庄洁掏出手机折回来,"来来来,扫一下。"

陈麦冬打开微信,不疾不徐地给她扫,屁股后就差撅一条尾巴了。

"行了。"庄洁有了切身领悟,"你也不是个善茬,不是个好欺负的主儿。我、懂、了。"

"扯淡。"陈麦冬没绷住,笑出了声。

"这事过了。"庄洁看他。

"过了。"陈麦冬很大气。

庄洁打着哈欠上楼,屋里何袅袅在床一侧睡着了,她枕头上放了一张纸,纸上的字歪七扭八的——

姐,你不要和妈妈生气。我不想你哭,我也不想妈妈哭,你们一哭我就特别难过,跟爸爸离开一样的难过。我其实什么都知道,但我要装作不知道。同学们觉得我很可怜,但我不想被他们可怜,我要表现得高高兴兴的,像爸爸活着的时候一样高兴。今天老师领读课文《城南旧事》,当我读到"爸爸的花儿落了,我也不再是小孩子",我就特别特别难过,我觉得我的童年也随着英子结束了。但当我想到我有

第二章 给你当情人

妈妈,有姐姐,有哥哥,我好像又开心了一点。你们都不要哭,你们一哭比打我骂我都让我难受。

庄洁认认真真地看完,拿起笔简单写了几句话,放在了何袅袅枕头下。

*

庄洁在成都转了两天,订了两家的大料,接着被热情好客的朋友拉着去了朋友老家巫山。

她在巫山待了一天,朋友又带她去了巴东县,说带她逛逛土家族、苗族村寨,回头从恩施坐高铁直接回家就行。盛情难却,庄洁就跟着朋友兜了一大圈。

回来的高铁上,王西夏发微信给她:"到哪儿了?"

庄洁:"下一站就是南枰镇。"

王西夏:"不是说好陪我做头发?"

庄洁哼哼两声:"你还怪美的,晚上有徐清河陪睡,白天有我陪逛街、买衣服、做头发。"

王西夏:"……"

庄洁:"有多少个寂寥的夜,我发微信你不回,白天摸鱼了才想起回。"

王西夏:"冬天黑得早,夜里睡觉也早……"

庄洁:"哼,你十点就睡了?"

王西夏:"最新研究表明,冬天最佳睡眠时间是晚上九点。"

庄洁:"别扯淡了,你就说徐清河在不在吧。"

王西夏:"他在也不影响我回复你信息。"

庄洁残肢端开始隐隐作痛,随手回她:"反正你就是过河拆桥,见色忘友。"

王西夏:"晚上太孤独了,徐清河在能缓解点。"

车窗外开始飘雪,庄洁回她:"下雪了!"

王西夏发了张开会的图片:"看不见。"

庄洁哼哼两声:"啊,我就说你怎么有空搭理我。"

王西夏:"宝贝,冷落你太久了,回头给你暖床。"随后发了个贱兮兮的表情。

庄洁懒得理她,侧脸看窗外的雪。她想起了陈麦冬。

出了高铁站,她仰头接雪,临时起意打给陈麦冬,问他在哪儿。

十几分钟后,陈麦冬朝庄洁走了过来。庄洁指着他头顶大笑,说他是"白头翁",陈麦冬掸掉头上的雪,用下巴示意她上车。

庄洁把双手揣他兜里,陈麦冬顶着雪骑摩托:"先去我家?下雪天适合喝酒。"

"想喝酒,什么天都适合。"庄洁说。

"一句话,去不去?"

"不去。"

"再问一句,去不去?"

"不去。"

陈麦冬停下摩托,回头看她:"去不去?"

"你求我我才去。"

第二章　给你当情人

"求求你。"

"一点志气都没有。"庄洁得了便宜还卖乖。

快到陈家,她改了主意:"方不方便去你新房?"

陈麦冬回头看她。

"我腿不舒服,想贴张药贴。"

陈麦冬掉头去了新房,把她抱到沙发上,然后给她拿了条毯子,泡了杯热茶。

庄洁盖着毯子说:"拉开窗帘呗。"

陈麦冬拉开窗帘:"雪下大了。"

"我想吃碗馄饨。"

"行。"陈麦冬明白。

他先回卫生间打了盆热水,拿了条毛巾,端到她跟前的茶几上,随后拿着钥匙出去:"我去给你买馄饨。"

庄洁喊他:"陈麦冬。"

陈麦冬看她。

庄洁示意热水:"谢谢。"

"您客气了。"

门被关上,庄洁脱了裤子和假肢,拧了把热毛巾轻敷在残肢端,然后按摩了一会儿,又从包里拿出一张药贴,撕开贴了上去。

弄好后她想穿上假肢,穿了一半又脱掉。懒得穿了。她盖着毯子躺了会儿,嫌热,伸手摸了摸地板,随手就给廖涛打电话,商量着给小区的房子也装一套地暖。

"你怎么说风就是雨?"廖涛在电话里说,"早说要装,你说没人住，现在手头紧你又嚷着要装。"

"不是现在装，我只是计划，可以安排在明年五六月份。"庄洁翘着残肢说，"我发现家里有地暖真舒服。"

"不是你嫌屋里干燥？"

"不干燥，暖和得很。"庄洁听见电话里吵，问道，"还在车间里？"

"准备回家了。你快回来了吧？"

"你不用管，我晚会儿坐个摩的回。"

"下雪了，坐摩的容易滑。我开车去接……"

"不用，我让朋友来接。"说着听见开门声，庄洁连忙伸手盖好毯子，挂了电话。

陈麦冬拎了两兜火锅食材，他回厨房拿锅，说："雪大，卖馄饨的没出摊儿。"

"俩人吃火锅会不会没气氛？"

"你要什么气氛？"陈麦冬在厨房问。

"行吧。下雪天适合火锅。"庄洁把药贴揭掉，慢慢穿上假肢，去厨房帮忙。

陈麦冬看了她腿一眼："好点了吗？"

"好了。"

"这药贴不能用得太频繁，副作用大。"

"还行。话说你这儿厨具怪全的。"

"本来十月就打算搬的，奶奶怕坐电梯，我也就不想搬了。"陈麦冬洗着菜说。

"买的时候不知道？"庄洁把洗好的菜装盘。

"那时候房子还没建好,奶奶也没坐过电梯。"

庄洁装好盘子站一边看陈麦冬,夸道:"你真是个居家好男人。"

陈麦冬看她:"是吗?"

"当然。"

陈麦冬没接话,回卧室换了件T恤,见庄洁身上穿着羊绒毛衣,问她:"热不热?"

庄洁拉了下高领:"有点。"

"你要不介意就换我的T恤?"

"行。"

"衣柜里,你自己去挑吧。"陈麦冬去厨房忙活。

庄洁拉开衣柜,统共就三五件衣服,她随便挑了件宽松的套上。

等她换完衣服出来,来到阳台上一看,天已经完全黑了,地面和车顶均被积雪覆盖。她打了个喷嚏,回屋,厨房里陈麦冬在熬火锅底汤。

其实她在成都和重庆吃够火锅了,原本一点都不想吃,但看他在厨房有条不紊的样子,又瞬间有了食欲。看他忙活的样儿,她忽然间冒出一个念头——这要是在上海多好啊。

她很清楚面对他时的那一阵阵悸动和一股股往上涌的暖流代表着什么。她再不刻意压制,而是去享受他带给她的这种悸动。

庄洁擅长把事情简单化,想不通的事,复杂的事,眼下没能力解决的事,通通扔一边不管。船到桥头自然直,事来了再说。

她爸教她的第一首诗,就是曹植的《善哉行》:"来日大难,口燥唇干。今日相乐,皆当喜欢。……"

她和陈麦冬都心照不宣,该撩骚撩骚,该接吻接吻,来年该分开分开。谁也不会为谁留下,谁也不会随谁离开。

她从身后抱住他,陈麦冬看了眼环在腰上的胳膊:"我做的微辣。"

"行。"庄洁把脸贴在他背上,闭着眼说,"这是你家,你拘谨什么?"

"扯淡。"陈麦冬否认。

"你经常做饭?"

"几乎不做。"

"我也是。"

"买酒了吗?"

"有。"陈麦冬把菜端上餐桌,从外套里掏出酒,然后去客厅开电视。

"你喜欢看电视?"庄洁站他身后问道。

"不看,就为了屋里有个动静。"陈麦冬说。

"什么动静?"

"热闹,像一家人。"

两人吃了饭,庄洁坐沙发上回微信,陈麦冬忙完过来,给她添了一盅酒,坐在一侧的摇椅上看电视。

"你坐那么远干什么?"庄洁看他。

"离你远点,离沙发远点。"

"咋了,我能吃了你?"庄洁拿白眼翻他。

"我有创伤后应激障碍。"

"你有啥?"庄洁没听清。

"PTSD。"陈麦冬淡淡地说,"看不得沙发,更看不得你坐沙发。"

庄洁拿抱枕砸他。

"你怎么砸人?"陈麦冬躲开。

"砸死你。"

"可是你让我过来的。"

"你就不能老实地坐着?"

"不能。"陈麦冬坐她旁边。

"你拘谨什么?"庄洁稀罕。

"没你游刃有余。"陈麦冬本能地回道,说完就后悔了。

"我游刃有余是我想得简单,你拘谨是你想得多。"

陈麦冬没接话。

"我可自在得很,跟我家似的。"庄洁惬意地抿了口酒,"你不自在就憋着。"随后盖上毯子躺下,"窗外下大雪,躺毛毯里可真暖和。"

"我不是拘谨,我是分心。"陈麦冬准备点烟。

"别抽了,烟味出不去。"

陈麦冬收了烟。

庄洁挠挠头发:"该洗头了。"又看了眼窗外,拉紧了毛毯,"明天再说吧。"

"我给你洗。"陈麦冬也不给她机会拒绝,直接领她去卫生间。

庄洁随他过去:"我自己来吧。你家真暖和,我家冷,就懒得伸手。"

"你平常都不洗,让脏东西自己挥发?"陈麦冬问。

"去你的。我在街上办了洗头卡。"庄洁说,"我去不了澡堂,只能在家泡浴缸,头发要单独洗。洗头是个大工程,你不会懂的。"

"我信你了。"陈麦冬把凳子放在浴缸前,让她把头伸进浴缸,他用淋浴喷头给她洗。

"你永远也不会懂我们女人的痛。两遍洗发水一遍护发素,光想想都费劲。"

陈麦冬调试水温,问:"怎么样?"

"偏凉。"

陈麦冬调高了一点温度:"怎么样?"

"有点烫。哎,你一个大男人装浴缸干什么?"庄洁好奇。

"当初考虑到奶奶才装的,她年龄大了,去澡堂不方便。"

"真是个孝顺孩子。"庄洁夸他。

"是啊,好好珍惜吧。"陈麦冬挤了一捧洗发水,给她按摩着头皮,问:"怎么样。"

"舒服。"庄洁竖大拇指。

"忘了说,我没有护发素。"陈麦冬来了句。

"去你的,没护发素给我洗……"

"别乱动,衣服都湿了。"

庄洁双手托着脖子,伸着头,老实让他洗。

"比起理发店,感觉怎么样?"陈麦冬问。

"没法比,你手艺更好。"庄洁夸他,"你怎么这么温柔?"

"不奉承我,我也给你洗。"陈麦冬拆穿她。

庄洁大笑:"不是奉承,你手艺真的不错。"

"我练过。"

"练过?"庄洁抬头。

"当然,给逝者洗头洗脸净身……"

"谢了。"庄洁推他,"我自己来吧。"

"你忌讳?"陈麦冬看她。

"不是忌讳,是有点怕怕的。"庄洁实话实说。

陈麦冬洗了手站一侧,没再帮她。

庄洁自己挠了会儿头,看见他脚上的拖鞋,顺着往上看,就见他安静地靠着门。她忽然意识到自己的残忍。

"我没有忌讳和害怕,就是心里本能地一咯噔,然后就没了。"

"不用解释,我明白。"

"那继续帮我洗?"

陈麦冬又俯身帮她洗头。庄洁说:"他们要是能回访,绝对送你一面大锦旗。体验太好了。"

"……"

"说真的,你就不害怕?"庄洁好奇。

"刚开始害怕,时间久了就不怕了。"陈麦冬给她冲头发,"活人比死人可怕。"

"有道理。"庄洁笑。

陈麦冬拿吹风机给她吹,她惬意得不行:"回头你可以开理发店,专门给人洗头。"

陈麦冬懒得理她,一缕缕地给她吹干,一点点地给她梳顺溜。没用护发素，头发有点生涩。

吹完他把吹风机一收，转身坐回沙发上喝茶。庄洁坐过来，随手盖了条毯子，陈麦冬看她："你冷？"

"不冷。"

陈麦冬点头，没接话。

庄洁抿了口酒，也没说话。

静默了两分钟，庄洁反身坐他腿上。陈麦冬推她："坐好。"

庄洁将他的脸扳正，直直地看着他的眼睛："怕了？"

"怕你？"

"不怕怎么不亲？"

陈麦冬用力吻她，又紧紧抱她。

俩人正如胶似漆，庄洁突然一把推开他，陈麦冬红着眼骂了句："老子早晚被你搞死。"

"对不起。"庄洁也喘声道歉。

"你杀了我吧。"陈麦冬瘫在沙发上。

"对不起。"庄洁在他脸上嘬了一口。

陈麦冬狠狠亲了她一下，看了眼窗外的大雪："今晚别回了，就先睡这里。我回奶奶那儿。"

"行。"庄洁点头。

陈麦冬给她找了浴巾和洗漱用品，把浴缸清洗了，放好水，边穿外套边说："有事打我电话。"

庄洁点头。

陈麦冬看她："楼上、楼下、对门都有人，没事儿。"

"我不害怕。"

"行，我走了。"陈麦冬朝她眨眼睛，"有需要随时联系我。"

"去你的。"庄洁骂了句。

陈麦冬离开，房间也清静下来。庄洁脱掉假肢泡澡，又发微信给王西夏，那边老半天才回："说事。"

庄洁嫌她语气不好，没再回。

王西夏又发来一条："在呢，啥事？"

庄洁不回，躺浴缸里泡澡。

王西夏那边正忙着，也就没再回。

庄洁在床上辗转反侧，百爪挠心，索性跑到阳台抽烟，给陈麦冬发微信："睡了？"

陈麦冬秒回："没。刚把奶奶哄睡着。"

庄洁捻灭烟，回他："我从没和人发生过亲密关系。"

陈麦冬半天没回，过了好一会儿才发过来一条语音："这又不是丢人的事。"

庄洁一愣，明白过来自己为什么觉得难以启齿，因为她潜意识里觉得这事丢人。

陈麦冬回她："我有经验。如果有时光机，我会回去告诉年少轻狂的自己，不要乱挥霍自己的情感，因为你会在三十……"

庄洁没看完，那边就迅速撤回了，接着又发过来一条："有经验，绝对不值得炫耀；一直单身，也绝对不丢人。"

庄洁没回。

陈麦冬打电话过来，没提这茬儿，只问她在做什么。庄洁回屋，给自己倒了一盅酒，回："准备睡觉。"

"暖和吗？"陈麦冬问。

"暖和。"庄洁说,"过了年我们家也装修。"

"我给你推荐装修公司。"

"好。"

"我把火炉搬出去了,前天有一家三口差点煤气中毒。"

"你有给以这种方式离开的人入殓过吗?"

"嗯。"

"他们的表情是怎样的?"

"挺自然的。"陈麦冬科普道,"熟睡的人感觉不到痛苦。"

"这个了结方式……"

"状态清醒的人就很痛苦。"陈麦冬说,"我见过以这种方式自杀的,面目很狰狞。"

"你在胡扯?"

"爱信不信。"

"哪种方式不痛苦?"庄洁好奇。

"睡梦中或骤然发生的不痛苦。反例就比如溺水的、上吊的、喝药的……喝药的最痛苦,如果药量不够,就要慢慢熬,内脏器官会一点点衰竭……"

"这个太残忍了。"庄洁说。

"而且没有安乐死,家人就要眼睁睁地看着他死。"

"太残忍了。"庄洁重复道。

陈麦冬打了个喷嚏,庄洁问:"你在院子里?"

"出来撒尿。"陈麦冬说。

"雪深吗?"

"能没过脚。"陈麦冬说,"明天去下溪村赏梅吧。"

"再说吧。"

电话里静了会儿，庄洁忽然淡淡地说："我不想让人看见我的残肢。我刚截肢的时候家里没钱，没痊愈就出院了。后来接受腔也不合适，伤口感染发烧了才住院，挺严重的，差点死掉。后来养好了，但残肢端的样子很狰狞。以前不觉得难看，腿都截了哪儿还在乎伤口好不好看。结果有一回正准备和当时的男朋友发生关系，他被吓到了。"

陈麦冬听她说，没接话。

"我妈老说我心气高，但我就不认命。有时候在路上看见一个瞎子配一个瘸子，心里就特别窝火。念高中的时候，有个人找我家说亲，对方是一个小儿麻痹症患者，我妈当时就对媒人破口大骂。那些人认为我就只能嫁给一个残疾人。我不服，就是不服。我妈说只有读书才能扭转命运，否则我这辈子只能做一个最底层的残疾人，嫁一个瞎子或聋子。我大学考到了上海，我还拿了奖学金。我工作两年回来，有人给我说亲，对方是镇上同样考到上海的学生，尽管家境不尽如人意，但好歹是个健全的人，是个大学生。而且这两年陆续有人找我妈说亲，从表面上看，都是些不错的人。现实给我上了一课：只要一个人足够优秀，拥有足够的话语权，他身上的一切瑕疵都不再是瑕疵。我要事事掌握主动权，要我去挑他们，不能让他们来挑我。"庄洁掷地有声地说，"我要去更大的城市，我要往上爬，我要别人投来佩服和欣赏的目光，不要同情和怜悯。"

陈麦冬一直没接话。

两人一时间陷入了沉默。庄洁闷了口酒，转着手里的酒盅，问:"陈麦冬,你要不要过来?"

"再说吧。"陈麦冬回了句。

"行。"庄洁点头。

两人又是沉默。

庄洁正准备挂,就听见陈麦冬在那边轻轻地说:"庄洁,你可真会欺负人。"

挂完电话她独自喝了会儿酒,给王西夏发微信,对方没回。庄洁有点生气,正要打过去,王西夏就打了过来,说外面下大雪,她昨天寄了两件羽绒服回来,明天刚好能穿。

"好。"庄洁瞬间没了脾气,柔着声说,"夏夏对我真好。"

"喝酒了?"王西夏问。

"喝了几盅。徐清河是不是在?"

王西夏含糊地应了声。

"我就知道。"庄洁撇嘴,"我感觉你最近有点烦我了,尤其是晚上。"

"怎么会?"

"就是有。"庄洁较劲,"我直觉很灵,你就是嫌我烦了。"

王西夏笑她:"你怎么像个吃醋的小女友?"

"去你的。行,不耽搁你们了。"庄洁要挂电话。

"左右我也没事儿。"王西夏点了根烟,"陪我聊会儿。"

"你是人吗?这会儿才想起我。"庄洁不忿。

王西夏大笑。

陈麦冬坐床头抽了半夜的烟,凌晨四五点去冲了个澡,换了身厚厚的羽绒服,踏着雪去了新房。

他站门口打了几个喷嚏,脱下外套直接去了主卧。庄洁睡得正香,他躺进去先暖了会儿,随后贴着她睡觉。

早上起床上班的时候,看见庄洁背着他正准备穿假肢,他下床走过去,站在一侧看她穿。庄洁恼他:"你不会避避?"

陈麦冬拿过内衬套,半蹲下帮她穿。庄洁难堪,用另一只脚踹他,不让他穿。陈麦冬警告她:"作吧你。"

"我让你帮我穿了?"

"我欠。"

"不要脸。"

"没你要脸。"陈麦冬拿着硅胶套,示意她藏在被子里的残肢,"伸出来。"

"我自己会……"庄洁话音还没落,陈麦冬一把掀开被子,让她的残肢暴露无遗。

"王八蛋。"庄洁气得骂他。

陈麦冬看她残肢:"是有点丑。"

庄洁拿枕头砸他,陈麦冬也不动,任她砸。等她发泄完,陈麦冬看她:"砸够了?砸够了就穿。主路上的雪被碾实了,滑,等会儿我们走小道。"

陈麦冬给她穿硅胶套,半天也摸不着技巧。庄洁也不理他,拿过硅胶套自己一点点穿。陈麦冬就蹲在那儿,看她是如何穿戴假肢的。

庄洁过去洗漱,陈麦冬挤了牙膏,单手揣进裤兜,悠然自得地站在马桶旁刷牙。两人穿戴好出门,陈麦冬引她先去街上吃早饭，随后领着她回家。他们一前一后地走，一路无话。

到了庄洁家门口，陈麦冬说："我去上班了。"

庄洁没忍住，问："你啥意思？"

陈麦冬撂下一句"自己品"，就踏着雪原路折回。

廖涛从里面拉开大门，看了眼陈麦冬离开的方向，问她："咋回事？"

庄洁解着围巾回屋："我喜欢他，他也喜欢我，就这么一回事。"

廖涛拉着脸正要训话，庄洁堵她："我全懂，比你懂，我明年照常回上海。我不怕闲话，只当听不见。"

廖涛说不过她，话被堵了个干净，也不自讨没趣了。半天，廖涛还是没忍住，说了句："眼睛都快长头顶上了。"

"那咋了……"

话音没落，廖涛就伸手打她："咋了，咋了！整天尾巴能撅上天。"说完手一指墙角的吸尘器，"你说吧，这个吸灰的多少钱？"

庄洁斟酌着回："二百。"

"那个吹头的呢？"

"一百。"

"行。储藏间那台电风扇呢？"

"三百。"

"你个败家子。"廖涛骂她，"花三四千买个吸灰的，花两三千买个吹头的，花四五千买个电风扇，咋的，它能吹出大草原的风？赚俩工资你就可劲儿挥霍吧，别以为我在村里就什么都不知道，你买的这些东西啥价我一清二楚。"说着打开购物软件，照着吸尘器一拍，同款产品的价格就出来了。

"……"

"你是高级人。"廖涛说她，"赶紧收拾了封好，将来还发回上海去，村里人都用笤帚，我使不上它吸灰。"

"……"

庄洁把这些物件都封好。中午何袅袅蹦跶着放学回来，看见庄洁先是一喜，再看她手里的物件又是一惊，蹑手蹑脚就准备上楼。

"你给我滚过来。"庄洁喊她。

何袅袅先发制人："咱妈问这都是啥，我就翻出来告诉了她，然后她问我啥价格，我就说：'你不会上网搜？'她就上网搜了。谁让你买这么贵的东西，尤其是那个吸尘器，不能吸大垃圾，只能吸灰。"

"……"

"主要还得怪你，你教咱妈上网买东西，咱妈闲着没事就逛购物网站，她嫌你的吹风机没力气，就自己在网上买风大的，然后就看见你的吹风……"

"行，你有理。"庄洁打断她。

"反正不关我的事。"何袅袅嘟囔。

"你看你把屋里踩的，你就不能跺跺脚再进屋？"庄洁指着她身后的一排鞋印。

何袅袅换了拖鞋，抱着拖把过来准备拖地。

"行行行，你上一边待着去吧。"庄洁嫌弃她——拖把上的水都没拧干,滴了一屋子。

"你就会找我事,咱妈压迫你,你就压迫我。"何袅袅气呼呼地说,"你再惹我,我就跟咱妈说你花十万买个表……"

庄洁捂她嘴:"我是拿来收藏的。"

"让你在我面前炫耀!"

"行行行,回你屋去吧,我给你带了礼物。"庄洁打发她。

*

接下来几天都很太平。一来外头冷,路面结冰,庄洁出去的少,二来陈麦冬也没联系她。

她来回分析陈麦冬的态度,觉得这事有学问。他不联系自己无非两个意思,要么是故意冷着,要么就是今后大路朝天各走一边。

这天庄洁正在烧鸡店忙,站门口抽烟的工夫,就看见陈麦冬的初恋穿着制服经过。庄洁好奇地打量她,只见她走着走着就拐进了陈麦冬家所在的胡同。

等了十分钟也没见她出来,而陈奶奶早在二十分钟前就跟庄洁打了招呼,说陈麦冬发烧在家,她自己要去做弥撒。

陈麦冬家大门紧闭,她抬脚就踹开了,院里停着摩托,客厅没人,卧室门关着。她正准备踹门,门就被人从里拉开了,只见陈麦冬一身秋衣秋裤,双脸酡红地看着她。

庄洁冷笑一声,推开他进了屋,把他床上被子一掀,又拉开衣柜门,尴尬了两秒,头一歪:"奶奶说你发烧了,让我过来看看。"

第二章 给你当情人

"你这气势怎么像捉奸?"陈麦冬不信。

庄洁看着他身上的秋衣秋裤,说:"怪合身的。"

陈麦冬躺回被窝:"缩水还掉色。"

"我买的大品牌,他们说不缩水。"

陈麦冬裹好被子,只露出个头看她:"你是来看我秋衣合不合身的?"

庄洁单刀直入地问:"你啥意思?涮我?"

"涮你什么?"陈麦冬问。

"你装傻是吧?"庄洁想翻脸。

"好好说话,你急什么?"陈麦冬不紧不慢地说。

庄洁压制着脾气,脸一转,懒得理他。

"你这才几天?"陈麦冬半坐起来,虚弱地说,"帮我倒杯茶。"

庄洁帮他倒了茶,瞥他:"故意冷着我呗?"

陈麦冬喝了口茶,润了润嗓子:"那天晚上没睡觉,凌晨四五点洗了个澡,估计是在去找你的路上受了凉。"

庄洁在他床边坐下,摸了摸兜里的烟,准备掏,又放了回去:"冻死你,谁让你大冷天洗澡的。"

"我是为了去身上的烟味,怕熏着你。"

庄洁没作声。

"要是奶奶不说我生病了,你就不会来了。"陈麦冬看她,"估计还端着等我联系你吧?"

"你才端着。"

"不端着,想我了怎么不联系?"

"扯淡。"

"有什么不敢承认的，我也想你，每天每天地想你。"

"滚蛋。"庄洁骂他。

"哎，你耳根红什么？"陈麦冬不懂就问。

"你欠是吧？"

"你耳根很红。"

庄洁要走，陈麦冬拉她："陪我会儿，我头疼得睡不着。"

庄洁摸他额头："吃药了没？"

"吃了。"

"你睡吧，你睡着了我再走。"

陈麦冬满意地抱住她，让她轻拍自己的背，哄自己睡。

庄洁轻拍他的背："睡吧。"

"你想不想我？"陈麦冬嘴不停。

"你事儿怎么这么多？"

"因为我是事儿精。"陈麦冬理直气壮。

庄洁"扑哧"一笑，骂他："王八蛋。"

"想不想我？"陈麦冬又问。

"想。"庄洁承认。

"我也想你。"陈麦冬说。

"别说了，你嘴都起皮了。"

陈麦冬紧紧地抱她："我们家洁儿又香又舒服。"

庄洁拍他背："睡吧，你眼睛都红了。"

"我爸妈从来没有抱过我。我一个远房亲戚在我家做保姆，她在家带我，我爸妈出去工作。我懂事后他们就闹分居，后来都嫌我累赘，就把我送来乡下了。"

第二章 给你当情人

"所以你才在学校故意惹事?老师请家长,你就报你妈的手机号?"庄洁问。

"嗯。"

说完他就睡了。庄洁也靠在床上稍微眯了会儿,怕奶奶回来撞见,她慢慢地起了身,轻轻地出了屋。

庄洁刚倒了杯水喝,陈奶奶就拎着菜回来了,说晚上给他们包饺子。庄洁也不好走,坐下帮她择菜。

陈奶奶拉家常,说陈麦冬初恋和头一户家的儿子好上了,两家人正商量着结婚的事。庄洁问:"什么是头一户?"

陈奶奶朝院里一指:"就前头这一户。"

"……"

"我在想要不要把这事搅黄,我不愿意天天看见她。一看见她,我就想到冬子遭的罪。"陈奶奶说,"细想,又觉得这么做不好。宁拆十座庙,不毁一桩婚。但我这心里头硌硬。"

"奶奶,陈麦冬说他打架不是因为这姑娘。"庄洁说。

"咋不是,他就是心口不一,死不承认。"

庄洁掛酌道:"他说是因为和他爸吵架,喝了点酒……"

"他这么跟你说的?"陈奶奶问。

"对,他也很后悔,说是一时冲动。"

陈奶奶一时没接话,好半天才大骂陈麦冬他爸,说难怪当年陈麦冬死活不开口,民警问啥他也不说。

庄洁安慰她:"不提了,都过去了。"

陈奶奶抹泪,说:"我孙子没少跟着他们遭罪。俩人说去市里做生意,孩子又不舍得给我带。没几年俩人发了点财,请了个

245

保姆专门带，再过几年，俩人置气谁也不带孩子，然后就给送回来了。"

"他是被保姆带大的？"庄洁问。

"保姆带了他两年。"陈奶奶开始翻箱底，"他爸妈是自由恋爱，那时候还不兴，自由恋爱是会被笑话的。结婚两三年里俩人还好得不行，生下冬子两年，俩人说要出去闯，我说把冬子放家里，她妈一直哭，说一定要带走。"

陈奶奶拍她手，说："你不知道俩人把冬子宠成啥样，他爸趴地上学马，他就骑在他爸背上喊'驾、驾'。村里人都笑话死了，说他们两口子净出洋相。刚去市里的头几年，生意再忙，他妈周末都会带他去逛公园，逛博物馆，反正都是逛些文化人去的地儿。他妈本身也有文化。差不多在他十岁的时候，他爸生意越做越大，开始有流言说他爸养小蜜，再后来俩人就开始频繁吵架。他妈为了不让他爸乱搞，就频繁把冬子送去公司，自己跑回娘家。他爸没法子，就把冬子给我们送了回来。俩人就踢皮球一样，他爸把冬子踢给我们，他妈就给抱走，抱走没几天又送去他爸那儿，他爸就再送回来，冬子可遭罪了。我怀疑是他妈娘家出的主意，否则那么疼爱孩子的人，怎么说撇下就撇下，说不爱就不爱了？他妈是个通情达理的人，性格也行。我也知道她的委屈，她照顾家庭、料理生意样样行，都怪我那不争气的儿子……大人离了就离了，关键孩子跟着遭罪。他爸妈离婚没两年，他妈就再婚了，生了个闺女。从前还回来看看，自从再嫁怀孕后，就没回来过了。"

陈奶奶说着叹了口气，看了眼卧室门，悄声说："十二三岁的时候,还梦里哭着喊妈。"

"从前两口子是捧在手里怕摔了,含在嘴里怕化了,后来说不要就不要了。啥都没人心变得快。"陈奶奶念叨,"我们那年代过得畜生不如,但也一辈子和和美美地过来了,怎么日子越好反而一代不如一代?"

陈奶奶教庄洁擀皮时,陈麦冬才醒。陈奶奶赶紧给他下饺子,说他一天没吃饭了。陈麦冬指着案板上的几个丑八怪饺子:"这谁包的?"

"我。"庄洁看他。

"奶奶,我就吃这几个,东西越丑越香。"陈麦冬说。

"你去粪坑吧。"陈奶奶怼他,"不知狗屁香臭的东西。"

"……"

庄洁忍住笑,装作没听见。

陈奶奶撵陈麦冬:"去屋里待着,看见你就烦。"

陈麦冬莫名其妙:"我怎么了?"

陈奶奶回堂屋给他拿药,嘴里念叨:"我就嫌没事爱献殷勤,围着女人转的男人,志向短。"

"您说我?"陈麦冬不解。

"我说狗。"陈奶奶回了厨房,瞅见庄洁擀的皮,也撵她,"你去看着火炉里的红薯,别烤过头了。"

"……"庄洁回了堂屋,看见喝药的人,哼哼两声,说:"我爸妈从没抱过我,我跟着保姆长大的。"

"……"陈麦冬没理她。

庄洁摸摸他额头:"烧退了。"

陈奶奶端了饺子过来，他老实坐好，先吃了一个丑的："好吃。"

庄洁轻踹他："我回了。"

陈麦冬看她："你不吃饺子？"

"店里有事，我先回了。"

庄洁回店忙了会儿，临下班前收到陈麦冬发来的微信消息："几点下班？"

庄洁："好好养病，病好了再说。"

陈麦冬想回，编辑了一段话，嫌矫情，给删了。生病了能说些胡话，清醒就不能了。

庄洁骑着电瓶车回家，刚到家，就收到陈麦冬发来的微信消息："上去休息吧。"

庄洁问："是你骑着摩托跟在我身后？"

她察觉到身后有辆摩托开着大灯跟着她，但她裹了帽子围巾，嫌回头费事就没回头看。

陈麦冬："不然呢，谁好心给你照前方的路。"

庄洁："我电瓶车有大灯。"

陈麦冬："你那灯不行。"

庄洁嫌发微信耽搁事，直接打了电话过去："你回去了？"

"没有。"陈麦冬说。

"那你就冻着吧，我不会下去的。"

"我不冷。"

"嘴硬吧你就。"庄洁往盆里打着热水说，"别人都是默默奉献，害怕被对方知道……"

"那是傻子。我做的每一件事你都要知道。"陈麦冬说，"做七分说十分。"随后又补充道,"默默奉献型的都是傻子。"

"你是什么型?"庄洁关了水龙头,坐在床前的椅子上问。

"我是燃烧自己型。"

庄洁笑骂:"去你的。"

"从前看《一个陌生女人的来信》,觉得那女人真傻,傻透了。"

"现在呢?"庄洁问。

"还挺羡慕她那为爱殉道的一生。至少她心中有执念有信仰,无怨无悔地爱过一个人。我做不到,你做不到,没几个人能做到。有血缘羁绊的家人都不能保证相爱一生,更何况捉摸不定的爱情。我们都太懂得取舍了,爱就显得不值一提。什么爱都是。你将来拍拍屁股走就走了,我绝不会拦你。我早就看开了。"陈麦冬又复述一遍,"我早就看开了。"

庄洁听见了打火机声,警告他:"别抽烟了。"

"你管我?"

庄洁觉得他今晚有点胡搅蛮缠,拿了围巾准备下去,又听见他说:"庄洁,我给你当情人吧。"

庄洁止了步:"什么?"

"我,陈麦冬,给你当情人。"陈麦冬说,"你回上海我绝不拦你。我心甘情愿给你当情人。"

"为什么?"庄洁问。

陈麦冬靠在摩托上,仰头找天上的星星。"如果当情人,我就可以允许你来去自由,我也自由。"

"好。"庄洁想也不想地应下,"但我很霸道的。"

"多霸道？"陈麦冬问。

"我要你对我绝对忠贞。"庄洁说。

"你呢？"陈麦冬反问。

"我也会。"庄洁说，"这期间我也会对你忠贞。"

"行。"陈麦冬应下，"你出来，我在你家房后。"

庄洁裹好围巾出来，陈麦冬看她："去新房。"

庄洁犹豫，她还没做好准备，这一切太突然了。陈麦冬用不容反驳的语气说："去新房。"

到了新房，陈麦冬蹲下给她换拖鞋，她一直望着他头顶的旋。换完鞋，庄洁去阳台上给何袅袅打电话，让她告诉廖涛，自己今晚有事不回了。打完电话，她回屋坐在沙发上，开始脱假肢。

陈麦冬坐过来看她怎么脱。庄洁问："你看什么？"

"学会了我帮你脱。"

庄洁没接话，卷着内衬套一点点地往下脱。陈麦冬说："你要不想就不要勉强自己。"

"我没有不想。"庄洁看他。

"你手在抖。"

庄洁没作声。陈麦冬帮她脱下内衬套，接着拿去卫生间清洗，然后晾在衣架上。

"我在网上查过怎么清洗。"陈麦冬说，"早就查了。"

*

隔天中午庄洁才回家，廖涛已经去厂里忙了。她没什么事，就把家里里里外外打扫了一遍。何袅袅放学回来，拧开火，边下着饺子边说："你勤快也没用，妈还是要找你事的。"

"小叛徒。"庄洁轻声骂她。

"我叛徒？哼！我还受你连累挨骂了呢！咱妈见你坐上他摩托走了，回来就检查起我的作业。我就是个受气包。"

"咱妈怎么会看见……"

"出去倒垃圾看见的。"

庄洁也不作声，回院里涮拖把拖地。何袅袅围在她屁股后头出主意，教她怎样才能让廖涛消气。廖涛还没生气，庄洁就已经生气了，因为纪三鹅子把她刚拖干净的屋子踩脏了。她挥着拖把撵纪三鹅子，没留意脚下一滑，人结结实实摔了一跤。

她躺在地上起不来，正好廖涛回来看见，迅速跑过来扶她："摔着哪儿了？"

庄洁托着腰起不来。廖涛着急，想打120，庄洁疼得直摇头，勉强说了句："穿得厚没摔着，我躺会儿就行。"

"谁让你勤快……"

"我姐是怕你骂她，她打扫房间是不想挨骂。"何袅袅借机发挥。

说起这事廖涛就没好气："都长本事了。"她把庄洁扶起来，"你就混吧，把名声都混臭。"

庄洁趴在沙发上："本来就不香。"

何袅袅也帮庄洁："她们说我们家的女人太强了，太强的女人命硬，容易克夫……"

"她们当你面说的？"廖涛问。

"我在小卖部买作业本的时候,她们在里头边搓麻将边说的。"

"她们还说啥了?"

"说你太厉害,说姐本事大,说庄研和姐托生反了。"

"你当没听见就行了。"廖涛说。

"我只能装作没听见呀,我还能跟她们吵吗?"

"行行行,你上学去吧。"廖涛说她。

何袅袅起身就要走,廖涛喊住她,让她回来把奶粉喝了。何袅袅在同龄人中算个头矮的,廖涛给她买了几桶奶粉。

何袅袅喝完,把杯子用力一放,踢开门就出了屋。

"你想挨揍就说一声。"廖涛骂她。

"你别老骂她。"庄洁说。

"你这会子充好人了?不骂她骂你?你们一个个的,我敢骂谁?"

"关上门过自己的,你管别人说什么。"庄洁说。

"说我我凭什么不管?下回听见我撕她们的嘴。"廖涛从柜子里拿出一瓶二锅头,"你身上有事没?"

"事不大。"庄洁说,"袅袅快十二了,你别动不动就骂。"

"骂她两句,让她长点记性。否则以后进了社会一点亏都吃不了。"

"现在不能这么教育小孩……"

"你懂还是我懂?我都养大仨孩子了,不比你有经验?你是纸上谈兵,我是实践出来的。"

"行,你有理。"

"你们仨我哪个没教好?庄研是阴柔了点,但身上有一股文化人的气质。"

庄洁想笑,但腰疼。

"不是我说的,是他曾经的美术老师说的。"廖涛喝了口酒,"对方说庄研是块画画的料,要是好好培养,弄不好有大出息。庄研要真能画出个样儿,我砸锅卖铁也会供他画的。咱家要真能出个画家,我们脸上全都跟着添光。不管街上谁碰见,都说庄研斯斯文文的像个读书人。"廖涛有自己的一套逻辑,"读书人都文气,文气就显得不爷们儿,爷们儿都显粗,他就是个细人儿。"

庄洁没憋住笑:"细人儿。"

"是说这人讲究、精细的意思。"

庄洁也是服了,啥话都被廖涛说完了。前几天她还骂庄研扛不起大梁,这会儿就变成"细人儿"了。

廖涛一喝酒就话多,她说何袅袅马上要十二岁了,理应摆桌大办,但今年家里有丧事,不兴大办,又说她都已经十二了,按理该来例假了,不知怎么迟迟不见来,说让庄洁领着去医院看看。

"正常,不着急。"庄洁趴着都快睡着了。

"怎么不着急,他们班女孩差不多都来了。"

"来就来呗。"庄洁翻身想睡。

"你昨晚去陈麦冬家了?他奶奶在家,你们也不臊?"廖涛把话头转向了她。

"我们去的新房。"庄洁说。

"新房也有熟人。"

"有就有呗！"庄洁有点烦。

廖涛也挤到沙发上："别心气儿太高，差不多得了。"

"你挤到我了。"庄洁推她。

廖涛有了困意，拉过毯子说："嫌挤你就回房间，我是不会挪的。"

"我不回，我刚暖热。"

"他要愿意跟你去上海，也是一件好事。"

"他去上海能干啥？"

"去哪儿给死人化妆不是化？"廖涛打个哈欠。

"别给死人化妆给死人化妆的，难听死了。"

"嫌难听你别听。"

庄洁扶着腰起身，还是忍不住回头给廖涛科普："他这个职业叫'遗体整容师'，或者叫'入殓师'。"

"带个'师'就不是给死人化妆的了？"

"行行行。"庄洁上楼。

廖涛盖好毯子睡觉，不搭理她。

庄洁躺床上没多久就睡了。她睡醒后下楼，廖涛也醒了，正在电脑前做账。庄洁站过去看了会儿，夸她记性不错。廖涛熬夜练了两个月，学会了打字、做账、拍照上新、接单和发货。

庄洁觉得廖涛没必要学接单和发货，因为她请了专业的客服，专门负责这些。庄洁看廖涛同买家聊得热乎，撂了句："这种小事让小赵做就行，你留着精力干大事。"

廖涛没搭理她。庄洁看落在键盘上的烟灰，说她："敲键盘就别抽烟了。"

第二章 给你当情人

廖涛一口把灰吹掉,烟灰飘飘荡荡又飞到了别处。庄洁打了个响指:"别动。"迅速回屋拿来吸尘器,换了个小吸头,朝着键盘、桌面一阵吸,随后朝她扬下巴,"咋样?"

"起开吧。"廖涛撵她,"没事你就去沟佛村的养鸡场一趟。"

"怎么了?"

"这家养鸡场的老板不行,趁过年又想跟我涨价。"

"他不是涨一回了吗?"庄洁问,"我们还有多少订单没交?"

廖涛翻着单子,开始敲计算器。庄洁双手环胸看她,也不说话,等她快敲完了,说:"电脑点开客户资料,里面所有未交订单一目了然。"

廖涛点着鼠标骂她:"你故意的吧,看我快算完了才说。"

"我是为了让你长记性。"

廖涛这会儿脑子乱,懒得搭理她。她点开客户信息,看了眼订单详情:"未交的有两单,一共八百只。"

"等这单子交了,我们得备一批货。"庄洁同她商量,"备个两千只,过年串亲戚的多,我们把礼盒做漂亮点,拎出去也体面。"

"我也这么想。"廖涛附和,"上个月网店销量小四千,我们是该备一批货了。"

"四千只不多。这还是我找了网红推,也才四千。"庄洁并不满意。

"我觉得不错。从前单靠烧鸡店,旅游旺季了不起一个月卖三千只,淡季最差的时候只有几百只。你二婶昨天来了。我今儿把账一算,三个月赚了有十几万,刚好把赔偿金给还清。"廖涛说。

"还行。"庄洁应了句。

"知足吧。"廖涛说她,"别用你的国际眼光看待小本生意。整天把干大事干大事挂嘴边,卖烧鸡真是辱没你了。"

"本来就是辱没我了。"庄洁边在网上找礼盒边说,"用得着我的时候就女儿女儿地喊,用不着就连贬带损的。"

"你就是好高,我再不拉拉你就要上天了。"廖涛说,"卖老干妈的周碧华,卖十三香的王守义,这两个民族企业哪个……"

庄洁大笑:"什么周碧华,是陶碧华!不对,是陶华碧。"

"不管叫啥,我就是告诉你,有能耐的人,卖辣椒酱都能驰名海外。某些人别整天么么蛾蛾的,眼高于顶。沟佛村那个卖腐竹的你看不上是吧?人家现在都准备上市了!"

晚上庄洁去了烧鸡店,一个客人投诉,说在炸鸡里吃出了血水,一口咬定是死鸡病鸡,根本不是宣传里说的活鸡健康鸡。

庄洁跟对方理论了半天,还是廖涛把事给解决了——把钱退给了对方,又送给对方一只烧鸡。庄洁当然知道这是最有效的方式,但她偏不这么处理,她家的烧鸡明明就没有问题,她就是看不上一个大男人没事找事。

廖涛说了她几句,回了熟食厂。

庄洁清点完钱柜回家,到家后收到陈麦冬微信:"刚是我一路跟着你。"

随后他又补充了一条:"路黑又滑,怕你摔了。"

庄洁服了:"你就不能为我默默做一件事?"

第二章 给你当情人

陈麦冬简单明了:"不能。"

随后又问:"你腰怎么了?"

庄洁:"早上拖地后仰着摔了一跤,摔到尾巴骨了。"

陈麦冬:"去医院检查了没?"

庄洁:"没啥大事,真伤到骨头我就走不了路了。"

陈麦冬:"那你托腰干什么,不应该捂着屁股?"

庄洁:"捂屁股不好看。"

陈麦冬不放心:"我带你去拍个片。"

庄洁:"没事,我就是摔狠了。"

陈麦冬:"你经常这么摔?"

庄洁:"以前是,现在摔得少了。"

陈麦冬:"我给你定做了两双拖鞋,鞋底做了防滑,还备了一副拐杖。冷了就随时过来,密码我生日。"

庄洁:"好。"

俩人聊了会儿,陈麦冬想让她今晚来新房,他在药店买了药,还是担心她的伤。

他骑着摩托过来,庄洁轻轻关上大门,朝他"嘘"了声。回新房的路上,陈麦冬说:"你就说咱们在谈恋爱不就得了。"

庄洁点头:"我是这么说的。"

陈麦冬偏脸说了句什么,庄洁没听清,让他好好开车,风大,话都被刮歪了。

到新房后,庄洁洗了澡,拄着拐出来,陈麦冬已经把残肢内衬清洗完晾了起来。他拿着地巾准备清理卫生间里的水渍,见地面已经清理好了,朝她道:"你只管洗就行了,我来清理

257

地面。"

"不用，我自己来就行。"庄洁自小养成的习惯——洗完澡后，顺手把地面清理了。

"我又不是玻璃娃娃。"她往手上倒着身体乳，准备往腿上涂，"我都清理出技巧了，一回都没摔过。"

陈麦冬坐过来帮她涂。她说不用。

他问："害羞？"

"不习惯。"

"慢慢习惯就好了。"陈麦冬给她涂背，顺势看了看她的伤，来回按着问她疼不疼。她脸搁在枕头上，说："不疼。"

陈麦冬放心了："你皮厚，连块淤青都没有。"

"去你的。"庄洁骂他。

陈麦冬要给她残肢涂护理膏，她翻坐起来："不用，我自己来。"

陈麦冬管自把她的残肢裹在手心里，涂好护理膏后按摩了几下，让她趴好，说给她放松肩颈。

庄洁趴下说："你今天特别温和。"

陈麦冬给她按摩："我哪天不温和？"

"装的。"庄洁哼哼两声，"你就是一只猫，出其不意就挠人两下。"

按完肩颈，陈麦冬给她倒了杯水，问她："爽吗？"

"去你的。"

陈麦冬笑了。

"你笑起来随和些。"庄洁靠坐着说。

第二章　给你当情人

陈麦冬没作声。

"宝贝儿。"庄洁玩笑地喊了声。

陈麦冬吻她，她也倾身回吻。

陈麦冬的手轻轻摩挲着她的残肢端："睡吧，不是累了？"

"你怎么了？"庄洁惊讶。

"没事。"陈麦冬摇头。

庄洁将他的脸扳正："怎么了？"

"没事。自从我从事殡葬业，难得和人这么亲密。"

"觉得委屈？"庄洁柔声问。

"没有。"陈麦冬摇头。

"不委屈你难受什么？"

"扯淡，眼里进了东西。"陈麦冬揉眼。

"我又不会笑话你，都是人，谁都有脆弱的时候。"庄洁轻碰他，"泡妞的时候就不应该说自己的职业，熟了再说。普通人猛地一听确实接受不了，等慢慢了解了就不害怕了。我是经常跑医院，也爱听奇奇怪怪的故事，无形中胆子就撑大了。有些职业天生就要受些委屈，天生就很难被人理解。大部分人的害怕并不是故意的，也不是恶意，只是一种本能。我有一回去哪儿来着，只顾着往前走路，差点踢到一个残疾人，我本能就吓了一跳。对方下肢完全被截掉了，靠着两条胳膊撑着木板往前移。我当时的本能反应肯定伤害到他了，但我绝不是有意的。"

"我明白。"陈麦冬说，"我从不期待被陌生人理解，家人理解就行了。"

"对，家人理解很重要。"庄洁缓缓地说，"但有时候怎么说，就像我弟弟庄研，他太想获得我妈的理解和尊重，但我妈连他画的是什么都看不懂，怎么可能打心眼里尊重？不是我妈不想理解，是她自身无能为力。她的成长阅历、学识素养，撑不起她去尊重和理解一幅画。如果我说一辈子不结婚而我妈不反对，只是因为她说不过我，她在压制着自己，绝不是因为她从内心理解和尊重我，她会觉得我这是吃了两天饱饭撑的。我这些年慢慢悟出一个道理，不被他人理解才是正常的，太想被他人理解是痛苦的源泉。说句很残忍的话，咱俩都属于社会边缘人，过于强调他人的理解和尊重，只会伤到自己。索性就爱谁谁，老娘才不在乎。"

"你还怪想得开的。"

"不然怎么办？日子还得往下过。比起很多重度残疾还在底层挣扎的人，我已经很幸运了。"庄洁看他，"想你爸妈吗？"

陈麦冬随意道："他们过得好就行了。"

"将来我都没脸去见我爸。"庄洁惆怅地说，"我都想不起他的样子了。"

"我爸这些年过得不好，老酗酒，一喝醉就给我打电话。"

"那他内心里还是爱你的，只是分量轻重而已。"

"谁知道呢。"

"你妈呢？"

"什么？"陈麦冬看她。

"你妈过得怎么样？"

"应该不错。因为她都没空联系我。"

"也许是她对你感到愧疚，不好意思联系你。"庄洁说，"男人脸皮厚,能仗着醉酒给你打电话。女人就算后悔也干不出来这事。"

"谁知道呢。"

"现在我妈柔和很多了。以前我妈很强硬,她决定的事谁也改变不了,经常当着我的面骂我爸。"庄洁淡淡地说,"人的性情可以变,但骨子里的东西改变不了。我妈绝对不会向我们几个道歉,她的观念里就没有父母给子女道歉这回事。她认错,错了就是错了,下回不犯就行,但是让她当面道歉没门儿。"

陈麦冬没作声。

*

这天庄洁去养鸡场谈价格,没谈下来,对方很硬气,说好几家都找他进货。庄洁说他没契约精神,对方回怼说有钱才有精神。庄洁看不上这种人,目光短浅,做不了大生意,当下就折回了家,准备明天去另一家养鸡场谈。

路上遇见镇委的人,她被拉去做登记,说开春有镇委班子选举,她是党员,手上有一张选票。

她看了眼提名的候选干部,一个都不熟悉。回家后她顺嘴把这事说了,廖涛说她这一票可值钱了,回头就会有人找她。

庄洁不当回事:"谁干实事投给谁喽。"

廖涛交代她:"不投陈人家就行。这家人嘴上说得漂亮,不办实事。上回选举,姓陈的给我们每人送了一桶油一袋米,说投他他就把下溪村的路给修了。"

"他自己出钱?"

"当然了。"廖涛说,"最后还是没修成,成本太高,不舍得掏钱。你投给王家人就行。王家人办事比陈家有谱,至少说话算话。"

"黄家也有人在候选。"庄洁说了句。

"王家吧。"廖涛说,"不要小看选举,而且我和你邬姨走得近,你把票投给别人算怎么回事?"

"行,投谁都行。"庄洁耸肩,"反正我一个也不了解。"

傍晚,庄洁去高铁站接庄研,他学校放寒假了。姊妹仨在镇口吃着麻辣烫,说着寒假去哪儿玩。何袅袅想去上海迪士尼,庄研想去重庆。庄洁任他们商量,决定观望两天再说。

到家了那俩还在打闹,庄研拉着何袅袅滑冰,一不小心两人都摔了。庄研立刻求饶:"妹妹对不起,妹妹对不起,哥哥陪你去迪士尼。"

廖涛奇怪道:"他们啥时候那么亲了?"

"亲你也找事?"庄洁说她。

"你就不让人说句话?"廖涛回。

庄研领着何袅袅上楼画画,庄洁接了通电话,问廖涛:"妈,车间腾好地儿了吧?"

"上午就腾好了。"

"行,货车明儿一早来。到时候喊俩工人帮忙卸货。"庄洁一个朋友家做大型饮料礼品批发,她想趁着过年涨价前囤点货,回头摆到镇口卖。初一到十五走亲戚的多,饮料礼品的利润也可观。

第二章　给你当情人

隔天七八点，全家在厂门口卸货，何袅袅和庄研也早起帮忙。庄洁给了他们俩任务，每个人卖出一箱提成两块。

有邻居站大门口看他们全家忙活，打趣道："生意都让你们娘儿俩做完了。"

廖涛笑着应了句，说回头要买过节礼品就过来，比镇上便宜。

邻居也应承，说："行，小事，买谁家的不是买！"

下午庄洁领着弟弟妹妹去逛超市，买了几兜子吃食，又买了一沓红纸，让庄研在家练习写对联。他练过几年书法。

庄研担心写不好，庄洁说："没事，就当写着玩。"

"我也要写。"何袅袅搅和。

"行，让庄研教你。"

"我写完也要贴门上，大门不让贴我就贴我屋门。"何袅袅说。

"行，贴哪儿都行。"大概临过年了，庄洁心情很好。

仨人从超市出来，何袅袅贼眉鼠眼地扯她衣服，陈麦冬正骑着摩托车经过。他停在她面前："买年货？"

"嗯。"庄洁朝那兄妹俩手里的袋子示意，"你去哪儿？"

"买红纸写对联？"陈麦冬看见了塑料袋里的红纸。

"让庄研练着玩儿。"

陈麦冬看庄研："要不要我教你？我会写对联。"

庄研看了一眼庄洁，说了句："我听我姐的。"

"你想学就让他教，他学过十几年书法。"庄洁笑道。

庄研点头："那给陈叔叔添麻烦了。"

庄洁大笑。庄研一本正经道："咱妈说按辈分我应该叫叔叔。"

"你私下叫他冬子哥吧。"庄洁说。

263

"哦。"庄研点头。

陈麦冬看她一眼:"我晚会儿去你家?"

"行。"庄洁点头。

陈麦冬有事先走了,庄洁去开车,那兄妹俩埋头嘀嘀咕咕。庄研刚一上车就趴过来问:"姐,你们在谈恋爱?"

"谁说的?"

"我能看出来。"庄研举证,"你笑起来很不一样。"

"对。"庄洁说。

"你看,我就说吧!"何袅袅得意扬扬。

"姐,你喜欢他?"庄研不死心地问。

"对呀。"庄洁看庄研,"你不高兴?"

"我感觉你要被抢走了。"

庄洁笑他,转移话题问:"有喜欢的女生没?"

"我不喜欢女生。"

"有喜欢的男生没?"

"哎呀,姐!"

庄洁大笑。

到家后,庄研把红纸铺地板上,拿着毛笔准备练字。庄洁手机响了下,她出去接人。陈麦冬打扮得很利整,庄洁笑他:"我妈不在家。"

陈麦冬随她进屋,脱了外套,蹲在地上教庄研跟何袅袅写对联。

正巧廖涛回来了,站门口地垫上蹭鞋,她正准备进屋时看见了趴在地上的人,立刻闪到了一边。庄洁瞅见廖涛的人影,出来悄声问:"你躲什么?"

"怎么来家里了?"廖涛悄声问。

"来家里怎么了?你表现得正常点,我们在谈恋爱。"

"都这么熟,我嫌尴尬……"

"你尴尬什么?"庄洁不解。

"你将来拍拍屁股走了,我跟他还要整天在街上见面。你说我尴尬什么?"廖涛拉下脸数落她。

"你不要老提,将来是将来的事。我们都谈过了,你情我愿,将来谁也怪不着谁。"

"我不见。"廖涛折回了大门口,"这孩子挺不错的,万一你伤了人家的心……"

"我就很差?我是在骗他?我付出的就不是真心?难道我将来就不受……"

"我说不过你,但我不认同你。"廖涛来气了,她搞不懂现在的年轻人都在想些什么。

"你就大方地打个招呼,又不是要你干吗。"庄洁服了。

"我大方不起来,我看不惯你们。"

硬的不行就来软的,庄洁小声说:"他爸妈在他小时候就离婚了,你就当一个普通长辈打个招呼就行。"

"你为什么非要我和他打招呼?"廖涛也是奇了怪了。

"我跟他说过你知道我们谈恋爱的事,你要是避而不见也太明显了,而且我明年暑假才回……"

"哎,麦冬过来啦。"廖涛笑着朝她身后打招呼,"晚上留下吃饭,我给你们煮好吃的。"

庄洁回头，陈麦冬站在院里。

廖涛热络地请陈麦冬回屋，边走边问陈奶奶身体怎么样。

庄洁无语，这不是挺会打招呼的吗？

廖涛同陈麦冬聊了会儿，就回厨房张罗饭了。庄洁跟过去，抱住她道："世上只有妈妈好。"

"去去去，看见你们我就烦。"

"妈，他吃不了辣。"庄洁趁机叮嘱。

"你出不出去？"廖涛准备翻脸。

"爱你，妈妈。"庄洁给她一个飞吻，迅速出了厨房。

陈麦冬教庄研、何袅袅他们写了会儿对联，两人对他的排斥已经转化成了崇拜。陈麦冬唯一能拿得出手的，就是一手好毛笔字。

何袅袅胆大，试探着央求陈麦冬同他们一起玩德国心脏病。她不敢问庄洁，因为庄洁嫌这个游戏太低幼。三个人玩得不亦乐乎，庄洁站他们身后看。陈麦冬让出自己的位子，让她坐下玩，他坐她身后指导。庄洁掌握了技巧，回回她的大掌先拍下去。那兄妹俩抗议，说她耍赖皮，提前看牌。

"有本事你们也耍。"庄洁不服。

兄妹俩把她撵出局，要求陈麦冬坐下。陈麦冬坐下边玩边朝她说："我准备了东西，在摩托上。"

"啥东西？"庄洁问。

"几条烟，一盒燕窝。"陈麦冬摸不准情况，一时没拿出来。

"干吗破费？"

"家里的。燕窝是我爸拎来的，我奶奶不吃。"陈麦冬轻声说。

"那你拿下来吧。"

"你去拿吧,我陪他们玩。"

庄洁把东西从摩托车上拿下来,直接放进了储物柜。烟是好烟,她和廖涛都舍不得抽的,燕窝也是极品燕窝。

吾有情人
（下）

舍目斯
She Mu Si
著

天地出版社 | TIANDI PRESS

第二章　给你当情人

最后晚饭还是没吃上，陈麦冬被一通电话叫走了。滑雪场出事了，一个刚入门的游客去了高级滑道，人摔下来折了脖子，镇医院的车还没到人就不行了。

廖涛也没心情吃饭，出去打听是谁家的人，到了街口听说是隔壁村的小孩，二十岁不到。她回来就叮嘱庄研跟何袅袅，说以后不准去滑雪场。

庄洁说："估计要关门整顿了。"

廖涛坐下说："才借着滑雪场的人气生意好点。"

"放心吧，投资上亿，估计整顿两天就又开了。"庄洁说。

"可怜啊，二十岁不到，让他父母咋活！"廖涛说。

庄洁也没胃口吃了，坐在沙发上看新闻。

廖涛心不静，跑去街上和人说话。

何袅袅从楼上跑下来，朝庄洁嚷道："姐，庄研是个变态，他画两个光着身子的男人。"

庄研面红耳赤地追下来，骂何袅袅："你才变态。"

"你变态。"何袅袅嬉骂。

"你再说一句！"庄研指着她。

"我说怎么了？"何袅袅不服，"我又没说你，我说画里的人。"

庄研回屋，把何袅袅放他书桌上的东西全掷了下来，冷着脸说:"你以后不许来我房间。"

何袅袅被庄研的怒气吓到,说了句:"我讨厌你!"哭着跑出去了。

庄洁看向庄研:"她无心说两句,你气什么?"

庄研有气发不出来,扭头回了房间。庄洁把地上的东西全捡了起来,上楼敲他门:"开门。"

庄研不出声。庄洁又敲了两下,然后直接拧门,发现里面反锁了。

"你不开我踹了啊?"

庄研还是不出声。庄洁照着锁一脚把门踹开。庄研正蹲在地上烧画纸,庄洁赶忙拿枕头扑灭,骂他:"你要把家烧了?"

庄研擦眼泪,不说话。庄洁坐地板上看画纸:"好好的人物画你烧什么?"接着又翻了几张,看到一张裸体的古希腊少男少女,夸道,"仿得不错。"

庄研把画抢回来,拿在手里来回卷着。庄洁看他:"袅袅没恶意,她就是孩子性情,觉得好玩。"

"她老偷翻我东西。"

"明天我给你买个带密码锁的柜子,专门放你的画。"庄洁揉他肩头,"你不喜欢直接说就行,冷不防地发脾气……"

"说了也没用。"

庄洁把剩下的画整理好,回自己房间拎了一个密码箱给他:"都是你自己一笔一笔画的,烧了不可惜?因为别人的错毁掉自己东西的人最笨。"

庄研看着烧毁的画纸,不作声。庄洁拿出一封信给他:"这是袅袅写的。"

"她聪慧又敏感，什么事情心里都清楚。自从元旦你带她玩了几天，她天天把你挂在嘴边，出去跟同学介绍都是'我哥是学画画的，他将来会是一个画家'。小孩子最能从细节分辨出真心，她感受到你的爱护，她心里完全接纳了你是她哥哥。她是有点小性子，偶尔也会恃宠而骄，但她毕竟是妹妹，有点无伤大雅的骄纵也正常，因为我们是哥哥姐姐。"

庄研看着信，不作声。庄洁揉揉他的头，也没再说了。

没多久，廖涛在楼下喊，说何袅袅蹲在大门口哭，拉都拉不回来。庄研下楼，推开门出了屋。

廖涛很生气，说："你们都多大的人了，跟一个小孩计较什么，让她大冷天蹲在门口哭。"

"一点儿小事。"庄洁搪塞了句。

"庄研不懂事，你也不懂事，就看着她在门口哭？"廖涛说她。

庄洁剥个蜜橘出了院，不搭她的腔。

庄研站门口扯何袅袅的衣服，何袅袅甩开他，挪了挪位置继续哭。也不知庄说了句什么，何袅袅哭得更委屈了，边哭边试图往外走。庄研拉着她的手道歉，她挣开他的时候太用力，鼻子吹了个鼻涕泡出来。庄研笑她，何袅袅抓住他袖子把鼻涕抹了上去，庄研说她是鼻涕虫，从裤兜里掏出纸来给她擦。

庄洁站门口看着和好后又开始打闹的两人，说："快回来吧，冻死你们。"

何袅袅先跑回来："姐，我要跟你睡。"庄洁往她嘴里塞了瓣蜜橘。

庄研也跑过来："姐，我也要跟你睡。"

"你多大了？"庄洁看他。

"就是，你多大了？"何袅袅朝他做鬼脸。

滑雪场整顿了三天就开业了，暂时关闭了高级滑道。庄洁说今年就先不出去了，等明年五一再领他们出去玩。

傍晚陈麦冬发微信给她，说奶奶煮了好吃的，要她过去吃。她忙完烧鸡店的事，裹上围巾去了他家。

陈奶奶炖了一锅粉条酥肉，招呼她坐下吃。庄洁看了陈麦冬一眼——这就是好吃的？

陈麦冬大言不惭地说："好吃。"

庄洁也不太饿，端了一小碗坐在桌前吃。当她咬到一块酥鸡肉，她瞬间吐了出来，她八辈子都不想再吃鸡了。

陈麦冬把那块酥鸡肉捏进自己嘴里，朝她道："好吃。"

庄洁看了眼忙活的陈奶奶，狠狠瞪了陈麦冬一眼。

陈麦冬剥了片口香糖，边嚼边看她。

陈奶奶拿着衣服去了邻居家，说针线盒里少一样线，她去借点。

陈奶奶从邻居家回来的时候，两人正经地坐在沙发上喝八宝茶。庄洁起身告辞，陈麦冬骑摩托送她，他拍拍前座，示意她来开。

庄洁骑上去开，陈麦冬坐后面揽着她的腰。

快到庄洁家时，陈麦冬手机响了，是他妈妈打来的。庄洁靠边停了车让他接电话。陈麦冬听着电话，朝庄洁示意点烟。

庄洁点上一根给他，陈麦冬抽了一口，说："我没空，我们不放假。"

电话里说:"我去看你也行。"

陈麦冬把抽了两口的烟扔掉,用脚踩灭:"犯不着,中间换乘很麻烦的。"

电话里说:"不麻烦,我直接开车去。"

陈麦冬看一眼庄洁,庄洁点头。陈麦冬应了句:"再说吧。"

电话里问:"这周末你方便吗?"

陈麦冬又看一眼庄洁,庄洁动口型:"好。"

陈麦冬应了句:"不清楚,应该没什么事。"

电话里说:"那好,悦悦正想去滑雪场玩,我在你们镇上待两天。"

陈麦冬没作声,那边挂了电话。庄洁不用问也明白,悦悦是他同母异父的妹妹。

陈麦冬骑上摩托:"走吧。"

庄洁说:"你随自己心意嘛,想见就见,不想见就不见。如果想见非拗着不见,是跟自己过不去。"

"知道。"陈麦冬应声。

庄洁到家上楼,那俩霸着她的床,都已经睡了。她了无睡意,玩了会儿手机,发微信给陈麦冬:"过来接我。"

她蹑手蹑脚地出门,坐上陈麦冬的摩托就去了新房。睡前她将手机调成了飞行模式,一觉睡到大中午。起床的时候陈麦冬早去上班了,她关闭了飞行模式,结果手机就被各种信息轮番轰炸。王西夏找她,廖涛找她,何袅袅和庄研也找她。

她先联系廖涛,廖涛问她在哪儿,她说自己来养鸡场谈合作了。廖涛说今天小年,晚上全家吃火锅,交代她别乱跑。

她又给王西夏打电话。王西夏下午来她堂哥家,问她有没有要捎的年货。庄洁想了半天,没啥要捎的。

何袅袅发微信给她:"哼,今早咱妈问你去哪儿了,我再一次替你撒了谎,我说你一早就去忙了。"

庄洁回她一个飞吻:"爱你,回头给你买好吃的。"

何袅袅:"你跟咱妈一模一样,用得着人一个样儿,用不着人又一个样儿。"

庄洁洗漱好穿戴完,陈麦冬拎了饭回来。她坐下吃了几口,把饭推给他:"饱了。"

"你怎么老是几口就饱了?"

"我胃小。"

陈麦冬给她泡了杯蛋白粉:"喝完。"

"你家怎么有这个?"庄洁奇怪。

"我见你家有,廖姨说是你喝的,我就专门备了。"

庄洁服了:"你不用刻意说'专门'。"

"我偏说。"陈麦冬吃着饭说,"我得要你知道,我对你有多好。"

"我对你不好?"庄洁反问。

"也好。"陈麦冬敲敲杯子,"喝完。"

庄洁一口喝完。

陈麦冬说:"同学们打算明天去看望王老师。"

"老师出院了?"

"昨天就出院了。"

"行，我也去。"

陈麦冬收了碗去洗，庄洁忍不住要吻他的时候，他往后退了一步。

"怎么了？"

"我上午忙完没洗澡。"

"那怎么了？"

"我怕你闻到味儿。"

"什么味儿？"

"有人说我身上有一股怪味儿。"陈麦冬淡淡地说。

庄洁趴他身上嗅嗅："没有。"

陈麦冬推她："你是狗？"

"你才是狗。"庄洁吻了下他的唇，回卧室拿东西。

陈麦冬漱了口，嚼了片口香糖，庄洁坐在凳子上换鞋的时候，他过去深吻了她，随后牵着她出门。昨晚约好今天中午去逛街，给家里添置些小零碎。

俩人前后脚去了商业街，陈麦冬看了眼身后的人，把手里的烟掐灭，过去牵她的手。庄洁想挣扎，陈麦冬看她，问："你怕人看见？"

"扯淡。"

陈麦冬牵着她走，先去了一家家居馆，挑了几个沙发靠枕，又选了几盆绿植。正逛着，陈麦冬忽然低声说："我看见廖姨了。"

"在哪儿？"庄洁宛如惊兔。

"她看见我们，先躲起来了。"

"……"

"南北干货店。她刚在门口买板栗。"

庄洁转过去，没看见人。

"我们过去打个招呼？"陈麦冬看她。

"我们还是走吧。"庄洁识时务，"我妈能尴尬死。"

"怎么会？去打个招呼吧。"陈麦冬作势要去。

"你想死是不是？"庄洁小声骂他，"我妈都躲你了，你还往上凑。"

"不行。"陈麦冬坚持，"我还是过去打个……"

"信不信我当街打你？"庄洁想翻脸。

陈麦冬忍住笑："走，咱们先夹着尾巴走吧。"

"你就是欠。"

陈麦冬胳膊搭她肩上，正要走，身后传来一道喊声："麦冬？"

陈麦冬回头，妇女主任看看他，又看看庄洁，迅速把干货店里的廖涛拉出来："你看，我就说吧！"

"……"

"前俩月麦冬还托我说媒，我都想着不成了，没想到悄摸摸地追上了。"妇女主任笑看这俩人，"郎才女貌，好事儿，好事儿。"

廖涛尴尬，想不出来该怎么接话。

"谢谢邬姨，回头给你买大鸡腿。"陈麦冬说。

"行，大鸡腿。"妇女主任爽朗地笑。

"我也是才追上，第一次约会。"陈麦冬又说。

"第一次啊，那你还不知情？"妇女主任扭头看廖涛。

"才见到。"廖涛含糊地应了句。

妇女主任了然，明白自己冒失了，拉着廖涛就走："你们年轻人逛,我们先去前头看看。"她往前走了一段,扯廖涛袖子,示意她往回看,"你看看,俩人往那儿一站,整条街就显他们。"

"我也管不住,随他们去吧。"廖涛说。

"你得管,大事上你得压一压。"妇女主任开始传授过来人的经验。

等廖涛回到家里,庄洁已经老实在家了。廖涛揶揄她:"你不是去谈鸡的事了吗?"

"……"

"丢死人了。"

"我们男未婚女未嫁的,还不能逛街了?"庄洁回她,"大把的谈了几个月就散的,回头你说我们分手了就行了。"

"我没脸说。"

"你为什么要活在别人眼……"

"你别给我洗脑啊。"廖涛烦她,"别跟我整你那一套,你就是在PUA(情感控制)我。"

"你从哪儿学的词?"庄洁好笑。

"我在网上看的。"廖涛说,"我一不认同你的观点,你就整你那一套逻辑。有本事你上外头使去,在家里显摆什么?你跟庄研一路货色,不打断你的腿就不错了,还硬强迫我理解。别仗着比我念书多就觉得自己高级了。我活这么大就没见过人吃屎。你硬要说屎能吃,我除了心里硌硬还能咋说?"

"……"

"去去去,哪儿凉快哪儿待着去,别影响我。"廖涛把锅架在火上,准备炖羊蝎子火锅,"我就没见过你们这样的,我装不知情就算给你面子了，还硬要我接受。咱俩到底谁有病？"

"你要嫌不得劲儿，我以后就不让他来咱家了呗。"庄洁说。

"这是不来咱家的事儿？这是你价值观扭曲的事儿。"廖涛看她。

"你又不是普通的农村妇女，你是接受了新时代洗礼……"

"洗你个头。"廖涛骂她，"你这不就是在PUA我？我一不认同，你就给我戴高帽。你有你的人生观，我有我的人生观，你凭什么觉得自己比我高级？"

"……"

"我就是个农村妇女，不接受你的洗礼。"廖涛撵她，"去吧，高级人，给你妹妹洗洗脑，别让她的成绩一上一下，一惊一乍的。"

"她成绩单下来了？"

"今儿碰见她班主任了，期末考数学98，语文71。"

"语文急不来，她作文差，得靠日积月累。"庄洁说着回屋，上楼关了何袅袅正在玩的游戏，告诉她："你语文考了71。"

"语文成绩关我游戏……"

"考这么差，不配玩游戏。"庄洁看她，"丢我的人，白悉心栽培你仨月了。"

"你要翻脸是吧？"何袅袅作势要冲下楼，"妈，昨晚上我姐……"

庄洁把她扯回来，又亲自给她开了机。

何袅袅哼了一声："咱妈骂你了吧？哼，我也不是好惹的。"

"行。"庄洁准备出去。

第二章 给你当情人

"姐,帮我热一杯牛奶,咱妈说我正在长个儿。"

"……"

庄洁推开庄研的房门,坐他床上:"帮姐倒一杯热牛奶。"

"我正忙呢。"庄研正和同学聊微信。

"快点。"庄洁轻踹他。

庄研下楼给她热了瓶牛奶,她插上吸管,过去大力地放在何袅袅桌前。

"谢谢姐。"何袅袅美滋滋地喝起牛奶。

"喝吧,小矮个儿。"

庄洁闲晃着下楼,去厨房帮廖涛忙。廖涛快嫌弃死她了,让她剥棵白菜,她能把好好的菜叶全扔了,只留里面的心。廖涛越不待见她,她就越往上凑。

"哎,西夏没事了吧?"廖涛轻声问她。

"她谈了个男朋友,处得还行,说是春节见父母。"

"那怪好的。"廖涛传授起过来人的经验,"要是男方父母对女方的偏见深,这日子就过不长。一个男人婚前处理不好婆媳关系,婚后就更处理不好。西夏就是个活例子。"

庄洁没作声。

"春节去看看你奶奶吧。"廖涛转移话题,"我和她是上一辈的矛盾,你们是孙辈,理应每年过去看看。"

"行。"庄洁点头。

"回头要是去不了,买点东西寄过去也好。"

"行。"

"对了,我买了灶糖,你拿上去让他俩每人吃一根。"廖涛说,"这家灶糖好,不粘牙。"

"我不爱吃灶糖。"庄洁摇头。

"不爱吃也得咬一口,不吃灶糖祭啥灶?传统节日得有仪式感。"

*

王西夏回了她堂哥家,吃过晚饭,约庄洁去镇上的热饮店。还没进热饮店,就听她说:"没啥过年的气氛。"

"你要啥气氛?"庄洁看着她脸上的双层口罩,"看你神气哩。"

"没小时候的年味儿了。"王西夏说,"我明天上午就回,后天要去徐清河家。"

"哟,丑媳妇要见公婆了。"庄洁打趣她。

"我有点焦虑。"

"焦虑个啥?"庄洁看她,"他父母不是住乡下不管儿子的事吗?"

王西夏捻灭烟头:"那也焦虑。"

"怎么这么突然?我以为是春节见。"庄洁喝了口手里的热饮。

说起这事,王西夏看她:"咱俩几天没联系了?你晚上忙什么?"

"忙正事。"庄洁哼哼两声,"就兴你抛弃我?"

"看你那样儿,啥情况?"王西夏问。

庄洁左右看两眼,压低声说:"你说得对!柏拉图啥也不懂。"

"陈麦冬?"王西夏看她。

庄洁打个响指。

"怪不得。"王西夏故意阴阳怪气地说,"眼含春水,面若桃花……"

"去你的。"庄洁轻踢她。

王西夏很高兴,手托着下巴看她:"三十年了,不容易啊。"

两人聊了几个钟头,聊得很尽兴,一直到热饮店要打烊了,她们才勾肩搭背地走出来。庄洁甩手扭腰唱着:"大哥大哥不要来,侮辱我的美,我不是你的style,为何天天缠着我。大哥大哥不要来,侮辱我的美,但要是你喜欢我,就快点大声说出来……"

"唱错了。"王西夏教她,"是'大错特错不要来'。"

"不是'大哥'?"

"哪来的'大哥'?"

庄洁大笑。

陈麦冬老远就听见她的笑声,骑着摩托跟过来,也不出声。

王西夏先发现陈麦冬,转身和他打招呼。陈麦冬问:"她喝多了?"

"……"

王西夏意味深长地看他:"我听她说了,你们在谈恋爱。"

陈麦冬看向庄洁,庄洁手一挥,道:"我给他当情人。"

王西夏察觉到陈麦冬变了脸色,扯了扯庄洁,又聊了两句,骑着摩托回了她堂哥那儿。

陈麦冬看着庄洁,问:"你跟西夏说了?"

"说了。"庄洁坐上他摩托,"咱们回新房。"

"你说我们是情人?"

"嗯。"

"你下去，我烦你。"陈麦冬翻脸。

"你翻什么脸？"

"你有心吗？"陈麦冬看她。

"西夏绝不会小看你，也不会小看我。"庄洁揽他腰。

陈麦冬把摩托车头一掉，往她家的方向骑去。

"真生气了？"

陈麦冬也不作声。

庄洁倾身咬他耳朵，陈麦冬警告她："坐好。"

庄洁坐好，手伸他衣服里取暖。经过庄洁家门口，他硬是绕了一大圈才回新房。

庄洁服了："你就是欠，非要我妈看见骂你一顿。"

陈麦冬也不理她，停好摩托直接上楼。

庄洁没事人一样随他上去，给自己冲了杯蛋白粉，又洗了盘水果，放在他面前的茶几上："吃。"

陈麦冬坐沙发上，拿着遥控器换台。

"没好看的，看新闻吧。"庄洁说。

陈麦冬故意在新闻频道上停几秒，等到了关键时刻，又调到电影频道。庄洁抢过遥控器骂他："你就是欠。"

陈麦冬把她拉坐在怀里，庄洁亲了他一下，说："对不起。"

"关系再好也应该有条底线，我最烦把隐私拿出去说。"

"没完没了了是吧？"庄洁捏他脸。

"我很厌恶男人聚一堆儿讨论女人，我也不喜欢女人讨论……"

"我也厌恶。"庄洁打哈哈，"我只说了咱俩的关系。"顺手捏起一颗提子喂他。

陈麦冬嚼着提子说:"奶奶今天问我了,估计她听街上的人说了。"

庄洁不作声,听他继续说。

"我说咱们在处对象,奶奶很高兴,要你去家里吃饭。"

"行。"庄洁抽了纸巾放他嘴边,让他吐提子皮。

陈麦冬要自己来,庄洁看他:"我拿着你吐不出来?"

陈麦冬把提子皮吐在纸上,她将纸巾一团,放在了桌沿,随后把头枕在他腿上,扯了条毛毯过来:"看个电影吧。"

"看什么电影?"陈麦冬问。

"随便,看电影频道有什么。"

陈麦冬调过去:"《重庆森林》。"

"《重庆森林》我就没看懂过。"庄洁脸贴着他大腿,手摩挲着他膝盖,"还有姜文的《太阳照常升起》我也没懂。我只知道他们拍得很好,你要问我讲的什么,我说不出个一二三。"

陈麦冬拨弄庄洁头发:"那你爱看什么?"

"只要不吵闹和烧脑,我都能看。"庄洁想了会儿说,"我偏爱日本和伊朗的电影,我喜欢温情的、没大波动的电影,不太看冲突太大和批判人性的。"

"我喜欢烧脑的和漫威的。"

"我不看超级英雄电影,我就不信几个人能拯救世界,太无聊了。"庄洁说。

"我喜欢看。"

看了会儿电影,庄洁闲聊道:"我喜欢惹我妈。"

"为什么?"

"大概是我欠吧。"庄洁很有自知之明,"我妈其实什么都明白,说的话也很有道理,但就败在不会组织语言上,想说,但不知道该怎么说。"

"我喜欢和比我年龄大、阅历深的长辈聊天,我很知道该怎么聊。我圈子里除了同事,基本没有三十岁以下的朋友。"庄洁缓缓地说,"他们身上有一种我暂时还无法拥有的时间沉淀下来的智慧。他们会指引我渡过困境,会告诉我前面是条沟还是条河。在他们身上能学到真本事,这些是我在同龄人身上学不到的,同龄人正经历的东西,我也正在经历。痛苦、困扰、迷茫,这些我通通都有。而那些有智慧的长者,他们会以亲身经历告诉我,人生中的每一道坎都会随风而逝。我跟你讲,我的经验之谈,女性长者比男性长者更有智慧。男性爱谈他们的辉煌历史,女性则爱谈眼下,谈衰老,谈她们将要面临的老年生活。而且准备迈入老年时,女性的社交圈非常广,她们的生活可以很丰富。男性就全宅在家里,等着秃头、老年痴呆。"

"……你在扯淡。"陈麦冬捏她脸。

"不是吓你,你看看社会新闻,中老年男性秃头率多高!你看日本,男人一旦退休在家,就陷入虎落平阳的处境。"

"……"

庄洁扒拉一下他的头发:"你这毛都不够掉的。"

"……我真想报警抓你。"

"去你的。"庄洁大笑。

"定你一个危言耸听、扰乱社会秩序的罪。"陈麦冬咬她鼻子。

第二章　给你当情人

"你舍得？"

"不舍得。"

庄洁贴着他说了句话。

陈麦冬看她，眼如天上星："不扯淡？"

"绝对不扯淡。"

*

上午庄洁正在烧鸡店忙，陈奶奶拿了杯热饮给她，说让她暖暖身子。两人聊了好一会儿，陈奶奶离开前难掩欢喜，说："常来家里吃饭啊，吃啥奶奶都给你做。"最后还刻意添了句，"不让那个兔孙吃，饿死他，都让你吃。"庄洁大笑。

陈奶奶离开后，庄洁开车回了熟食厂，拎了几箱礼品放在后备厢，准备去探望数学老师。廖涛看见后说了句："看病人就给点实际的。"

"啥叫实际？"

廖涛塞给她一个红包，庄洁看了眼："够实际。"

"听说他治病花了几十万，水滴筹写的需要三十万，实际才筹到五六万。"廖涛说。

"水滴筹？我怎么没看见？"

"眼高于顶的人，怎么看得见劳苦大众呢？"廖涛损她。

"我太忙了，没留意到。"庄洁往回翻朋友圈，都发布几个月了，里面显示廖涛捐了两百。她又往红包里添了几张。

她先开车去殡仪馆载陈麦冬，一块儿去探望老师。来探望的同学有七八个，平日里都分散在北京和上海，也算都混出了点小名堂，几人约着晚上聚餐。

大家相互加了微信，庄洁看其中一个人的名片显示是某证券公司，随口问道："你在上海做证券？"

"对，投资顾问。"对方笑说。

庄洁伸手："巧了，咱们两家公司前后楼。"

对方也同她握手："我也是刚听说，正愁没机会见面。"

"这不就见着了，晚会儿饭桌上碰两杯。"庄洁说完找陈麦冬，他正俯身在老师床前，听他慢慢说话。他们几个在这边交换完微信，三三两两聚成一堆聊天，探望的主角反倒成了背景。

庄洁轻声走过去，看见老师枕头下塞了几个红包，背后还写有名字。老师瘦骨嶙峋，努力地嚅动着嘴巴，一字一字说得很缓慢。

陈麦冬贴在他耳边安慰了几句，老师紧拽住他的手，继续缓慢地说着什么。陈麦冬直点头："好，好，好。"

从老师家出来后，庄洁问他："老师刚说了什么？"

"估计就这几天的事了。"陈麦冬答非所问。

"什么？"

"生命到头了。"

"哦。"庄洁点头。

那边同学们喊着直接去饭店，陈麦冬说："你们去吧。"

庄洁问："你不去？"

"我不想去。"

庄洁看他："我想去。"

"行吧。"陈麦冬随他们一起去了。

饭桌上有同学打趣道:"还是老黄款爷,直接给了一万。"

"念书的时候老师对咱不错,咱也得回馈他老人家一些不是?一万块又不多,一瓶酒几条烟的事儿。"老黄说。

"飘了啊,黄总,干啥大生意呢?"

"瞎折腾,搞了点化工做。"

"现在化工行业不好做吧?"

"还行,随便赚点糊口罢了。"

庄洁右侧坐的是那个证券小哥,她偏脸问他一些理财上的事。对方把风险一一给她分析出来,庄洁直点头。

对桌开玩笑道:"这美女就是偏爱帅哥哈,从坐下就往小王身上凑。"

证券小哥说:"我们谈正经事……"

"啥正经事啊,说得好像你们不正经……"

陈麦冬把火机"啪"的一声撂桌上,庄洁看了对桌一眼,捏过陈麦冬手里的烟,边抽边同证券小哥继续聊。

对桌的人明白过来,直打哈哈:"对不住,对不住,怪我眼瞎。"

邻座和陈麦冬搭话:"听说你爸生意做得很大,我们对接的供应商就是你爸的公司。"

"还行。"陈麦冬应了声。

"冬子,别跟你爸犟。"有人朝他递了根烟,"你知道现在创业有多难吗?上班又累得跟狗一样,我明年要再闯不出什么名堂,我就回来接手我爸的瓷器厂。你跟你爸服个软,先跟他学两年经验,回头再出来发展也行。反正比待在殡仪馆强。"

287

"要我说也是，跟你爸犟什么，公司弄过来再说。"

陈麦冬没接他们的话。

庄洁应了句："人各有志。"

"有啥志？我只知道人穷气短。整天窝在死人堆里干……"老黄志得意满。

庄洁看他："会说话吗？"

老黄财大气粗，朝她道："男人说话有女人啥事，不会你教我啊？"

陈麦冬起身："我教你。"

"咋的，想打是吧？！"

一桌人乱劝，庄洁怕陈麦冬真的动手，扭头朝一脸茫然的证券小哥说："谢了，回头联系。"说完她拉着陈麦冬就出了饭店。

庄洁说："犯得着吗？"

陈麦冬看她："聊什么呢？"

"聊正事。"

陈麦冬没理她。

"哎，吃味儿了？"庄洁凑他脸前。

"别扯淡了。"

庄洁哼哼两声。

"前后楼，离得近，回上海了联系着也方便。"陈麦冬猛抽烟。

"要不留微信干什么？"庄洁故意激他。

陈麦冬朝前走，庄洁跟在他身后，走了一段儿，庄洁轻碰他："聊了点理财上的事。"

陈麦冬扔了烟头，牵她手："冷不冷？"

第二章　给你当情人

"冷，都冻僵了。"

陈麦冬拉开外套拉链，把她的手放自己腋下取暖。庄洁看他："怎么办，我发现你好有魅力。"

"扯淡。"陈麦冬别开了眼。

"真的。"庄洁抱他腰，"越来越喜欢你了。"

"真的？"陈麦冬看她。

"真的。"庄洁无比诚恳地回答。

"我吃醋了，心里难受。"陈麦冬向她坦白。

"好，我下回顾着你。"

两人相视一笑，庄洁哼哼两声："就知道你吃醋了。"

陈麦冬牵起她的手放进自己口袋里，边走边说："我烦他们。"

"我也不待见。"庄洁攀着他一条胳膊，随着他走，"但我已经适应和习惯，甚至也能融入进去了。我的工作环境就是经常要接触这样的人，甚至比他们更道貌岸然的，饭桌上教晚辈做人，饭桌下手都已经伸到人裙底了。反过来想，像老黄这种爱炫爱晒直接翻脸的算是可爱的了，你一眼就能看明白他想干什么。而那些真正大奸大恶的往往不动声色，面上和你谈笑风生，背后的刀子早就捅向你了。"

"他们说，咱们听。价值观不一致的，不接话就是了。"庄洁看着前面的小吃街，"没吃饱。"

"吃碗馄饨去？"陈麦冬问。

"喝碗羊杂汤吧？"

"行。"陈麦冬领她去喝羊杂汤。

"我想光喝汤不吃羊杂。"

289

"我吃羊杂。"

两人点完单,到避寒的帐篷里坐下,庄洁问:"明天跟你妈约的几点?"

"约了中午一起吃饭。"陈麦冬看她,"你陪我去?"

"我不去。"

"我怕没话说。"

"行。"庄洁点头。

"我舅舅是做钢材的。从少管所出来我妈就让我跟他学,我没学好,她骂我不争气,然后就懒得管我了。"陈麦冬淡淡地说。

老板上了羊杂汤,庄洁舀了几勺汤,随后把瓦罐推给陈麦冬,看他吃。吃完饭出来,陈麦冬摸出一片口香糖,庄洁伸手:"我也要。"

两人嚼着口香糖,原路返回到车上。陈麦冬上车前问:"去新……"

庄洁瞪他:"不去。"

"不去就不去。"

"太频繁了。"庄洁警告他。

"哦。"

"送你回新房还是奶奶……"

"你又不在,回新房干什么?"

庄洁掉头:"你不是说奶奶离不开你,怎么你回新房奶奶……"

"我说去约会,奶奶巴不得我整夜不回来。"

到了陈麦冬家路口,他指挥道:"拐进去呗。"

"拐进去干什么,里头怪黑的?"庄洁明知故问。

第二章　给你当情人

"让你拐你就拐。"

"行。"

庄洁拐进去,刚停稳熄火,陈麦冬就吻了过来。庄洁攀着他脖子回吻,一手解着安全带,一条腿跨到副驾驶,坐在了他身上。

庄洁突然一下就被陈麦冬搂进了怀里。

"奶奶你干什么?!"

陈奶奶见门口停了辆车,车座里有人影,她贴着玻璃还没看清里面是谁,就被孙子的声音吓一跳。

*

到家后,庄洁下车回屋,餐桌上摆着剩菜,庄研窝在沙发上玩平板,何袅袅蹲在垃圾桶旁啃甘蔗。

庄洁问:"咱妈呢?"

"吃完饭去厂里了。"正说着,大门被电瓶车撞开,接着一阵跺脚声,廖涛推门进来,取下手套站在火炉子旁,"明天有雪,庄研你把保暖裤穿上。"

"哦。"庄研看着平板应了声。

庄洁回着微信,过去踢何袅袅,示意她收拾餐桌上的碗筷。何袅袅差点被踢趴那儿,抬头翻了她一记白眼,又转向庄研:"哥,轮到你洗碗了。"

"轮?我从来没排过号。"庄研说。

"你几个月回来一次,难道就不该分担点家务?"何袅袅看向庄洁,"是吧,姐?"

庄洁窝沙发里,事不关己地玩手机。

"……反正我是不洗了,平日里都是我洗,不像有些人,吃白食。"何袅袅继续啃甘蔗。

庄研反应过来,应下:"晚会儿我洗。"

廖涛懒得搭理他们,收拾碗筷准备自己洗。何袅袅咋呼起来:"妈,你别抢活儿!我哥说他洗。"

"我不指望你们。"廖涛说。

何袅袅不干了:"我洗的时候你不抢,轮到我哥你就抢,你重男轻女!"

"妈,我洗,你先放着吧。"庄研说。

"你看,我哥都说他要洗!"

"谁爱洗谁洗。"廖涛解着围裙,"老大,你整天就不带好头。"

"我的家庭地位用不着洗碗。"庄洁继续玩她的手机。

廖涛问庄洁今天都有哪些同学去探望老师了。庄洁一面看新闻,一面回廖涛的话。

庄研抱着平板上楼。

何袅袅一直盯着他:"你碗还没洗!"

"我明儿一早洗。"

何袅袅很生气,鼻子一歪:"反正我不洗!"

隔天早饭时不见庄研,廖涛卷着饼说:"庄研比你们俩都强。他五点就把碗洗了,锅也刷了,厨房收拾得干干净净,连客厅都拖了一遍。"

"他起这么早?"庄洁问。

"七点就背着画板出门了,说去下溪村写生。"

何袅袅左思右想不服气:"我把碗洗了不见你夸,庄研隔夜把碗洗了你就一个劲儿地夸,那要这样我也隔顿洗,这一顿吃完,下一顿洗。"

"别找事啊。"廖涛警告她。

"姐,我说错了吗?不守规则的人受赞美,守规则的人……"

廖涛懒得听,转身出了屋子。

"你看,咱妈说不过我。"

"让你洗碗你就只洗碗,筷子跟锅是别人家的?庄研是全收拾了,连地都拖了。"庄洁说着出了屋。

后半夜下了雪,雪不大,地面都没盖住。她回屋拿上手套,骑着电瓶车出去转。

她沿着麦田去下溪村,天气不好,起了层薄薄的雾,看什么都隔着层纱似的。没骑多远她就看见了坡上的庄研,于是停了车走过去。他正全神贯注地画着。

画纸上是只有轮廓的下溪村,红房子、蓝房子、黄房子中间交错着两根电线杆和几株金黄的蜡梅。

庄研画完题字:雾中风景。

庄洁夸道:"好看。"

庄研却把画攥成一团,扔在一边。庄洁问他:"不可惜?"

"有什么可惜的。"庄研收拾着画板说,"画纸都受潮了。"

"你有苦恼可以跟我说。"庄洁说。

"你都看不出我画废了,跟你说有用?"

"你画好自己的画就行了,为什么非得人人都懂?"

"我没要你懂,是你先问我有什么苦恼。"庄研背上画板。

"行,我的错。"庄洁勾他肩,"早饭想吃点啥?"

"丸子汤配肉饼。"

"你不嫌肉饼腻？"

"不腻，肉饼配丸子汤好吃！"

庄洁载他去街上吃饭。庄研等油饼的时候看见了陈麦冬，陈麦冬把手里的油饼递过来，庄研摇头："冬子哥，你先吃。"

"你先吃，我不太饿。"陈麦冬给他。

庄研笑笑，接过咬了一口："我姐也来了。"

陈麦冬看了一圈，庄研指着丸子汤店说："她在买丸子汤。"

陈麦冬拍拍他肩，过去找庄洁。庄洁看见他，从上到下扫了眼：灰色羽绒服、蓝色牛仔裤。

"你就穿这一身？"

"……"

"怎么不穿那件黑色的及膝大衣，还有那件烟灰色的羊绒毛衣……"

"很冷。"陈麦冬说。

"那件大衣好看，也显得精神。"庄洁说。

"成。"陈麦冬悄悄勾了下她手指。

"注意影响。"庄洁说完，扫见陈奶奶挎着篮子过来，迅速离他八丈远。

陈麦冬想把奶奶给拦回去，谁知她眼神好，一眼就看见庄洁身上的毛毛虫羽绒服，招手就喊："小洁。"

"……奶奶。"庄洁硬着头皮上。

"好，好。"陈奶奶看看她脸，拍拍她手，直夸好，也不说啥好。

第二章 给你当情人

庄洁虽然自诩脸皮厚，但也经不起这么一通夸。直到陈奶奶被陈麦冬拉开老远，她脸上的红都没下去。

陈奶奶打陈麦冬："你拉我干啥？我还没说上话呢。"

"你把人吓到了。"

"哎哟——"陈奶奶拖着长长的尾音，"小洁是轻易会被吓到的人？"

"她脸皮薄。"

"薄什么？当我没看见哟。"陈奶奶说他，"男人被反压着，这辈子都难翻身。"

陈麦冬大口咬肉饼："我愿意。"

"没出息货。"陈奶奶骂他。

"我愿意。"陈麦冬还是那句话，说完递给她肉饼，"咬一口，真香。"

陈奶奶把肉饼挡一边："车都开到我眼前了，还在那儿亲，也不嫌臊。"说完折回市集上买芝麻油。

"……"

陈麦冬回家换了套西服，外面搭了件大衣，照着镜子看了看，有点小别扭，还没来得及调整，就接到了殡仪馆的电话。

庄洁中午过来接他，见他这一身打扮，诧异道："你要去市里开会？"

陈麦冬坐上车："奶奶把毛衣洗坏了。"

"你这身不行，太正式了。"庄洁要他回去换。

"都一样。"陈麦冬无所谓。

"当然要穿得漂漂亮亮的，奶奶把你养这么大，你不得给她

295

长点脸?"庄洁问。

"她已经到饭店了。"陈麦冬说。

"让她等会儿,咱们又不是故意的。"

庄洁给他挑了身暖色调的衣服,又搭了条围巾,给他头发喷了点啫喱,简单抓了抓:"好看。"

两人上车,庄洁指着后座的一束玫瑰:"等会儿拿上。"

"别扯淡了,我不拿。"陈麦冬扭头。

庄洁发动着车:"我们不是去见你妈,而是让你跟自己和解。这次见面也是个契机,如果相谈甚欢,以后你想她了就打电话。要是不顺利,你也不会再耿耿于怀了。"

"我没有耿耿于怀。"陈麦冬反驳。

"没有?"庄洁看他,"你口是心非的时候,右边眉毛会往上挑。"

"……"

"你知道吗,迄今为止我没有做过令我后悔的事。只要是能让我感到快乐和幸福的事,我就会去尝试。"庄洁说,"如果我的生命只剩最后一天,我大概也尽兴了,没什么遗憾。"

等到了地方,庄洁停好车,拿过后座的玫瑰,"你要嫌难为情,我帮你拿。"

"我自己来吧。"陈麦冬拿着花下了车,走了两步,又把花递给她,"我难为情。"

"……"

庄洁捧着花,陈麦冬胳膊搭在她肩上,进了饭店。两人正找包厢,陈麦冬接到一通电话,他妈在十分钟前赶回北京了。

庄洁看他。他挂了电话,耸肩道:"她女儿发烧了。"

"这是大事。"庄洁点头,"现在怎么办?"

"咱们吃。"陈麦冬带她进了包厢,"让你弟弟妹妹也过来。"

"行。"庄洁给庄研打电话。

几分钟的工夫,兄妹俩就赶来了。庄洁菜还没点完,惊讶道:"这么快?"

何袅袅手里还端着碗臭豆腐:"我们就在附近。"

庄研打招呼:"冬子哥。"

陈麦冬把菜单递给他:"想吃什么就点。"

何袅袅头伸过来看菜单:"真的吗?"

庄洁看了她一眼,何袅袅老实坐好打招呼:"冬子哥好。"

陈麦冬指着菜单:"想吃什么随意。"

何袅袅把手里的臭豆腐放在餐桌正中央,说这个很好吃,然后埋头翻菜单,指着一个菜问庄研:"这个怎么样?"

庄研性格腼腆,说:"你问问姐。"

庄洁觉得好笑,发话道:"想吃就点。"

何袅袅做鬼脸:"那我就不客气了。"

"咱妈在吃上亏你了?"

何袅袅贴着她耳朵说:"除了吃喜酒,咱妈就没带我进过大饭店。"

"看你那没出息的样儿。"

几个人吃好出来,陈麦冬问他们:"你们平常去不去游戏厅?"

"去去去!"兄妹俩直点头。

"你没地方去了是吧?"庄洁骂他。

"姐，拜托拜托，我和庄研想夹娃娃。"何袅袅搓着手说。

游戏厅，陈麦冬端了两小筐币过来，交代庄研："我跟你姐去办点事，你看好妹妹。"随后朝休息区的庄洁眼神示意。

庄洁没看懂。

陈麦冬道："走，去办点事。"

庄洁看他："啥事？"

"大事。"

庄洁秒懂，骂他不要脸。陈麦冬揽着她的肩出去，说时间紧任务重。庄洁大笑。

庄洁指头上夹着烟，靠在床头发微信："今年光喜帖就收到十二张。"随后开始算从自己这儿流出去的份子钱。

陈麦冬枕在她肚子上："全是结婚的？"

"俩二婚，一个满月酒。我一个前领导，为了敛财简直丧心病狂。"庄洁手指勾着他头发玩，"五月份和老婆离婚，春节复婚他也摆酒，服了。"

"前领导你也随礼？"

"随，我明年还要回去混，不随怎么成？"庄洁抽了口烟，接着把烟放他嘴边，陈麦冬就着吸了口，随后仰躺着看她："我就没这苦恼。"

"为什么？"

"从不会有人给我发喜帖。我一坐下，一桌人都得散。省了不少份子钱呢。"

"白事呢？"

第二章 给你当情人

"白事更不用,他们还要给我钱。"

"绝了。"庄洁笑他,"红事避着你,白事求着你。你们家近亲呢?有没有想省钱,让你在家里给入殓的?"

"这种钱一般没有人会省。"陈麦冬手指摩挲着她眼皮说。

"也是,人生最后一次。"庄洁接了句,"你人际关系简单。我那个圈子里九曲十八弯,可能一个不恰当的眼神就得罪人了。对了,春节什么安排?"

"一切照旧。"陈麦冬说,"年三十的上半夜陪奶奶看春晚,下半夜和朋友搓麻将。"

"我也是照旧,全家看春晚,春晚结束睡觉。"

两人有一搭没一搭地闲扯,陈麦冬起身:"庄研他们还在游戏厅。"

"我让他们玩完自己回,那么大的人了,丢不了。"

陈麦冬又躺了回去。

*

廖涛在厨房蒸扣碗,她把肉腌了,先炸后蒸,一共八大碗,碗碗不重样,能从初一吃到十五,历年如此。庄洁光闻着味儿就够了。

"妈,你就不能整点新花样?咱家没人爱吃……"

"你整!"廖涛把案板让给她,上面堆满了切好的准备炸的豆腐。

"扣碗挺好的,富贵吉祥,团团圆圆。"庄洁竖大拇指,"我的最爱。"

廖涛从蒸锅里端出两碗扣酥肉，让她给左右邻居送去。庄洁端上扣碗，喊上纪三鹅子出门，没几分钟就鹅嚎狗吠地回来了——纪三鹅子跟邻居家的狗打架了。

廖涛骂纪三鹅子太霸道，跑人家里打架。庄研听见声音下楼，抱着三鹅子回了楼上。

庄洁在厨房干转，掀开蒸笼看了又看。廖涛看她，问："你转啥？"

"我看蒸得多，操心吃不完。"

"吃不完扔沟里。"廖涛没好气道。

"这样吧，"庄洁说，"我给陈奶奶端两碗过去。"

廖涛挑了两碗最丰盛的，搁在案板上。庄洁找了个饭盒装好，拍廖涛马屁："世上只有妈妈好。"

廖涛快嫌弃死她了。

庄洁骑着车准备出去，邻居也端了碗甜食过来，招呼道："小洁要出去啊？"

"椿婶，我出去一趟。"她骑着电瓶车去了陈奶奶家。

陈奶奶正在炸带鱼，看见庄洁，非要她吃一块。庄洁勉强吃了一块，同陈奶奶聊了会儿天。正聊着，陈奶奶突然笑眯眯地说："冬子晌午就回来了。"

"行。"庄洁点头。

"等他回来我就把扣肉给他蒸了。我就说是小洁特意端给他的。"

"奶奶，我是端给您的。"庄洁不得不解释。

"去年你咋不端给我？"奶奶不容她狡辩。

"……"

庄洁回来时经过休闲广场，广场大喇叭唱着儿歌："尖尖的夹子蟹老板，做做体操真健康，爬呀爬呀过沙河，爬呀爬呀过沙河，螃蟹一呀爪八个，两头尖尖这么大个……"

随着儿歌，三排老人在做螃蟹操，往右"爬爬"，往左"爬爬"。庄洁看入迷了，电瓶车直接怼到了卖烧饼的摊上。

庄洁到家后放声大笑，把廖涛从厨房拉出来，趴在地上学螃蟹操。廖涛见怪不怪，说这是幼儿园的体操，锻炼平衡力的。

庄洁笑了会儿，同廖涛商量说反正也没事儿，街上人多，很热闹，不如把饮料礼品先摆到烧鸡店门口。

廖涛借了一辆大三轮，庄洁喊上那兄妹俩去厂里搬饮料。正搬着呢，庄洁收到陈麦冬微信，说扣肉特别好吃。

庄洁随手拍了张照片，意思是老娘忙着呢，没空回你。十分钟左右的工夫，陈麦冬骑着摩托过来了，一趟四箱地往车上放。

廖涛忙说："不用，你还上着班呢。"

陈麦冬还没开口，庄洁先说了："他这是吃饭时间。没事儿，让他搬吧，一身的牛劲儿。"

"冬子哥好厉害呀，一次能搬四箱！我跟我哥两人才抬一箱。"何袅袅说。

庄洁招手道："你们俩别在这儿耽搁事了，一边待着去。"说着，就见陈麦冬扛了四箱饮料，擦着她过去。

庄洁暗地里拍他腰，竖大拇指："棒！"

陈麦冬折回去，这次搬了五箱，趔趔趄趄地。

"……"庄洁怕他闪了腰，轻声道："低调点，一次三箱就行。"

陈麦冬搬完，让庄洁坐副驾驶，开着车去了烧鸡店，到门口把货卸了，看她："我渴了。"

庄洁拿自己的保温杯给他，陈麦冬一口气喝完杯里的水："我去上班了。"

"去吧。"庄洁塞给他一枚话梅糖。

廖涛骑着自行车过来，看她一眼："注意影响，少眉来眼去。"

"OK。"

"还有，再夜不归宿，打断你的腿。"廖涛警告她。

"OK。"

"给那俩打个电话，让他们过来照看着卖货。"廖涛说。

"太冷了，让他们待家里吧。"

"待家里除了玩游戏，啥也不干。让他们出来被风刮刮，吃点苦也好。"

"你怎么不打？"庄洁反问。

廖涛看了一圈，低声道："咱俩坐这儿卖，遇上熟人不抹零不好看。"

庄洁意会，立刻给庄研打电话，让他跟何袅袅过来。

整个下午，兄妹俩都站在外头哆嗦着卖货。庄研闷不吭声，只收钱。何袅袅嘴甜，见熟人经过，不是喊哥就是喊姐，不是喊婶子就是喊叔。她一喊，他们一站，一来二去唠两句，礼品就拎走了。过年串门走亲戚，总是能用上的。

庄洁和廖涛在熟食厂忙。晚上就要停工过年，该给工人发工资发工资，该发福利发福利。等这边忙完，娘儿俩又回烧鸡店收摊，何袅袅看着她们，嘴一噘，抱怨自己脸被刮皴了，手被刮

第二章　给你当情人

裂了。

庄洁不等她说完，抽了一张五十块钱给她。何袅袅看了眼庄洁手里的钱，继续说什么冷啊冻啊的。庄洁直接换成一百，堵住了她的嘴。何袅袅接了钱，拉上庄研就跑了。

炸鸡的阿姨对着廖涛夸何袅袅是个人精儿，是做生意的好料。相比起来，庄研就腼腆很多。庄洁敲着计算器算账，也顺嘴夸了句不错。中午拉过来的一百箱饮料，一下午就卖出去七八十箱。

廖涛说不如趁着这股势头，明天在街口再摆个摊。庄洁附和："行。"

准备关门的时候，陈麦冬经过，看了庄洁一眼，骑着摩托去了新房。

庄洁把廖涛送回家，掉转车头，说："我去下溪村一趟。"

"干啥？"

"西夏回来了，我找她有事。"

"十一点前回来。"廖涛交代。

"OK。"庄洁早已跑远。到了三岔路口，她直接拐去新房。

出了电梯陈麦冬就吻她，两人跟跟跄跄地回屋。忙活完，陈麦冬嘴里咬着烟，给她一点点戴假肢。

庄洁仰躺着，指着天花板上的灯，"我不喜欢这个灯。"

"换。"

庄洁枕着双手，惬意道："你这儿太舒坦了，我不想回了。"

陈麦冬随她并排躺下："我也不想你回。"

庄洁抚摸他的脸，柔声道："大年初一来我们家吃饭？我生日。"

陈麦冬犹豫。

"我不介意,我妈也不会介意。"

"我初一到十五没串过门。"

"我不介意。"

"好。"陈麦冬吸吮她的唇。

庄洁回吻他,俩人安安静静地接吻。

年二十九这天,娘儿俩在街口卖饮料。

王西夏骑着摩托过来:"嘿,姐妹儿!廖姨。"

廖涛剥了橘子给王西夏,她摆手说不吃,廖涛坚持要给她,她只得接过了橘子。一口下去,王西夏被橘子酸眯了眼。

廖涛问:"回来几天了?"

"才回来两天。"王西夏挑了几箱礼品,"回头我来拉。"

"行,给你留着。"

"廖姨,那我先走了,还有事呢。"王西夏说。

"行,回头来家里吃饭啊。"

王西夏走后,廖涛问:"西夏对象是干啥的?"

"给领导开车的。"

有人买礼品,庄洁给他们放后备厢。

"司机啊?"廖涛小声确认。

"给大领导开车的。"庄洁说,"新闻里的那种大领导。"

"哦哦哦,那还不赖。"

"咋了?普通司机就……"

"不般配。"廖涛说,"她对象要是个普通司机,就是不般配。

西夏虽然长相一般,但自身能力强,普通司机就是不般配。"

"普通司机咋了?"

"普通司机就代表能力也普通,西夏心气儿和眼光高,不是一个圈子的人。"廖涛总结,"普通司机没错,西夏也没错,但俩人不搭,就是这么个理儿。"

"那可不一定。"

廖涛烦她抬杠,指着路边摆水果摊的:"你咋不嫁给他呢?"

"你找人去提亲啊。"庄洁摇头晃脑。

"你是不是欠打?"廖涛不理她,离她远远地站着。

庄洁凑过去,廖涛挪了挪地,烦死她了。她又狗皮膏药一样地贴上来,廖涛伸手打她:"你就是欠。"

说着就见陈麦冬骑着摩托过来,他拎了两个烤红薯和一壶乌鸡汤。

廖涛明显不自在,说:"这里没事儿,你尽管上班去吧。"陈麦冬说自己没事,过年这两天殡仪馆宽松,有事再去就行。

陈麦冬没看庄洁,放下东西,同廖涛聊了两句就回了。

廖涛拧开保温壶,倒出一碗乌鸡汤,尝了口,道:"陈奶奶有心了。"

"我尝一下。"庄洁脱了口罩,就着碗边喝了口。

廖涛也懒得管她,喝着乌鸡汤没说话。

庄洁剥了红薯递给她,廖涛接过道:"看你能把路走成啥样。"

那边庄研过来,说陈麦冬给他们兄妹拎了鸡汤和红薯。廖涛让他戴好帽子,又叮嘱他们戴好口罩。

庄洁问他:"冷不冷?"

"还行。"

"下午我过去那边,你就回家画会儿。"

"没事儿。"庄研说了句。

庄研走后,廖涛说庄洁:"就你装好人。我那是让他们锻炼锻炼,你倒好。"

"因材施教,庄研就不是做生意的料,让他站两天得了。"

"你永远有理。"廖涛骑上自行车回家,"你照看吧,家里也一堆事。"

"行。"

庄洁打开微信,给陈麦冬发了一个爱心。

陈麦冬问:"要我帮忙吗?"

庄洁回:"你要真没事做,就去烧鸡店门口帮会儿忙,让庄研回家吧。"

陈麦冬:"好。"

下午三四点庄洁就准备收摊,王西夏过来帮忙:"怎么样?"

"还行。你打算回来住几天?"

"短时间内不回去了。"王西夏帮她往车上装礼品,"晚上去喝酒?"

"行。"

两人把礼品装好,王西夏惊讶道:"你会开三轮儿?"

"我不会。"庄洁双手揣口袋,"有人会。"正说着,陈麦冬从烧鸡店过来了。

王西夏看她:"可以呀小妞儿。"

"那是。"

第二章 给你当情人

"行,晚上见。"王西夏回了。

陈麦冬把礼品都拉回熟食厂,厂里放假没人,他又一箱箱地卸下来。

卸完货,两人腻歪了会儿,前后出来,各回各家。庄洁骑着车准备转弯,陈麦冬喊住她:"庄洁!"

庄洁回头,想骂他声音太大了,不想陈麦冬又大喊:"宝贝儿!"

庄洁迅速往四周看了两眼,还好工业区停工了没人,她准备折回去打他——不是说好了夹着尾巴做人?陈麦冬大笑一声,撅着尾巴就跑了。

到家后廖涛问她怎么这么晚,庄洁哼哼两声:"一车的货,你们谁去帮忙卸了?"

"谁让你卸的?"廖涛说她,"明天还要拉出去摆,你卸下来干啥?"

"你怎么不早说?"

廖涛懒得说她:"吃饭吧吃饭吧,今天怎么卸的明天就怎么给我搬上去。"

庄洁上楼换羽绒服,王西夏约她去酒吧。等她下来坐饭桌前吃饭,廖涛说她:"换来换去,等感冒了就不嘚瑟了。"

何袅袅随便扒了两口,就趴茶几上写起了寒假作业。庄洁好奇地问道:"怎么突然热爱学习了?"

"我想努努力,明年考一所好中学。"何袅袅说。

"好事儿,"庄洁朝廖涛说,"我没白悉心栽培,总算开窍了。"廖涛只吃饭,不搭腔。

吃完饭，庄研主动收拾碗筷，拿着抹布擦餐桌，随后去了厨房洗碗。何袅袅听见洗碗声，立刻撂了笔，随手抓了一把瓜子，一面嗑一面看电视，偶尔提笔写俩字。

"……"庄洁服了。

王西夏过来接她，两人直接去了酒吧。正值年口，在市里工作的弄潮儿们都返乡了，酒吧里热闹得很。王西夏拉庄洁坐在一角。

"这儿会不会太偏了？"庄洁说。

"这儿正合适，没人。"

"要图没人咱就应该在家喝。"

"酒吧不是有气氛吗？"王西夏点了根烟，朝她扬下巴，"那个是王孬蛋儿。"

庄洁看过去："王宝獃？"

"他已经做到中科的高管了。"

庄洁又细看了一眼："厉害呀。"

"他能力很强的。"王西夏又说。

"你有他微信没？"庄洁问。

"当然有。"王西夏说，"我们两家关系还挺近，他人不错。"

"我过去打个招呼。"庄洁起身过去聊了两句，碰了个杯，加了个微信，回来说，"他跟他妹长得很像，性格也像。"

"不像。"王西夏摇头，"他沉稳，王宝甏娇气。"随后捏着腔，肩一抖，"平平真是个烦人精。"

庄洁大笑。

王西夏自己打嘴："不能带头出我堂哥洋相。"

第二章　给你当情人

"他们感情挺好的。"庄洁笑道。

"对,感情上没话说。"王西夏附和,"平常也小打小闹,但懂得相互扶持和宽容。"

庄洁问她:"你呢,徐清河父母怎么样?"

"就是普通的父母,省吃俭用供儿子读书,有个小病小灾的瞒着,尽量不给儿子添麻烦的那种。他们有退休金,能顾得上自己。说将来需要帮忙带孩子他们就来,不需要他们也不来。"

"你们都聊这么远了?"庄洁问。

"随口拉家常提到的。"

"那他父母还挺随和的。"

"对,挺随和的。"

庄洁看她:"那你还焦虑什么?"

"很难跟你说清。"王西夏捻灭烟,"他想见我家人,我爸还在养老院,我压根儿就不想接他出来。"

"那就先不接呗,回头再说。"庄洁说。

"我发现基因真的很可怕,我性格有点像我妈,就是那股泼辣和尖酸刻薄的劲儿。"王西夏咬牙切齿,"我最讨厌我妈这点。"

庄洁跟她碰杯:"我妈从前爱当着我的面骂我爸,骂得非常狠。我爸自命清高还死要面子,朋友有事就问他借钱,一借他就给,回头急用他又拉不下脸要。我妈去要,他又嫌我妈折他面子。我小时候很烦他们,一个骂得刻薄,一个死不吭声,没有一个健康家庭该有的样子。夏夏你说,十几岁的时候,咱还能说自己性格上的缺陷是受原生家庭的影响,但过了三十岁,咱就说不出口了。说原生家庭怎么样怎么样,我觉得没必要。当意识到自己性格有缺陷的时候，埋怨父母几句不为过，但不能事事都归罪到原生家庭。因为意识到有缺陷的时候，该做的是克服原生家庭带来的不良影响，轮到自己结婚的时候，努力去建立一个健康的家庭，做一个合格的家长。"

"对。"王西夏同她碰杯。

"我跟你讲个神奇的。我们部门小钟老被她丈夫家暴，但她屡屡原谅他，我问她为什么，她说她老公每次打完她，都痛哭流涕地说自己受原生家庭影响太深，他爸从小就家暴他妈。"庄洁说，"我也是服了。挨完打回头还要安慰她老公，俩人一块骂他爸。"

"其实道理都懂，就是说起来容易做起来难。"王西夏说。

"对，知行合一太难了。"庄洁附和。

两人喝得尽兴，一直到酒吧打烊才出来。

"夏夏，我想你——"庄洁扭腰撅屁股。

"洁儿，我也好想你呀——"王西夏噘嘴抖肩。

两人喝得有点猛，洋酒和啤酒掺着来，隔天睡醒后，庄洁感觉头晕得不像话。

外头大日头照着，她窝在躺椅里晒太阳。中午廖涛回来骂了她一顿，说因为她早上没起来，这么好的天都没出去摆摊。庄洁舒服地眯着眼，说："年三十了，摆什么摊儿啊，能赚几个钱？"

廖涛不搭理她，去厨房准备年夜饭，道："中午不煮饭，你们随便吃点。"

庄洁打了个哈欠："不饿，晚上一块儿吃吧。"

廖涛说："你数学老师被急救车拉走了，估计是要不行了。"

庄洁叹了口气："管子插着也是受罪。"

廖涛独自忙了会儿，拉起家常："庄研这次回来很懂事，知道帮我做家务。"

"他一直都很贴心。"庄洁懒懒地接话，"是你一直被偏见蒙蔽着双眼。"

"反正你们姐妹俩一个比一个猴，只要一说干活，就一窝乱咬。"

"这话难听了啊，我们又不是狗。"庄洁翻了个身，换另一面晒，"年三十不下雪，不像过年。"

"这天儿适合串亲戚。"廖涛拉了一捆葱出来，坐在太阳下剥，"我上午在街上碰见燕子，她问我你回来了没，说有空找你玩。她现在也很厉害，前年学了几个月的文眉，回来在美容院给人文眉，据说文一对眉毛一两千。"廖涛让庄洁看自己的眉毛，"她私下给我们做的丝雾眉，一个人八百块，你回头要做也可以去找她。对了，我还碰见壁虎了，他昨天才……"

"壁虎是谁？"

"壁虎就是何圩。"

"你喊人名字就行了，什么燕子壁虎的。"

庄洁给王西夏发微信："咱们像不像一群妖魔鬼怪？管你在公司什么职务、级别，过年回老家全打回原形。"接着就看见陈麦冬发来的信息："数学老师去世了，刚从医院送回来。"

庄洁："你是不是要帮老师入殓？"

陈麦冬："特殊时期，从医院回来的不近身入殓。"

庄洁："哦，明白。"

311

接着她又问:"是不是也不能举办丧仪?"

陈麦冬:"殡仪馆目前是不能办,就看镇上让不让在家里办了。"

庄洁随口问廖涛:"妈,镇上有没有说这期间禁止办红白喜事?"

"禁止这干啥?只说让出门戴口罩。"

庄洁又同陈麦冬聊了会儿,他突兀地回了句:"我在新房。"

庄洁问:"在新房干什么?"

陈麦冬没再回她。

庄研骑着单车背着画架回来了,廖涛问他:"袅袅呢?"说着何袅袅也骑着单车回来了,她哼了一声,转头就回了屋。

"她咋了?"

"她要买炮放,我没让她买。"庄研脱了手套准备回屋。

廖涛喊住他:"小研,帮妈把案板上的肉剁了,开始准备年夜饭。"

庄研应了声,去厨房剁肉。廖涛又喊何袅袅:"女儿,出来帮妈把菜给择了。"

何袅袅不情愿地出来,拒绝的话到嘴边,被庄研的剁肉声给摁了回去。她又看了眼晒太阳的庄洁,不服气地去择菜了。

廖涛也不搭理庄洁,让她自己悟,看她羞不羞。

庄洁伸了个懒腰起身:"我去诊所拿个药,头晕得厉害。"

"我也要去同学家拿作业。"何袅袅果断放下手里的菜。

庄洁从兜里掏出俩压岁红包,拿在手里甩了甩,随后又放回口袋。何袅袅欢快地择起了菜:"我作业不急,明天也可以拿。"

第二章　给你当情人

庄洁骑着电瓶车戴上口罩去了新房。

陈麦冬在厨房忙。庄洁好奇道:"你干什么?"

"准备年夜饭。老房子里的煤气罐没气了,今天年三十,他们不给送。"

"你会煮饭?"庄洁进厨房。

"还行。"陈麦冬从油锅里捞出一条鱼身,接着又捞出鱼头,把它们拼好装进盘里。

"你把鱼头跟鱼身分开有什么讲究?"

"它在油锅里不小心分开的。"

"……"

庄洁又看向案板上被解剖的鸡,肉是肉,骨头是骨头。庄洁竖大拇指:"牛。"

"帮我剥一个洋葱。"陈麦冬说。

庄洁拿起一个洋葱,一层一层地剥:"来,让我看看小冬冬的心在哪儿。"

"在你身上。"陈麦冬随口就接道。

"去你的。"

陈麦冬笑笑,没再接话。

庄洁剥得泪流满面,耐心全无,举刀从中劈开,刀一放:"我不吃也不帮忙。"转身去了客厅。

陈麦冬点了根烟,看她趴鱼缸前看鱼,问她:"你在上海都在外面吃?"

"对。"庄洁看着眼前的小鱼,游着游着就亲一块儿了,她敲敲玻璃试图把它们分开。

陈麦冬又在厨房问:"你爱吃什么?"

"我没什么爱吃的,有就吃,没有就不吃。"她应声。

陈麦冬把鸡放锅里煮,打算做一道手撕鸡。庄洁又转过来,问道:"煮几样菜?"

"四样。"

"就四样?"

"就我跟奶奶俩人,四样都吃不完。"

庄洁看着料理台上的摆盘,夸道:"不错,真是干啥都行,样样行。"

陈麦冬看她:"我都干啥行?"

"家务包揽,赚钱也行。"庄洁捏了颗圣女果扔嘴里,"我除了赚钱,家务都是阿姨一周两次。对了,忙完帮我洗个头。"

"行,怎么不行。"陈麦冬嘴里咬着烟,懒懒地应声。

"你也不怕烟灰掉锅里?"

陈麦冬听她这么说,便捻灭烟扔掉,认真地做起菜来。他切着韭黄,指着锅里的鸡:"给你做一道凤求凰。"

庄洁大笑:"别扯淡了。"

"教你煮个养胃粥,回头你可以自己煮。"陈麦冬又说。

"不学,我懒。"

"我也懒。但奶奶厨艺不稳定,我就随便学了几个菜。"

"奶奶厨艺真不行。咸的咸死,甜的甜死。"庄洁附和。

"过来。"陈麦冬朝她招手。

庄洁靠过去,明知故问:"干什么?"

"帮我洗个葱。"

"……"洗就洗。

陈麦冬随意拍下她屁股,又继续若无其事地忙。

"手欠。"庄洁看他。

"我叫陈欠欠。"陈麦冬面不改色。

庄洁攀上他脖子,摩挲他唇形:"把我勾过来看你做饭?"

"嗯哼。"

"你真该叫陈欠欠。"

忙完,陈麦冬给她洗头,洗好吹好,庄洁准备回,陈麦冬蹲在玄关给她换鞋子:"晚上我有朋友过来搓麻将。"随后起身看她,"你要不要过来?"

庄洁犹豫:"再说吧。"

陈麦冬没作声。

"你们先玩,想过来我就直接过来了。"

"行。"

庄洁看看他,嘬了他一下,晃手指:"拜拜。"

陈麦冬倚在门口目送她上电梯,微侧着头,深情地看她。庄洁看了眼电梯,又折回来吻他,陈麦冬抱住她,反脚就踢上门。

"我该回了。"庄洁边吻边说。

"我没拦你。"

"你拦了。"

"我哪儿拦了?"

"你用眼神拦了,你想要我回来吻你。"

"你可以不回来。"

"但我想回来。"

"你嘴肿了。回去怎么跟你妈交代?"

"说实话呗,被情人吻肿了。"庄洁风情万种地看他。

"不妨再肿一点。"陈麦冬又用力地吻她。

"我真的该回了。"

"你晚上过来。"陈麦冬抵着她额头。

"好。"庄洁拒绝不了他。

"我等你。"

*

庄洁回去后,一直到春晚结束,廖涛才回屋睡觉。庄洁蹑手蹑脚地出来,到新房门口后给陈麦冬发微信。

他出来接她,捏了捏她被冻红的脸,牵着她回了屋。屋里除了陈麦冬的三个朋友,还有看着电视昏昏欲睡的陈奶奶。

朋友们看见庄洁乱起哄,陈奶奶也被惊醒,眼睛一亮,欢喜道:"小洁过来啦。"

庄洁回卧室将陈奶奶哄睡着才出来,客厅里烟雾缭绕,她随手开了窗,在陈麦冬身边坐下。陈麦冬偏脸问她:"会玩吗?"

"一般。"

她对面的人问:"嫂子,看我面熟不?"庄洁当然认识他,镇西头搞快递的。

"嫂子,咱明年继续合作呗?"对方嘴贫道,"相互扶持,共同成长。"

"不跟你合作,你比别人贵一毛钱。"

"嫂子,这就是个误会,我要知道你是我嫂子,我再给你便宜两毛。我赚谁的钱也不能赚我嫂子的钱啊。"

"行，说准了啊，再便宜两毛。"

"冬哥，我看你家庭地位不咋地。"有朋友打趣，"嫂子这气度，明显压你一头。"

"压就压呗。"陈麦冬不在意地扔了张牌，朝她小声道，"新年快乐。"

"新年快乐。"庄洁回了句。

又打了几圈，陈麦冬让她坐下玩，他在身后看。

陈麦冬去阳台接了两通电话，一通他爸的，让他注意身体，谈个对象过日子；一通他妈的，说特殊时期，叮嘱他注意身体。母子俩沉默着都没挂，像是没话说，也像是等着对方先挂。等了许久，陈麦冬打破沉默，问："她是普通发烧吗？"

"她没事儿，早就退烧了。对了，感冒千万不要去医院，避免交叉感染。"

"嗯。"陈麦冬应了声，回屋拿上烟点着，呛咳了一声。

"少抽点烟。"电话里说。

陈麦冬没接话。

"我是真心去看你的，不是找借口走掉的。"他妈在电话里解释了句。

"嗯。"陈麦冬应了声，看向屋里牌桌上边搓边聊的人。庄洁像是有心灵感应似的，回头看了他一眼。

电话里还在说着："她爸爸要回湖州老家发展，我们元宵节走，我这几天去见见你。"

"估计现在不好出去，如果能出去，我去见你吧。"陈麦冬说。

"那好,你要是确定了提前跟我说。"电话里的声音有些高兴。

陈麦冬挂了电话坐回来,庄洁小声问:"你爸妈?"

"我妈要随她丈夫回湖州了,我这两天去看看。"

"行,要不要我陪?"

"要。"陈麦冬胳膊搭上她肩,顺手替她摸了一张牌。

自摸。

"这样不算,不算不算。"说着牌就被其他人推了。

陈麦冬挨个儿收钱:"别扯淡,给钱。"

几个人望向庄洁:"嫂子,你说这局算不算?"

"算了。"庄洁大手一挥。

"嫂子局气!"

庄洁让陈麦冬玩,她去洗把脸,有点困了。

"困了你去睡会儿?"陈麦冬看她。

"不睡,我要守岁。"

庄洁洗了脸,泡了杯咖啡,坐在陈麦冬身后看。

天泛亮,陈麦冬去厨房煮早饭,那几个人去露天阳台上透气。庄洁望着东边的天际,心里许愿:保佑亲人、爱人平安喜乐,万事顺意,希望疫情快点结束,国泰民安。

许完愿,她才惊觉她想到的是"爱人"而非"情人"。她笑了笑,倚着露天护栏往对面看,对面陆续出来两户守岁的家庭,小孩捂着耳朵远远地躲开,大人拖着长长的一串红气球,用工具噼里啪啦地扎爆。

几个朋友围过来,朝对面喊:"兄弟,牛啊!"

对面也回:"新年快乐!咱们都称心如意,大吉大利!"

第二章　给你当情人

"称心如意，大吉大利！"

大年初一，庄洁生日，廖涛和庄研在家准备生日餐，晚上打算摆一桌。

王西夏和陈麦冬傍晚一块儿过来的。廖涛从厨房出来，让庄洁招呼王西夏和陈麦冬坐，转身回了厨房。庄洁坐那儿看电视，王西夏挨着她，戴着耳机听微信语音，何袅袅坐在另一侧玩手游。陈麦冬看了一圈，碰碰庄洁："我去厨房帮廖姨。"

"想表现啊？"庄洁问得意味深长。

陈麦冬不理她，卷着袖子去了厨房。廖涛撵他："不用不用。"

"没事儿，廖姨，我煮惯了，家里都是我煮饭。"陈麦冬过去接庄研手里的鱼，"我来处理。"

廖涛留了个心眼，便让庄研回屋，她同陈麦冬边忙边聊家常。

王西夏回着微信，看了一圈，碰她："人呢？"

"谁？"

"陈麦冬。"

"他在厨房帮忙。"庄洁吃着话梅糖。

"你们有意思啊。"王西夏挤她，"在街上眉来眼去的。"

"去你的，才没有。"

王西夏贴着她耳朵说悄悄话，庄洁推她："滚蛋。"

王西夏手机响了，她嘘一声，上楼接电话。

庄洁起身去了厨房，廖涛在同陈麦冬唠家常，问他平常有什么消遣。陈麦冬极有教养地回答着。廖涛扭头看见她，问："站门口干啥？"

庄洁进来，随手捏了片卤牛肉吃。廖涛拍她手，嫌她手脏，接着拿出一块卤香牛肉,又加了一只秘制卤鸡,给陈麦冬装好:"我自己卤的,晚会儿拿回去给你奶奶尝尝。"

"好,谢谢廖姨。"陈麦冬说。

"谢啥。"廖涛说着出了厨房。

"装。"庄洁哼哼两声。

"你在奶奶面前不装?"陈麦冬回她。

"哎,陈麦冬,西夏说你是新上门的小媳妇儿。"

"我是有风度,不好意思看廖姨自己忙。"

庄洁哼哼两声,不说话,让他自己品。

陈麦冬老实剥蒜头,不理她。

庄洁看了眼门口,嘴欠,低头亲了他一下。陈麦冬本能地看向门口,随后往一边挪了挪。庄洁跟上去,轻踢他。陈麦冬时刻注意着门口,撂狠话:"等着。"

庄洁又踢他:"等什么?"

两人一打一闹,突然听见脚步声,瞬间如两只受惊的兔子。

*

过完年,广播每天喊着:勤洗手,常消毒,出门戴口罩,尽量不串门,不聚堆聊天,不去人流密集的地方……

庄洁在家里憋了两天,一开始还好,等到了第五天就已经不行了,一会儿在天台上转转,一会儿去门口转转,实在无聊便跑去无人的麦田里转转。

陈麦冬很忙,每天背着一大桶兑好的消毒液,挨家挨户地消毒。

庄洁跟着朋友圈学做凉皮，怎么也学不成，她恼了，把沉淀了一夜的洗面水掀了。庄研说她应该沉下心，何袅袅说她太暴躁。

镇里人拉了一个大群，每天想吃什么果蔬就在群里报，菜店的老板会统一买回来。镇里的大小商铺基本都关了，只剩一家菜店和超市的生鲜区开放。

群里除了买菜，谁家缺什么急需物，也会在群里吆喝，看谁家有就先借用借用。这边刚有人借完小孩的尿不湿，那边就有妇女张口借卫生巾，群里乱了，管理员立刻跳出来，让有些妇女说话文雅点。

那妇女不依，说："我借卫生巾咋了？你老婆你妈就不用卫生巾？"

庄洁可爱看群消息了，觉得简直是人生中一大乐事。

这边还没笑完，管理员又艾特所有人："经镇委决定，挨家挨户喷洒消毒水的工作，由镇里男同志轮流来承担，这不是一个人的事，是大家共同的事。希望二十五到五十岁的男同志踊跃报名。"又艾特陈麦冬："感谢陈麦冬同志这五天来的付出。"

庄洁带头发撒花、鼓掌、喝彩的表情包，又发了句文字："感谢陈麦冬同志。"

下面紧跟着几十条消息，全是复制的撒花、鼓掌、喝彩的表情包以及"感谢陈麦冬同志"。

管理员再次跳出来："不要刷屏。希望群里的男同志能踊跃报名，每天轮流为镇里做消毒工作。"

五分钟过去了，没人回应。

十分钟过去了，没人回应。

庄洁见此，便复制了管理员的话，在群里发了一遍。她昨天见了陈麦冬，他脖子和肩都是僵硬的——一大桶一大桶的消毒水，背一天下来，即使是男人也会觉得吃力。

廖涛看见庄洁发在群里的信息，说她："你也是瞎掺和。"

好半天，群里还是没人接话。这时妇女主任发了句："咋了，都开始装王八了？要不是我女婿在派出所值警，我儿子在市里回不来，他们准第一个报名。"

廖涛回复了一个竖大拇指的表情。庄洁也顶了一个大拇指的表情。

群里一个人说："我就喷过农药，不知道消毒水咋整。"

管理员回："可以跟陈麦冬同志学习一天。"

也有人回："很容易，跟喷庄稼一样。"

群里开始陆续有人报名，前后报了十几个。没一会儿，群里又热闹起来，有人说："口罩太薄，跟命似的。"

"这是假口罩。"

"假口罩都买不来。镇里很多人不是不戴，而是缓过神去买的时候，药店早就卖空了。你们看看街上的老人，有几个买来了？"

"就是，口罩也不知道被哪些鳖孙们给囤了。以前几毛钱一个，现在五块钱一个。"

"这些人净挣些昧良心的钱。"

没一会儿，管理员在群里发言："缺口罩的人报名，我统计一下数量，回头挨户发。口罩数量不多，先紧着老人和小孩发，我希望大家实事求是，不要乱占用有限资源。口罩是三天前王西夏同志捐到政府大楼，准备给中心医院备用的。"

第二章　给你当情人

庄洁在群里艾特王西夏，发了一连串竖大拇指、撒花的表情："向王西夏同志学习！棒棒的！"

妇女主任也复制转发了一条。接着就是几十条统一复制的消息。

庄洁服了，这群人跟一群机器人似的。

王西夏回了句："特殊时期，建议大家用口罩的时候垫一层医用棉垫，可以延长口罩的使用寿命。"

群主顶了一句："希望各位能相互扶持，共同渡过难关。还是那句话，出门务必戴口罩，不要开会似的扎堆！"

庄研在一侧检查何袅袅的作文，说她写得不好，爱用自己驾驭不了的大词，内容太空洞。

"古人说的妙笔生花，就是能游刃有余地运用文字，让文字为你所用，而不是被文字支配。"庄研说她，"你重新写一篇，实事求是地写，用你积累的词汇，不要为了显高级照着词典写。"

"照着词典写？"庄洁问。

"她照着成语大词典写了一篇作文。"庄研说。

"我没有！"何袅袅发脾气扔了作文本，"天天写天天写，烦死了！"

"行了行了。"庄洁打断他们，"走，带你们放风筝去。"

王西夏知道一条无人的小径，可以直通陉山。庄洁带着庄研和何袅袅，跟着王西夏抄小道，把电瓶车锁在山下，拿着风筝上了山。庄研举着风筝朝前跑，何袅袅追在身后用手够。

"也不知道啥时候是个头，要命，上不了班。"王西夏感叹道，话音一转，问庄洁，"哎，你怎么打算的？"

323

"什么怎么打算?"庄洁看她。

"陈麦冬啊。"

"早着呢,到时候再说。"

"实在不行你就回来北京。"王西夏出主意。

"别扯淡了,我不回。"庄洁语气决绝。

"你自己决定吧,我觉得你回来也是一条路。不考虑别的,就考虑你妈。"王西夏说,"其实廖姨和我聊了,她一直都想你回来发展。"

庄洁没接话。

"如果我想结婚,我就去跟徐清河领证。"王西夏深吸了一口气,勾着她脖子,"老娘认怂了,投降了。"

"行,我开始攒份子钱。"庄洁应声。

"攒着,太少我不收。"

"要不这样,你把车间里的饮料都拉走吧,你婚礼上的酒水我包了。"

"去你的。"王西夏笑骂。

庄洁大笑,噘嘴朝她脸上亲了口。

"滚蛋。"

*

自从大年初一过完生日,庄洁同陈麦冬就没怎么见面。除了他穿着防护服来家里喷消毒水,两人就没私下见过。这天下午,庄洁发微信给他:"我想你了。"

一个小时后,陈麦冬才回:"我也想你。"

第二章　给你当情人

庄洁没回，他也就没再回。

一直到晚上，庄洁没忍住，直接打电话过去，开口就问："你冷着我是几个意思？"

"我没冷着你。"

"陈麦冬你不敢认是吧？"

"我感冒了，鼻塞。"陈麦冬说。

"啥意思？鼻塞影响你给我打电话？影响你给我发微信？"

陈麦冬没作声。

庄洁如何也想不明白他凭什么冷着自己。她挂了电话，越想越气，骑着电瓶车直奔新房。新房没人，她又折去陈奶奶家，陈麦冬正坐在火炉前，陈奶奶往他肩上涂着药。

陈奶奶见她来，把药往她手里一塞，起身往邻居家去，临走前还刻意交代了句："我去借个东西，大概个把钟头才回。"

"……"

陈麦冬揉着肩，仰头看她："怎么过来了？"

"你为什么冷着我？"庄洁问。

陈麦冬穿好衣服，点着一根烟，问："就为这事儿？"

"你啥意思？"

"没意思，算了吧。"

"你想分手？"

"算不上分手，提前结束关系而已。"陈麦冬说，"我不打算跟你混了。"

"那你打算跟谁混？"庄洁看他。

"我谁也不混，打算浪子回头，过正经日子。"

325

"凭什么?"庄洁翻脸,"你说当情人就当,说浪子回头就回?"

"我就是犹豫,考虑是现在结束还是等暑假。"陈麦冬捻灭烟。

"犹豫什么?"庄洁问。

"我也不知道。"

"你不喜欢我了?"

"没有。"

"那为什么要提前结束?"

陈麦冬闷声不吭。

"我不分。"庄洁干脆利落地回他。

"你太霸道了。"

"我从来都这样。"

回家躺回被窝,庄洁发微信给陈麦冬:"以后只准我说结束,只准我喊停。"

陈麦冬:"你太霸道了。"

庄洁:"不喜欢?"

陈麦冬半晌回:"喜欢。"

庄洁哼哼两声:"王八蛋。"

陈麦冬语音喊她:"庄洁。"

庄洁趴枕头上应声:"嗯。"

陈麦冬说:"我想你。"

庄洁轻声回:"我也是。"

陈麦冬说:"出来,我在你家门口。"

庄洁掀开被子,拄着拐去窗边看,陈麦冬倚在摩托上抽烟。

第二章 给你当情人

庄洁回："冻死你。"

陈麦冬说："下来。"

庄洁犹豫："我已经脱掉假肢了。"

陈麦冬回："我等你。"

庄洁又把假肢穿好，蹑手蹑脚地出门，朝他飞奔过去。陈麦冬伸手抱住她，原地转了一圈，低头用力吻她。

庄洁坐着摩托随他回新房，两人从进门就一路纠缠。

一觉到中午，庄洁醒来时陈麦冬还在睡。她正要起床，又想到起床也无事，索性赖在被窝里。她给廖涛发了条消息后，便把手机调成了飞行模式。她看着陈麦冬的睡颜，无端生出一股侥幸、感恩，以及浓烈的幸福感。

她戳戳陈麦冬的脸，他没醒，她怀疑他装睡，直接趴他脖子上咬。陈麦冬反身压住她，让她看自己眼角的淤青，控诉她昨晚的暴行。

庄洁道歉，说她有家族遗传病，睡怒症，这个病发作起来跟路怒症一样。

陈麦冬说十几年前他被狗咬过，没打狂犬疫苗，一高兴就控制不住想咬人，说完指着腿上的疤给她看。

"你在扯淡？"庄洁说。

"你说扯就扯吧。"陈麦冬欲吻她。

庄洁躲开，报着嘴巴下床，说没刷牙就接吻太恶心了，而且胃不好的人，早上都会有点口臭。

陈麦冬也过来刷牙，让她扶着自己刷。庄洁没拿拐杖，一只手扶着他的肩，另一只手刷牙。镜子里的两人，男人通身黑，女人通身裸粉色。

　　庄洁很喜欢身上这套秋衣，柔软度好，舒适性高。陈麦冬刷着牙，蹲下给她挽秋裤裤腿，随后漱口，拿了件薄睡袍给她。

　　陈麦冬把她抱回沙发，让她盖上毯子看电视，他转身回厨房盛粥。他早上熬了南瓜小米粥。

　　庄洁喝了口粥，问他："怎么有股怪味儿？"

　　"里面放了药，养胃的。怕你饿，我早上六七点就熬好了。"陈麦冬吃着牛肉烧饼说。

　　"我也想吃。"

　　陈麦冬把烧饼放她嘴边，她狠狠咬了一口，嚼完咽下："为什么我喝粥，你吃牛肉？"

　　陈麦冬回微波炉给她拿热烧饼："这是奶奶早上做的，我吃的是昨天剩的。"

　　"你早上回奶奶那儿了？"

　　"嗯。"陈麦冬应声。

　　两人吃完，陈麦冬给她洗了水果。他拉开落地窗窗帘："下雪了。"

　　庄洁过去看，雪已经落厚了。

　　"后半夜就开始飘了。"陈麦冬推开窗，趴在护栏上往下看，"一个小孩也没有。"

　　往常下雪，会有一群群的小孩追逐嬉闹，打雪仗。

　　"好清静，茫茫一片只见白。"庄洁接了句。

　　陈麦冬关上窗，抱她坐在沙发上看电影，庄洁被他的胡茬扎到，脸一热，问他："怎么不刮胡子？"

第二章　给你当情人

"这不是胡子,这只是刚冒出来的胡茬。"陈麦冬摸了摸,"一点也不扎。"

"你皮糙。"

"是没你细嫩。"

庄洁不理他。陈麦冬闭着眼趴在她怀里,庄洁给他捏揉肩膀:"有瘀痕了。这要是夏天还得了?穿着防护服就已经闷死了,再背一桶消毒水,一个小时就得中暑。"

陈麦冬仰躺过来:"我们在一起你开心吗?"

"开心。"

"你幸福吗?"

"你不幸福?"庄洁看他。

"我问你幸福吗?"

"幸福。"庄洁毫不犹豫地回答。

"你将来会忘了我。"陈麦冬用手指轻轻地描着她的唇线。

"不会忘。"

"我会忘。"陈麦冬说。

"忘就忘呗。"庄洁心里不是滋味。

"我会娶个温柔贤惠的女人,生俩孩子,平平淡淡地过好这一生。"陈麦冬说。

"你也是够扯淡的。自己潇洒够了,找个接盘侠过日子?"庄洁酸道,"服了,还温柔贤惠。温柔贤惠的女人早结婚了。"

"我不挑,二婚三婚的也行。"陈麦冬说。

庄洁被噎住,半天说不出话。

"我只要放宽条件就能找到,大把的。"陈麦冬很自信,"我有北京户口,又不差钱,对方要是嫌我的工作,我改行就行了。"

"庸俗。"庄洁推他,不让他枕自己腿上。

"我本来就庸俗。"陈麦冬坐起来,痞笑道,"我能为你做的,也全都能为别人……"

"你滚。"庄洁翻脸。

陈麦冬没事人一样。

"你找不痛快是吧?"庄洁回屋穿衣服,准备回家。

陈麦冬倚在门口看她穿:"你都不要我了,还不许我娶媳妇?"

"好好的你提这些干什么?我不懂你为什么要在我最开心的时候提这些硌硬我?"

"我也控制不住。"陈麦冬抽了口烟。

"我本来今天都不想走了,等会儿喊我弟弟妹妹过来,我们堆雪人、煮火锅,好好的你给我整这出。当初是你说心甘情愿当情人的,回头咱们好聚好散……"庄洁说不下去了,穿上外套就走。

陈麦冬挡着门,庄洁推他,他不让。

"你什么意思?"

陈麦冬不作声。

"这段关系要是让你不舒服,或者腻了,我们就到此为止。"庄洁从包里摸出烟,"我最烦整这一出,俩人在一起就是为了快乐,不快乐全是扯淡。我从来没想过分开以后会怎么样,因为还没到那一天。我向来都是一条路尽力走到头,走不下去再换另一条。"

庄洁一股脑儿说完,看他:"让开吧。"

陈麦冬不让。

第二章　给你当情人

"让开。"庄洁又说了一遍。

陈麦冬还是不让。

庄洁抢包就打他:"你就是欠,在人头上拉完屎,还一副委屈的样子。"

"我没你厉害!你都把我千刀万剐了,我还要谢你!"陈麦冬喊。

"谁剐你了?"庄洁看他,终于闹明白了,戳他心口,"陈麦冬,你是觉得我不爱你?我不爱你,会让你去我家?我不爱你,会半夜跟你跑出来?我不爱你,看见你眼红,我会心疼?我不爱你,看见你喷消毒液太累,我会跟镇委抗议?就你有心是吧?我千刀万剐你?你说那些事的时候,看没看见我心如刀绞?"庄洁也掏出自己的心。

陈麦冬抱她,庄洁推他:"滚开!"

"宝贝儿,对不起。"

"滚开!"

陈麦冬吻她,她打他、捶他、骂他,随后攀着他脖子回吻。陈麦冬如了意。

庄洁警告他:"下回再整这出,咱俩绝对散。"

"这是最后一次。"陈麦冬摩挲她眉毛。

"心情爽了,不找事了?"庄洁服了他。

"爽了。"

半晌,陈麦冬说:"我就是要确认你爱我,我不想一头热。哪怕三分都行。只要你爱我,只要你不转身就把我忘了。"

"我不喜欢谈爱,太沉重了。"庄洁说。

331

"是你把它想得太沉重了，因为你害怕负责。我爷爷奶奶从不说爱我，但我知道他们爱我。你妈也从不说爱你，但你也知道她爱你。你像一个绝世高手，一个渣女，只想走肾不想走心。"陈麦冬淡淡地说，"我贪心，我什么都要，你的身心我都要。"

庄洁没作声。

"你说爱我，就是你爱我，我知道你不会骗我。你如果不说，我会耿耿于怀，会一辈子都在猜你到底爱没爱过我。"

"我觉得说爱矫情，没必要。"庄洁应了句。

"我不嫌矫情。"

"行。"庄洁看他，"我爱你，我爱你，我爱你。"

"不走心，一听就是敷衍我。"

"事儿精。"庄洁轻骂了句。

"我妈从前经常说爱我，自从我爸养了小三，她就说得少了，偶尔看我的眼神还带着怨气。我明白她的怨气，因为自从生下我，她就没去我爸公司了，她每天全心全意地教育我，照顾家庭，最后我爸背叛了她。刚开始我怪她，怪她不联系我，怪她不来看我。后来逐渐习惯了，适应了，不会经常想起她了。"

"你真能不想吗？"庄洁好奇。

"会想，也就是念头一闪而已。"陈麦冬掸掸烟灰，"这两年她给我打电话频繁了点，但我们经常冷场，不知道该聊些什么。"

"你还是怪她？"

"我反而更理解她了，但情感上我不知道该怎么说。"陈麦冬想了会儿，继续说道，"她把曾经给我的爱全部切断了，我这十几年也慢慢适应了。她现在突然想弥补，想和我亲近，我也渴望，我也想,但我有点无能为力。我知道她也爱我,就像我爱她一样,但都只是在脑海里一闪而已。"

"你爸呢?"

"都一样。"

"我妈从没说过爱我,我也没说过爱她,但我们都知道对方爱自己。"庄洁说。

"我们都不善于表达,尤其是在家人面前。我们会自然地对朋友说'爱你',却很少对家人说。"陈麦冬说,"我从前也不说,但现在突然想明白了,只要我爱你,我就会毫无保留地说出来。我见过很多临死前才说'我爱你'的人。我不懂,为什么人好好活着的时候不说,临死了才说?"

庄洁不懂:"你经常见?"

陈麦冬掷地有声地说:"对。"

"拉去殡仪馆的不都是遗体吗?你入殓的时候他们坐起来跟家人告别?"

"……哎,对哦,好奇怪。"陈麦冬装傻,"我到底是在哪儿经常见的?"

"让你扯淡。"庄洁轻踹他。

陈麦冬大笑,随后死皮赖脸道:"宝贝儿,我觉得咱俩好适合吵架,一吵架就热情似火,如胶似漆……"

"去你的。"庄洁服了,"为了让我说一句'我爱你',你兜了这么大一圈。"

陈麦冬去厨房煮泡面,交代她联系庄研跟何袅袅,让他们等会儿过来煮火锅吃。庄洁说好心情都被他搅和了,不煮了。她不煮，陈麦冬自己煮。

庄洁推开大露台的门，三四十平方米，不种菜可惜了。她蹲下探雪的厚度，有食指那么深，可以堆个大雪人。

她转身回厨房，翻了翻冰箱，接着给庄研打电话，让他把家里的食材拿过来点，尤其是冻在冰箱里的酥肉、丸子和粉条。半个小时后两人赶到，庄研拎了一大兜食材，说是廖涛早上才买的。

庄洁往他们身上喷消毒液，庄研脱着鞋问："姐，我穿哪一双？"

"随便，穿你冬子哥的就行。"

何袅袅穿着袜子就进屋了，庄洁喊她回来穿拖鞋，她说地板暖和。

陈麦冬从卫生间出来，庄研拎着一双蓝色拖鞋问："冬子哥，我可以穿这双吗？"

"当然可以。"

"我都说了可以，他非要再问问。"庄洁在厨房说。

那边何袅袅摸摸这儿，碰碰那儿，开开抽屉，拉拉柜子，看什么都是新鲜的。庄研扯她，不让她乱翻，她这才老实坐在地板上。陈麦冬端了果盘过来，问她怎么不坐沙发。她说地板暖和，她想暖暖屁股。陈麦冬大笑。

庄洁出来说："你怎么不贴着暖暖脸？"

何袅袅爬过去拿水果，被庄洁一巴掌拍掉："去洗手。"

何袅袅洗了手出来，经过主卧时看了眼，随后趴庄洁耳朵边说："我跟妈说，你跟冬子哥睡觉。"

"说去。"庄洁看她，"你懂得不少。"

第二章　给你当情人

何袅袅捏了颗车厘子吃："我要是能住这么漂亮的房子，我能科科一百分。"

"出息……"庄洁说她，"你现在住的是狗窝？"

"我想住带电梯的高楼，我不想住带院子的。"

"姐，这是亲嘴鱼吗？"庄研趴在鱼缸上问。

"对。"

"一定是冬子哥想和姐亲嘴，所以才买的亲嘴鱼。"何袅袅童言无忌道。

庄洁大笑，庄研说何袅袅："你羞不羞，妈听见一准打你。"

庄洁去了厨房，关上门说："袅袅说你养亲嘴鱼，就是为了跟我亲嘴。"说着自己都笑了。

庄研推门过来："冬子哥，需要我帮忙吗？"

"不用，我自己来就行。"

庄洁勾上庄研脖子："走，咱们去露台上堆雪人。"

"裹上围巾，戴上手套。"陈麦冬交代。

几个人堆了雪人，吃了火锅，陈麦冬陪他们玩了德国心脏病，庄洁看了眼时间，催他们道："九点了，回家回家。"

"再玩会儿嘛。"何袅袅不依。

"快点啊，别让我多说话。"庄洁坐在玄关换鞋子。

"冬子哥，我可以经常跟我姐来吗？"何袅袅问。

"当然可以，你跟庄研可以随时过来。"

"那你们要是结婚了，我岂不是可以天天住这里？"何袅袅美滋滋地说。

"就你话多，快点吧。"庄洁催她。

335

回去的路上,庄研说:"我们开学推迟了,具体时间没说。"

同样是开学推迟,何袅袅就没庄研那么忧心忡忡,她欢喜地说:"我们也推迟了,正好,我寒假作业还没写完。"

庄洁看镇里的微信群,管理员艾特所有人,问有没有人学过扎针,说谁家的孩子支原体感染,需要输液,不想送去医院。

孩子家长在群里回:"我们家小孩每年这节口就要感冒发烧,一发烧就是支原体感染,医院人多也不敢去,刚张大夫过来检查,确认是支原体感染,回诊所拿药的时候滑了一跤,骨头可能摔裂缝了,不敢动。"

群里的人陆续出主意。庄洁直接回复:"我会扎,我过去一趟吧。"

庄洁让庄研跟何袅袅他们俩先回家,她折回小孩家一趟。庄研不回,说要陪她一起过去,怕她也摔跤。何袅袅也要跟着一起。

到了那边,庄洁让他俩等在门口,她自己进了院。小孩才两三岁,脸蛋烧得通红,额头贴着退烧贴。庄洁给孩子扎了针,还教孩子家长怎样物理降温。一家人感激地把她送出门,孩子妈妈过意不去,非装给她一兜吃食。

等三人到家,姊妹仨跺跺脚回屋,拿着门口的消毒液相互喷喷,然后回卫生间洗手。廖涛裹着毛毯躺沙发上看电视剧,看了三人一眼,懒得搭理他们。

庄洁看见廖涛发顶的几根白发,坐过去说帮她拔掉。廖涛不让拔,说拔一根会长三根。庄洁又撒娇似的趴廖涛身上,廖涛推她,说她一身的消毒水味儿。庄洁说:"妈,我爱你。"

何袅袅看不过去了,做作呕状:"姐,你太会拍马屁了!"

第二章　给你当情人

廖涛推庄洁："起开起开，你不说爱我，我也不打你。"

"你为什么要打我？"

"自个儿想去吧。"廖涛烦她，"看你们俩羞不羞。"

"我咋了？"

"大马路上就搂着亲？"廖涛臊死了，"夜里我不搭理你，要是搁白天，我腿给你打断。"

"……"

"你们大上海就这样？当街搂着亲？屋里装不下你们？"

庄洁跟她挤沙发："哎呀，我错了。"

廖涛推她："你回屋睡去，真是硌硬死人了。"

"我不睡，我要跟妈妈睡。"

廖涛嫌弃死她了，起身回卧室。庄洁狗皮膏药似的跟着："妈妈，我要跟你睡。"

"我也要！我也要！"何袅袅咋咋呼呼地喊。

庄洁在陈麦冬的指点下学会了熬粥，在朋友圈的引导下学会了烤面包，学会了做凉皮，做汤圆，做麻辣烫，做钵钵鸡，做包子、馒头、花卷，一周七天不重样。

庄洁做了十几样吃食，她最爱烤面包，喜欢看烤箱里的面包一点点地发酵变大。但她不喜欢吃甜食，吃两口就腻，因此甜食大部分都分给群里小孩了。

廖涛骂她败家子，说她在荒年里肯定是第一个饿死的人。

庄洁很爱吃陈麦冬改良的钵钵鸡，平常带鸡字的食物她都不吃，但这个钵钵鸡对她来说简直是人间美味。还有陈麦冬做的夹肉烧饼,那个牛肉炖得太香烂了。

她整天拉着那兄妹俩跑陈麦冬家混吃混喝。遇到镇里有人去世,轮到陈麦冬当值,他就去逝者家将逝者拉到殡仪馆,然后送去火炉房。

口罩紧缺的情况也相对缓和了些,因为镇上药厂临时添了几台机器,先赶出来了几批送到一线,回过头把一些有瑕疵的下放给镇里。镇里人很欢喜,因为是免费的,外面已经炒到了六块一个。

附近村镇也相互托关系,看能不能弄到些口罩。镇长做了保证,说绝不会让群众缺口罩,让大家别大量囤积,谁家有多余的先分给急缺口罩的家庭一些。大概仗着镇里有药厂,也仗着镇长的保证,大家纷纷拿出自己囤积的口罩,分给需要的人。

后面口罩的瑕疵品少了,药厂卖给大家一百块一盒,一盒五十个,大家基本也都能接受。有不少朋友托庄洁买,就是自己家用。只要庄洁能买到,她都会帮忙,买不到就会先给对方寄个二三十个应急,这些就不收钱。一来都是朋友,那一点钱犯不着收。二来谁都会有难处,指不定什么时候就需要别人帮忙了呢,举手之劳能帮就帮。庄洁的人生座右铭就是:万事给自己留条路。

廖涛在客厅剁馅准备包饺子,庄洁围过去:"妈,多弄点呗。"

廖涛烦她:"弄得很多。"

庄洁抱她腰:"妈,我爱你。"

廖涛撵她:"别说胡话了,哪儿凉快哪儿待着去吧。"但庄洁看得出来廖涛心里其实美滋滋的,因为她剁肉的势头就很足。

何袅袅抱着平板从楼上下来,接着整个人往地上一趴,开始撅着屁股一咕哝一咕哝地往前爬。

庄洁大笑。

廖涛骂她:"学什么不好,你学虫爬。"

何袅袅说:"这是网上最流行的!"

庄洁问她会不会跳螃蟹操,何袅袅爬着唱着:"螃蟹一呀爪八个,两头尖尖这么大个,动动夹子有力气,抬抬脚啊最神气!"

庄洁笑瘫在沙发上,廖涛也憋不住了,笑道:"你整天怪样出尽。"

庄洁拿纸擦笑出的泪,摸过手机看微信消息,其中一条是王西夏发来的:"憋疯了,去挖个坑烤红薯吧。"

庄洁不感兴趣,但王西夏挺来劲儿的。

庄洁回复完王西夏,随手又给陈麦冬发去消息:"我们下午去麦田里烤红薯。"

一个邻居推门过来,端了一碗自己炸的臭豆腐,何袅袅稀罕得不得了,尝了口,直点头,说比长沙的好吃。

"你去过长沙?"庄洁忍不住也捏了块塞嘴里。她平日不吃街边小食,嫌脏。

"我吃过那个啥,那个、那个文和友的臭豆腐。"

庄洁觉得好吃,喊庄研下来,姊妹仨三两下就吃完了。何袅袅还想吃,把碗朝庄研一推:"哥,你再去要一碗。"

"你们就是憋出病了,吃口屎都是香的。"廖涛装了一碗饺子馅,让庄研给邻居送去。

庄研不想去,廖涛非让他去,说他回来整天不出门,去街上也不知道喊人。

"我去吧。"庄洁端着肉馅出了院门,在路口遇到几个人围着柴火堆烤火,庄洁和他们简单唠了几句。她把饺子馅送到邻居手上,又顺嘴要了一碗臭豆腐回来。

镇群里有人发消息说自己家宰牛,要的接龙,廖涛让庄洁要了十斤。庄洁浏览着群消息问:"妈,养鸡场已经没饲料喂了,鸡蛋卖四块六一斤。以前鸡蛋啥价啊?"

"以前好像五块五吧。"

"估计还得便宜。"庄洁说完,看见庄研坐在沙发上边看新闻边抹泪。廖涛也看见了,拉下脸来骂他:"你整天哪儿那么多眼泪?"廖涛烦他哭,正好纪三鹅子在她脚下打转,她一脚就给踢了出去。

也许是下脚太重,纪三鹅子半天没扑棱起来。庄研大吼:"你踢它干什么呀?你踢死我算了!"

"你跟谁吼呢!"

"我就是跟你吼,你踢死我好了,你踢!"庄研直接从沙发上冲过来,跪坐在廖涛脚下,"你踢,你踢死我!"

廖涛被他的神情吓到,庄洁也惊到了,过去拉他起来的时候被他甩开,她直接摔倒,头磕在了餐椅角上。

何袅袅吓得大哭。

陈麦冬赶过来的时候,庄洁正捂着头,纱布上渗出了血。庄洁说没事,让他先去找庄研,西夏马上就过来了。

王西夏过来后看了看她的伤口,不深,感觉没必要去医院缝针,便帮她进行消炎处理,简单包扎了一下。

"会不会落疤呀?"廖涛担心地问。

"缝针也照样落疤。"王西夏说,"小疤,没大影响。"

廖涛不再说话,有气无力地坐在椅子上,明显有点吓坏了。

"他正处在叛逆期,跟我那时候一样,过了这个阶段就好了。"庄洁安慰廖涛。

"还是不一样,你不极端。他从来都文文气气的……"

"廖姨,你也别多想,任何人骨子里都有极端的一面。"王西夏说。

"我也没多说什么,还夸他这次回来懂事了,我怀疑他是上网太多,魔怔了……"

说着陈麦冬打电话过来,人找到了,他直接领回新房了。

"找到了?"廖涛问。

"找到了,这会儿在陈麦冬家。"庄洁看向一侧的何袅袅,"你过去新房吧,你哥在那儿。"

何袅袅准备出发,庄洁又交代她:"先不要打扰他,你玩自己的。回头我去接你们。"

"哦。"何袅袅装上寒假作业,骑着自行车去找庄研。

见她离开,庄洁说:"妈,你思想有误区,无论男女,哭就是一种情绪的表达,不然长泪腺是干什么用的?他默默地哭,你就让他哭,这是一种疏解情绪的方式。而且这里是他家,因为我们是家人,他才能毫无忌惮地哭。我不爱哭,是我性子冷淡,没有什么事能触动到我。庄研心善,他总是能被一些柔软的东西击中。"庄洁缓缓地说。

"我就经常在庄洁面前哭,经常有脆弱的时候。"王西夏看廖涛,"廖姨,我只在庄洁面前哭过,因为我不知道在别人面前哭,

341

会不会遭到耻笑。我性格要强,不想被人小看,平时再痛我都会忍着。但忍到一定极限也会崩溃,要不是庄洁那时拉我一把,我都不知道自己能不能挺过来。"

"我不哭就是心硬,要强,嫌丢人。"庄洁坦白道,"庄研就是心柔软,他从小就这样。那谁都说了,男人哭吧哭吧不是罪。"

三人聊了好一会儿,王西夏回去,庄洁又在卧室同廖涛聊,一直聊到筋疲力尽,廖涛才躺下睡了。

庄洁回到楼上庄研的屋,看了会儿他的画,抽了两根烟,下楼往陈麦冬家走去。

屋里,何袅袅正趴地上学螃蟹爬,她不知道该怎样安慰庄研。庄洁站门口喷消毒水,看她道:"撅着屁股干吗呢?"

"姐,你来了!"何袅袅喊。

庄研坐在沙发上不敢看庄洁,庄洁脱了外套坐过去,盘着一条腿问:"你冬子哥呢?"

"冬子哥去买菜了。"何袅袅说,"他说晚会儿煮好吃的。"

庄洁点头,朝她道:"袅袅,帮姐把窗开了。"随后点了根烟,拿了个烟灰缸搁腿上,碰碰庄研道,"小事儿,就蹭了点皮。"

"姐,我不是有意的。"庄研哽咽道。

"没事。"庄洁揽着他的肩膀,又揉了揉他的头发,"妈也没什么事。"

庄研很自责,一句话也没接。

庄洁也没再说什么,让何袅袅拿了体温计过来,姊妹几个挨个儿测体温。

陈麦冬买了菜回来,喷着消毒水看她,庄洁摇摇头,说了句

第二章 给你当情人

"没事"。他把菜拎进厨房,喊庄研过去帮忙。

庄研应声过去择菜,庄洁也走进厨房。陈麦冬挽着袖口说:"昨晚上菜店老板感冒了,今天凌晨他没有进菜,这都是昨天剩的。"

庄研默不作声地择菜。

庄洁应声:"他在群里说了。"

"他感冒挺严重的,他爸问我明天凌晨四五点有没有空,替他去高速路口接菜。"陈麦冬说,"反正也没事,我就答应了。"

"行。"庄洁笑他,"为人民服务嘛。"

陈麦冬看她一眼,随口问:"庄研要不要去?"

"去哪儿?"庄研抬头问。

"凌晨四五点,去南集路口接菜。"陈麦冬说,"菜店老板重感冒,我们接替他几天。"

"好,我去。"庄研毫不犹豫地应下,又问道,"镇里那些没微信的老人怎么在群里买菜?"

"左右邻居帮他们在群里买。"

"哦。"庄研点头。

"我们庄研是不是很心善?"庄洁问。

"比你心善。"陈麦冬点头,"你就是个洋葱头,没心。"

"去你的。"庄洁骂他。

陈麦冬勾过她脖子亲,庄洁推他:"你有病?"

陈麦冬看向蹲在地板上择菜的庄研,动口型:"我忘了。"

庄洁轻踹他。

陈麦冬朝她抛了个媚眼。庄洁大笑。

343

何袅袅拿着手机过来，嘁着嘴说："我们班鲇鱼年前去他姥爷家玩，说他姥爷家那雪深得他能从十楼跳下来，砸出一个人形大坑，然后他再从大坑里刨雪钻出来！"

"……他姥爷家在哪儿？"

"吉林。"何袅袅说，"他就是在吹牛皮，十楼跳下来四仰八叉不摔死他，还能再钻出来？"

因为没买来什么菜，陈麦冬就把各种剩菜汇总，然后丢了把粉条，做了一锅大杂烩，竟然出乎意料地好吃。

"冬子哥，你明明厨艺这么好，为什么老说自己煮饭一般？"何袅袅扒着饭问。

庄洁也点头附和。

"我说厨艺一般，是为了降低你们的期待值，那样我正常或超常发挥，你们就会觉得惊喜。如果我说我厨艺好，无形中就会拉高你们的期待值，万一我失手，你们就会觉得不过如此。"

"有道理。"庄洁竖大拇指。

"谢谢，这叫说话的艺术。"陈麦冬说，"不像某个人，就会骂人。"

庄洁在餐桌下踢他，陈麦冬问那兄妹俩："我说错了没，你们大姐是不是就会骂人？"

"对，她还爱打人！"何袅袅说，"跟我妈一样，不会以理服人！"

"对，还爱家暴。"陈麦冬深有体会，"她就是没理，所以才爱用气势和武力镇压。"

"我打你们了？"庄洁看他们。

第二章　给你当情人

"大姐很温柔的,才不会无缘无故打人。"庄研本是一句真心话,没想到引得整桌人爆笑。

回家的路上,庄研还是有点郁郁寡欢,何袅袅安慰他:"哥,没事儿,咱妈脾气就跟烟花似的,嘭地一炸就完了。"说完看向庄洁,"对吧,姐?"

"对,你这句话有水平,可以写进作文里。"

何袅袅赶紧掏出手机,点开备忘录准备写,抬头又问:"我刚说的啥?"

"咱妈脾气跟炮仗似的,一点就炸?"庄洁也记不清了。

"咱妈脾气就跟烟花似的,嘭地一炸就完了。"庄研说。

"对对对。"何袅袅迅速编辑完,又自我怀疑道,"也一般,很普通的形容。"

"你润润色,美化美化就好了。"庄洁心里有事,嘴上敷衍了一句。

"比你平常的水平高多了。"庄研双手揣在羽绒服口袋里,说,"你以前造句:下课了,操场上有人吃黄瓜,有人吃番茄,有人吃包子,有人吃油条。"

"哈哈……"庄洁仰头大笑。

"她三年级的时候抄了我课文里的那篇《木兰辞》当作文,语文老师没理她,她还沾沾自喜,夸自己优秀。"庄研说起何袅袅的糗事,"我问她为什么一字不落地抄,她说她觉得语文老师没念过初中,不会看出来她是抄的。"

庄洁笑得眼泪都出来了,问何袅袅:"你为什么会觉得语文老师没念过初中?"

何袅袅挠挠头:"我当时觉得教我们小学的老师,应该只念过小学,所以我才顺手拿了庄研的课本抄。我也忘了为什么老师让我写作文,我会抄《木兰辞》。"

到家,庄洁勾着庄研的脖子回屋,屋里没人,庄洁喊了声,廖涛从楼上下来:"你们吃饭了没?"

"吃了。"何袅袅抢先说,"我哥明儿凌晨要早起,他跟冬子哥要去帮镇上买菜。"

"行。"廖涛点头。

何袅袅看看廖涛,又看看庄研,泪往下掉,道:"妈,你能不能别骂我哥呀?"说着就大哭起来。

"行了行了,咱妈又没说啥。"庄洁给她擦泪。

廖涛啥也没说,去了厨房煮面。

庄洁让他俩上楼,自己折去厨房,见廖涛红着眼圈站在煤气灶前抽烟,就过去问:"煮的泡面?"

廖涛没接话。

"我给你煎几片肉吧。"庄洁说。

"我不吃。"廖涛微哽咽,"我平常骂你们很凶?我动过你们一个手指头吗?我没文化,也不懂怎么教育你们,但我妈就是这么教我的。"

"你自己女儿你还不懂吗?袅袅就是有口无心,她想护着庄研……"正说着,何袅袅从屋里跑过来,抱住廖涛说:"妈,你实在太好了,竟然给三鹅子弄了一个金灿灿的窝!"

"姐,金、灿、灿、的、窝!我出生时裹我的金色毛毯,咱妈给铺在了三鹅子的窝里，肯定很暖和。"说完何袅袅就跑走了。

庄洁说："你看，你自己女儿的性子你还不懂？"

廖涛心里舒坦多了。

庄洁拿胳膊肘碰碰她，说："我们都很爱你的，只是我们家表达爱的方式有点畸形，非要骂两句才舒坦。"

廖涛扑哧一笑，拿筷子挑锅里的面。

庄洁抱她："妈妈，我爱你。"

廖涛烦她："起开吧起开吧。"

"你看你看，你老是嫌烦。"

"哪儿有天天把爱挂嘴边的，也不嫌肉麻。"廖涛说。

"不肉麻。"庄洁说着朝她脸上亲了下，转身就上楼了。

"你几岁了？"廖涛骂了句，但心里欢喜得很。

庄研坐在地板上和纪三鹅子玩，庄洁坐过去说："你看，咱妈跟你认错了，她刻意给三鹅子做了个黄金窝。"

"它叫纪三鹅子。"庄研再一次纠正她。

"都一样。"庄洁说，"咱妈从来没有跟我和袅袅认过错。"

没一会儿，庄研下来，看见廖涛煮的泡面，就去厨房给她煎了几片肉。

临睡前王西夏发微信给庄洁："你们家怎么样了？"

庄洁："没事了。谁家没点鸡毛蒜皮。"

王西夏："脸上的伤口别沾水。"

庄洁："好。"

王西夏："我堂哥两口子快烦死我了，整天黏黏唧唧的。"

庄洁："来我家？"

王西夏："等着，十分钟。"

十分钟后，就听到王西夏喊："洁儿——洁儿——"

庄洁应声道："夏夏——夏夏——"

"你永远也不会明白，我每天就像被人摁在地上暴击。"王西夏搓了搓胳膊，"我已经受不了了。"

庄洁大笑："你堂哥不上班？"

"上啊，可他一天三顿饭都要在家吃。"

庄洁给她拿了洗漱用品，随后抱着手机倚在门上发微信。王西夏在刷牙，斜了她一眼，警告道："你笑得太淫荡了。"

"去你的。"庄洁合了手机扔床上，随后手挡着嘴笑，又不禁放声大笑。

"我还是回去吧。"王西夏服了，从一个屠宰场出来，又掉进另一个屠宰场。

庄洁抱她："对不起对不起，我不发微信了。"

"一个个的，真是够了。"王西夏撇嘴。

庄洁正经道："咋了，你徐哥哥没理你？"

王西夏哼了一声，说懒得理他。

"他没联系你，你生他气了？"庄洁猜道。

"无聊。"

"我看看你微信。"庄洁说。

"有什么好看的？"

"不行，我非得看。"

王西夏打开她跟徐清河的聊天记录，界面显示最后一次对话还停留在十天前。庄洁问："他是不是忙？"

第二章　给你当情人

"不知道。"

"你打电话问啊。"庄洁说。

王西夏打了一个过去,那边半天才接通,"喂"了一声,她本能地问:"你吃饭了没?"

徐清河笑了一声,回了句:"还没,正在开车。"

王西夏迅速挂了,朝她道:"他领导在车上!"

"都九点了还没吃晚饭,可见有多忙!"庄洁附和,"你看新闻里,哪个领导不是忙翻天……"正说着,徐清河打了过来。王西夏接通,徐清河说:"我领导想跟你说几句。"

"跟、跟、跟我说什么?"王西夏有点怯。

"没事儿,随便聊两句家常话。"徐清河笑说。

"行。"王西夏蹲在墙角。

庄洁趴过去听,想听领导跟王西夏说什么。领导寥寥谈了几句,主要是让她别担心,说徐清河每天都在给他开车,没顾得上往家里回个话。

王西夏点头哈腰,一个劲儿地说没事儿。挂完电话她愣了会儿,随后就捶庄洁:"都是你让我打的。"

"不是托我的福,你这辈子能跟领导通话?你以后可以出去吹牛了!"

"滚蛋。"王西夏骂她。

"领导就是领导,声音跟电视里一样亲和,一样平易近人。"庄洁夸道。

"草民就是草民,看你那尿包样儿。"庄洁又说。

王西夏回卫生间继续洗漱,庄洁跟着她:"想你家老徐就打,

349

拿乔什么？"

"去你的。"王西夏骂她。

庄洁回卧室，一下把自己丢在床上，随手摸过手机，看见陈麦冬发来微信："下来。"

庄洁心狂跳，立刻跑窗前看了看，回来朝王西夏说："我去蹲个大号。"说着就下楼了。

庄洁刚开大门，就被抱住，她差点喊出来。两人吻着就回了屋檐下。

"回去吧，凌晨还要早起买菜……"

"睡不着。"

"那怎么办？"

"你说爱我，我就回。"

"我爱你。"

"你说宝贝儿，我爱你。"

"宝贝儿，我爱你。"

陈麦冬鞋尖轻踢了踢墙，看她道："我就是想你了。"

"我知道。"

"那你想我吗？"

"想。"

"行吧，那我走了。"

庄洁拉他手："再聊一毛钱的。"

"行。"陈麦冬又折回来。

两人并靠着墙，庄洁问："几点了？"

"九点五十。"

第二章 给你当情人

"聊到十点?"

"行。"陈麦冬掏出烟点上,抽了口,随后递给她。

庄洁接过吸了口,问他:"你爱我有几分?"

"七八分吧。"陈麦冬坦诚道,"你呢?"

"五分吧。"庄洁也坦诚。

陈麦冬牵她手:"满意了。"

"五分就满意了?"

"满意了。"

"我们去看会儿星星?"庄洁问。

陈麦冬牵她到院子里,"都睡了吗?"

"太冷了,我妈睡得早。"

天上散落着几颗星子,庄洁说:"有点冷。"

陈麦冬把羽绒服拉链拉开,裹着她仰头看星星。

庄洁想,浩瀚星河,芸芸众生,两人能相识相爱真是太奇妙了。老天怎么那么会创造人呢,给他喜怒忧思,给他爱欲情仇,能让他幸福到极致,也能让他痛苦到极致。

庄洁打着喷嚏回房间,王西夏看她:"你便秘?蹲个大号半小时。"

庄洁躺被窝里抱住王西夏:"夏夏,我爱陈麦冬。"

"你快滚开,你身上凉死了!"

庄洁不滚,死死抱住她。

"你刚说什么?"王西夏问。

"我爱陈麦冬。"

"然后呢?"

"没了。"

"你相信有地久天长的爱吗?"王西夏问。

"地久天长,一百年吗?"庄洁问。

"一百年太长,六十年吧。"

"相信。"庄洁毫不犹豫地说,"会不会发生在我身上是一回事,但是我相信。亲情、爱情、友情我都信。"

"你难道不会爱我六十年?"庄洁看她。

"去你的。"

"我会爱你六十年。"庄洁认真地说。

王西夏大笑,笑得眼泪都出来了:"洁儿,你竟然还有这么小女生、这么纯真的一面。"

庄洁没作声。

王西夏问:"哎,你知道宋小花吗?"

"嗯。"庄洁应声。

"她在市里买了房,年前我去参加了乔迁礼。"王西夏比画道,"别墅,大别墅!"

"她这么厉害?"庄洁吓一跳。

"我刚开始也吓一跳,但转念一想,她今年已经四十岁了,她从二十岁就踏入这一行了。前两天我们聊天,她说她的职业生涯基本结束了,她准备出来创业。"

"是没上升空间了。"庄洁附和。

"洁儿,你知道吗,她说她已经绝经了,不能生育了。"

"不会吧?"庄洁震惊。

"事实就是很残忍。"王西夏说,"三十岁的时候她正处在事业上升期,怀孕后悄悄去医院做了,她和她男朋友因为这事掰了。"

"我有她微博,我看她老点赞和转发一些宝宝和宠物的萌照。"庄洁说。

"她心态不错,今年跑了北马,说回头打算领养一个小孩。"王西夏说,"她蛮喜欢小孩的,但她也很热爱事业,如果真让她三十岁回家生小孩,也是要了她的命。"

"她是'中冠'的股东。"庄洁小声说。

"谁说的?"王西夏震惊。

"甭管谁说的,千真万确的事。"庄洁说,"我去年知道的,但当时很忙,转身就把这事忘了。"

"我去,闷头干大事!"

庄洁斟酌了半天,悄声说:"我一直都想创业,所以会格外留意人脉关系。我想像宋小花一样,积攒一些人脉,然后跳出这个圈子。"

"我曾经也这么想。"王西夏说,"但太难。宋小花入股'中冠'绝对拿了一大笔钱,咱俩穷得叮当响,谁能拿出一大笔钱?"

庄洁就不爱听她这么说,翻身睡觉。

王西夏拉她:"别睡呀,回头我有好事念着你,你有好事念着我,咱俩都跳出来!"

庄洁又转过来看她:"三十五岁之前咱俩要在公司混不出个名堂,那就是混不出了,果断出来创业!长江后浪推前浪,新人太猛,咱俩早晚被拍死。"

王西夏有了危机感:"老张的能力远比咱俩强,但一直因为学历升不上去。"

"睡了睡了。"

"别睡呀,我问你,你规划啥时候要小孩?"王西夏问。

庄洁要笑死了,婚都还没结呢!于是推她:"不要大半夜讨论这个了,我要睡觉!"

"不行,你得说。"

"三十八岁之前不生,我就不生了。"庄洁打着哈欠说,"反正我怀孕和哺乳期要休息,没这个条件我就不生了。我觉得生完小孩就上班,然后避开众人去卫生间挤奶,这个让我很没尊严。哺乳期就是我应有的休息期,孩子至少要喂到六个月才断奶吧?断奶之前我是不会上班的。"

"你想多了。"王西夏撇嘴,"三十八岁都快没奶水了,还妄想哺乳……"

"去你的,你才没奶水。"

"那你得保养身体了,别学宋小花……"

"我一直都有保养。"

"可以呀姐儿,怪有远见的。"王西夏贱贱地戳她。

"你到底睡不睡?"庄洁准备翻脸。

"睡睡睡!"

*

隔天一早,庄洁被邻居家的热闹吵醒,她拄着拐去窗边,镇政府的人拎了三兜麻将,又拎了一串熬夜搓麻将的牌友,站在门口批评亮相。

庄洁迅速穿好假肢,拍醒王西夏:"快点快点,去看热闹。"

第二章 给你当情人

说着裹上长款羽绒服,急匆匆地下楼站在自家门前。

庄洁正看得津津有味,廖涛骑着电瓶车回来了:"蓬头垢面的就出来亮相!赶紧回屋吧。"

廖涛取下手套回屋说:"是被人举报了。有个人输钱太多,临走前打电话给镇里,十二个搓麻将的和六个钓鱼的,一窝端。"

庄洁大笑,真是什么人都有!

廖涛让她小声点,说陈麦冬在庄研房间休息,两人三点出去买菜,七点才回来睡下,说着就去厨房煮饭了。

"你骑着电瓶车去哪儿了?"庄洁问。

"你一个本家婶儿,要两箱纯奶喝,我去厂里给她拿了。"廖涛说,"这几天七七八八过来买着自己喝的也不少,纯奶卖完了,橘子罐头剩最多。"

"卖不完我给他返回去。"庄洁说。

"能返?"

"应该能。"

"那也怪难为情的,尽量卖吧,短时间又放不坏。"廖涛说。

庄洁上楼开庄研的门,门被反锁了,她折回自己卧室,朝王西夏说:"我跟你说个笑话,有个人搓了一夜麻将输不起,回头把他牌友都举报了。"说完大笑。

王西夏骂她神经病,随后蒙上头接着睡。

庄洁又转去何袅袅房间,刚准备躺下去,就看到何袅袅流在枕头上的口水,嫌弃地转身就走了。索性也不睡了,坐在马桶盖上边刷牙,边看微信群信息。

群里消息乌泱泱的,抬杠的,八卦的,啥鸡零狗碎都说。有

355

人艾特群主:"我有事。"

群主回:"斟酌一下,看是不是务必要说。"

那人不管,只顾说:"我家养的母鸡前天丢了,刚刚在镇南头的沟里看见我家母鸡的毛了,你帮我问问,看是哪个挨大炮的偷吃了!"

庄洁笑疯了,每天的群信息是她的快乐源泉。

洗漱好下楼,她先去厨房卷了个饼,随后坐在沙发上看新闻。廖涛看见烦死了,踢了个垃圾桶过去:"你看,汁滴了一地。"

庄洁准备抽纸擦,廖涛扔了块地巾过去,用脚踩着蹭了蹭:"我没熬粥,晚会儿煮点汤圆。"

"我不吃汤圆。"

"元宵节不吃汤圆吃啥?"

"我想喝豆浆。"

"就你事多。"廖涛回厨房打豆浆。

庄洁上楼准备挨个儿喊他们起床,听见卫生间有动静,过去一看,陈麦冬正在洗脸。

她倚在门口:"嗨,早上好。"话落,庄研拿着牙刷挤了过来。

陈麦冬拆着牙刷,看了她一眼。

"让开让开,我要尿尿。"何袅袅夹着腿过来赶他们。

"你就不能文雅点?"庄洁说她,随后领陈麦冬去自己卧室的卫生间。

刚进去,王西夏从被窝里坐起来,打着哈欠问:"老陈怎么在?"

"他过来洗漱。"

"等等——"王西夏说,"我先用一下。"

"事儿多。"庄洁说了句。

那边何袅袅半天没出来,庄洁敲门:"干什么呢?"

"拉臭臭。"

"……"庄洁指挥庄研:"你去咱妈卫生间吧。"

庄研问:"冬子哥呢?"

"甭管,让他脏着。"

"……"

庄研下楼洗漱,廖涛在楼梯口喊吃饭。庄洁去敲王西夏的卫生间门,王西夏让她滚蛋。

"……"庄洁无奈地看向陈麦冬:"等会儿吧。"

陈麦冬说:"我又不急。"

庄洁上下打量他:"一早在我家看见你还怪奇妙的。"

陈麦冬脸上困意未退:"我也是。"

"你要不要再睡会儿?"

"不睡了。"陈麦冬看手表,"我等会儿还有事。"

庄洁点头,随后用膝盖微顶了一下他腿:"昨晚几点睡的?"

"十二点。"

"哄奶奶睡觉了?"

"不是。"

"那怎么睡那么晚?"

"想你。"

"去你的。"

"姐、冬子哥,我求你们了,你们离卫生间远点儿吧,我拉不出来。"何袅袅憋红着脸喊。

王西夏冲了马桶,从卫生间出来,瞥他们一眼:"真是够够的。"

陈麦冬吃完早饭就离开了,殡仪馆有事。庄研收着碗筷准备洗,廖涛接过道:"你去玩会儿,我来洗。"

"妈你手都冻裂了,我来洗吧。"庄研端着去了厨房。

这话让廖涛很暖心,她手上确实冻裂了两道口。她过去戳戳何袅袅的头,意思是养你有啥用。

王西夏给庄洁额头的伤涂药,夸道:"庄研好贴心呀。"

"好话谁不会说,表面功夫。"何袅袅撇嘴。

"寒假作业写完了?"庄洁问。

"我晚会儿就写。"

"你就往后推吧。"庄洁说。

廖涛问:"咱们中午吃啥?"

"随便吧。"

"吃啥也是个让人头疼的事。西夏,你爱吃虾仁馅水饺吗?"

"爱吃!"

"我看能不能买来韭菜,冰箱里还冻了几盒虾仁。"

"廖姨,别买了,我去我堂哥菜园里割……"

说起这事,廖涛看她:"你二娘还在群里说,你堂哥菜园里的菜全被偷没了。"

庄洁听见大笑,打开群聊界面让她看图片:"你二娘发的,光秃秃一片,说菠菜、生菜、韭菜全没了!"

下午几个人去麦田里放风筝,王西夏穷极无聊,提议晚上唱歌,到时候她把她堂哥的音响拉来。讨论了半天,两人觉得在麦田里唱最好。家里扯不开嗓子,而且太吵,空旷的麦田最适合。

庄洁交代陈麦冬晚上裹得厚厚的,一块儿去麦田K歌。庄洁领着那兄妹俩,三人都裹得不能再厚了,笨里笨气地去麦田。

陈麦冬顺着声音找过来,看见裹得笨狗熊似的庄洁和王西夏两人跺着脚对唱嘶吼:"兄弟抱一下!说说你心里话!说尽这些年你的委屈和沧桑变化!兄弟抱一下!有泪你就流吧!流尽这些年深埋的辛酸和苦辣!"

陈麦冬看着喇叭对着不远处的坟堆,简直要晕倒。

两人唱完一段,切了歌,又开了魔嗓:"大河向东流哇!天上的星星参北斗哇!嘿嘿,参北斗哇!生死之交一碗酒哇!说走咱就走哇!你有我有全都有哇……"

"姐——镇里来人了!!!"

"姐——镇里来人抓你了!!!"

何袅袅大喊。

庄洁回头一看,田头几道手电筒的光正照过来,对方拿着大喇叭喊,也听不清喊的啥。等几个戴袖章的人过来,庄洁几人早已作鸟兽散,只剩陈麦冬留在原地。

廖涛打庄洁电话,把她骂了一顿——说群里有人发了条黑咕隆咚的视频,举报有人聚在坟堆鬼哭狼嚎地惊扰祖宗,她光听声音就知道是她们俩。

过完元宵节,镇里一下子冷清了很多,连路口电线杆旁都不围人了。庄洁上天台东张西望,只有寥寥几个人在街上。

不过这种平静仅维持了两天,第三天又故态复萌,各人站在自家门前唠嗑，你喊一句，我回一句，中间隔着好几米。群里也又热闹了起来，扯一些闲话八卦。

群主艾特所有人，让大家管好自家屋里的事，不要闲扯淡！不要闲扯淡！

王西夏发微信给庄洁，说谁谁家儿媳妇出轨了，昨晚上正跟人在车里亲热，被在路口执勤的公公抓住了！那男人是他们邻居，直接就给那媳妇的公公跪下了，然后那公公喊了他儿子来，让他儿子当街打他媳妇脸。因为娘家在外地，镇里也封路口，那媳妇既回不了娘家，又住不了婆家。

王西夏："你猜最后咋整？她住到我堂哥家民宿来了！我堂哥家民宿已经不接待人了，她就大半夜坐门口，然后我堂哥就让她住了。最新消息是，她公公坚持要儿子离婚，儿子不想离，找到民宿来，让她写保证书，保证以后跟那个男人断了！"

庄洁："然后呢？"

王西夏："两人正谈着呢，回头给你信儿。"

说着妇女主任找上门，跟廖涛说路口执勤的少个人，那人抓住自家儿媳妇偷人，气得不去执勤了，看庄研能不能替两天班。

妇女主任之所以找上庄研，是觉得这孩子热心，能凌晨为村里买菜，就会去路口执勤。她已经在群里喊了三遍，那些大老爷们儿全装孙子没人应。

廖涛不情愿，心里嫌她拣软柿子捏，说那片正是风口，冷得很。妇女主任说这事不会亏，为人民服务，回头镇里给庄研记一功。庄研倒是愿意，说可以边写生边执勤。

妇女主任把庄研领去，随手就拍了照传群里，问群里的那些大老爷们儿臊不臊,让一个半大小孩执勤。

群里的爷们儿打哈哈:"吃过饭就去,吃过饭就去。"

庄洁坐火炉旁同陈麦冬发微信,庄洁问他的理想职业是什么。陈麦冬回:"我想做一名海洋世界的驯养师,驯养白鲸、海豚、海豹什么的。"

庄洁:"你应该去海洋馆。"

陈麦冬:"我从少管所出来后本来想去海洋馆应聘饲养员,但我没有毕业证,也怕水。"

庄洁吃惊:"你怕水?"

陈麦冬:"我小时候有次差点溺水。"

庄洁:"我想当世界顶级大富豪,挥金如土的那种。"

庄洁拿着火钳子,把火炉里的烤红薯夹出来,随手给陈麦冬拍了照。

陈麦冬:"我想吃。"

庄洁:"给你留着?"

陈麦冬:"别留了,准备忙了。"

何袅袅闻到香味,从沙发上挪过来,挑了一个外形最漂亮的。庄洁拍她手,让她拿最小的:"学学孔融。"

何袅袅噘噘嘴,拿了一个最小的。

"我晚上检查你作业。"庄洁警告她。

"我等会儿就写。"何袅袅看着电视不为所动。

庄洁找了几张旧报纸,把剩下的热红薯裹好,给镇口执勤的庄研拿去。庄洁给他们送了红薯,顺势站那儿聊了会儿,问来往的人多不多。一个人说:"没啥生人,偶尔会有一两个愣头青想串亲戚。你说这时候串个啥,亲戚家都没有好饭招待。"

路口风大,庄研裹着军大衣,戴着帽子催她回去。庄洁问他无不无聊,旁边那俩执勤的搭话:"没事我们就瞎唠唠,无聊啥?"

庄洁没直接回家,折去了殡仪馆,把留给陈麦冬的烤红薯放在前台,出来点了根烟,掉头准备回家。

陈麦冬跟了出来:"怎么不说一声就回?"

"想着你忙呢。"

"忙完了。"

"行,那你趁热吃吧,快凉了。"

陈麦冬问:"要不要进去?"

"不进了,抽着烟呢。"

陈麦冬领她去一个避风口,脱了口罩,掏出外套里的保温杯漱了漱口,然后开始吃红薯。

庄洁抽了口烟,问:"前台怎么没人?"

陈麦冬说:"特殊时期,要啥人。"

庄洁点头:"也是。"

陈麦冬吃着红薯:"知不知道明天啥日子?"

"啥日子?"

"情人节。"

"一天天的,都过混了。"庄洁心惊,竟然都情人节了。"你想咋过?"

"夹着尾巴过。"

庄洁大笑:"有道理。估计今年情人节不会有人晒。"

陈麦冬吃完红薯漱了漱口,把保温杯揣兜里。庄洁碰他:"你

第二章　给你当情人

回吧。"

"不急。"陈麦冬看她。

"你嘴皴皮了。"庄洁说。

"你嘴也皴了。"陈麦冬点了根烟。

庄洁摸了摸："风吹的。"说着掏出他兜里的保温杯，漱了漱口，舔了下嘴皮。

陈麦冬觑着眼看她："特地给我送红薯？"

"你不是想吃吗？"庄洁看他。

陈麦冬点点头："行，你回吧。"

"这会儿怎么害羞了？"

"扯淡，我没害羞。"陈麦冬不承认。

庄洁摘下手套，摸摸他的脸，没说话。陈麦冬拉开羽绒服，把她裹进怀里："冷不冷？"

"不冷。"

"我也不冷。"

"希望春天快点来。"庄洁说。

"快了。"陈麦冬应声。

庄洁手揣他羽绒服口袋里，仰头接吻。

陈麦冬松开她："行了，各自回吧。"

"行。"

庄洁到家，收到陈麦冬发来的微信消息："我害羞了。"

*

这边廖涛在家打扫卫生，问何袅袅："你作业写完了？"

何袅袅看电视正上头,有点烦:"我歇一会儿就写。"

"你今儿干啥了?"廖涛问。

"冬天光喘气就很累了。"何袅袅盘着腿坐在沙发上,怀里抱着一个热水袋。

庄洁过去翻她语、数、英寒假作业,然后难以置信地大喊:"妈,何袅袅三本作业一共就写了两页半!天哪!我简直要晕倒了!整个寒假一喊她干活,她就说写作业,一本四十四页,三本加起来一百三十二页,她一共就写了两页半!"

"我看你就是欠打!"廖涛拎起鸡毛掸子就要打。

何袅袅穿着毛袜子围着沙发跑,说她整个寒假都在看书,看老师布置的《童年》《爱的教育》《小英雄雨来》这些书,将来要考。

庄洁抓了把瓜子嗑:"《童年》的作者是谁?"

"高尔基!高尔基!"

"全名。"

"就叫高尔基!"

"妈,她没读,她连作者名都记不全。我就更不用问《爱的教育》的作者了。"庄洁又问,"《小英雄雨来》里的日本特务队长是谁?"

何袅袅说不出来。

"妈,她没读,这些都是考点,考点一个没记住。"

何袅袅挨了打,之后老老实实地趴在桌上写作业。写俩字,抹一把泪,擤一把鼻涕,然后斜眼看看庄洁。

"别斜了,你就是欠修理。一个半月写了两页半。"庄洁喝着蛋白粉说。

"我开学前会写完的！我熬夜也会写完的！"何袅袅喊。

廖涛在厨房警告她，再大喊大叫就再打一顿。

庄研值完勤回来，何袅袅看见他就哭得稀里哗啦，说她遭到了迫害。庄洁碰碰她："行了行了，你衣服那么厚，咱妈打疼你了？"

庄研给她擦泪，说寒假作业让她尽量写，实在写不完，开学前他帮她写。

庄洁翻了个白眼，果然，何袅袅一听这话就把作业收起来了，说手要冻僵了，先暖一会儿再写。

庄洁抓了把松子出去，半坐在门墩上剥，剥了壳就掷在纪三鹅子身上。纪三鹅子挪到她脚下，任由她掷。

庄洁抱起它，捋捋它的大白毛："你就是鹅欠欠。"说着听见摩托声，陈麦冬停在她身边，一脸欠样："嘿，狗脸儿。"

"……"庄洁懒得理他，转身回了屋。

屋里何袅袅同庄研亲密得不行，看见庄洁，何袅袅狠狠地哼了声。庄洁说："行了行了。"

屋外，陈麦冬同廖涛打招呼，廖涛让他进屋坐，说留下吃晚饭。

庄洁抱着纪三鹅子玩，廖涛说她也不嫌脏，让她洗手准备盛饭。

庄洁去卫生间洗手，陈麦冬尾随过去，反手锁上门，自顾自地打香皂，就是不搭理她。

庄洁要出去，陈麦冬伸腿拦着，继续洗手。客厅里有电视声，

365

有嚷闹声，还有纪三鹅子的叫声。

庄洁识时务："咱俩和解吧。"

"凭什么？你骂我。"

"你也骂回来了。"庄洁很大气。

"你嘴不是很硬吗？"

"没你硬。"

客厅里廖涛在喊她。

陈麦冬洗完手，捧了捧水漱口，随后看她："喊声爷儿。"

"爷儿。"庄洁很痛快。

"求求你……"

"求求你了，让我出去。"庄洁不等他说完，自觉接话。

陈麦冬竖大拇指："能屈能伸，大气。"随后亲自拉开门让她出去。

庄洁也不搭理他。

吃过晚饭，庄洁挪到沙发上看新闻联播，廖涛不爱看，让她赶紧换台。陈麦冬坐过来，何袅袅也随他坐过来，餐桌就剩庄研一个人收拾。

廖涛看何袅袅，何袅袅就是不跟她对视，一会儿问陈麦冬这，一会儿问陈麦冬那。

庄洁大笑，服气死了。

"有些人皮痒了。"廖涛说了句。

何袅袅抬头，像是刚发现庄研在收拾一样，迅速冲过去："哥，不要抢！我来刷碗！"

廖涛都气笑了："也不知道像谁。"随手端了干果给陈麦冬，让他抓着吃。

陈麦冬抓了把,她自己也抓了把,踢过垃圾桶,和他唠家常。庄洁就坐在沙发上看电视,不参与他们的话题。

两个钟头过去了,廖涛嘴干了,该拉的家常都拉完了,但陈麦冬完全没有离开的打算。她扭头看一眼庄洁,庄洁打了个哈欠,随后抬手看时间:"妈,几点了?我手表好像坏了。"

"九点半了。"廖涛应声。

"哦。"庄洁点头,随口又问陈麦冬,"奶奶自己在家?"

"她去姑姥家了,明天才回来。"陈麦冬说。

"现在能串亲戚?"廖涛惊讶。

"我姑姥家在镇西,她昨晚上差点中煤毒,我奶奶去探望她了。"

"哎哟,多大年龄了,人没事吧?"

"八十三了,人没事儿,平常硬朗得很。"说着手机震动了一下,他收到一条微信:"赶紧滚蛋,我妈该睡了。"

陈麦冬回:"门口等你。"

接着他起身告辞。

廖涛客气道:"还早,再坐一会儿吧?"

"不了,廖姨。"

"行,回头常来坐。"廖涛朝庄洁使眼色。

庄洁把陈麦冬送出大门,张嘴就骂他:"你屁股沉,到人家里做客就不走?"

陈麦冬摸出烟,蹲在门口说:"我不走。"

"你啥意思?"庄洁明知故问。

"你不懂我啥意思？"

"爷儿，你在卫生间里不是牛气坏了，这会儿蹲这里装狗啊？"庄洁踹他。

勾践能卧薪尝胆，陈麦冬也能。他仰头看她："求求你了，走吧。"

"回见了爷儿。"庄洁大门一关，扭着屁股回屋。

陈麦冬给她发微信："你不下来我就冻死。"

庄洁秒回："冻死就冻死。"

陈麦冬说好话："宝贝儿，你不是想我了？"

庄洁回："这会儿不想。"

陈麦冬没再回，找了个显眼的位置蹲着。

庄洁洗漱完，掀开窗帘往外看，陈麦冬黑狗似的蹲在路灯下。

庄洁："冻死你。"

陈麦冬不回。

庄洁想下去打他，但他位置太显眼，不好下手。

陈麦冬给她发语音："我错了，宝贝儿，求求你了，都有人在群里出我洋相了。"

庄洁看群信息，不知哪个鳖孙手欠，拍了陈麦冬蹲在那儿的照片发在群里，然后艾特他："咋了大兄弟，有啥事想不开？"

同时，廖涛私信她："我快忍够你们了，把洋相出尽了。"

庄洁回陈麦冬："找个黑地儿等我。"

陈麦冬挪了位置，没一会儿，庄洁出来，先是踹了他一脚，随后抱着他的腰坐上摩托，回了新房。

事后陈麦冬打开投影仪看电影，庄洁乖顺地趴在他身上，想睡。陈麦冬不让,说马上就零点了,就情人节了。两人闹闹,看看电影,天将破晓才睡。

中午庄洁被饿醒,太饿了,伸手推陈麦冬,让他起床煮饭。陈麦冬翻个身,困得不行。

庄洁打算自己弄吃的,陈麦冬抱住她,说两分钟就起床。庄洁看他脸:"睡吧,我给你弄吃的。"

"我去……"

"我去。"庄洁穿衣服。

"行。"陈麦冬继续睡觉。

庄洁勉强弄了个三明治,冲了一杯蛋白粉,站在落地窗前边吃边朝外看,外面大太阳。吃完回卧室,陈麦冬正趴着酣睡,她坐过去看了会儿,摸摸他脸,笑了笑,去大露台上晒太阳。

一边晒着一边跟王西夏微信扯着淡,知道她爸在养老院,特殊时期物资紧缺,问她爸那儿的情况咋样。

王西夏:"祸害遗千年,他好着呢。"

庄洁:"我在陈麦冬家。"随手自拍了张照片发过去。

王西夏阴阳怪气:"哎哟,懒得理你们。"

庄洁哼哼两声:"让你感受一下我曾经的心情。"

王西夏骂她:"去你的。"

庄洁:"今儿情人节。"

王西夏:"滚。"

庄洁:"天气可真好呀!等宝贝儿醒了给我洗头。"

王西夏发了几个呕吐的表情,随后发来语音:"看你那小鳖样儿。"

庄洁大笑。

王西夏："怎么回事，好想流泪。"

庄洁："不至于吧？"

王西夏："太感动了，看你们幸福我就好开心。昨天晒太阳，我问我堂哥幸不幸福，我堂哥就看着我一直笑，随后就红了脸，什么也没说。"

接着又回："有时候对人性、对爱情、对亲情、对什么都很绝望，身边一个个都一地鸡毛。但看到我堂哥，该怎么说呢，我忽然对未来有了一点儿期待。"

庄洁："所以要多晒晒太阳，不能老盯着阴沟。"

两人聊着，陈麦冬伸着懒腰过来，顺势坐她腿上。庄洁推他："滚蛋，重死了。"

陈麦冬坐摇椅上，抱她坐自己腿上，打了个哈欠，脸贴着她背，不作声。

"饿不饿？"

陈麦冬点点头。

"我给你留了牛肉。"

陈麦冬点点头。

"快点刷牙洗脸，我给你煎肉，你晚会儿帮我洗头。"

"不洗，我就想你臭着。"陈麦冬耍懒。

庄洁推他头："快点。"

陈麦冬被太阳刺得眯着眼，庄洁吻他："快点，我今天不回家了。"

陈麦冬精神头大振："早说。"

庄洁用力捏他脸,简直无语了。

陈麦冬看她:"情人节快乐。"

庄洁笑:"嗯,情人节快乐。"

庄洁在陈麦冬家待了两天,两人吃吃睡睡,晒晒太阳,看看电影。

第三天头上,廖涛打电话过来,庄洁先讨好了一番,随后应道:"好了好了,下午就回。"她挂了电话朝陈麦冬说,"我妈已经怒了。"

两人正聊着,陈麦冬接到殡仪馆的电话,说要临时开会。

庄洁换衣服道:"我也该回了。"

陈麦冬要把她送到家门口,庄洁骂他。摩托远远地停在路口,庄洁朝他挥手,阔步回家。

庄洁到家就看见院里的廖涛。她一见庄洁,脸一垮,继续忙手头的事。庄洁过去抱住她无限谄媚:"世上只有妈妈好……"

廖涛推她:"去去去,一边待着去。"

庄洁打了个哈欠,拉把椅子坐在廖涛身旁晒太阳:"他们俩呢?"

廖涛补着校服应了句:"一个在楼上,一个去同学家写作业了。"

"八成是去抄作业的。"庄洁仰头,朝楼上喊庄研。

庄研拉开窗,应声问:"什么事?"

"下来晒太阳。"

庄研拿着平板下来,搬了把椅子挨着她坐,小声地同她聊天。庄研问她对这个世界绝望过没,庄洁说她自顾不暇,看不了世界。廖涛听着姐弟俩在那儿嘀咕,一直没插话。

庄洁又同庄研聊了会儿,看见廖涛头顶的几根白发,俯身过去说帮她拔掉。

廖涛问她:"冬子奶奶有八十了吧?"

"差不多。"

"你姥爷比冬子奶奶大十岁。"

"对了,我姥爷今年九十整,是不是要摆酒?"庄洁问。

"我跟你舅商量着搁到五一摆酒,大家也都有时间。"

"行,我们全家都去。"

"你姥爷那辈人吃了一辈子苦。"廖涛突然发起了感慨,"他小时候赶上河南大饥荒,饿死病死差不多一百多万人,他也差点没活成。后来呢,又是三年困难时期。再后来,知青上山下乡,各种大事件不多说,你们课本上都有。

"你姥爷见得多,他觉得我跟你舅舅识字明理就行,不用往深里读。十岁我就会洗衣煮饭,一边上学一边跟你姥姥学着怎么操持家务。农忙了还得去收田。你姥爷发起脾气就摔碗打人,无论人前还是家里,我们做错事他就打,往死里打的那种。你舅舅曾经偷钱,被他吊到房梁上打。他觉得小孩不听话就该打,把他身上的反骨打回去就行了,将来好生存。

"无论是你姥爷那一辈,还是我们这一辈,我们都挣扎在生存线上,我们想的是怎么才能不饿肚子,怎么才能活下去,根本没有精力去关心一些不切实际的东西。国家一天天好了,一天天强大了,轮到你们这一代的时候基本都解决了温饱问题,开始有精力抓精神层面的东西，抓家庭教育，抓学校教育，呼吁孩子全面发展。你们张口闭口就是平等、自由、尊重，平时关注的不是社会新闻，就是国家大事。这是好事，说明国家富裕了，说明你们过得比我们强！

"我上回跟你舅舅聊天，他说对比你们这一代，我们那辈人真是过得难啊。我有时候想跟你们聊天，我都插不上话，说错话了还要被你们瞧不起。我知道我的教育方式不好，可是我不知道该怎么教育你们，因为你们姥爷就是这么教育我的。你们要的尊重、自由、平等，说实话，我闻所未闻，我想给你们，但我不知道这是个什么概念，什么才算尊重，什么才算平等。但你们一锁抽屉，一锁卧室的门，我就明白了，不经你们允许，我不能进你们屋。

"但是你们也要明白，你们如今能吃着肉、玩着平板去悲悯别人，这种生活是你姥爷，是我，是我们一代代人的付出和牺牲换来的，不是你们生下来就可以享受到的。当你们瞧不上我们，觉得我们不懂得尊重你们的时候，你们也要反过来想一想，我们年轻时接受的是什么教育，我们曾经经历过什么磨难。两代人必定有冲突和隔阂，但我希望我们能相互理解和宽容，而不是搞精神上的对立。因为我们是一家人，一家人就该相互扶持。我一直都在努力跟上你们的节奏，跟上时代的步伐，我学着玩微信，学着上网，学着了解你们，但发现还是……"廖涛本不想再说，但没忍住，"你们说对这个世界很绝望，但我恰恰相反，我看到的都是希望。网上的社会新闻从前都有，只是从前没有途径曝光，人的一生本就命运多舛。就说这回的事吧，它会像曾经的大饥荒、水灾、非典、地震一样过去的。你们就是太年轻，没经过事儿。

等你们老了,你们就会明白,一个人能拥有平平淡淡、无灾无难的一生是多么大的福气。"廖涛说完就回了屋。

庄研埋头刷平板,眼泪顺着平板往下成行成行地流。庄洁回屋抽了纸给他,他不接,庄洁替他擦,随后收了平板陪他坐着:"我都说了,咱妈厉害着呢。咱们嘴上没说瞧不起她,但咱妈看你的画,你会烦着说她看不懂。咱妈检查袅袅的英语作业,袅袅会抢过来说她又没学过英语。"庄洁淡淡地说着,陈麦冬从门外过来。

庄洁拍拍庄研的肩,起身示意陈麦冬往门口走。

陈麦冬问:"庄研怎么了?"

"你过来有事?"庄洁不答反问。

陈麦冬看了眼路上的人:"你家不方便,去我家?"

"什么事不能站这儿说?"庄洁看他。

"市里缺人,我傍晚要去市里了。"陈麦冬说。

"你怎么去?"庄洁没反应过来。

"坐单位的车去。"

"你去殡仪馆?"

"殡仪馆跟医院都会去。"

"为什么是你去?"

"因为我资历老。"陈麦冬玩笑道,"因为轮值缺人嘛,看能不能过去帮忙。"

庄洁没作声。

"镇里有小孙就行了,我临时抽调过去几天。"

"你自愿的?"

"就我跟小孙,总不能让他去吧?"

"行。"庄洁点头,"市里还好。"

"我们穿着隔离服,一切参照医生的标准,没事。"

"几天?"庄洁看他。

"我估计就八九天,具体也没说。"

"几点走?"

"下午四五点。"

庄洁看了眼手机:"走吧,先回去收拾。"

陈麦冬载着她回新房,她开始牙膏、洗面奶、内衣裤啥的一件件地收拾。陈麦冬倚在门口看她忙,打趣她像个小媳妇。

庄洁难得没骂他,说:"等会儿还要回奶奶那边收拾一些东西。"

"你帮我照顾一下奶奶。"陈麦冬交代她,"我怕她睡前忘熄煤炉。"

"好,放宽心。"庄洁收拾完,看他,"走吧,回奶奶那儿。"

"你都没一点不舍?"

"有什么好不舍的?"

"万一我回不来呢?"

"你不回来去哪儿?"

陈麦冬有点失望,穿上外套准备出去。

"祸害遗千年,你命长着呢。"庄洁说了句。

"我短命。"陈麦冬把她一只鞋子踢到一边。

"你欠是吧?"

"有些人巴不得我离开呢。"

"对呀，早就腻了你。"

陈麦冬把她另一只鞋也踢走，庄洁骂他："陈欠欠，你作是吧？"

陈麦冬满屋子踢她鞋，庄洁警告他："我快忍够你了。"

"我也忍够你个狗脸儿了。"

庄洁抄起桌上的橘子砸他，陈麦冬狠狠踢她鞋。庄洁过去打他，他也不躲："你真腻了我？"

"回头就踢了你，找个小鲜肉。"

"随便，你爱找谁找谁。"陈麦冬换了鞋，等在电梯口。

两人直到回奶奶家，一直都没再说话。陈奶奶给他收拾东西，絮絮叨叨地交代了很多话。庄洁默不作声地帮忙，收拾完端着八宝茶喝。

陈麦冬拎着行李说："我走了。"

"你不是四点走吗？这才一点。"陈奶奶说。

"在家也没事，我去殡仪馆晒太阳。"陈麦冬闷声说。

陈奶奶是人精，一眼就明白哪儿出了问题，于是找了个借口出去，给两人腾地儿。

陈麦冬又把行李拎上，作势要走。

"行了行了。"庄洁拉他，"真生气了？"

"犯得着吗？"陈麦冬态度坚决，"我要去殡仪馆晒太阳。"

"行，我的错。"

"你怎么可能有错？"

"我的错。"庄洁看他。

陈麦冬放下行李，点了根烟："你别出去乱跑，我把游戏账号给你，你想玩就玩。"

"嗯。"

陈麦冬摸摸她手："穿厚点，别感冒了。"

"嗯。"

"回头我把朋友微信推给你，有事你就找他。"陈麦冬牵她手，"我很快就回来了。"

"好。"庄洁摩挲他手指，"我会照顾好奶奶，老实等你回来。"

"你还打算不老实？"

庄洁朝他手上咬了口，没作声。

"我会想你的。"陈麦冬说。

"我也会想你的。"

陈麦冬举着手机，两人合了影，他随即将合影设置成手机锁屏。

庄洁笑他："俗。"

陈麦冬不在意："我就是俗人。"

俩人一直坐沙发上聊到四点，庄洁把他送去殡仪馆，看着他上了车才回家。到家后她站门口连抽了两根烟，发微信给王西夏："老陈去市里了。"

王西夏半天后回她："没事，他懂防护。"

庄洁没回。

王西夏："我过去陪你，咱晚上喝两杯。"

庄洁："行。"

王西夏过来的时候，庄洁正在路边跟小孩抽陀螺，看见王西夏，便把鞭子还给邻居小孩，引着她回了屋。

廖涛在厨房烧菜，庄研帮打下手，看见王西夏，喊了声："西夏姐。"

王西夏应了声，示意手里的酒："廖姨，晚会儿喝两杯。"

"行，喝两杯。"廖涛很高兴。

庄洁往她身上喷着消毒液，往自己身上也喷了点。

王西夏脱了口罩，去卫生间洗手、漱口，庄洁也跟了过去。王西夏看她："心里不痛快？"

"有点。"庄洁点头。

"季全跟陈麦冬，哪个更让……"

"不能比。"

"谁跟谁不能比？"

"我对季全是自以为的爱，对陈麦冬是实打实的爱。"庄洁摸出烟。

"别抽了，该吃饭了。"王西夏接过烟。

庄洁抱住她："有点想他了。"

王西夏摸摸她脸："没事儿，想就打电话。"

"不打。"

"怎么了？闹脾气了？"

"没有。就是想他的感觉也很好，一打电话就破坏了这种……"

"千万别矫情，矫情我看不起你。"王西夏说。

"去你的！"

"我鸡皮疙瘩都出来了，你摸摸，你摸摸。"王西夏将袖子给她看。

第二章 给你当情人

到了饭点,廖涛给王西夏盛了一碗鱼汤:"庄研想吃黄鱼,我特意去超市买的。"

何袅袅大眼一扫桌上的菜,不是庄研爱吃的,就是庄洁爱吃的,到嘴的肉忽然就不香了。她用力哼了一声:"心都偏到胳肢窝了。"

廖涛问她:"你作业写完了?"

"作业不写完就不配吃饭?"

"不写作业,不干家务,就不配挑饭。"

何袅袅看了看几人,把这口气咽了回去。

庄研给她夹了块肉:"吃吧,妹儿。"

随后庄研看向庄洁:"姐,我听妈说冬子哥去市里了?"

庄洁看向廖涛。廖涛说:"群里讨论的。回头你常去看看陈奶奶。我厨房里熏了肉,明天你给拿去。"

"行。"

一桌人吃完,庄研把碗筷收拾了。廖涛烧了俩下酒菜过来,坐下陪她们一起喝。

王西夏问:"廖姨,你竟然都五十八了?看不出来。"

廖涛摸摸脸:"可不是,一脸的褶子,今儿庄洁还帮我拔白头发呢。"

王西夏嘴甜:"您看起来像四十。"

"虚伪了啊。"庄洁提醒她。

"人应该虚点,虚伪使人快乐。"廖涛喝了口酒说,"前几天对门家生小孩,眼睛还没绿豆大,我硬说好看,人家爷爷奶奶可高兴了。"

庄洁比大拇指："看，我妈的金句，虚伪使人快乐！"

三人碰杯。廖涛问："夏夏该办事了吧？"

王西夏说："看眼下情况吧。"

廖涛附和："感情好，早一点晚一点都无所谓。"

王西夏笑说："还行。"

"差不多就行了，哪儿有一眼就看对眼的？日子都是跟自己过的。"廖涛抽着烟说，"我两次都是盲嫁，没想到都还不错。庄洁他爸虽然理想化，整天想些不着边际的事，但人不错。袅袅他爸人虽然不太讲究，但有情有义，对我也掏心掏肺。两人有一个共同点，就是不会赚钱，全靠我……"

庄洁踢她，不让她胡说八道，因为何袅袅还在沙发上坐着呢。廖涛后悔，忙止了话。

王西夏说："我这个对象家庭普通，但人不错。"

"人不错就行，现在的男人有几个不胡来？镇上好几个在网上赌博输掉几十万的，也不知道赌的啥，反正都挺浪荡的。"

庄洁没接话，不懂，圈子里没有爱赌博的人。

"现在很多小孩都可怜，能力跟不上欲望，有的干脆就破罐子破摔。"廖涛说，"周围的几个村里男人剩下的大把，姑娘剩下的却没几户，长得再不好也能挑着嫁。"

"我听二娘说了，镇上统计下来，适婚的男女比例是八比一。"王西夏接话。

"可不是，八个男人才一个姑娘。而且有能力的人都出去发展了，剩下的都是些歪瓜裂枣，就这情况还相互挑呢。"廖涛说着举杯，庄洁同她碰杯："少喝点吧。"

第二章 给你当情人

"没办法,年轻的时候就爱抿两口。"

"在自己家喝,怎么痛快怎么喝。咱俩也难得陪廖姨喝一回。"王西夏拿脚踢她,不让她扫兴。

"行行行,怎么痛快怎么来。"庄洁倒酒。

王西夏头一扭,看向沙发上的人:"袅袅,我们都是坏榜样,抽烟喝酒伤身,不能学。"

"伤身你们还喝?我同学的爸说女人就不能抽烟喝酒……"

"他是在放……呸呸呸,他这么说是不对的。男女都不应该抽烟喝酒,因为伤身。"王西夏反省道,"是我们没素质,我们不应该在你面前抽烟喝酒。"

何袅袅想起一件往事:"妈,我姐曾经想弄死我。她上大学的时候偷偷吸烟,吸完朝我脸上喷。"

"你干过这事?"王西夏看她。

"几百年前的事了。"庄洁都不记得有这事。

"你那时候几岁?"

"我刚学会走路。"何袅袅想了会儿说,"应该两岁吧。"

"别扯淡了,你两岁能记住屁事!"庄洁说。

"文明文明,注意素质。"王西夏踢她。

"我就记事。你当时戴的还是那种假肢……"何袅袅绞尽脑汁地搜索词汇,索性比画道,"那种很老旧、像服装店模特腿那样的假肢。"

庄洁笑她,随后道歉道:"行,对不起,我不该朝你脸上喷烟。"

"上楼找你哥玩吧,明天妈给你煮好吃的。"廖涛打发她。

何袅袅上了楼，庄洁喝口酒，说："咱这家庭氛围就不行，其实就不应该在孩子面前又抽又喝的。"

"村里人哪那么多讲究。"廖涛说。

"这不关村里城里的事，就是不应该当着小孩面……"

"得了吧，就你抽得欢。我也想学知识分子家庭，整天捧着书在孩子面前晃，但这装不装？"

"行。"庄洁无话可说。

"怎么教育小孩都是结合家庭自身情况和父母的素养。咱们家特殊，袅袅心里啥事都懂，没必要刻意学那谁。那谁家媳妇从小教孩子普通话，我就弄不懂了，家乡话是丢人还是咋的？"

"小孩在镇里上学，其他孩子都是说家乡话，就她孩子一口土不土洋不洋的普通话。她还要求全家在孩子面前必须说普通话，她婆婆在街上说，就没见过这么教育小孩的。她还给孩子起了一个很生僻的名字，镇上人没一个喊对的，连庄研都不认识那个字。就她鹤立鸡群，就她脱俗。"

王西夏大笑，她知道廖涛说的是谁了。

"教育小孩就是顺其自然的事，随意点就行了。你们姊妹哪个差了？你跟夏夏都是在村里长大的，可你们在北京、上海不照样一口流利的普通话，不照样混得风生水起？夏夏跟她哥一个爹妈生的吧，一个家庭教育出来的吧！还是那句老话，性格决定命运。"

"行了行了，什么风生水起。"庄洁也是服了。

廖涛搂起毛衣给她看腰上的一道疤："你姥爷打的，他下手狠着呢。我也没受他的影响，往死里打你们呀，我最多就是吓唬你们。也奇怪,我跟你舅舅也没怨过你姥爷。不像你们,一肚子怨气,什么事都往家庭出身上推。城里人看不起农村就算了,你们自己也……"

庄洁托起一条围巾,献哈达似的给她系上。

"一边去。"廖涛嫌弃她。

庄洁大笑。王西夏让她坐下喝。

廖涛拍了下庄洁脑袋,让她有个女孩的安生样,随后又聊到镇上谁家孩子有出息,年薪能拿到百十来万。

"年薪百十来万在北上广深也就算中等。我圈子里好几个都年薪几百万,上千万的也有。"庄洁口气很大。

"那你这中下等的水平,是怎么混进他们圈子的?"廖涛损她。

"凭死皮赖脸。"王西夏接了句。

庄洁仰头大笑,连打了她几下,作势要起身。

王西夏把她扯回来:"行行行,凭你优秀的交际能力。"

"我就去过上海一回,不喜欢,听不懂他们的话。"廖涛说。

"南方话是没北方话亲切。"王西夏说。

"南方话显高级,主要是因为听不懂,你听不懂就不敢跟人乱来。不像咱北方话,一张嘴就是土渣子味。"廖涛捋着袖子说。

庄洁趴在桌子上笑得肚子疼,扭头跟王西夏一对视,两人又笑趴了。

廖涛喝完酒就话多,扯哪儿说哪儿。

庄洁把她搀回卧室的时候,都已经十一点了。三个人喝了一斤白酒。廖涛喝得最多,王西夏其次,庄洁就喝了两小盅。

庄洁回楼上给王西夏找牙刷，只见王西夏瘫在床上接电话。庄洁过去踢踢她，把新牙刷扔她身上。王西夏嫌她没眼色，裹着被子继续接电话。

庄洁嫌弃死了，怎么不脱外套就裹被子？她用着牛劲儿掀被子，让王西夏坐地毯上打。

等她收拾完床铺、洗漱完，王西夏还没挂。她独自躺了会儿，踢王西夏："你不洗漱？"

王西夏用手打她，让她一边去。

她裹着睡袍去小阳台上，点了根烟，想事。王西夏说的没错，她朋友圈里那些年薪百十来万以上的，确实是她死皮赖脸加的，王西夏要不提，她都忘了。她都快忘了自己是怎么从年薪七万一步步爬上来的；忘了初入职场那些遭白眼的日子；忘了那些吃泡面的日子；忘了她第一次去客户家拜访，进门就被一只发情期的泰迪抱着腿做不雅动作，而一屋子的人望着这一幕哄堂大笑的日子。

王西夏挂完电话，听见阳台的哼曲声，走过去也跟着哼了起来。曲哼完，两人相视一笑，王西夏碰她："想什么呢？"

"没什么。"庄洁笑了声。

两人回屋躺床上小聊，聊工作，聊感情，扯哪儿聊哪儿。王西夏话题一转，问她："你现在愿意？"

"愿意什么？"

"除了陈麦冬，你愿意在别人面前脱假肢？"

庄洁一愣，说实话："没想过这个问题。"

"你以前不是不愿意脱，是你没遇见陈麦冬。"王西夏点她，

第二章　给你当情人

"你跟季全暧昧三四年，吻都没接过吧？你跟陈麦冬才几天，就干柴烈火地勾搭成情人了。"

庄洁不吭声。

"好好想吧，有你痛苦的时候。你自己都承认你爱他，你回头还能屁股一拍，潇洒地去上海？"

"再说吧。"庄洁还是那句话，"上海是绝对要去的。"

"我当然知道你会去，到时候你就不痛苦……"

"再说吧。几个月后的事。"庄洁翻身睡觉。

王西夏见她逃避，也就没再提，挤着她一起睡。

庄洁烦死了："你能不能睡自己被窝？"

"我睡这个，你去睡那个。"王西夏不挪。

"你想得美，我好不容易才暖热。"

· 第三章 ·
地久天长

第三章 地久天长

庄洁观察了几天，镇里没那么严了。她发微信给王西夏："我要不要下手？"

王西夏上身西服下身红睡裤坐在桌前开视频会议，简明扼要地回："要。"

庄洁把烤箱里的面包拿出来，把砂锅里的粥盛出来，坐在太阳下，边吃边朝廖涛说："妈，下午我去镇里问问，行的话就让养鸡场送鸡，咱们自己先开工。"

"镇里会同意？"

"去问问吧，没准儿行。你听，这几天广播里也不喊了。"

"行，你问吧。"廖涛说，"你秋姨一家昨天就回贵州做生意了。"

"有些地方能开工了。"庄洁低头喝粥，刚喝两口，惊为天人，"我熬的粥也太好喝了！"说着就让廖涛喝，廖涛不喝，庄洁说不喝不行，必须喝。然后庄洁又端着碗上楼，强行让庄研跟何袅袅每人喝一口。

何袅袅正烦呢，学校已经通知上网课的时间了，而且老师要点名抽查寒假作业，她一共才写了六页。

庄研更烦，因为正画着，灵感没了，何袅袅还抱着作业围着他转。他都说了回头写，但何袅袅非要他写个保证书。他偏不写，

389

搁了画笔就下楼晒太阳。

何袅袅抱着作业跟着他,蹲在他脚边哼哼唧唧。廖涛不明白她哼唧啥,说再哼唧就要挨踹。庄洁喝着粥说:"你有这闲工夫,自己也写完了。"

庄洁说完就打自己嘴,就是欠,因为何袅袅已经挪过来抱住她腿,让她帮忙写。

庄研正难受,警告何袅袅不许再哼唧。何袅袅不听,庄研过来吓唬性地打了她两下,她咧嘴就哭。

廖涛骂了庄研两句,跑去门口聊天。她看见这姊妹仨就烦。庄研没想到自己就吓唬对方两下,就被讹上写作业了,而且是马上就得写。他趴凳子上写,何袅袅在旁边抽抽搭搭地啃甘蔗。

庄洁骑上电瓶车去镇政府。她同里面的人聊了会儿,出来给养鸡场老板打电话,让对方明儿一早把鸡杀好送到镇口,她过去接。随后她又联系俩工人,让明天过来开工。

她想了会儿,又在镇群里发消息,说饮料大促销,之前六十块一箱的,现在卖五十五。不求赚钱,只求保本。随后她把饮料的品种发在群里,说可以送货上门。

管理员艾特了所有人,让有需要的联系庄洁。妇女主任出来捧场,连着挑了好几箱,群里其他人也陆陆续续出来,把那批货七七八八挑得差不多了。

连着一下午,姊妹仨都忙着送货。庄洁说:"算是白折腾了。"

"不赔就行,你看看那些养殖场,个个赔得盆干瓢净。"廖涛心态很好,"你们去送吧,晚上给你们煮好吃的。"

傍晚吃饭前,廖涛蒸了烧卖,让庄洁给陈奶奶送去。庄洁进门时陈奶奶正在通电话,看见庄洁和她手里的饭盒,陈奶奶朝着电话里说:"托你的福,奶奶又有好吃的了。"

"奶奶,不托他福你也能吃。"庄洁好笑。

"那不行,我就想托孙子的福。"陈奶奶很高兴。

"行,您随意。"庄洁打开饭盒,回厨房给她调了蘸酱。

"小洁,帮奶奶用你手机打个视频,奶奶没通视频的东西。"

庄洁大笑。

她打开微信视频,把手机递给陈奶奶。陈奶奶打趣她:"那我先聊了。"

庄洁熄着煤炉,听见陈奶奶说:"瘦了,沧桑了,胡子邋遢的,成小老头儿了。"

陈麦冬说:"起得早,也冷,懒得刮。"

"你鼻梁是咋了?"陈奶奶问。

"戴护目镜的痕迹。"陈麦冬揉了揉。

"行,为人民服务,光荣。"陈奶奶夸他,说着又把手机对着庄洁,问他,"想不想小洁?"

陈麦冬咳嗽了一声,没接话。

"吃哑巴豆了,咋不说话?"陈奶奶问。

陈麦冬看着镜头,说了句:"想。"

陈奶奶拉着庄洁,让她看视频里的陈麦冬,问她像不像小老头儿。陈麦冬躲开,手机对着天花板。

"咋了,我孙子是害羞了?"陈奶奶问。

陈麦冬又出现在镜头里,庄洁认真看了眼,笑他:"你皮肤真糟。"

陈麦冬不说话,看了庄洁会儿,转开了摄像头。陈奶奶也是服气:"你有点出息,不能说你一句,你就红眼呀。"说完看向庄洁,"你咋把他整哭了?"

庄洁没作声。

"大老爷们儿,你哭啥?"陈奶奶说他。

"他没哭,估计是迷眼了。"庄洁说。

陈麦冬又出现在镜头里,揉了揉眼,看向庄洁。

"瘦了。"庄洁说了句。

陈麦冬没作声。

这是十几天来,两人第一次视频通话。平时偶尔有聊,也是打的电话。

"辛苦吗?"庄洁问。

"还行。"陈麦冬点头。

庄洁冲他笑,他红了眼圈,勉强笑了下。

"回头去看你。"

"不用。"

庄洁没多聊,把手机给了陈奶奶,然后夹着煤球出去,又顺势摸出烟,弯腰在煤球上燃着,站在院里抽。

"小洁,你不说了?"陈奶奶喊她。

庄洁站在暗处,挥挥手。

"小洁在门口抽烟。"陈奶奶举着手机过来,庄洁别开了脸。

"行吧,就这样吧。多保重身体。"陈奶奶叮嘱陈麦冬。等挂了电话,陈奶奶看向暗处的庄洁说:"我孙子从来不哭,估计这回是真难受了。"

第三章　地久天长

庄洁没作声。

陈奶奶坐下吃烧卖，拉家常道："他除了小时候梦里哭过，平常都没见他红过眼圈。他爸妈离婚前最后一次来看他，他就坐在小板凳上。他爸说：'我跟你妈分开了，你以后是跟着我还是你奶奶？'他不说话。他妈也说：'我跟你爸分开了，以后我会常来看你。'他还是没说话。他其实打算跟他妈的，但是他妈心狠，从始至终都没提出要他。他又不愿意跟他爸，只好跟着我们老两口过。我是无所谓的，我随他的心意。他愿意跟他妈过，说明他爸对他不好。事后我就问他，我说你想跟你妈过，你就跟你妈说，当妈的心再硬，也不会不要自己的孩子。但是你猜他说啥？他说不想给他妈添负担，如果跟了他妈，他妈带着一个儿子将来不好嫁人。过了好几年我才知道，原来这话是他姥姥对他妈说的，他不小心听见了，上了心。"

庄洁一直站在外头抽烟，没接话。一直等陈奶奶睡了，庄洁才回家。路上她给陈麦冬打电话，没通，回到家洗漱完躺被窝里，准备睡了才接到陈麦冬电话。

陈麦冬问她："睡了？"

"正准备睡。"

"刚在忙。"

"嗯，没事儿。"庄洁说。

"我可能要过一段时间才回，有个同事身体不舒服，我得替他轮值。"

"行。"

电话里静默，两人无话。

半晌,陈麦冬问:"奶奶身体怎么样?"

"挺好的,我每天都去一回。奶奶太热情了,非要给我煮饭,但她手艺又不咋地,不好吃还咸。"

陈麦冬笑出了声:"回去我给你煮,天天给你煮。"

"行。"

"这几天家里怎么样?"

"没那段时间严了。大家扎堆聊天也没人管了,只要戴口罩就行。口罩也不紧张了。"

"你每天干什么?"

"晒太阳,学着熬养胃粥,烤面包,弄点有花样的小菜,跟西夏聊天,看群里扯淡……大概就这些。"

"没了?"陈麦冬问。

"没了。"

"再想想。"

"我想了,真没了。"

"再想想。"

庄洁忍住笑,如他意道:"还有想你。"

"你不也会说人话吗?"陈麦冬说:"非故意作。"

"我高兴。"

"作吧,都给你攒着。"

庄洁没作声。

"怎么不说话?"

"想听你说。"

"我也想听你说,我自己说没意思。"

第三章 地久天长

"你现在在哪儿?"庄洁问。

"宿舍楼下的花坛上蹲着。"

"累不累?"

"跟你说话就不累。"

"那就聊十分钟吧。"庄洁说。

"行。"

电话里静默了会儿,陈麦冬先开口:"你回上海会不会忘了我?"

"不会。"

"我觉得也是。"

"这么自信?"

"当然。我也不会忘了你。"

"你会娶妻生子吗?"庄洁问。

"我没打算断子绝孙。"

"……"

"我会像习惯我父母离开一样习惯你离开,等我老了,子孙翻出一张旧照,问这女的是谁,估计我会想上半天,啊,这女的是我年轻时候的情人。"

"滚蛋。"庄洁骂他。

"行,我是你情人。"陈麦冬无所谓。

"我也结婚生子。"

"行,我随你份子钱。"

"我没打算邀请你。"

"那不行,我得去。"陈麦冬淡淡地说,"我得看你穿婚纱。"

"行了，能出去我就看你去，别找事了。"

"不要，我现在很邋遢。"陈麦冬小孩似的说。

"我就想看你现在的小鳖样儿，小邋遢样儿。"庄洁轻柔地说。

"去你的。"陈麦冬笑骂她。

"放心，我很好，奶奶也很好，你自己多保重。我每天醒来第一件事就是想我们欠欠，为我们欠欠祈祷，祈祷他身心健康，长命百岁。"

"扯淡，你才身心不健康。"陈麦冬大笑。

*

大小工厂陆续开工了。熟食厂也准备开工了，庄洁备了温度计、口罩、消毒液、洗手液等，放在车间门口，每个工人进车间前消毒程序先走一遍。工厂规模不大，工人都是附近村的妇女，左右不过二十来人。

镇上的烧鸡店也在着手开门，但目前还没恢复旅游，生意很不景气。镇上受影响最大的除了养殖业，就是下溪村的旅游业了，十几家民宿每家派出一个代表去镇上谈判，要求酌情减租金。

庄洁听说了这事，也联合镇上各家商铺，要求酌情减租。镇上的房东们这下不乐意了：凭什么银行贷款照缴，我们却要酌情减租？这事拉扯了好几天，最后镇上出面协商，租金打了八折。

八折就八折，原本庄洁都打算放弃了。其他行业的房东们得了信儿，为了不让租户找事，主动通知打八折。廖涛收到熟食厂租金打八折的信儿，还怪高兴的，拎了两箱烧鸡就给房东送去了。

王西夏一来工作性质特殊，二来她觉得相对来说镇里更安全，所以迟迟不回市里。庄洁一催她，她就反问："我上不上班，关你啥事？"

庄洁无话可说。

"医院又去不了，我在哪儿办公不是办？"

"行。"

"我们那房东就是个抠货，一毛钱租金都不给便宜。"王西夏骂道。

"他不是也有房贷……"

"哼，他早还完了。我刚提出减租，他喊穷喊得比我还凶。"王西夏说，"我们部门好几个人都房租减半了。"

"随他去吧，爱减不减。"庄洁事不关己地说。

"对呀，又不是你出房租。"王西夏怼她。

"走走走，看桃花去。"庄洁扯她。

"不看了，等下还要开会。"

"开啥会？马上桃花就谢了。"庄洁撺掇她。

"我要开会。"

"走走走，看桃花。"

王西夏把她撵出去，锁上门："自个儿去看吧！"

"不看拉倒。"庄洁独自离开。

天气很好，村里桃花正盛，可惜了这一树树的粉色小花，没游客来赏。学生被困在家里上网课，村里人忙着生计，也没心思看。

庄洁一面同认识的网红聊天，一面三心二意地赏花。光顾着看手机，直到头发被花枝勾住，她才龇牙咧嘴地捂住头。

"看吧,花神都怒了。"陈奶奶拄个拐站在她身后,"老远就看见你低着头玩手机。"

"奶奶出来赏花?"庄洁收了手机。

"大好春光,屋里憋得慌。"陈奶奶仰头看了一圈,"这天可真好。"

"走,去看看油菜花。"

"油菜花谢了吧?"

"谢了就谢了。"陈奶奶拄着拐只顾走,"今年这些花没被糟蹋,往年就会有巡逻队四下喊:不许摘花,不许摇花。"

"这些小兔孙们也都困家里上课,怪好的。"

庄洁陪她转了会儿,陈奶奶热了,脱着羽绒马甲说:"我咋听说你还要回上海?"

庄洁点点头。

"你去上海了,我孙子咋整?"陈奶奶先是惊讶,随后佯装生气,"你可不能平白无故就把我孙子踹了,你不是那种昧良心的人,也不是那种坏心的女人。"

"……"

"我可不兴你们这样,说亲就亲,说拍屁股分就分,我可不依啊!我可泼辣护短得很,只要我孙子没错没胡来,我会骂你,骂你全家,去镇广播里骂!"

"……"

"你没有这打算吧?你不会欺负老实人吧?全镇的人都知道你跟我孙子处对象,你要是把他踹了,他回头咋做人?"

"……"

第三章　地久天长

"我们陈家名声可坏着呢,你奶奶我可是泼名在外,我吃啥不能吃亏,儿子不孝我都能断绝关系。"

"不会。"庄洁虚虚地应了声。

"你一看就是心眼正的人,不会欺负我们孤孙子寡奶奶的。"陈奶奶很高兴,拉她手亲热道,"小洁,你们是咋打算的?"

"我们俩还没商量。"庄洁蒙圈了,从没想过会被陈奶奶一顿逼问拷打。

"咋能没商量呢?"

庄洁一时接不上话。

"不急,等他回来你们再商量也不迟。反正我不管,你去哪儿都得拉上我孙子,他生是你的人,死是你的鬼!"陈奶奶也不是白长岁数的,她早就听说庄洁要回上海,但她就是不作声,一直在等合适的时机。

庄洁还处于蒙圈状态,这段时间一直没出门,今儿出门赏了一回花,就被人截住一顿威逼恐吓。

这边陈奶奶还感慨着:"当年奶奶没进国家队,就因为把队友鼻梁给打歪了。当时她老给我穿小鞋儿。"随后她又红光满面地指着路边的摩托问,"小洁,那是咱家摩托吗?"

"哦,是。"

"走,你拉着奶奶兜风去。"

庄洁上了摩托,陈奶奶扶着她肩,腿脚麻利地上来,指挥她该走哪一条路。庄洁怕风大,开得慢,陈奶奶问她行不行,不行自己能开。

庄洁立刻加了速,与此同时两辆摩托超过了她,对方回头看了她一眼，朝她吹了个流氓哨。

陈奶奶指挥道："超了他！"

庄洁也气，贴着他们就准备超车，还没超过去，陈奶奶一个拐杖砸过去，大骂："鳖孙儿们，敢朝我孙媳妇吹口哨！"

*

无论陈奶奶是有意还是无意，庄洁都上了心。她发微信给王西夏，王西夏先是大笑，随后回她："你这是被讹上了！"

庄洁没回。

王西夏："陈奶奶年轻时候狂着呢，她不至于会骂你，但绝对会翻脸。"

庄洁："再说吧。"

她摸出烟站在门口抽。过来买烧鸡的街坊寥寥，庄洁犯愁。啥时候才能恢复旅游啊！她搜了搜新闻，目前还没有任何一个景区开放。

她拿出手机同网红聊天，看能不能让他们给做个推广。今儿一早她同廖涛拌了两句嘴，廖涛嫌她太急，觉得路铺顺了就行。熟食厂已经完善了，网店也弄好了，烧鸡店也没问题，就剩慢慢赚钱了，没必要花钱买推广。庄洁就呛了她一句，说一个月赚的还不够她零花。廖涛就火了，也怼了她一句，她心里不舒坦，直接去了王西夏家。

傍晚，廖涛过来烧鸡店找她，说了两句软话，她才随着回了家。饭桌上，廖涛说今年各行业都难，家里这一摊事她自己差不多能应付，庄洁要是想回上海随时可以回去。

第三章　地久天长

何袅袅抱着碗问:"我姐要回上海了?"

庄洁没作声。

饭后庄研收拾碗筷,廖涛摆手,让他忙自个儿的事。她端了碗回厨房刷,庄洁就倚在厨房门口刷手机。

廖涛烦她:"要么你就过来刷碗,不刷就回屋去。"

"不刷,也不回。"

廖涛想打她,她往后躲了几步,又靠过来继续玩手机。

"你们姊妹仨都欠。"廖涛说,"性格上有缺陷。"

庄洁撸袖子:"来吧来吧,我刷。"

廖涛烦她:"起开吧起开吧,不让你刷。"

"我刷我刷。"

"一边待着去,我怕你把碗给我摔了。"

"心疼我不让刷就说,口是心非个啥。"庄洁拆穿她。

廖涛快烦死她了,拿着擀面杖吓唬她:"你个烦人精,出不出去?"

庄洁出来几步,又折回去抱住她:"妈咪,我爱你!"

廖涛拿着擀面杖追她,她一路跑回了楼上。廖涛也不追了,脸上浮现出掩也掩不住的笑意:"都是烦人精。"

转头看到何袅袅盯着自己手里的擀面杖,廖涛又举了举,吓唬她:"不学好,头给你打烂!"

"……"

庄洁烦闷,也睡不着,散步去了下溪村,往半山坡上一躺,发微信给王西夏:"限你十分钟内赶过来。"

晚风拂面,一阵阵的桃花香,没一会儿就看见王西夏站在她堂哥家民宿的二楼，倚着护栏打电话。

庄洁恶声恶气地给她发微信："掉下来摔死你。"

发完消息，她躺在草坪上看夜空中的星，想陈麦冬，想陈奶奶的话，想将要面临的各种事。家里熟食厂规模小，廖涛一个人基本能应付。她在公司里业务能力算强的，综合各种提成和奖金，年薪也是非常可观的。将来回上海，她既能跑公司业务，又能侧面帮家里的熟食搞推销，原本是两全其美的事。她最早回来帮忙的时候，也是这么计划的。

正想着，陈麦冬就打了电话过来，同她扯了几句，问她在哪儿。

"我在下溪村看星星。"她应了句。

"家里的桃花正开着呢吧？"陈麦冬问。

"都快谢了。"庄洁脑海中灵光一闪，脱口就问，"你觉得异地恋咋样？"

"异地多远呢？"

"一千公里吧。"

"异地多久？"

这话把庄洁问住了，异地多久她也不知道。

陈麦冬见她不作声，说了句："你不觉得扯淡吗？"

"咋扯淡了？"庄洁盘腿坐起来。

"咱又不是小年轻，异不了。"

"别自作多情了，没人稀罕和你异地。我是帮朋友做一个问卷调查。"说着庄洁懒懒地躺下来，望着星空。

"哪个朋友？"

"你不认识的朋友。"

聊天陷入僵局,还是陈麦冬的咳嗽打破了局面。

"你感冒了?"庄洁听他声音不对。

"上火,喉咙干。"

"注意休息,多喝水,别把自己弄感冒了。"庄洁说。

"好。"陈麦冬回答得很轻。

庄洁心里那股别扭劲儿过去了,问他:"确定回来的时间了吗?"

"估计就这几天。"陈麦冬说。

"我想你了。"庄洁朝着星星扔了颗小石子,小石子落下砸在了她脸上。

她"哎呀"一声,捂着脸坐起来。

"怎么了?"陈麦冬问。

这白痴事她说不出口,搪塞了句:"被虫子咬了。"

"半坡上的草长出来了?"陈麦冬问。

"长出来了。"庄洁斟酌了会儿,问他,"我回上海你不会拦……"

不等她说完,陈麦冬回:"不会。"

"……"庄洁干干地应了句:"不会就好。"

"听你语气很失落?"

"有一点,毕竟咱俩好了这么久。你就能很爽快?"

"差不多。"

"差不多是啥意思?"

"有心理准备,而且之前你也走了一回,能承受。"

403

"行,你厉害。"

"是你说的,什么来日大难,嘴巴干舌头干的……"

"行行行,别鹦鹉学舌了。"庄洁打断他,"你回头安抚你奶奶,就说你劈腿了。"

"没干过的事我不认。"陈麦冬一口回绝。

"你奶奶放话了,如果我平白踹了你,她就打死我。我不想死,这事你来解决。"

"行。"陈麦冬点了根烟,"就说是我踹了你,是我移情别恋了。"

"不好听。"庄洁又改主意,"我从来没被人踹过,只有我踹人的份儿。"

陈麦冬"喊"了声:"你爱而不得……"

"他回头找我了,是我不理他,OK?"

"行,你说怎么办吧?要么你被我奶奶打死,要么就顶着被我抛弃的名声。"

"我宁可被打死!"

"那还扯什么淡?你提上裤子潇洒走人就行了。"陈麦冬怼她。

"行,你厉害。"庄洁冷哼一声。

陈麦冬没回话,一直咳嗽。

"咳死你算了,喉咙干还抽烟。"

"对,咳死我,直接送火化炉算了。"陈麦冬赌气道。

"你王八蛋!"庄洁骂他。

"庄洁,你好好捋捋,是谁先找不痛快的?我忙一天累死了,本来想跟你打个电话放松会儿……"陈麦冬咳嗽了几声,没再说。

庄洁没再接话，过了好一会儿，问："吃药了没？"

"含了几片甘草片。"

"不是说没烟抽吗？"

"借的。"

过了半晌，庄洁哼哼两声："不异就不异呗，谁稀罕似的。"接着她把脚边的草都薅了，不忿道，"就你那兔孙样儿，回头奶奶还得背着干粮替你找媳妇。男女比例二十比一，呵呵，估计你这辈子都得打光棍。"

"要你操心？光棍自由，光棍快乐。"陈麦冬回。

"你长得也一般，单眼皮、大小眼，走路还内八，三鹅子走路都比你好看。"庄洁撇撇嘴，开始了人身攻击，"说实话，你真的很难找到正经媳妇。"

"你前一阵儿还夸我魅力无边，说我眼如天上星，英姿挺拔……"

"我那是客套话。你们陈家人不但恶名在外，而且皮肤也是出了名的差，一脸坑洼蛤蟆痘。"

"我皮肤很好。"陈麦冬摸摸脸。

"你皮肤好没用，会隔代遗传，你爸、你大伯皮肤都差。"庄洁用力薅着草，"老陈，说句掏心窝的话，别嫌不中听，回头要是有姑娘肯跟你异地恋，哪怕异到北极去，你差不多就得了。"

"你人品也不咋地。"陈麦冬小声嘟囔，"得不到我就诋毁我。"

"……"

"嘿——草坡上那是谁？"一束光照了过来，村里的巡逻员手里拿着手电筒朝她喊,"那草碍你啥事了?你薅它干啥?"

"薅草咋了?"

"不让薅,草是镇里为游客铺的!你看你都把那一片薅秃了!"

不让薅就不薅,庄洁挂了电话,拍拍手上的土,转身回了家。

*

熟食厂的事庄洁开始撒手了。廖涛统计完网络订单,去工厂下单前会拿给她核对。她核对无误后,廖涛才会正式下单。

庄洁的首要任务就是督促何袅袅上网课。庄洁也是服了,就没见过何袅袅这样的学生。只要坐在电脑前上课,她不是渴了,就是饿了,不是要拉屎,就是要尿尿。捉捉鳖,摸摸虾,就是不认真上课。

上体育课时,老师要求在群里发照片打卡,何袅袅摆几个动作,拍照发群里,她的体育课就算上完了。上语数英,她只有一张脸出现在镜头里,一双手在桌面上玩起泡胶,屁股上长了钉子似的左晃晃右挪挪。

这天,庄洁啥也不干,就搬把椅子过来看她上课。才上了两节,她就咧着嘴哭,给廖涛打电话说自己没有人权。廖涛听不懂她的"人权",直接就给她挂了。

上午课结束,音乐老师布置了作业,让每个学生录制一首歌曲,回头挑出好的参赛。何袅袅上楼换漂亮衣服,随后贴着墙盘腿坐好,让庄洁录视频。她边拍手边唱:"我是森林中的布谷鸟,家住在美丽的半山腰,看太阳落下去又回来,世界太多美妙……"

庄洁录完给她，何袅袅看完撇嘴："我不想唱这个，我想唱《野狼disco》。"

"《布谷鸟》好，节奏欢快。"庄洁等着出门。

音乐老师在群里有要求，今年情况特殊，要唱节奏欢快的歌，要唱符合小学生身份的歌，不能太悲伤，不能负能量。

庄洁帮她提交完就出门了，先去熟食厂转了圈，帮廖涛把卤鸡的料配好，随后去下溪村喊庄研吃饭。

庄研一早就背着画板出去写生了，庄洁找过去时，发现他啥也没画，人恹恹地躺在草坪上晒太阳。

庄洁轻踢他："怎么了？"

庄研睁开眼看看她，没作声。

庄洁坐下看了他半天，有些话不知从何说起。她索性什么也不问，拿着画笔在画板上乱画。

庄研问她："姐，你画什么呢？"

"不知道，乱画。"

"姐，你想过爸吗？"

"哪个爸？"庄洁试图画一朵云。

"你想过哪个？"

"咱爸我已经没印象了，何叔我没怎么想过。我常年在外读书、工作，跟何叔没那么亲厚。"庄洁想了会儿，又说，"但是我很尊敬他，拿他当父亲相待。"

庄研坐起来，背对着太阳自言自语："我反复做着一个梦，何叔的葬礼上，我像一个木偶人，被婶婶们提着披麻戴孝。我脑子里一片空白，并不想哭，但婶婶们拧我，说一定要大声哭出来。我不哭并不是不伤心,只是不想哭。"

庄洁搁下画笔,靠着他坐下:"我都忘了,只记得乱糟糟的。"

"我前天梦见何叔了,我梦见他去高铁站接我,他朝我边挥手边喊:'小研,小研。'我看见他……"庄研说不下去了。

庄洁用力拍了下他肩,勾着他脖子没作声。

庄研拽了根草在手里,说他小时候很爱趴在地上,不管去哪儿玩,他瞌睡了就趴在地上睡。有一回他被邻居捡回来,说地上脏,不可以趴着睡。他也不知道为什么,很喜欢趴在大地上的感觉,至今他都很喜欢。

庄洁笑他:"那你怎么现在不趴了?"

说着庄研就趴在了草坪上,他说想做一个为秋天扫落叶的人,拥有无尽魔法的人。他说他很迷惘,没有希望,也看不见希望。他说只要看见庄洁和廖涛忙,他就自责和内疚,原本该他挑起家里的重担。他说他不能心无旁骛地画画。他说自己懦弱、自私又无能。他说他痛苦狂躁焦虑。他说甚至这一切的一切,也许都是他在少年强说愁。他喃喃自语,说了很多。

庄洁一直没接话,听他说。

"你这个阶段我也经历过,尤其高考那年。我至今也不知道想成为什么样的人,走一步算一步吧。路都是走出来的。先不要考虑以后,把眼下的路走好。"庄洁揉他头,"这种痛苦没人能替你疏解,需要你自己一点点消化,等熬过去,就是一次蜕变和成长。妈很爱你,妹妹很爱你,我也很爱你。无论你变成什么样的人,我们都依然爱你和接受你。"

姐弟俩聊完回了家,廖涛给他们盛饭,说工人不够用,而且现有的人工作也很怠慢。庄洁说不急，让他们适应几天吧。

吃完饭闲来无事，庄洁晒着太阳看电影。何袅袅是个人才，她给长靠枕穿了衣服，上面贴了张自己的大头贴，然后四下乱逛。

庄研看见后举报给了廖涛，毋庸置疑，何袅袅挨了一顿打，老实地坐在电脑前上课。

廖涛端着干果盘出来，抓了把松子坐在庄洁旁边，剥了会儿，满脸愁容地看她："咋整，你说她这种货色咋整？"说着嘴朝屋里上课的何袅袅一努。

庄洁大笑，随后抓了把开心果："认命吧，她就不是学习的料。"

廖涛大声说："那就勉强读完小学，认个字就行，回来跟着我卖烧鸡。"

"我才不卖烧鸡。"何袅袅在屋里接话，"我要读哈佛、麻省、斯坦福，我要开上市公司，我要当霸道女总裁。"

庄研拍了下她头，出来拉个凳子坐在庄洁旁边，看她平板里的电影，当看见电影是《断背山》，不自然地挪了位置，开始低头玩手机了。

廖涛问庄洁看的是啥。庄洁给她大致讲了下电影的年代背景以及其中的悲剧性。廖涛看了会儿，剥着松子说："异性也好，同性也罢，只要不作恶，没伤害人，都是堂堂正正的人。"说完补了句，"有啥呀！"

庄研低着头回了屋。

廖涛盯着地上的松子壳看了会儿，继续剥松子。庄洁伸胳膊搂搂她。廖涛无声地流泪，随后朝脸上一抹，骑着电瓶车去了熟食厂。

庄洁合了平板,发了会儿呆,偏着头打瞌睡。等她醒来的时候,她发现身上搭了条毯子,庄研正坐在她对面专心致志地画画。画里是庄洁的睡态,以及卧在她脚边的纪三鹅子。

傍晚,庄洁大显身手,她喊了王西夏过来吃饭。王西夏见桌上不是拍黄瓜,就是凉拌大拉皮,唯一有点厨艺含量的就是麻婆豆腐。但那个豆腐炖的,简直了。

她以为这已经很流氓了,没想到庄研又端了份圣女果蘸糖上桌。

"……"

王西夏望了眼桌上的菜,比画道:"小研,有没有硬菜?"

庄研不懂啥是硬菜。王西夏直接道:"有没有大鱼大肉,能镇得住场面的菜?!"

"有!"庄研点头,"我姐炖了一个番茄牛腩、一个水煮鱼。"

王西夏有点失望,但也勉强过得去,想着就要去厨房,刚到门口,被一股辣椒味给呛了出来。庄洁不让她看,说一看就没神秘感了。

这时何袅袅弄了一桶泡面,准备去厨房煮,结果面没煮上,连骂带打地挨了一顿。庄洁翻脸,问何袅袅啥意思,她辛苦了几个小时煮晚饭,为什么要拿一桶泡面来羞辱她。

何袅袅抱着桶面站屋檐下生闷气,庄研安慰她,说要对庄洁的厨艺有信心。这时廖涛从熟食厂回来了,闻见一股花椒香,随口就夸了庄洁几句。

菜上齐,众人围桌坐好,王西夏看着那一盆黑乎乎的肉,不敢下筷也不敢多说话。廖涛尝了口,昧良心地评价说不错。何袅袅下筷子捞卖相还不错的水煮鱼,半天不见鱼,正要问鱼在哪儿,庄洁瞥她一眼,她识相地舔了舔筷子尖,干干地评价道:"味儿不错,味儿不错!"

庄洁下小笊篱,给她捞了一勺指甲盖大小的水煮鱼,淡淡地说:"鱼不新鲜,下锅就散了。"

"……"

饭后庄洁同王西夏坐在沙发上,边看新闻边瞎聊。庄洁说一个朋友想做医美,问她有没有意向。庄洁斟酌道:"我想代理一个国内厂家,单干。我对这块儿太熟了,也有信心,但没找到合适的厂家和产品。"说完看王西夏,"你要不要来,咱们俩一块儿?"

"行,我也有这个想法,只是缺机遇。"王西夏应下。

两人都是随口一提,很多想法都不成熟,而且今年的形势不适合创业。庄洁说:"行,就这么说住,回头咱俩留心,做一份规划。"

"对,必须要做一份规划,然后再讨论可行度。"王西夏说,"我早就有念头,但身上有债不敢深想。如果咱俩一块儿,我就非常有信心。"

"你单干没信心?"

"我没魄力,需要被人推一把。"

"行,我推你一把。"庄洁碰碰她。

王西夏笑笑,说她要是有魄力,今年跟朋友做口罩也发财了。她看了会儿新闻,碰碰庄洁:"今年肯定有表彰大会,医院已经在拟名单了,不管是个人还是集体。"

"今年就跟做梦一样。"庄洁说了句。

"谁说不是呢。对了,老陈啥时间回来?"

"管他呢,爱回不回。"

"咋了,闹别扭了?"

"没有的事。"庄洁有点烦。

王西夏当然知道她在烦什么:"你只要问自己能不能承受后果就行了。你扪心自问,你自己最需要什么?无论你做出什么选择,我都支持你。甭管群里那些人说的当代女性该怎么怎么样,去他的当代女性,这就是一个桎梏和陷阱。你就是你,你爱怎样就怎样,因为最终受益或吃亏的都是你。"

"我没受影响。"庄洁说。

"对,我相信和支持你的选择。"王西夏说。

"万一选错呢?"

"错就错。"王西夏说,"咱们又不是涉世未深、不经人事的小姑娘。咱们已经在社会上摸爬滚打了好几年,所作出的判断,是结合了自身的阅历和经验的。而且,你要相信人是自私的动物,潜意识里会做出有利于自己的选择。"

"我不选择。"

"你怎样?"

"事业和爱情我都要!"庄洁看她,语气很笃定,"我都要。"

"我洁姐就是有魄力!"王西夏竖大拇指,"那你现在烦什么?"

"我想异地,陈麦冬不同意。"

"异啥?"

第三章　地久天长

"异地恋。"庄洁白了她一眼。

"南枰镇异上海?"王西夏看她。

庄洁端起八宝茶喝了口,懒得接她话。

"他不跟你异地恋,你怎么办?"

"他说不异就不异?"

"我洁姐霸气!"王西夏直点头,接着又说,"异地恋不是长久之计……"

庄洁摆手:"脑仁疼,想不了那么多,先异上再说。"

"老陈是啥意思?"

庄洁想了会儿,说:"他啥也没说,但就是不同意。"

"你们原先是怎么打算的?"

"我回上海,关系就结束。但我现在不想结束了,我想把他转正,他有点……有点不识好歹。"

"你认为他应该感恩戴德?"王西夏好笑地问。

"去你的。不至于感恩戴德,但至少要感到庆幸吧。"

"那你们刚开始……"

"刚开始我哪儿会知道自己不想结束?"

"行,那他要是坚持结束呢?"王西夏换个问法。

"你去医院卖产品,院长说不买,怎么着,你马上弯腰说'抱歉,打扰了'?"庄洁反问道。

"那我也不能强买强卖呀!"

"别扯淡了,个个医院说不买,你不照样跟在人屁股后头死皮赖脸?这还不算强买强卖?"

"行!"王西夏服气,"我就看你是怎么摁着他头跟你异地恋的。"

"等着。"庄洁应下。

"看不出来,你居然栽在平平无奇的老陈……"

"没有平平无奇,他已经很出挑了。不油腻,不圆滑,相当出色了。"庄洁打断她。

"……"

"老陈整体不错,在陈家人里算是拔尖……不只陈家人,在全镇都算拔尖。"

"那还不至于吧……"王西夏改了口,"行,但凭良心讲,老陈眼睛真的不大,还是单眼皮……"

"单眼皮更迷人。"庄洁奇怪了,"你们王家人为什么老恶意中伤陈家人?偏见蒙蔽了你们的双眼,只会显得你们小肚鸡肠和心胸狭隘。"

"呵呵。"王西夏冷笑,不搭腔。

两人又聊了会儿,王西夏准备回家,说明儿一早有个视频会议。庄洁送她出门,王西夏骑上摩托说:"咱俩都上上心,要是遇上合适的厂家就一块儿干。"

"行。"庄洁点头。

王西夏走后,庄洁站大门口同出来倒垃圾的邻居聊了两句。对方回屋后,她又独自站了会儿,想了会儿事,院里何袅袅喊她,说她手机响了。

她回屋看了眼未接来电,陈麦冬打来的。她拿着手机边上楼边回过去,那边接通喂了声,庄洁问:"有事?"

"没事不能打给你?"陈麦冬问。

第三章　地久天长

"能。"庄洁笑了声。

何袅袅尾随她进卧室,庄洁把她推出去,反锁上门:"你发个位置过来,我明天去看你。"

小学已经通知下周正式开学,从接到通知那一刻开始,何袅袅就在狂补各种作业,光是作文就有三篇要写,其中还有一篇她压根儿不知道咋写。

何袅袅拿着作文本蹲过去,还没来得及张嘴,就被庄洁冷冷地瞪了一眼,她只得老实地坐回桌前,用袖子抹泪。

庄洁心烦,撺掇庄研:"你过去打她一顿。"

庄研嫌何袅袅笨:"我都教一万次了,她笨得跟头猪似的……"

"你才是猪!你教我一万次了?!"何袅袅喊。

"就算我是猪,我也不教你写。"庄研也生气了。

何袅袅气得摔作文本,踩作文本。

庄洁警告她:"你该挨打了!"

何袅袅坐凳子上小声抽泣,她也不写,就干哭。

庄洁被她抽抽搭搭和吸鼻涕的声音弄得烦了,朝庄研道:"你去打她一顿。"

"我不去。"庄研开始犹豫要不要帮何袅袅写。

庄洁用毛巾裹住头发,过去朝何袅袅背上拍了两下,何袅袅哇哇大哭,声音传出去好远。

廖涛从熟食厂回来吃午饭,老远就听见院里的哭声。何袅袅看见她,哭得更惨了,说庄洁跟庄研合伙打她。庄洁都懒得说,其实就轻拍了两下。庄研很无辜。

415

廖涛拉着脸给何袅袅擦泪,骂他们俩:"你们俩多大了?"

"打死我吧!打死我吧!你们就是嫌弃我笨!"

"行了行了。"廖涛把她拉回屋洗脸。

庄研跟过去道歉。庄洁擦擦头发,朝何袅袅打暗号:"行行行,我教你写。"

屋里瞬间安静了。何袅袅洗完脸,拿了一包干脆面,坐在凳子上等庄洁教她。

"……"庄洁擦好头发,夺走她手里的干脆面,骂她:"吃才。"

何袅袅毫不介意,只要有人教她写作文。

庄洁趁廖涛不注意,恨铁不成钢地拍了何袅袅两下,又轻踹了她两脚。何袅袅就跟个皮球似的,任庄洁打骂,只要庄洁能教她写作文。

庄研不管她们的闲事,回厨房给廖涛盛面条。廖涛端着碗坐下吃,庄研问她工厂累不累,说他可以去帮忙。

廖涛说不忙,让他专心画画。

庄研说可以帮她洗头放松,他会按摩头皮。这边何袅袅小声说:"马屁精。"

廖涛说不用,她自己就能洗。

庄洁接话道:"妈,你就让庄研帮你洗一回,很舒服的。"

廖涛说她:"我手又没断。"

"妈,你要学会享受。"庄洁指挥庄研,"去,给咱妈打盆热水。"

"你别带头气我就行了。"廖涛说。

庄洁没接话,埋头指点何袅袅怎么写作文。何袅袅噘着嘴,

第三章　地久天长

上面能挂二斤肉。庄洁打她头："别耽搁事，快点写。"

庄研先把廖涛头发一点点梳通，然后再打湿，揉上洗发水，边洗边和她小声聊天。

庄研最近很体贴懂事，只要得空就会帮廖涛分担家务，在她煮饭的时候给她打下手。

廖涛都看在眼里，也记在心里，饭点总是问他想吃啥，问他缺不缺颜料，说给他存了画室集训班的费用，回头开课就给他报，还说家里的事不用他操心，他只要专心画画就行。

庄洁偏脸看了眼小声聊天的母子俩，喊了声廖涛。廖涛看她，她朝廖涛飞了个吻，贱贱地说："妈咪，我爱你。"

"滚一边去吧。"廖涛骂她。

庄洁明白廖涛有多难，被迫去理解和接受一套儿女强加给她的新观念，这需要很大的勇气。

下午庄洁抱着纪三鹅子去烧鸡店忙了会儿，转身就去了陈奶奶家。陈奶奶正在扒拉陈麦冬的薄衣服，眼见天热了，她先洗洗晾晾，等他回来了刚好能穿。

庄洁坐那儿跟她聊天。陈奶奶洗盆里的衣服，洗了会儿，揉揉腰。庄洁接过来说："我来洗吧。"

陈奶奶挪到一边，把洗衣盆让给她，说这些都是冬子的，她洗也应该。

"……"

"现在时代变了，姑娘厉害了，都不给爷们儿洗衣服了。冬子他爸念大学，都是他妈在宿舍里帮他爸洗。那时候帮对象洗衣服是一件很幸福的事。"陈奶奶坐在凳子上嗑瓜子，"现在不兴

417

了,现在姑娘不把衣服砸对方脸上就够了。"庄洁大笑。

陈奶奶边嗑瓜子边跟庄洁聊家常,说陈麦冬光屁股时候的衣服她都留着呢,一件都没舍得送人,又说前两天他感冒了,也不知道有没有好,希望他能平平安安地早点回家。陈奶奶又问他们到底是怎么打算的,要不要双方长辈出个面,让他们先把婚订下,又各种夸陈麦冬,说他人高马大,孝顺顾家,让她抓住机会,过了这村就没这店。

说着说着,她突然捂住嘴,然后从口里捏了一颗牙出来,看了看,洗了洗,说牙掉了,随手就往房顶上扔,可惜她劲太小,没扔上去。庄洁捡起来帮她扔,随口就说:"我带您去补一颗。"

"我可不遭那罪,吃不了两天饭了,就这样吧。"陈奶奶打了个哈欠,坐在躺椅里说,"每一场灾难都是上天给的警示,都是告诉世人,好好珍惜眼前人,指不定遇个灾就看不见彼此了。人啊,怎么也拗不过天。奶奶活一辈子了,啥最重要?年轻时候温饱最重要,等再往后过过,一个'情'字最重要。我都这把年纪了,靠啥活下去?就靠和他爷爷的回忆,靠和冬子的羁绊。我总是晌午泡一杯八宝茶,坐在日头下想他爷爷,想我们年轻时候的同甘共苦,想我们这一辈子的相互扶持。人忙忙碌碌一辈子,你也说不清楚到底在忙活啥。我就喝喝茶,回忆回忆他爷爷,操心操心冬子的婚事,光这样心里就可妥帖。你看镇里那个老鳏夫,年轻时候坑蒙拐骗,现在老了老了变成了老畜生,天天在街上看见小姑娘就脱裤子。他这一辈子可怜又可耻,也不知道哪天就死屋里头了,连个收骨灰的都没有……"陈奶奶说着说着就睡着了。

庄洁把衣服甩甩晾好,回屋拿了条毯子给陈奶奶盖上,随后回了陈麦冬卧室，把他秋冬的衣服都叠好收了起来。忙完，她去了院里抽烟。

庄洁什么都明白，哪怕嘴再硬，心里只要闪过和陈麦冬分开的念头，都难免会难受。就算她再极力避开，这念头也会时不时地蹦出来，硌硬她一下。

她决定把事情简单化，打算剑走偏锋，单方面异地恋。只要陈麦冬不提分手，她绝对不提，拖一天是一天。往后的事，往后再说。

王西夏说她这事办得不干脆，完全不像她的行事风格。她才无所谓，不干脆就不干脆。

庄洁太了解自己了。她很清楚自己不适合小镇的生活，这太磨人了，会一点点磨掉她身上的锐气。困在家的这几个月，更加让她认清了自己。如果每天这么无所事事，她会逐渐走向崩溃。

上海她要回，陈麦冬她也要。

她引着纪三鹅子折回了烧鸡店，店里煮了鸡杂，陈奶奶爱吃，她包了些回去给陈奶奶睡醒了吃。

纪三鹅子就卧在电瓶车上，死活不下来。如果有人逗它，它就凶神恶煞地咬人。尤其是看见顾客拎着烧鸡出来，它就呼扇着翅膀，伸着脖子干嚎。庄洁在店里吼它，它还回嘴，扭头朝着店里干嚎。

庄洁出来骑上电瓶车，安慰它："不会卤了你，不会卤了你。"

庄洁带它来过几回店里，每回它都赖在车上，死活不下来。

傍晚庄洁给陈奶奶煮饭，陈奶奶在堂屋跟陈麦冬通视频，说着就举了手机过来，说庄洁正在帮她煮面。庄洁转头看了眼手机，继续煮面条。

她一直没跟陈麦冬打过视频,陈麦冬也没主动打给过她,很奇怪。陈奶奶把镜头对着她,她伸手挡开,说面条马上就好。

陈奶奶对着陈麦冬挤眉弄眼:"哎哟,小洁是害羞了,害羞了。"

"……"庄洁不习惯在陈奶奶面前跟陈麦冬聊天。

这边陈奶奶不依,还对着视频说:"冬子,小洁脸红了。"

"啥,你说啥?你想看小洁害羞的模样?"陈奶奶对着手机喊。还没喊完,陈麦冬就挂了视频。

"有啥呀,还挂视频。俩都几十几的人了,还装纯情小白兔。"

陈奶奶看见院里的鹅,转身回屋拿秤。纪三鹅子看见秤就跑,陈奶奶喊:"我不宰你,我不宰你,我就称称你几斤。"

庄洁把纪三鹅子喊回来。陈奶奶说:"我还没见过这么大的鹅。"

一称,二十二斤,陈奶奶直摇头,说长过头了,肉质老,不好吃。

"……"

晚上回家,庄洁打电话给陈麦冬,想问他回来的时间确定了没。电话没打通,她就没再打。两人已经八天没通过电话了。

她隐隐有点火,前天打给他也没人接,难道看见未接来电不会回?今天看他神采奕奕地和陈奶奶通视频,她就懒得理他。

什么人啊!

她在院里骂了句,回屋,朝沙发上的何袅袅问:"咱妈呢?"

"还没回来。"何袅袅看着动画片应声。

第三章 地久天长

"你作业写完了?"

"我晚会儿就写。"

"立刻去写,写不完腿给你打断。"

何袅袅斜了她一眼。庄洁过去轻踢了她一脚:"不服?"

何袅袅瞪着眼,不说话。

"不想学就回来跟着咱妈卖烧鸡。"

"我要生气了!"何袅袅气呼呼地说。

"你气、你气、你气。"庄洁点她脑门。

何袅袅拿过手机就发语音给廖涛,一股脑儿把她包庇庄洁夜不归宿的事说了。庄洁夺过手机将语音撤回,把何袅袅按沙发上就打。

何袅袅喊:"哥,救命!"

庄研经过,正恼她偷用他颜料的事,新仇旧恨一块儿算,加入了庄洁的阵营。姐弟俩把何袅袅摁沙发上,拿着抱枕一顿狂甩乱揍。

何袅袅挨了揍,没哭。她要等到廖涛回来再哭,泪要流得有价值。

庄洁指着她鼻子:"等会儿检查你作业,不好好写我弄死你。"

庄研也指着她鼻子:"再不经过我允许偷用我东西,我打死你。"

*

庄洁是在某一天早上看见的陈麦冬。那天她一早来烧鸡店开门,刚把卷闸门推上去,一偏头就看见陈麦冬骑着摩托拐回陈奶奶家。

尽管陈麦冬戴了口罩,身影也是一闪而过,庄洁还是认出了那就是陈麦冬。

她当时的心情很难描述,因为两人已经十天没联系了。中间她打了四回电话,一回都没接通。她先冷静了会儿,把店里的预备工作忙完,准备去陈奶奶家。

她刚从店里出来,就碰见镇里的人,对方给她一个表,让各大商户配合镇里做好防疫工作。因为下溪村准备恢复旅游了。

庄洁填完表,不动声色地去了陈奶奶家。看见院里陈麦冬的身影,她先瞥了他一眼,然后若无其事地回堂屋找陈奶奶聊天。

陈奶奶很高兴,说这兔孙都回来半个月了,一直在新房自我隔离。

庄洁也不去关心,聊了两句别的事,朝陈奶奶道:"奶奶,那我先回了。"

陈奶奶只顾着高兴,这才发现两人没说上一句话。那个兔孙拽不愣登地倚在门上,庄洁眼神都没给他一个。

陈奶奶手一拍:"哎哟!我想起正事了。"接着朝庄洁说,"我先去办个重要的事,中午回来给你们煮好吃的。"临走前狠狠地踢了那个兔孙一脚,"拽给谁看呢?"

陈麦冬戴了个墨镜,倚在门上,双手环胸地看庄洁:"我看见你在开烧鸡店……"正说着,庄洁伸手把他墨镜摘掉,他本能地偏了下头。

"眼睛怎么回事?"庄洁看他。他眼睛红肿,结膜充血。

陈麦冬用纸巾擦了下眼角的分泌物,说:"急性结膜炎。"

第三章 地久天长

"几天了?"

"四五天吧。"陈麦冬也不看她。

庄洁掰过他头,翻起他眼皮看。陈麦冬避过,说会传染。

庄洁懒得搭理他,问他要了摩托钥匙,去街上给他买眼药水。

陈麦冬回来有二十天了,他谁也没告诉,镇里有专人给他送物资和进行消毒。待了两周,他眼睛干涩难受,逐渐红肿充血,他拍照让人诊断,医生说没啥大事,就是急性结膜炎。他每天就用毛巾敷,也没买眼药水。

庄洁回来时,他正坐在院里闷头抽烟。庄洁把他烟掐了,先用生理盐水帮他冲洗眼睛,随后给他滴眼药水。滴完她把眼药水扔给他:"两个小时一次。"

陈麦冬接过揣兜里,仰头看她,夸她人美心善。

庄洁看着他那副欠样儿,问他:"怎么瘦成这狗样?"

陈麦冬强打精神道:"一个人懒得煮,将就着吃呗。"

他脸颊凹陷,眼窝深陷,整个人显得很颓唐。

"心疼了?"他觑着眼看她。

庄洁没理他,转身从摩托上拎下几兜菜,往厨房里走去,边走边道:"中午庆祝一下。"

陈麦冬跟过来,从背后搂住她腰,问:"庆祝什么?"

"庆祝英雄归来。"庄洁说得认真。

陈麦冬原本兴致不高,被她这话逗笑了,朝她脖子上就亲了口。

庄洁转身看他:"辛苦了。但辛苦归辛苦,回头账还是要算的。"

423

"什么账?"陈麦冬装傻。

"不回电话。"

"行。"陈麦冬笑笑,"怎么算都行。"

"我先煮饭。"庄洁系围裙。

陈麦冬倚在门口,看她有条不紊地择菜、洗菜、切菜。他静静地看了会儿,过去抱住她道:"我偶尔会有几天情绪低落,不想与人交流,也不想和外界接触。"

"然后呢?"

"然后我会把这些积压的情绪全部消化掉。"陈麦冬嗅她头发。

"你不接我电话,是因为你在消化负面情绪?"庄洁明白了。

"不全是。"陈麦冬坦白道,"另一方面也想试试我在你心里的地位,看你会给我打几通电话。"

"你幼儿园没毕业?"庄洁服了。

"嗯,还在念大班。"陈麦冬笑出声。

庄洁没再追问。她从前整天跑医院,完全能理解他的情绪:"你一年需要自我疗愈几回?"

"三两回吧。"陈麦冬说,"时间不长,三五天就完事了。"

庄洁点头,随后拧着煤气罐阀门说:"你直接跟我说就行,我会给你空间,但不接电话很恶劣。"

"行。"陈麦冬看着她道。

庄洁没再搭理他。但这货欠,他就站她旁边,隔一会儿就去扒拉她一下,还说她头发该洗了。

庄洁停下切菜的刀警告他。他后退了一步,靠在老式橱柜上看她煮饭。他才老实了两分钟,就又挪了过来,依旧不安分。

庄洁想发脾气,看见他充血的眼睛和消瘦的脸,也就随他去了:"你先前一个人的时候怎么打发时间的?"

"看食谱,练厨艺,看电影,晒太阳,发呆,做俯卧撑,睡觉。"陈麦冬嗅她头发,又说了一遍,"该洗了。"

庄洁说他:"我让你闻了?"

陈麦冬笑笑,也不回嘴。

"在市里累不累?"

"有点。"陈麦冬闭了眼。

庄洁摸摸他脸,紧紧抱住他:"难受就跟我说,我不会笑话你的。"

"没事儿。"陈麦冬挽着袖口说,"你歇会儿,我来煮。"

"我来。"庄洁让他站一边。

陈麦冬转身去了院里,在太阳底下干站了会儿,伸手摸了摸那棵被他的尿烧死的无花果树,又折了根枝拿在手上,低着头也不知道在想些什么。

庄洁望着他的背影,喊他:"陈麦冬?"

陈麦冬回头。

"过来帮我剥个大蒜。"

陈麦冬过来帮她一瓣瓣地剥蒜。

庄洁同他小声聊天,聊她以为砸手上的饮料都被镇里人帮着买了,聊肉联厂前几天换了老板,这几天正招工,聊准备恢复的旅游,聊已经过去的冬天、即将结束的春天和马上要来的夏天。

聊到田头的三叶草,庄洁说她见过长了四片叶子的三叶草,陈麦冬说那是四叶草,三叶草是三叶草,四叶草是四叶草,不是一种草。

　　庄洁被他绕晕了。

　　陈麦冬说三叶草是爱尔兰的国花。庄洁说那应该叫国草，不应该叫国花。

　　陈麦冬笑："管它呢。"两人絮絮叨叨地聊了很多鸡零狗碎，慢慢把他拽回了现实。他真真切切地感受到了这才是踏实的生活，不似前一阵儿，整个人像是浮在半空中。

　　庄洁擦擦手，摸出他兜里的眼药水，让他坐在院里的凳子上。

　　陈麦冬坐下，仰头让她滴药水。庄洁把他眼角的分泌物擦掉，说分泌物会传染，问他有没有单独的毛巾。

　　"都在新房里。"陈麦冬眨着眼说。

　　庄洁拿着纸巾擦他眼眶里流出来的眼药水，说："我从小体质就不好，念书的时候各种常见的传染病我都得过。急性结膜炎、痄腮、水痘、流行性腹泻，等等。"

　　"你为什么从小体质不好？"

　　"我妈生我的时候耽搁了，我又是脐带绕颈，生出来就没气了。医生倒抓住我的腿，一直打我屁股，见我不哭就以为我死了。"庄洁说，"全家都以为我死了。我爸用毯子把我裹了，打算埋在后院的菜地里，刚准备埋的时候发现我又活了。"

　　"……"

　　"上小学，只要有流行病，班主任就放我假，因为我一准会被传染，我传染后再传染一班。其实我还挺快乐的，因为那些流行病不致命，小伙伴们上学，我就在家看动画片。"

　　"你还真是命运多舛。"陈麦冬说她。

第三章　地久天长

庄洁大笑，顺势坐他腿上，捧着他脸接吻。两人正腻歪着，陈麦冬瞄见奶奶猫着腰走了过来。他把庄洁摁在怀里："奶奶，又干什么？"

"不碍事不碍事，我老眼昏花，啥都没看见。我就单纯好奇年轻人是咋谈恋爱的。"陈奶奶说完回了堂屋。

"……"

陈麦冬安慰庄洁："没事没事，一回生二回熟……"

庄洁踹他一脚，回了厨房。

陈麦冬折回堂屋，朝着泡茶的奶奶抱怨："奶奶，您别老这样，也不嫌难为情。"

"我难为情个啥？大白天的，你们坐我院子里搂着亲，到底谁更臊？"

"行行行。"陈麦冬小声说，"庄洁脸皮薄。"

"啧啧啧，笑掉大牙了，没看出来。"陈奶奶听着厨房的炒菜声，"小洁比你强，还在厨房里忙活炒菜。要搁别的姑娘早臊跑了。"说完又用力拍了他一下，"没白糟蹋粮食，头一回见你干人事。"

"……"

庄洁端着锅装盘，陈奶奶笑眯眯地过来："好，好，真是好。"随后看着案板上还没烧的几样菜，夸道，"我孙媳妇就是心灵手巧。"

回家的途中，庄洁碰见王西夏。王西夏去发快递，说一个同事从湖北回来，房东不让对方回住处，酒店也找借口说满房，王西夏准备把钥匙寄给对方，让对方先住自己那儿。

庄洁告诉王西夏陈麦冬回来了，两人就站在路边聊。王西夏安慰她，说没事儿，估计陈麦冬多少有点职业病。"这就跟心理医生一样，其实很多心理医生都有心理疾病。他工作环境原本就压抑，今年情况又特殊，给他点时间，没事的。"

"我知道他没事，就是心里不舒坦。"庄洁拍王西夏肩膀，"行，你忙吧。"

"晚上喝酒？"王西夏约她。

"不喝。"

"噢对，老陈回来了嘛。"王西夏打趣她。

"去你的。"庄洁笑骂道。

"不跟你扯淡了，我还有事呢。"王西夏说，"我下周回市里。"

"你订票了？"

"订好了。"王西夏骑上电车，"这几天抽空约。"

"行。"

庄洁到了家，看到庄研独自坐在沙发上笑。庄洁问他笑啥，庄研翻出何袅袅之前的作文本，清了清嗓子，念道："2019年，8月24日，晴，《一件难忘的事》。那是一个风雨交加、雷电轰……轰鸡？轰鸣，轰鸣。"庄研忍住笑，重新读，"那是一个风雨交加、雷电轰鸣的夜晚，我突然发了四十二摄氏度高烧，我的姐姐背着我冒着瓢泼大雨去看医生。我担心姐姐的一条假肢，我烧得喉咙冒烟都不喊疼，姐姐背着我匍匐前行。快到医院的时候，我最担心的事终于发生了！姐姐的假肢掉了！但她刚毅勇烈，百折不挠，不向命运屈服！她咯噔着一条腿……咯噔着一条腿，如金鸡独立般把我送到了医院……"庄研爆笑,实在读不下去了。

何袅袅听见动静下来,夺过作文本就打他:"你懂不懂隐私?!"

"妹儿,你跟哥形容一下,怎么背着一个人匍匐前行,还能咯噔着一条腿把你送医院……"

何袅袅追着庄研打,庄研围着沙发跑。庄洁捡起作文本看,眼皮子直跳:"何袅袅,你啥时候发的四十二摄氏度烧,我还背着你去医院了?"

廖涛抱着晒好的褥子从楼上下来,差点被撞倒,随口骂了他们一句。庄研围着廖涛躲何袅袅,念着她的作文。何袅袅往地上一坐,抱住廖涛的腿,要廖涛为她做主。

兄妹俩左右拉扯,廖涛怀里的褥子散在地上,何袅袅见势滚上去,非要廖涛打庄研,不打庄研她就饿死。

廖涛快烦死了,一窝烦人精,转身就去找鸡毛掸子。庄研看见后转身就跑了出去,何袅袅不服气,拖着褥子跑,边跑边说廖涛重男轻女,一家子人都欺负她。

廖涛撵出去骂她,说褥子是才晒过的。何袅袅拖着褥子跑上街,扭头喊:"谁让你不替我出气!"说完把褥子一扔,人顺着巷子就跑了。

廖涛把褥子捡回来,抻在晾衣绳上用棍子打灰,朝着庄洁说:"养一窝这可咋整。"

庄洁不管闲事,闻着香味去了厨房。火上炖着补汤,她正准备掀瓦罐的盖子,廖涛拍她手:"里面是给庄研炖的。"

"我还不兴看一眼?"庄洁撇嘴。

"看啥看,男人吃的。"

庄洁偷偷掀开看了眼,想了会儿,拿出手机发微信给陈麦冬,要他过来吃晚饭。发完她过去搂住廖涛,说爱她呀,想她呀,世上只有妈妈好呀。

廖涛眼角带笑地推开她:"一边待着去吧,你们姊妹几个不气我,我就烧高香了。"

庄洁随口就说陈麦冬回来了,说他瘦成狗样儿了,脸色差,陈奶奶煮的饭也差,叽里呱啦说了一大堆。

廖涛推她:"你撅一撅屁股我就知道你要干啥。"随后去了厨房,扒拉冰箱,说晚上整几样好菜。

晚些时候陈麦冬带了礼物过来,廖涛说:"咱农村人不兴这样,过来一顿饭的事,拎东西就见外了。"

"行,廖姨,下不为例。"陈麦冬笑着应下。

廖涛同他聊了几句,随后就去煮饭。庄洁过来打下手,廖涛说:"怎么感觉他跟没睡醒似的,整个人很疲?"

"估计他眼睛难受。"庄洁搪塞了句。

"就是瘦了不少。"廖涛盛着补汤说,"也怪可怜的,要是有个妈,就会想着法地给他补回来。"接着又总结道,"一个家里能缺男人,绝对不能缺女人。你们姊妹仨要是让你爸带,最多一个月,你们一个个都得捧着碗上街。"

"对,我妈最伟大。"庄洁奉承道,"歌德说:永恒的女性,引领人类前进!我妈引领我们全家前进!"

"这话没错,我爱听。"廖涛说,"歌德是个明白人。"

庄洁大笑。

第三章　地久天长

陈麦冬正陪那兄妹俩玩，庄洁端了补汤过来，喊他们洗洗手吃饭。陈麦冬洗了手过来，趁人不注意，亲了她一口。

庄洁指着一大碗汤："我妈特意给你炖的，一口不能剩。"

陈麦冬喝了一大口，朝她道："妈真好！"

庄洁懒得理他，问他滴眼药水了没。陈麦冬点头："两小时一回。"

正说着，那兄妹俩坐了过来。何袅袅见桌上没她的汤，嘬嘴说廖涛重男轻女，说她偏心。话还没说完，廖涛就端了骨头汤给她，堵住了她的嘴。

一个个难伺候死了。

何袅袅啃着骨头，看庄洁跟陈麦冬小声聊天，看廖涛忙前忙后，幸福感十足地说："冬子哥，等你跟我姐结婚了，我们就是真正的家人了。"

庄洁用筷子敲她碗："吃吧，指不定哪一口就长肉。"

饭后两人找了借口，前后脚出了门。陈麦冬在路口等她，见她出来，鸣了下摩托喇叭。

庄洁过来，朝他扬下巴："咱们先去消消食？"

"走，上来，我们去下溪村转转。"陈麦冬说。

两人去下溪村要经过一大片麦田，麦子已经抽穗。庄洁说："干脆就沿着麦田转吧。"

"行。"陈麦冬停好摩托，两人安静地转了会儿，庄洁折了个青麦穗在手里搓，搓完把麦子壳吹掉，手心里躺着几粒饱满的麦仁："可以吃了。"说着就把麦仁喂给了陈麦冬。

431

陈麦冬吃完，两人折去了一处偏僻的草坡，说躺下歇一歇。

陈麦冬仰头望星星，夜很静，只闻虫鸣。庄洁碰他："哎，老陈，这是蟋蟀声？"

"不是，这才5月。"陈麦冬握着她的手，望着天上的星星，又侧脸看她，缓缓地跟她倾诉。他说了这阵子积压下来的抑郁情绪，说了面对逝者尸体的时候他在想什么，说了他再一次对生死的体悟，也说了他面对自己时的一些龌龊心思以及不安全感。

庄洁没接话，认真地听他说。

他不紧不慢地说了一个钟头，庄洁看他："比起我见过的各种优质男，你确实平平无奇，家世和能力也一般。但就是很奇怪，普普通通的你就是能吸引我，让我觉得有魅力和舒服。我接触过不少所谓优质男，他们的能力、学历、家世各方面都很出色，但多接触几次，摸透了性格就让人觉得乏味。他们身上的野心、目标、追求我都有。他们知道怎么滴水不漏地为人处世，知道怎么把双方的利益最大化，体贴又诙谐。这些品质作为朋友我很欣赏，但作为情人却吸引不了我。因为我和他们太像了。我简直能想到和他们其中任何一个结婚后那种一成不变的生活，我们会为了共同的利益全力往上爬，给自己创造更好的物质条件，为下一代人积累财富，让他们打破阶级壁垒……算了。"庄洁轻声说，"我对动物园里的老虎、狮子没兴趣，我喜欢野狼。不要有不安全感，我喜欢你，必然是你有与众不同的地方。在我眼中你很厉害和强大，我不行，我不能面对尸体，尤其是特殊的尸体。我克服不了内心的恐惧。有些特殊职业我会鼓掌喝彩，但我绝不会做。我精神上承受不了。"

第三章 地久天长

庄洁看陈麦冬,又伸手拥抱他:"我代表广大人民抱抱你,你们的存在,真的非常棒,辛苦了!在我眼里,你们同一线抗疫的医生没有区别,同样伟大。"

陈麦冬抱住她,积压的情绪一点点瓦解。

庄洁轻拍他背,说:"很奇怪,我特别会安慰人,我这算不算天赋异禀?"

"扯淡。"陈麦冬轻声说了句。

庄洁又自嘲般地说:"我很能安慰我妈,安慰西夏,安慰庄研,安慰你,安慰所有我在乎的人,但就是安慰不了我自己。"

"我能安慰你就行了。"陈麦冬看她。

"嗯哼,凭本事。"庄洁看他,随后偏头,闻了闻耳边的草香,"怪好闻的。"

陈麦冬拉她手放自己心口,砰砰——砰砰——砰砰——砰砰。

"广袤的大地啊。"庄洁抒了句情。

*

报应来得太快,隔天两人都感冒了。庄洁上午吃了药,昏昏沉沉睡到中午才起。洗漱间隙她收到陈麦冬微信,他说自己感冒了,也是刚起床,但这会儿生龙活虎的,可以出去扛大山。

"……"

庄洁没回他。她背上有一点一点的小硌伤,没出血,但洗澡的时候会疼。庄洁下楼的时候看见王西夏,原来王西夏早上碰见廖涛,廖涛说她感冒了,王西夏特意过来看看。

"没事,就是着凉了。"庄洁嫌她大惊小怪。

"没发烧吧？"王西夏离她远远地站着。

"没有，我就是吹风着凉了。"说着打了个喷嚏。

一家人都离她远远的。

庄洁看她们："都别神气了。"说着回屋戴上口罩，捧了杯热茶坐在太阳下。她朝着玩起泡胶的何袅袅问："不是开学了吗？"

"坏心！整天盼着我开学，我在家碍你事了？"何袅袅撇嘴，"你就是看不得我好！"

"别撇嘴，丑死了。"

何袅袅哼了一声，不理她。

王西夏跷着腿坐过来："这周是初中开学，估计她得下周。"

何袅袅回屋找廖涛要口罩。她上学不想戴成人口罩，她要戴那种粉粉的专属于小孩的。

庄洁侧头打了个喷嚏。王西夏挪挪位置，远离她："那你感冒是咋回事？"

庄洁轻声说："昨晚出去散步消食，有花香虫鸣，有月光清风，以天为背地为床……"说着邻居拎了筐槐花过来，说是山上摘的，让他们娘儿几个蒸了吃。

廖涛从屋里出来，接过说今年只顾忙，想去摘的时候都落败了。邻居说这是山上的晚槐，比镇上的槐花清甜，接着就提到她有个亲戚想赚点钱，如果熟食厂缺工，看能不能让对方来。邻居说她这亲戚腿脚麻利，啥都好，但就是个哑巴。

廖涛应下，让对方来，说厂里正缺人。

庄洁同王西夏又扯了会儿，王西夏临走前给她看图片："这个包我朋友能三万拿到手。"

第三章 地久天长

庄洁瞥了眼，看不上："我不背经典款包。"

"你就是冤大头！经典款的耐背好吧。"

"我又不是图耐背，我只要好看。"庄洁买包只看当季新款，有喜欢的手头宽裕就买，才不会考虑容不容易过时。她一年总是要添一个的。王西夏则截然相反，她绝不买当季包，她会等着市场反馈，等明星同款，等成为经典款才入手。

有时候两人同时看上一款，就会合起来买，谁有事谁背。但大部分时候都是王西夏借庄洁的包背。她的款式新，背出去更能撑门面。

因为工作关系，她们偶尔会出入一些需要用大牌包撑场子的场合。最早两人背高仿被嘲笑，后来就学乖了，要么不背，要背就背正品。

王西夏离开后，庄洁吃了药，回楼上蒙头就睡。

一觉睡到傍晚，何袅袅喊庄洁，说冬子哥来了。庄洁穿着家居服神清气爽地下去，陈麦冬正从院里扛着一桶水回屋，看见她下楼，立刻折回院里，肩上又扛了一桶回来。

"……"庄洁服了。

廖涛炖了补汤，刻意喊他来喝，心疼他出去支援了两三个月。陈麦冬边喝边夸，说自己就没喝过这么好的汤，自己从小就很少喝补汤，父母不在身边，奶奶又不太会炖。

庄洁就没见过如此厚颜无耻之辈。几个小时前他还发图片给她，说陈奶奶一天两顿地给他补，不是西洋参鸡汤，就是当归老鸭汤。

廖涛不经夸，端着陈麦冬的碗，非要再去盛一碗。陈麦冬已经喝三碗了。庄研多嘴问了句:"妈,这是什么汤?"

"大补汤,多喝点。"廖涛也给他盛了碗。

何袅袅把碗一伸:"我也要喝。"

廖涛给他们盛了汤,又分了肉,众人直夸肉质奇特。廖涛打哈哈,说赶紧吃吧,大补。

庄洁喝了碗红枣小米粥,夹了几口凉拌菜。见众人吃饱喝足,她溜去厨房,用筷子夹了俩老鳖盖折回来,不怀好意地跺着脚大喊:"天呐,你们竟然吃鳖肉,喝鳖汤!老鳖肉!老鳖肉!"

庄研火速跑去卫生间,何袅袅假呕、大哭,不能接受自己吃了那么恶心的东西。只有陈麦冬淡定,他早就吃出来了,陈奶奶早年给他炖过,也是连哄带骗地让他吃的。

廖涛碍于人前,否则早拿鸡毛掸子抽庄洁了,她骂庄洁是坏事妖精,自己特意把壳藏起来还被她扒出来了。

庄洁老早就看见了养在桶里的老鳖,所以当廖涛给她盛汤的时候,她坚决拒绝了。

庄研跟何袅袅挤在卫生间刷牙,廖涛收着碗,生气道:"一个个的!我跟你们说,甲鱼汤大补。"

"妈,土话里骂人的王八跟鳖孙是不是就这东西?"庄洁闲闲地剥花生。

"吃吧吃吧,别在这儿硌硬人了。"廖涛端着碗去厨房。

"坏人虫。"陈麦冬靠近她。

"你个小鳖孙,别靠近我,别亲我。"庄洁警告他。

陈麦冬给她一个眼神,让她等着,自己上楼问庄研要了牙刷刷牙。

庄洁剥了一大把花生，在手心里一搓，把红衣吹掉，然后拿去厨房给廖涛吃。廖涛先是骂她，接着说："你们俩别在我眼皮子底下眉来眼去了，九点，最晚九点你催他回去，别学上回屁股沉。"

"行。多大点事。"庄洁好笑。

"你以后门禁是十点。"

"十点就十点。"庄洁无所谓。

"出去吧出去吧，别在这儿烦我了。"廖涛收拾好厨台，准备洗锅碗。

"我来吧。"庄洁挽袖子。

"我敢使唤你？你手金贵，滚蛋吧滚蛋吧。"

"我来我来。"庄洁站洗碗池前洗。

廖涛随她去了，解着围裙说："我一想到你心口就闷，想到庄研更闷，袅袅又指望不上。"

"你想开点……"

"我想不开！养了仨，没一个让我省心的，我睡不着觉。"

庄洁没作声，最近廖涛情绪不稳定，一点就着，黑眼圈也明显。

她洗了碗回客厅，陈麦冬在给何袅袅辅导作业，廖涛坐在电脑前做账。她坐沙发上发微信："夏，我妈最近情绪不太好。"

王西夏："估计是太累了。我今天在你们家也感觉到了，往常廖姨都神采奕奕的，今天有点说不上来。"

庄洁没回。

王西夏："也许是有事压心里了，你多关心关心就行，多说一些暖心话。上回你说了些肉麻话，廖姨看似骂你，其实开心死了，因为她眼神特别特别温柔。"

庄洁："我有点担心，担心她中老年抑郁。"

王西夏："廖姨整天操不完的心。你爸跟何叔走，她都挺过来了，现在你们姊妹仨都长大了，熟食厂也很顺，她抑郁什么呢？别胡思乱想。"

庄洁："我妈对我们姊妹仨期望高。"

王西夏："这不很正常吗？哪个父母对子女没期望？"

庄洁想了会儿，编辑了一段文字："我们姊妹仨情况复杂。我妈对我没啥期待，我能顾好自己她就很满意。裊裊那学习态度，她也指望不上。庄研对她打击最大……"

编辑完又全删掉了，简单回了句："家家有本难念的经。"

王西夏："谁家不是？门一关，谁屋里都是千疮百孔、一地鸡毛。别想得太严重，廖姨非常厉害了，就算你们姊妹个个不成才，她也能扛住。"

庄洁："行，你忙吧。"

发完她上去庄研房间，只见一地的废纸团，庄研坐在画板前自己跟自己怄气。庄洁下楼，去到廖涛跟前，看着她一点点做账，等她做完，庄洁竖大拇指："妈，太优秀了！"

廖涛理都不理她。

庄洁抱住她，做作道："妈，我上辈子肯定是拯救了银河系，否则怎么会投胎到你肚子里？"

廖涛没忍住笑，捶了她一下。

何裊裊假呕："姐，你是我见过最会拍马屁的人。"

庄洁引以为傲:"有本事你也拍。"

"哼,我是有腔调的人。"何袅袅装着作业说,"这些难做的题,冬子哥一讲,我全都理解了。你讲的我就听不懂。"

庄洁撇嘴:"你不是说你都懂了吗?"

"我怕你打我才那么说。冬子哥有耐心,你暴躁。"何袅袅吐吐舌头。

庄洁看了陈麦冬一眼,指了下墙上的表,示意他该告辞了。

陈麦冬离开的同时她收到一条微信:"等你。"

庄洁回他:"等我妈睡了再说。"

廖涛看见她的小动作,说:"今儿碰见你邬姨了,陈奶奶托她过来问问意思,想两家坐下吃个饭。"

庄洁没作声。

"你怎么打算的?"廖涛问她。

"就原先怎么打算……"庄洁瞬间闪出个念头,转了话头,"我先回上海,我们谈个两年,合适就结婚。"

"你们俩商量过了?小陈愿意?"廖涛不认同地看她。

庄洁含糊地应了声:"你别操心了,这是最完美的办法。两年异地恋要扛不过,那就说明没缘分。"

"两年以后怎么打算的?他去上海……"

"小事,回头再说。"

庄洁说廖涛皮肤状态不好,催她早点睡觉。廖涛也乏了,准备去洗漱。庄洁跟在她身后说:"等结婚了我至少生俩,一个随我姓,一个随他爸。"

廖涛洗着脸说:"只要你们姊妹幸福,孩子随谁姓我都不介意。孩子随你姓，不也是你爸的姓？"

"行。"庄洁点头。

"庄研随他吧。"廖涛拿着毛巾擦脸，"只要你们过得好，有没有孩子都无所谓。"

庄洁从身后搂住她："妈，我好爱你。庄研也爱你，袅袅也爱你，我们都爱你。"

廖涛用毛巾遮住脸，把泪逼回去，推她道："一边去吧。你不爱我，我也是你妈。"说着坐在梳妆台前，往脸上涂着护肤品。她晚上不爱涂护肤品，但这套是庄洁用了一半不用的，贵得要命，扔了可惜。

"精华太少了。"庄洁拿着又往她手上挤了一管。

"谁要你管闲事。"廖涛打她手，"贵得要命。"

"我还有一套，我用着过敏，等会儿也拿给你用。"庄洁说。

"我是垃圾桶？"

"我五六千买的呢，你要不用我就送给表妹……"

"你怎么是个败家子？"廖涛拉着脸骂她，"钱是大风刮来的？"歇了会儿她又说："拿下来给我用吧，这瓶我也快用完了。"

"行，没问题。"庄洁倚着衣柜笑。

"回头你有啥要送人的，提前跟我吱声。"廖涛交代她。

"行！"庄洁攀着她肩试图撒娇。

"一边去吧。"廖涛点她额头。

"妈，将来我要生小孩了，全指望你帮我带呢。"庄洁拍马屁，"你这么开明，又会教育小孩……"

"你不怕我打他？"

庄洁大笑:"打吧,反正也是你外孙。"

"我才不帮你带,你们难伺候死了,带不好我落埋怨。"廖涛说,"你张姨帮她儿媳带了一年孩子,还像个老保姆似的洗衣做饭,一年没给一分钱,就这样,她儿媳还嫌弃她一身坏习惯。你张姨委屈得跟啥似的,不带吧,她儿媳说工作忙,请不起保姆。带吧,整天住一块儿,磕磕绊绊的全是事儿,儿媳成天挑你张姨毛病。你说图个啥?"

"我绝对不挑你毛病。你能把我们姊妹仨教育得这么好,还教不会……"

"一边去吧,现在你都整天张嘴瞪眼地找事,等我老了你不更嫌弃死?"廖涛口是心非。

"我绝不可能嫌弃我妈!哪怕我妈白发苍苍,牙齿掉光!"庄洁发誓。

"我也绝不可能嫌弃我妈!"何袅袅从门口跑过来抱住廖涛,晃着她身子说,"妈,我爱你!我比我姐更爱你,我爱你一亿年!"

廖涛点她头,眼神温柔地说:"起开吧。"

庄洁轻踹她:"你是马屁精?"

"就你会拍咱妈马屁?我也会!"何袅袅朝廖涛撒娇,"反正我不管,你不能爱我姐比我更多!"

"行。"廖涛揉她头。

"妈,你偏心了啊。"庄洁争宠。

何袅袅紧紧搂住廖涛:"妈,我跟我姐你选一个。"

"选什么?"

"像电影《唐山大地震》里那样,我跟我姐都被压了……"

"胡说八道!"廖涛骂她。

"我不管,你要说你爱我!"何袅袅撒泼。

"起开起开,睡觉去。"廖涛催她。

"不行,你就要说爱我。"

廖涛神色有点不自然,她从未说过爱谁。何袅袅缠着她不依。庄洁往床上一躺:"今晚我跟咱妈睡……"

"我睡我睡!"何袅袅先钻进被窝。

"怎么哪哪儿都有你?"庄洁隔着被子打她。

何袅袅大喊,说她是有心机的女人,像宫斗剧里面的妃子,想方设法地抢皇上的爱。

姊妹打闹了会儿,何袅袅睡了,廖涛轻声对庄洁说:"你几岁了?整天没一点大人样。"说着打了个哈欠,"去睡吧,我也困了。"

庄洁轻声出来,都快十一点了。手机在沙发上震动,陈麦冬发微信给她,说新房已经深层清洁消毒。

庄洁问他:"你在哪儿?"

陈麦冬秒回:"你想我在哪儿我就在哪儿。"

发完又撤回,接着一条:"五分钟到你家门口。"

廖涛听见渐去的摩托声才起床,她给何袅袅掖了被子,又亲了下她额头,蹑手蹑脚地出去。她先喝了杯水,随后点了根烟,坐在院里抽。

庄研睡不着,穿着睡衣下来院里拿东西,当看见独自坐那儿抽烟的廖涛,先是一愣,随后问:"妈,你怎么不睡?"

第三章　地久天长

　　廖涛抬头，跟他四目相对，什么也没说。庄研的眼神从迷惑慢慢变成震惊，接着是被人发现秘密后的羞耻，然后仓皇逃回了楼上。

　　陈奶奶这边明示暗示，两人都装傻。陈奶奶心想：你们想装傻，也得看我准不准。她做了缜密的计划，凌晨五点就去了新房，她输入密码开了门，轻轻地进屋，又轻轻地开了玄关灯。一切准备就绪，等到七点，她先拿着手杖敲敲屋门，接着又捣捣地面："哎呀呀！"震惊地大喊三声！然后她直冲卧室拧开门，当看见床上还一脸茫然的两人，瞬间捂住眼睛，身子贴着门就要晕倒。

　　"奶奶！"陈麦冬顾不得体面，迅速过去搀住她，把她扶到沙发上。

　　陈奶奶虚弱地喊："水……水。"

　　庄洁迅速递过来一杯，陈奶奶喝了口，挣扎着坐好，陈麦冬要扶，被她一把甩开。

　　庄洁穿着陈麦冬的衣服，手抓着大裤腰，面红耳赤地站在一侧。陈麦冬也做错事似的，跟她并肩站一侧。

　　陈奶奶狠狠地骂他，骂他败坏家风，让他回去跪在他爷爷照片前。骂完又看向庄洁："洁儿，别怕，跟奶奶说实话，吃亏了没？"

　　庄洁不理解吃亏的意思，含糊地点了点头。

　　陈奶奶又骂陈麦冬，骂他毁人清白，说这让洁儿以后出门怎么做人？

　　庄洁自身难保，也顾不上陈麦冬，就低着头站那儿想对策。

　　陈奶奶拿着挂在脖子上的手机："我现在就打给你廖姨，让她过来打断你……"

"奶奶,不用了。"庄洁连忙阻止。

"咋不用?奶奶是个明理人,绝不能白让你吃亏!"

"奶奶,我没吃亏……"

"照你这意思,你是情愿的?"

"嗯。"庄洁点头。

奶奶思索了会儿,看向陈麦冬:"你也是情愿的吧?"

"奶奶,我们是在你情我愿地处对象,您一大早……"陈麦冬正说着,陈奶奶扶着头,装晕倒。

陈麦冬不敢再说。

陈奶奶掏出手绢先擦了泪,又擤了下鼻涕:"我们陈家的脸都被你丢尽了,我怎么去见你爷爷?"随后看向庄洁,朝她招招手,让她坐过来。陈奶奶拉住她手,"洁儿,不怕,有奶奶为你做主,这混账要是强迫了你,我现在就阉了他!"

"奶奶,他说的是实话。您别气坏了身子,不值当。"

"对,还是洁儿贴心,不值当。"陈奶奶拍拍她手,又恶狠狠地剜了陈麦冬一眼。

庄洁给她端茶:"奶奶,消消气。"

陈奶奶喝了口茶,看向她:"洁儿,不跟你妈打电话能行?"

"没事,奶奶,我妈开明。"

陈奶奶眼一瞪:"再开明也不能吃亏!"

"对,奶奶说得是。"庄洁附和。

"既然是你情我愿,这事就好办了。奶奶是旧社会过来的人,念旧,这两人好了就要定亲,不兴新社会这套……这套始乱终弃。"陈奶奶看向陈麦冬,"你三天内把戒指买好,我让媒人去提亲,先把婚事定了。要是你不愿意或始乱终弃,我就报警抓你!"

陈麦冬听到这儿,明白过来了,往懒人椅上一歪,也不作声。

陈奶奶拿着手杖打过去。陈麦冬也一肚子气,破罐子破摔:"您打死我吧。大清早就来……"

陈奶奶大骂一声:"你是看不上洁儿?你只是想玩弄她?"

……

陈麦冬看了一眼庄洁,偏过头说:"不是。"

庄洁也明白过来了,她想了会儿,将计就计道:"奶奶,全凭您为我做主。"

陈麦冬头一扭,看她。庄洁说:"我不要碎钻,简单大方款就行。"

陈麦冬深深地看了她一眼,应声道:"好。"

陈奶奶功成身退,掸掸衣服,拄上手杖径自出了门。

隔天妇女主任就找上门了,说挑个日子把婚订了吧。

庄洁提前和廖涛打过招呼。订就订吧,好事。

陈麦冬发了几张钻戒的图片过来,庄洁一个没看上,最后自己选了一款中意的发过去,说是订制款,需要一个月。

陈麦冬很满意,发了一排微笑的表情。一个月算啥,一年都愿意等。

两人从没就这事正式谈过,陈麦冬等着庄洁找他谈,庄洁巴不得不谈。

从这事被陈奶奶敲定,再由妇女主任落实后,陈麦冬往庄洁家跑得更勤、更理直气壮了。

母亲节这天一早,陈麦冬就捧了花来送给廖涛,把廖涛狠狠地感动了一把。她活了五十八年,第一次体会到母亲节的仪式感。她越看陈麦冬越顺眼,怎么会这么顺眼呢!

庄洁撇撇嘴,其实她也打算订花的,只是被陈麦冬抢先了一步。

何袅袅不开心了,因为她也准备了礼物,她本想在全家惊讶的眼神中拿出来,但现在被陈麦冬抢了风头。

庄洁这两天没怎么见庄研下楼,问廖涛:"庄研这么用功?"

"让他安静地画吧。"廖涛应了句,随后喊何袅袅,让她把切好的水果给庄研端上楼。

"你眼青了一圈。"庄洁捏了颗草莓对廖涛说。

"临睡前喝茶了。"

"晚上我掌勺,给你过母亲节。"庄洁抱抱她,"母亲节快乐,我爱你。"

"这几个月咋了?嘴跟抹了蜜似的。"廖涛交代她,"你去给陈奶奶订一束花,让她老人家开心开心。"

"犯不着吧?"

"你懂啥?这叫礼尚往来。"廖涛教她人情世故,"要是哪天陈奶奶听说冬子给我订了花,她会心酸的,一把屎一把尿拉扯大的孙子,有了媳妇就忘了奶奶。如果你送给她一束花,老人家会非常开心,婚后更疼你。花百十来块钱就能让人开心,多值啊。今儿一早我心情一般,但冬子捧了一束花给我,我虽然难为情,但非常开心。他送,比你们姊妹仨谁送都更让我开心。同理,你送花给陈奶奶，比任何人送都来得香。"

"妈，你好有智慧！"庄洁拍马屁。

"我年轻时候要聪明点，也不至于跟你爷爷奶奶闹得那么僵。"廖涛淡淡地说，"晚会儿给你奶奶打个电话吧，他们老两口也不容易，也没亏欠过你。"

"行。"庄洁点头，随后拿着电瓶车钥匙出了门，去街上订了一大束粉色的花给陈奶奶送去，临了还嘴甜地说，"奶奶，这是我为您精心挑选的颜色，因为这色最配您，也是您的幸运色。"

结果陈奶奶抱着花，从镇西头绕到东头，从镇南头绕到北头，只要有好事者问，陈奶奶必定回："哎呀，这是那谁，我孙媳妇送的，她说经过花店的时候看见这花的颜色觉得特配我！你说这花有啥好看的？抱着还怪沉的。"

就大半天时间，全镇都知道了庄洁是她孙媳妇，而且一个月后庄洁和陈麦冬两人就要正式订婚。王西夏听见消息目瞪口呆，发微信给庄洁："咋回事？你要订婚了？"

庄洁正准备晚饭，回她："过来吃大餐。"

王西夏："谢了，你厨艺真不行。"

庄洁："别废话，你明天就走了，聚一下。"

两人正聊着，就见陈麦冬拎了蛋糕过来，说饭后吃。

廖涛笑得合不拢嘴，迎着他回了客厅。何袅袅站厨房生闷气，朝庄洁抱怨："冬子哥咋这么爱抢风头呢？"

庄洁准备炸多春鱼，问她："你准备的啥礼物？神神秘秘的。"

"反正比花用心一万倍。"何袅袅说。

这边陈麦冬挽着袖子进来，说他亲自掌勺。庄洁立刻让贤，心里说，既然你这么爱干，让你干个够。她随着何袅袅准备出去，被陈麦冬喊住："帮我打下手。"

庄洁很有自己的原则，就是不打下手。因为饭端上桌，大家只会夸掌勺的厨艺高，根本不会搭理打杂的，即使是她干完的所有杂活。

"深藏功与名的事我不干，不划算。"庄洁站在一侧啃青瓜。

陈麦冬看眼门口，单臂搂住她，狠狠亲了口。

"去你的。"庄洁站一边，看他切了会儿菜，过去从身后抱住他，脸贴在他背上。

陈麦冬喊她："宝贝儿。"

"嗯。"

"我爱你。"

庄洁朝他背上咬了口："我也是。"

"也是什么？"

"我爱你。"

陈麦冬转过身吻她，郑重地问："我以后是不是可以喊你媳妇儿了？"

"你说呢？"

"你应我就喊。"陈麦冬看她。

"你喊一声试试。"

"媳妇儿。"

"嗯。"

陈麦冬点点头，转过去淡定地切菜。

庄洁歪头看他，他把她头推开："让我静一静。"

庄洁抱住他,脸贴在他背上哼歌。

王西夏看见厨房腻歪的两人,轻声回了客厅,把手里的礼物递给廖涛:"廖姨,节日快乐!"

"行。"廖涛很开心,"那我就不客气了。"

"客气啥!"王西夏说完,伸手拥抱了她一下,说这是现代人表达爱意的方式。正说着庄洁从厨房过来,王西夏冲她挤眉弄眼,拉着她窝在沙发角,问她咋回事。

庄洁斟酌了下,说:"我们先订婚,然后我回上海,我用两年的时间边找创业机遇边攒钱。目前不适合创业,一来形势不好,二来我也没钱。如果我回上海两年,我绝对能攒一笔创业基金。"

"对。"王西夏也愁,"今年形势不好,观望观望再说吧。"

"走一步算一步,再说吧。"庄洁说,"主要我们也没有破釜沉舟的勇气,不敢赌。"

"对,说到重点了。"王西夏附和,"主要就是没钱没底气,不敢拼上身家去赌。"

"有钱,遍地生黄金,处处是机遇。"庄洁淡淡地说了句。

"退一万步,将来你可以回来把家里的熟食厂……"

"熟食厂我妈一个人就行,我相信她有这个能力。熟食厂赚的钱能供应家里的一切开支。"庄洁说,"我从没打算回来家里。而且我不会拿家里的一分钱出来创业,所以我必须回上海。我想了,将来创业我还是得回来北京。庄研跟袅袅读书可以住我那儿,住我小姨家不是长久之计。至于老陈,他可以在镇上照顾奶奶,我周末回来就行。我跟我妈已经分好工了,她目前负责家里的一切开支,等回头我可以立足了,就负责家里往后的开支。我妈很会用人，我相信她自己就能把熟食厂扛下来。她就是事业型的，要是什么都不让她干，她会抑郁的。她最喜欢别人夸她，夸她本事大，夸她能力强。她一直致力于做一个与众不同的农村妇女。"

王西夏大笑。

"别笑，真的，我妈很有职业规划，她一直都在与时俱进。"庄洁指着吸尘器，"我报价两百，她立刻能查出原价。"

"哈哈——"

王西夏笑完，问她："你跟老陈商量好了？"

"商量啥？"

"你回上海，他等你两年的事。"

庄洁手一摆："到时候再说。"

"你竟然没说？"王西夏不认同。

"再说吧，船到桥头自然直。婚都订了，由不得他。"

"你也不怕他跟你翻脸……"

"男人嘛，哄哄就好了。"庄洁不在意道。

"厉害。"王西夏竖大拇指，"既然这么自信，为什么不现在说？"

"我不是说了？他不跟我异地恋。"庄洁很有自信，"等我们订完婚，局面就不一样了。"

"你打算先斩后奏？"

"差不多吧。"

王西夏想了想，顾虑重重地说："有点儿戏了，你没考虑全面。两年，不确定因素太多……"

"哎呀，先把眼前过过去，回头再说。"

"你还不如现在就去北京工作……"

"不行,我不甘心,我将来绝对会后悔。"庄洁说。

"老陈可不是个善茬,反正你总要后悔一头……"

"你看着吧,我什么都能抓住。"庄洁笃定。

"行。"王西夏不再说。

陈麦冬端了菜上桌,八菜一汤,精美小菜是精美小菜,大菜是大菜,硬菜是硬菜。

廖涛直夸,说单卖相就甩庄洁十条街。王西夏附和,庄洁啥都行,就厨艺不行。

"没事,妈,将来我煮饭。我学了好多花样的菜式。"陈麦冬说。

王西夏踢踢庄洁,悄悄竖了个大拇指——御夫有术!

廖涛第一筷先夹给陈麦冬,第二筷给王西夏。庄洁也第一筷夹给陈麦冬:"辛苦了。"

陈麦冬没接话,闷头吃饭。

庄洁把脚踩在他脚背上,脚指头在他脚面来回游弋。陈麦冬回击,反制住她不安分的脚。两人的脚趾并拢,又一个个交叉摩擦,庄洁一个巧劲挣脱,大脚趾轻挠他脚心,然后顺着他脚背往上,五趾并拢,夹着他的腿毛玩。

桌面上大家聊天吃饭,桌下则暗潮涌动。

陈麦冬正应着廖涛的话,两行鼻血就顺着鼻孔流了出来。廖涛赶紧给他抽纸,他仰头捂住鼻子:"没事没事。"然后赤着脚去了卫生间。

"补汤喝多了。陈奶奶一天给他炖三回。"庄洁淡定地吃菜。

451

王西夏狐疑，看了眼桌下，陈麦冬的蓝色拖鞋在庄洁脚下。她瞬间自惭形秽，竟然敢号称过来人，教庄洁泡仔的技巧，简直是班门弄斧，不知天高地厚。

廖涛拍庄洁："别吃了，你去卫生间看看。"

庄洁放下筷子，擦擦嘴："行。"

陈麦冬正在洗脸，庄洁推门看他："有事没？"

陈麦冬不理她。

"补药该停了，不能吃了。"

陈麦冬准备出去，庄洁说："太不经撩……"

"以后这种场合正经点。"

"就是闹着玩，谁知道你会……"庄洁看他脸色，"行，知道了。"

陈麦冬理了理衣服出去。庄洁也是服了，假正经个啥！

她过去坐下，王西夏贴过来："洁姐，你在哪儿学的？分享分享呗。"

"分享啥？"

"分享怎么御夫，老徐清冷得很……"

"这得看个人的灵性和天分，我是无师自通，自学成才。"庄洁轻声应了句。

"……你是老不要脸。"王西夏回她。

庄洁才不理她，随她去——你一个要脸的人跟我一个不要脸的学啥！

饭后众人聊了会儿，廖涛喝了点酒，难免话多，一直到十点陈麦冬才离开。

庄洁给廖涛打了热水,给她泡了脚,安置她睡下。廖涛没丝毫醉意,但使了心眼假装醉酒,看着庄洁跟何袅袅围着她忙前忙后。

庄洁出来看见稳坐在沙发上发微信的王西夏,问她:"你不回家?"

"明天我就走了,今晚当然要和你睡。"王西夏说,"你不欢迎我?"

"走走走,上楼睡觉。"庄洁催她。

王西夏洗漱完上床,庄洁也快速洗漱完上床,侧脸催她:"睡吧。"

"睡不着,我想跟你彻夜长谈。"王西夏靠坐着,点了根烟。

"谈什么?"庄洁发着微信,一副侧耳倾听的姿态。

"我想跟老徐求婚。"

"行,我支持。"庄洁心不在焉。

"你敷衍我?"

"你去年的目标不就是今年结婚吗?"

"我求婚会不会太不矜持?"王西夏犹豫道。

"你要是真心想结,管它什么矜不矜持?"庄洁说。

"我真心想结。"王西夏说,"我不想像一片浮萍,不是住我堂哥家,就是住你家。我想有一个自己的家。"

"那就求。"

"老徐要是问我爱不爱他,我该怎么说?"

"我觉得他不会问。三四十岁的人了,他应该不会……"

"他才三十五岁，OK？"

"行行行，三十五。"庄洁敷衍道。

"哪怕他八百岁，也会在意我爱不爱他。不只年轻人渴望爱情，中老年人也需要的好吧？"王西夏怼她。

"行行行，是我太狭隘了。"

"你才比他小了四岁，不要以年轻人自居。"王西夏教育她，"世卫组织新标准：十八岁到四十岁是青年人，十八岁以下才是年轻人。"

"行行行，姐，我错了。我支持你求婚。"

"我求不求婚是小事。"王西夏掸掸烟灰，"你是一个高级技术业务员，怎么能犯这种低级错误？出门要先学会说话，否则容易招打。"

"对，夏姐教育的是，我洗心革面，求给一个重新做人的机会。"

"再说吧。"王西夏说，"我认真考虑一下可行度，如果被拒婚会很丢脸。"

"对，而且连朋友也做不成。"庄洁附和。

"这事交给你。"

"什么交给我？"庄洁看她。

"你帮我策划怎么万无一失地求婚，就算被拒婚也不会翻脸。"王西夏看她，"我相信你。"

"我怕砸手里。"

"怕什么？砸的是我的婚，又不是你的。而且你拿我练练手，回头等你求婚就有经验了。"

"陈麦冬会求,轮不到我……"

"你夹着尾巴跑了,还指望他能巴巴儿地找你求婚?"王西夏白了她一眼。

"有道理。"庄洁点头。

"不是我小看你,你这事做得太孙子了。"

"孙子就孙子呗。"庄洁毫不在意,随后纠正她,"我这叫能屈能伸。"

"行行行,不跟你扯淡了。"王西夏捻灭烟,躺进被窝里说,"这事你给我落实,回头给我两套方案。"

"行,等着。"庄洁爽快应下。

王西夏又说了些别的事,庄洁捂住肚子,慢慢掀开被子,穿着残肢说:"等我,我下去拉个肚子。"

"你卫生间不能拉?"

"闹肚子,我怕熏到你。"庄洁言辞诚恳。

"行。去吧。"王西夏打个哈欠。

庄洁猫着腰出门,陈麦冬等在路口,脸上被蚊子叮了俩包。

庄洁挠挠下巴看他,指指天上:"月色真好,咱们随便转转?"

"行,你怎么说都行。"陈麦冬看她。

陈麦冬勾着她肩,沿着村路闲晃,问她对新房有没有什么要求。他闲置出一间客房,想改成健身房。

"改什么健身房,出门跑步不就行了?"

"也是,改什么呢?"陈麦冬苦恼,"咱俩一间,奶奶一间,客房一间,书房、储藏室都有……"

"不留一间儿童房?"庄洁看他。

"对噢！我都忘了！"陈麦冬拍头，骂自己蠢。

"……"

"儿童房是刷乳胶漆还是贴墙……"

"乳胶漆。"庄洁想了会儿，规划道，"回头我给你个颜色，天花板设计成星空。"

"行，媳妇儿。"陈麦冬亲她。

"回头我给你设计图。"庄洁又说。

"好！"

"你要敢手欠胡乱设计，我把你手剁了。"庄洁警告他。

"不会不会不会。"陈麦冬直摇头。

"对了，媳妇儿，我在海淀区还有一套三居……"

"你在北京有房？"庄洁震惊。

"我爷爷奶奶问我爸要……"

"别扯淡，有没有吧？"

"有。"

"可以可以可以。"庄洁亲亲他，"你闪光点怪多的哈。"

"我不想要。"陈麦冬一脸为难。

"啥？"庄洁看他。

"早年我爸妈离婚分财产，我爷爷奶奶逼着我爸买的，我认真想了想，我要凭自己的能力……"

"你对得起爷爷？！"庄洁瞪他，"爷爷生前努力为你争到了房，你竟然想……你是猪脑子吗？我就看不惯你这种人，明明可以'拼爹'，非要靠自己！吃饱了撑的？"

"我怕我接受了我爹的房，你看不起我……"

"不可能,绝不可能!长辈们之间的矛盾交给长辈们解决就好。你妈要知道你不要你爸的房,她会气死……不对,你应该会先被奶奶打死。"

"不要幼稚了。"庄洁努力转变他的思维,"千万别觉得不要你爸的房就是对你妈的忠诚,你这是愚孝。我要是你妈,我恨不能叫你把你爸的财产全挖空。你是你爸的儿子,你有权继承他的财产。因为不管你继不继承,将来他老了你都有抚养的义务。别意气用事。我要有你爸这样的爹,我老早就去抱他大腿了,然后想法儿把他的钱弄过来,给我妈买别墅,给我弟弟妹妹买房。"庄洁戳他胸口,"骨气不能折成钱,钱最实际。重点这房子是他们离婚时,爷爷奶奶为你争取到的。你把你妈的婚内财产双手送给小三的孩子,你妈不杀了你才怪!"

庄洁说完有点渴,也有点累。那块榆木疙瘩说了句:"说得有理,我考虑考虑,还是一百四十平的学区房……"

"我的天啊!"庄洁忍住渴,继续游说,"冬儿,听爷爷奶奶的话,千万别干蠢事。"

夜色下的乡道上,男人双手揣兜,气定神闲地散步。女人拽着他胳膊,口沫横飞、滔滔不绝地讲着什么。

十几年前陈父离婚时,陈奶奶去市里找到他,说大人离婚她不反对,但要先全款给孩子买一套房。当时没有比房子更值钱的物件了。当然如今也是。

陈奶奶没在镇里提这事,理由也很朴实,防骗婚,防女方是冲着她孙子的房去的。

庄洁听说这事后乐不可支,直夸奶奶英明,有远见!她发自内心高兴了好几天，就连陈麦冬把她微信名改成"小势利眼"，她也丝毫没生气，势利就势利吧，谁会嫌钱扎手。

陈奶奶蒸了包子给她，问她妹妹是不是开学了。庄洁咬了一口，说："今儿一早就上学了。"

陈奶奶夸道："你妹妹很可爱，一脸的福气相，整天牵着大白鹅在街上晃。"

"奶奶，福气相是怎么看出来的？"庄洁好奇。

"圆嘟嘟的脸，又一双圆溜溜的眼睛，眼里都带着福气呢。"

"她正减肥呢，最不喜欢被人说娃娃脸。"庄洁笑道。

"娃娃脸怕啥？将来不显老。"陈奶奶吃着包子说。

"她前两天开心死了，就上一个月的课，又该放暑假了。昨天听消息说今年暑假要补课，一天都蔫蔫儿的。"

"小孩子嘛，玩性大。"陈奶奶说着，陈麦冬下班回来了。陈奶奶起身要给陈麦冬盛饭，庄洁阻止："奶奶，我来。"说完她麻利地去厨房装包子。

"……"

陈麦冬转着摩托钥匙回屋，洗洗手，然后跷起腿，等着"小势利眼"给他盛饭。

庄洁给他盛了碗面，又拿了俩包子："趁热吃。"

"嘿，小势利眼。"陈麦冬喊她。

庄洁不同他计较，有钱是大爷，她愿意为房子屈服。

陈麦冬翘着二郎腿，轻碰了她一下："你可真是能屈能伸。"

"你快作够了吧？"庄洁发出警告。瞧见陈奶奶过来，她连忙拉拉袖口，伏低做小地给他擦皮鞋。

果不其然,陈麦冬挨了一顿骂。陈奶奶拉着脸骂了他几句,挎着篮子就出了门,说跟人约了去田头摘野菜。

庄洁哼哼两声:"嘚瑟,我还治不了你?"

陈麦冬捏捏她脸:"走,媳妇儿,带你去看好东西。"嘴里咬着包子,骑上摩托就去了沟佛村。

一望无垠的麦田,在阳光下,迎着风,形成连绵起伏的金色麦浪。

两人呆呆地看了会儿,陈麦冬侧脸看庄洁:"是不是很美?"

庄洁吻了他一下,张开双臂顺着田埂往麦浪里跑。陈麦冬打开手机摄像头,跟在她身后录。庄洁跑了会儿,看他道:"这是我生平第一次感受到农村的美。"

"我们镇头的麦田小,这里的面积大,看起来就特别美。"陈麦冬说着半蹲下,给她抓拍照片。

庄洁就会一个姿势,微仰着头,双手反插在屁股口袋里,直视镜头,潇洒又随意。

陈麦冬指点她:"媳妇儿,摆几个女性美的造型。"

庄洁心情好,不同他计较,想了会儿,摆出个玛丽莲·梦露的捂裙子经典造型。陈麦冬笑翻了,庄洁才不管他,又连摆了几个非常性感的造型。

陈麦冬看照片,夸她非常棒,让她再摆几个可爱的。庄洁双手握拳,学猫猫。

陈麦冬笑得躺倒,庄洁踹他:"压到麦子了。"

陈麦冬把麦子扶好,沿着田埂往里走。庄洁指着一株开花的野草问:"这个是什么草?"

"麦瓶草，"陈麦冬给她科普，"也可以叫灯笼草。土话就是面条菜，可以拿来煮面条，也可以用来当中药。"

"面条菜。"庄洁笑道，"这就跟王八、鳖和甲鱼是一种东西一样。土话是鳖，城里人叫甲鱼。"

"我喜欢土话，我觉得土话比书面语更有语言魅力。但就是拿不上台面。如果两个公司的总裁穿得西装革履在签合同，一方说：'大兄弟，今儿高兴，咱去喝一杯。'另一方说：'不中啊兄弟，俺晌午……'"说着人就笑歪在田埂上。

陈麦冬只顾录视频，没接她话。

庄洁捡了个小土块砸他："快点给我删了。"

陈麦冬挨着她坐在田埂上。庄洁拔了枝麦穗，放手心揉一揉，皮一吹，倒嘴里嚼着，说："快熟了。"

"十天半个月就该收割了。"

看着麦浪，闻着麦香，实在太惬意了。庄洁从兜里掏出烟，递了一根给陈麦冬。不想陈麦冬摆手："我戒烟了。"

"戒了干啥？"

他偷看了她一眼，表情扭捏："我觉得抽烟不好。"

"……"

"对将来生宝宝不好。"

庄洁手抖了抖，把烟塞回去，干干地附和道："非常有道理。"话落，肩上倚过来一颗脑袋。

庄洁东张西望，一脸无语：啥情况啊哥？

庄洁扭着秧歌回来，嘴里唱着："好运来祝你好运来，好运带来了喜和爱……"

"一边去吧。"廖涛硌硬死了。

庄洁仰头大笑,说这秧歌是陈麦冬教她的,扭着唱着就上了楼。她先把烟都找出来,然后给廖涛拿下去:"妈,烟都给你了,以后少抽点。"

"我烟瘾就不大。"廖涛看她,"你要戒啊?"

"戒。"

"戒吧,好事。"廖涛做账。

"你口红色怪好看的。"庄洁随口夸了句。

"袅袅母亲节搁我枕头下的,我夜里睡觉被硌了一下,拆开一看是支口红。"

"杂牌吧?"

"你咋坏心眼,看不得人好?"廖涛说她。

"……"

"商场里的大牌,有明星在直播间里推荐过呢。"

"她在直播间买的?"庄洁问。

"应该是,快递发过来的。"

"妈。"庄洁撇嘴,"你怎么能纵容何袅袅去直播间买东西?"

"一边去吧你。"廖涛烦她。

"问题是她花的是我的钱,是用我的账号给你买的口红。"庄洁翻出购买记录给她看,"你看,我的钱!"

"……"

"你这口红得承我的情,是我给你买的。"

"你有点大人样吧。"廖涛催她,"你上去看看庄研。"

461

"他咋了?"

"没事。"廖涛犹豫,"他这几天有点闷,你上去和他聊聊。"

庄洁上去敲门,半天不见动静,拧开门看了眼,屋里没人。她晃着下楼问:"屋里没人,他出去写生了?"

"估计是去写生了。"廖涛说,"我也是才从厂里回来。"

"等他回来再说吧。"庄洁又折回楼上。

廖涛喊她,说天热了,让她把何袅袅跟庄研屋里的床品换了。说完她拿着车钥匙又准备去厂里,脚步一顿,又和庄洁交代:"你关心关心你弟弟,他愿意听你的,你常跟他聊聊。"

"行。我当回事。"庄洁应下。

"别整天恋爱脑。"

"啥?我恋爱脑?"庄洁追出去。

廖涛骑上电瓶车:"就是你。黏黏糊糊的,不嫌腻?"

"我黏糊?"庄洁难以置信。

廖涛懒得搭理她,骑上电瓶车就走了。

庄洁莫名其妙,一两天见一面怎么算黏糊?

她踩着陈麦冬教她的舞步,回楼上换何袅袅的被褥,一张粉色的纸片掉在了床缝里。她找工具夹出来,掸掸上面的灰,是一个粉色信封,上面写着:寄往天堂的信。

庄洁犹豫了会儿,还是拆开了,里面是几张信纸,上面工工整整地写着:

爸爸,您好。

我是您的女儿袅袅。姐姐说您去了天堂,我也相信您是

第三章　地久天长

去了天堂。我不知道那是一个什么地方,但我觉得一定是个好地方。我在电视上看到一个旅游宣传片,那是一个非常美的地方,上面写着——人间天堂。我觉得您去的地方,一定比这个地方美上一万倍。

昨天老师布置作文,让给最爱的人写一封信。妈妈、姐姐、哥哥都在家,我想就写给您吧。其实我都爱你们,但我不好意思说,也不好意思写。

我先说妈妈吧。我一直以为您离开后妈妈不伤心,其实不是的。自从您离开后,妈妈就再没涂过口红,没穿过高跟鞋,也没穿过漂亮裙子。她不忙的时候经常发呆,一发呆眼圈就开始变红,我就赶紧假装没看见,因为如果我看见了她会很gān gà。

其实我也很难过,但我不能表现出来,我会想方设法地搞怪,让她开心起来。我发现妈妈很喜欢看我们几个打闹,我就会故意跟我姐打闹,故意使坏,故意撒泼,故意惹他们俩生气,然后他们俩就会打我(其实根本不疼)。妈妈表面上骂我们,其实眼里全是纵容和温柔,还有一点点宠nì。每回这一mù都让我很开心和幸福。

我最让他们头疼的就是学习,其实我自己也很头疼,我一直很努力地学,但老师在上面讲课,我也不知道为什么,脑海里全是各种零食,以及幻想自己就是一个等待王子营救的落难公主(悄悄告诉您,我有一个喜欢的男生,他学习很好,各方面都很好,是我们的年级标兵。每次老师讲什么趣事,同学们发笑,我都会不自觉地望向他)。

但您放心，我不会早恋，我最近都在努力学习和提高自己，姐姐说只有自己优秀了，才能吸引更优秀的人。我现在早上五点就悄悄开灯复习，我想考上一所好中学。而且我有了一个理想，我想当一名医生。一方面，我想上央视新闻，被所有人尊敬和崇拜（主要让姐姐看，把她鼻子气歪）；另一方面，我真心想当一个救死扶伤的医生（为那些得了绝症没钱看病的人治病，为了不让更多的人分离）。我之所以悄悄学习，是我想制造一种"天才"的假象，全家人都骂我是吃才和笨蛋，我要一鸣惊人给他们看！

姐姐还是像从前一样bà道，没耐心，暴脾气，没理就打人骂人！（有理我们也不听，就不听，就不听！）我们一不听她的，她就用暴力制伏我们。可我丝毫不怕她，她虽然厉害，但只是一只纸老虎。尽管她脾气不好，也爱骂脏话，但不知道为什么，我就像三鹅子一样，很爱nián着她，很爱惹她，也很喜欢她打我骂我。我就想永远做一只跟屁虫，因为我知道姐姐会永远保护我。（将来我发财了，就给她买世界上最好的假肢。她要是嫁不出去或离婚了，我就会给她养老）

我很操心哥哥，他的心好像分了两半，一半在我们的世界，一半在他自己的世界。只要他在认真画画或想事，我就不敢去打扰，因为他会真正地生气（姐姐从来不会真正地生气）。他是我见过最温柔和最矛盾的男生，我形容不出来那种矛盾，他会悄悄地哭，我夜里听见了好几回，我也不敢过去安wèi。他开心起来就像晴天，难过起来就像雨天，但这几天他情绪不好，我看见他拿着美工刀，一直盯着自己的手

（也许是真的，也许是我的幻觉），我快吓死了，赶紧制造了一个大动静。

哥哥是我最心疼的一个人，也是温柔起来对我最贴心的人，我很想拥抱他，安慰他，说我爱他（但我总是难为情，没有姐姐那么大方）。妈妈老愁他画画养不活自己，等将来我赚钱了，我就分他一半，让他做自己喜欢的事，画他喜欢的画。（其实我还发现了一个关于哥哥的惊天大秘密，但我不敢说，下回梦里我告诉您）

好了，爸爸，不知不觉天亮了，我该起床洗漱上学了，今天第一天开学。回头我把这封信烧给您，您不要担心家里，咱们全家都很好，我也很好，而且会一直好下去。

永远爱您的女儿何袅袅敬上。

庄洁合上了信，把它放回原处，把床褥恢复原状，顺势坐下摸兜里的烟，才想起自己已经戒烟了，起身又去书桌前坐下。

她抽了本黄冈小状元的数学达标卷，翻看了几页，把何袅袅最新写的两页一一批改，用草稿纸依次列完解析式，最下面画了一个爱心，又写了句：笨蛋，暑假带你去长沙吃臭豆腐，去武汉吃热干面，去重庆吃火锅（前提是你能考到市里）。

接着庄洁又翻了她的英语和语文作业，极有耐心地给她一一批注。

听见自行车撞大门声，庄洁出来喊道："何袅袅，你再跟鬼子进村似的，我把头给你打烂。"

何袅袅嘴里嚼着棒棒糖，把书包往地上一撂，拿出一张语文

93分的试卷，摇头晃脑地嘚瑟。

庄洁勾着她脖子夸道："棒！等下带你去吃自助餐。"

"自助餐倒闭了。"何袅袅说。

"你说，想吃啥？"

"川西豆皮涮牛肚！"

"行，等庄研跟咱妈回来一块儿去。"庄洁弹她脑门。

何袅袅冲回楼上写作业。庄洁给庄研换着床铺，喊："妹儿，你床品该换了。"

"好。"何袅袅应声，接着传来反锁门的声音。

庄洁换好床铺，把庄研的书桌也顺手收拾了，又拿着拖把拖了地，然后去整理何袅袅的房间。她换好了床铺，拖着地和何袅袅闲扯："你咋这么精呢，用我的账号给咱妈买口红……"

"你上个月借了我三百的现金，口红花了二百六，那四十块钱我不要了。"何袅袅很大气。

"行，阔姐儿。"庄洁笑她。

"姐，庄研去哪儿了？"何袅袅写着作业问。

"写生去了。"庄洁看了眼时间，天快黑了，也该回了。

厂里忙完廖涛就回家了，她先解下工作服掸身上的灰，见庄洁站屋檐下打电话，问她："煮饭了吧？"

庄洁面色严肃，挂了电话说："妈，庄研不见了。"

"不见了是啥意思？"

"他的背包和画板不在家，常穿的衣服也不在。"庄洁说，"电话一直无法接通。"

"还反了天了，他能去哪儿？"廖涛上楼，看了眼庄研的房间,出来说,"先分头找。"她下楼下得太急,没留意脚下,人直接踏空滑了下去。

"妈!"

庄洁赶紧把她扶起来,廖涛摆手说:"没事,你先去找庄研。"

庄洁给陈麦冬打电话,让他先去高铁站找人。廖涛没大碍,就是脚崴了一下,她在家给妇女主任打电话,想托她女婿的关系查一下庄研有没有坐高铁出去,顺手就给她发了身份证号。

妇女主任半个钟头后回话,说庄研买了去北京的票,但人并没有出去。一直到晚上十点,仍找不见人,庄洁都打算报警了,就接到镇中心医院的电话,对方让她去接庄研。

说出来真是让人啼笑皆非,庄研上午就去了高铁站,他打算离家出走,但测体温的环节被查出发热,人直接就被送去了中心医院。

做了检查,测了核酸,就是普通的发烧,医院通知家属来接。

陈麦冬过去摸摸他头,问他:"难受吗?"

庄研怏怏地摇摇头,偷看了眼庄洁,撒了一个漏洞百出的谎,说自己去高铁站接朋友,测出发烧就被送过来了。

"行。"庄洁没追究。

"咱妈知道吗?"庄研问。

"厂里忙,咱妈应该还没回来。"

庄研"哦"了声,又问:"我今晚能去冬子哥家睡吗?"

"行,没问题。"陈麦冬说。

廖涛脚踝肿了,何袅袅蹲着帮她冷敷,见庄洁回来何袅袅问:"姐,哥回来了吗?"

"他在你冬子哥那儿。"庄洁接过毛巾说,"上去睡吧,别担心。"

"姐,哥是怎么了?"何袅袅带着哭腔问。

"没事,他就是心烦了。"庄洁抱抱何袅袅,"他回来你就装作不知道这回事,懂吗?"

"嗯。"何袅袅点头,随后上去睡觉。

庄洁在廖涛身边坐下,搂搂她肩说:"没事,我开导开导他就行了。"

"我知道。"廖涛沉默了会儿,说:"那天夜里我在院里抽烟,看见他下来,我们俩就对视了几秒,他就猜出我知道了。他太敏感了,他是不知道该怎么面对我,怎么面对这个家。"

"没事,他总是要过这一关的。"庄洁安慰她。

廖涛点了根烟,沉默地抽完才说:"两任丈夫去世我都扛住了,这点事还能把我掀翻?!"她把烟头一摁,"睡觉去,明儿还一堆事。"

廖涛并没有完全接受这件事,她一直都在努力地说服自己,说服自己怀着平常心去面对和看待这件事。可是太难了,这件事远远超出她的认知和承受能力。但她对自己有信心,一天接受不了用一年,一年接受不了用十年。她是一位母亲,她本能地选择控制自己所有情绪,试着去理解和包容孩子。

庄洁回卧室,何袅袅抱着枕头过来,说她睡不着。庄洁让她先上床,自己洗漱完就过来。

何袅袅忧心忡忡,揉揉眼,翻了个身,朝着梳妆台前的庄洁说:"姐,我有个秘密想跟你说。"

庄洁看她，坐过去道："我听着。"

"如果我说了，你不要告诉妈，你也不要觉得哥和别的男生不一样。"何袅袅哽咽。

"好，我保证。"

何袅袅贴着她耳朵悄咪咪地说，说完瞪着湿漉漉的眼看她啥反应。庄洁听完只是故作惊讶，随后捏捏她小脸，嘘声说："我们要替他守护秘密，这事天知地知你知我知，OK？"

"OK。"何袅袅安心地躺下睡觉。

庄研接连发了三天烧，陈麦冬说他发烧时说了几句胡话，还哭了几回。自从烧退后，他性情就变了，也不画画，也不返校上课。

庄洁去医院开了证明，帮他请了病假。他也不回家，每天就待在陈麦冬新房，沉迷于打游戏。

庄洁拿他没办法，不知道该怎么和他沟通，任你说什么他都一副破罐子破摔的模样，连何袅袅跟他讲话他都不理。

陈麦冬让庄洁不要管，给他几天时间。等了一个星期，看他还那副样子，陈麦冬就拎着他去镇上转。

这时候正农忙，一辆收割机在田间收麦子，风一刮，几粒麦壳迎面扑来。陈麦冬把摩托停在田头，指着麦田里的杂草说："对庄稼人来说，这就是杂草，看见就要拔掉，它会影响小麦生长。但对药房来说，它就是一剂中药。"说着摸出钥匙串上的小刀，把手指划出血，然后摘了几片草叶揉出汁摁在伤口上，血立即就止住了。

随后陈麦冬又指着各种杂草给他一一科普，明目的，治痢疾的，治痛风的，清热解毒的……

"每一株杂草都有各自存在的意义。不止杂草，天地万物皆是。它们无需向世人证明自己是株杂草还是中药。"陈麦冬顺手拔了水渠旁的一丛杂草，"这个就是我，麦冬。"

"麦冬的根处理之后是中药，主要功效是养阴生津，润肺清心。我爷爷给我起的名，他期望我能像这草一样，无论在什么环境下都能野蛮生长。"

庄研看陈麦冬把麦冬又给栽了回去，沉默着不作声。远处的收割机发出轰鸣声，几个庄稼人拿着尿素袋站在田头，等着收割好的小麦往里装。

陈麦冬拍拍手，勾着他脖子往前走："我记得小时候只要农忙，学校就会放假，大人用镰刀收割过小麦后，过个几天就要种玉米。以前种庄稼都很原始化，锄头刨一个小坑，丢两三粒玉米，然后封土，接下来收成好不好，就看天了。如果玉米快长成，连刮几场大风，玉米秆被吹倒，这一年的收成基本就毁了。生命力本质都是相同的，丢几粒玉米，它们自己会钻土生长。农民给施肥、浇水、除虫、拔草，三个月时间，能从两三粒玉米，结出一个大玉米棒。"

陈麦冬从田里出来，又带他去飙摩托，带他去酒吧喝酒，给他讲自己年轻时候的各种混事。庄研没喝过酒，不胜酒力，夜里翻江倒海地吐了几回。他浑浑噩噩间，看见陈麦冬开了窗，在给他处理呕吐物，然后背着他换了房间，又给他接了一杯清水。

隔天睡醒，庄研昏昏沉沉地听见客厅有吵架声。庄洁骂陈麦冬,说他带坏她弟弟。陈麦冬也不示弱地回她,说她懂个屁。两人一来一回地吵。

庄研靠坐起来,看见床头有水有药,他拿过喝下,又躺了回去。没一会儿,庄洁轻声开门,过来摸了摸庄研额头,陈麦冬小声说:"让他睡吧。"

庄洁亲了下庄研额头,给他掖好被子,又轻声出了房间。庄研缓缓睁开眼,听见客厅里庄洁压着声音骂:"滚蛋,别跟我说话。"

陈麦冬回:"不行,我欠,我就要说。"

庄洁踹他,陈麦冬反手抓住她腿,在她摔倒前抱着她去了卧室,说不要在客厅吵,会影响庄研休息。

两人挨着坐在床上,陈麦冬劝她:"给他点时间,他会走出来的。"

"我知道,我就是担心,我怕他……"

"没事,我们都在拉他,他全都明白。"陈麦冬说,"我经历过,我比你懂。"

庄洁不作声。

"你安抚好廖姨就行,你要对你弟弟有信心。"

"行。"庄洁点头。

陈麦冬轻踢了下她脚:"我昨天催了,戒指再有一个星期就好了。"

"你老催啥?"庄洁问。

陈麦冬不搭她腔。

"行,催催催,我也急。"庄洁改口。

"奶奶在统计亲戚数量了,我们家族大,估计有十几桌酒席。"

"镇里允许摆酒席了?不要添麻烦了,万一出个啥情况,谁也担不起责任。"

"不摆酒?"

"一切从简吧。两家长辈坐一块儿吃个饭就行。"庄洁斟酌道。

"行。"陈麦冬说,"听媳妇儿的。"

庄洁看着他脸上的欢喜,心里虚,偏脸吻吻他:"晚上给你煮好吃的。"

"感觉你最近对我特别好。"

庄洁不接话。

"你这几天抽烟了没?"陈麦冬问。

话音刚落,卧室门被敲了下,庄洁过去开门。庄研问游戏机的充电线在哪儿,陈麦冬应声:"餐桌的吧台上。"

庄研去充电,庄洁折回来朝陈麦冬耸耸肩。陈麦冬换了条西裤,说:"不要急不要急。"说着就西装革履地穿戴好,站在穿衣镜前整理仪容,"我三点有工作。"

"嗯。"庄洁站他身后,望着镜子里的他说,"衣冠禽兽,斯文败类。"

陈麦冬毫不在意,给了她个飞吻。

庄洁抱住他。陈麦冬转过来安慰她:"有我呢,没事。"

陈麦冬准备去上班,开了门又折回来,朝着露台上发呆的庄研问:"小研,要不要去殡仪馆?"

庄研换了衣服随他去,陈麦冬征得逝者家属意见,让庄研站在一侧旁观。

第三章 地久天长

庄洁去厂里找廖涛,在卤煮间帮她忙了会儿。等好不容易闲下来,廖涛摘下食品卫生罩,问她:"他还是那样儿?"

"好多了,跟着陈麦冬去殡仪馆了。"

"别给人添乱了。"廖涛说。

"小事。"庄洁说,"陈麦冬引导比我们都有效,放心吧。"

"我要不要过去一趟?"

"再说,看情况吧。"

"该俯身我也不会端着,只要他能好,我低个头算啥。"廖涛说。

"妈,没事。"庄洁拉她手。

廖涛摸她头:"别担心,我啥都能扛,你回去吧。"

"行,我给你们煮晚饭。"庄洁回了家。

何袅袅趴在茶几上写作业,见她回来,说:"姐,我想去看看哥。"

"行,吃了饭我带你去。"

何袅袅写好作业,一一检查完,去了厨房帮庄洁打下手。庄洁点她头:"我妹儿现在怎么这么懂事?"

"我本来就懂事。"何袅袅撇嘴。

"能当你姐姐我真是太幸福了。"庄洁切着菜说。

"哼,昨天还嫌弃我来着。"何袅袅嘴上这么说,实则很高兴,因为她剥蒜瓣的小爪特麻利。

"你冬子哥的奶奶还夸你来着,说你将来有福气,会有一番惊人的成就,说不好回头姐还要靠你吃饭呢。"庄洁逗她。

何袅袅蹲在地上埋头笑:"哼,我就说吧,总有慧眼识珠的人!"

"看你那小样儿。"庄洁轻踹她,她没蹲稳,一下侧翻到地上,但她没生气,拍拍手又蹲好,抱住庄洁的腿撒娇:"我不管,我要上哈佛、麻省、斯坦福,我要像屠呦呦奶奶一样拿诺贝尔奖!"

"了不得!你竟然知道屠呦呦……"

"你小看人!"

"行,她拿的是啥奖?"

"生理学或医学奖!"

"她研究的啥?"

"青霉素!"何袅袅说。

"吃才!"庄洁打她,"是青蒿素啊,茼蒿的蒿。"

"我知道我知道,治疗那啥疾的!我就是不太认识字。"

"六年级了你都。"庄洁点她头,"那叫疟疾。和虐待的虐同音。"

"哎呀,太生僻了嘛。"

"僻你个头。"庄洁笑她。

"你等着吧,将来我就是钱学森、邓稼先、袁隆平、屠呦呦这样做出伟大贡献的……"

"快点剥蒜,别扯了。"

"哼,别看不起人,等将来我上了课本,上了央视新闻,你孩子就会骄傲地喊:'这是我小姑!这是我小姑!'"何袅袅歪鼻子道,"将来侄子们高考想上清华,我一句话的事!"

庄洁服了,一个称呼都厘不清的人,在这儿乱吹牛皮。她拎着勺准备炒菜,王西夏发来微信,说她租的屋里陆续挤来了仨同事。都是被房东锁了门不让住的。

庄洁问:"你们四个咋住?"

王西夏回:"床上、沙发上加打地铺呗,将就将就得了。"

庄洁问:"你没回老徐那儿?"

王西夏回:"老徐忙,我周末去。"

庄洁哼哼两声:"干柴烈火吧?"

王西夏回:"我从良了,以后杜绝粗口。"

庄洁忙着炒菜呢,不跟她扯淡,问她:"有事没?"

王西夏挽留她:"再唠五分钟,马上就下公司班车了。"

"……"

廖涛回来吃晚饭,提了几句厂里的事,说有一个工人应变能力很强,想栽培一下,回头她要有事也能帮忙管厂子。

"好事,至少要培养一个能管事的。"庄洁附和。

"但你这姨不差钱,她儿子才去市里念高中,她是在家无聊了,才来这儿消磨时间。"

"她多大?"

"四十出头吧?"

"你可以给她分红或股份……"

"屁大点厂,还分红分股份。"廖涛说。

"你想留住人才,肯定要舍得下本。"庄洁说,"你分给她越多,代表你赚得更多,不要怕分红。如果公司愿意给我年薪一百万,我得创造出更高的价值,凭本事拿钱!资本家的钱那么好赚?如果工厂就小打小闹,那目前这状态就行,我平时再帮你推推。如果你想做大,自己一个人是绝不可能的。"

"做多大?"廖涛看她。

"有本事你做上市。"庄洁笑道。

"反正不管你做多大,我将来都要拼自己的事业,我绝不可能回来卖烧鸡……"何袅袅话还没说完,头上就挨了一筷子。廖涛说:"吃吧吃吧,哪儿都有你。"

何袅袅捂住头,噘着嘴,不服气。

"妈,咱家这表达方式得改改。"庄洁严肃地说。

"咋改?"

"好好说话。相互间都好好说话,不爆粗口不打骂。"庄洁说,"表达爱就表达爱,用打骂的方式表达爱是畸形的是扭曲的。"

"对对对!我姐说得对!"何袅袅附和道。

"别咋呼,好好说话。"庄洁看她,"首先,好好沟通,心平气和地沟通。其次,咱们家声音太大了,一个个气势太足……"

"声音洪亮、气势足代表身体好。"廖涛打断她。

"妈,你这个爱打断人的毛病得改改,我们上海从不打断……"

"上海高级。"

"……"

"姐,那我能跟你坦白一件事吗?"何袅袅犹犹豫豫地说,"但你不许打我骂我。"

"行,说。"庄洁侧耳倾听。

"我不小心把你的一个包和新衣裳上弄了点颜料。"何袅袅拿手比画。

"怎么弄上的?"庄洁温和地问。

第三章 地久天长

"我那天偷偷试穿你的新衣裳,还背了你的包,去哥房间玩的时候不小心沾了一点。"

"衣裳没事。"庄洁看她,"包是从哪儿拿的?"

"你衣柜最高档的那个盒子里。"何袅袅挠头,"上面有L有V……"说着就看见庄洁脸色不对劲,她扭头就跑。

庄洁面目狰狞地追上去:"我把手给你剁了!"

廖涛装了几样卤好的吃食,让庄洁送给陈奶奶一兜,拿去新房给庄研和陈麦冬一兜。平常老麻烦陈麦冬,她心里也不得劲儿。

晚上陈麦冬带庄研散步,路上遇见好友,对方轻捶他胸口,说他闷头干大事,上个月还没女朋友,这个月就准备订婚了。

两人笑着聊了几句,对方问他:"嫂子愿意回来镇上?"

"不回来,她会去北京工作。"

他之所以这么说,是因为几天前庄洁和一位前同事通话,对方是南方人,想要来北京发展。庄洁同她一一分析了利弊,对方问她怎么不在北京工作,她应了句有规划。

陈麦冬听到"有规划"三个字自然就明白了,理所当然地认为订婚后庄洁会回来北京。而且当初他表过态,不接受异地恋。他确实没打算异地,都老大不小了,太扯淡了,不是个事。

对方问他:"你媳妇在北京,你在镇上?"

"暂时先这样,回头我带着奶奶去北京。"陈麦冬说出自己的计划。

"行,等着吃你喜糖!"对方拍他肩。

庄研在对面看几个小孩玩弹珠,陈麦冬喊他,说庄洁和袅袅都在新房。

庄研自己回了新房,何袅袅先观察了下他的脸色,随后跑过去抱他胳膊:"哥!"

庄研勉强笑了笑,又看了眼庄洁,说:"姐,冬子哥去夜市买小龙虾和海螺了。"

"小龙虾小龙虾,海螺海螺!"何袅袅嘴里泛口水,摇庄洁胳膊,"姐,你给冬子哥打电话,我都要最辣最辣的,再帮我买碗冰粉和几串羊肉串。"

"吃才。"庄洁刮她鼻子,顺手打给陈麦冬,说拿去下溪村的草坡上吃。她回储藏间找野餐垫和垃圾袋,庄研问:"袅袅明天不上学吗?"

"你傻了吧,明天周末。"庄洁笑他。

"哥,你知道吗,今年暑假不补课,正常放假。也就是说,我再上二十天就该放暑假了!"何袅袅很兴奋。

庄研摸她头,何袅袅抱了他一下,开心道:"好幸福呀。"

庄洁带他们去下溪村,村里游客不多,寥寥几个。陈麦冬占了个好位置,找了一个路灯柱下的草坡,他接过庄研手里的野餐垫铺好,然后把摩托上的各种小食拎过来。

何袅袅闷头吃,陈麦冬给她剥小龙虾,剥的速度赶不上她吃的速度。陈麦冬好笑地看她一眼,她咧着嘴傻笑,说平常廖涛都不让她吃,说夏天的夜市苍蝇乱飞。

那边庄洁挽着庄研的胳膊沿着溪边散步,姐弟俩贴得很近,庄研缓缓地说,庄洁认真地听。

何袅袅边吃边看他们,小龙虾也没敢多吃。陈麦冬让她放开了吃,说等会儿让人再送两盒过来。

庄洁同庄研聊了一个钟头,姐弟俩回来的时候,何袅袅都已经吃过一轮了,正在那儿打嗝。庄洁弹她脑门,说她嘴已经肿成香肠了。

庄研戴上手套剥小龙虾,先喂了庄洁一个。庄洁朝何袅袅扬下巴:"学着点。"

何袅袅拿着牙签戳海螺,也有样学样地喂她。

陈麦冬坐庄洁对面,鞋尖抵着她鞋尖,也顺手喂了她一个虾仁。何袅袅捂眼睛,庄洁拍她头:"小样儿。"

何袅袅傻笑,抱着庄研说:"哥,咱姐立了家规,让以后好好说话,轻言轻语,不准打骂爆粗口,该表达爱意就表达,不要心理畸形扭曲。"

"你先表达一个。"庄洁逗她。

"我才不表达。"何袅袅扭捏起来。

"你昨天不是说想哥哥了吗,说很爱哥……"

"我没有说爱,我只说了想。"何袅袅抠鞋底。

"脏不脏?"庄洁打她手。

何袅袅把手往身上抹了抹,庄洁没眼看,又打她头:"你不能讲点卫生吗?"

陈麦冬忍不住插嘴:"你们家第一条家规不是让好好说话、不打不骂吗?"

"习惯了习惯了。"庄洁打嗝,"那这样子,我先说。"她看着何袅袅说,"袅袅,姐姐很爱你。"

"姐你还是打我吧,你打我,我自在一点。"何袅袅憋了半天

479

说了句这个。

庄洁黑了脸,陈麦冬大笑。

"不识好歹。"庄洁懒得理她,随后看向庄研,"研儿,姐爱你,永远都爱你。"说完还比了个爱心。

庄研腼腆一笑,也比了个爱心:"姐,我也爱你。"

何袅袅有点酸:"你喊我就是生硬的袅袅,喊哥就是研儿。"

"乱找事。"庄洁拍她头,接着就亲了一下她脸蛋,亲昵地说,"妹儿,姐爱你,永远爱你。"

"妹儿,哥也爱你,永远爱护你。"庄研看她。

何袅袅鼻子一酸,掩饰性地嘿嘿傻笑,接着就趴到了庄洁的怀里。庄洁揉她头发,跟陈麦冬对视了一眼,陈麦冬很温柔地看着庄洁。

庄洁不自觉地说:"要是妈在这儿就好了。"

陈麦冬接话:"奶奶在这儿就更好了。"

庄洁在心里默数:"咱们两家人好少,统共才六口。"

何袅袅趴庄洁怀里,小声地说:"姐,我也爱你,我也爱哥,我也爱咱妈。"随后坐好,看向庄研说,"哥,你不要难过,咱们全家都很爱你。"

庄研点头,"嗯"了一声。

何袅袅调皮,问陈麦冬:"冬子哥,你爱不爱我姐?"

"必须爱。"

何袅袅造作地捧住脸,看看庄洁,再看看陈麦冬,一时欢喜得不知如何是好,只好往嘴里塞东西。

"别吃了,快成胖墩了。"庄洁说她。

第三章 地久天长

何袅袅心情好,才不介意被说成胖墩还是肉墩。她躺草坪上打了会儿滚,看着夜空里的发光风筝,非嚷着让庄洁带她去买。

"我带你去买。"庄研极有眼色地领走她。

陈麦冬一直看庄洁,庄洁拿起一串土豆片,问他:"看什么?"

"看我媳妇儿犯法?"

庄洁"扑哧"一笑,懒得理他。

"真戒烟了?一口没抽?"陈麦冬问。

"当然。我说能戒就能戒,没有我办不成的事。"庄洁很自信。

"厉害。"陈麦冬夸道。

庄洁吃着土豆,随口说了句:"我会成为一个很负责任的母亲。"

陈麦冬本能地接了句:"我也会是一个负责任的父亲。"

"厉害。"庄洁夸他。

"我这几天都有晨跑,还做了全身检查,还喝着中药调理身体。"

"……"

土豆吃不下去了,庄洁想了会儿,说:"我规划的是三年后要孩子,尽量三十五岁生。"

"不急,什么时间要都行,随你。"陈麦冬双手撑在身后,脸上有丝别扭的羞赧。

"……"

庄洁竟然生出了一丝内疚。她一直认为陈麦冬是灰太狼,但他时不时变身小灰灰,这让她很为难。她立刻戴上手套,亲自剥了小龙虾喂给他。陈麦冬吃掉,又深深地看她,随后学着何袅袅,

481

在草坡上打滚。

"……"

庄洁看了会儿，便低头开始专注剥虾，把盒子里的虾一个个剥好。何袅袅从远处跑过来，说渴死了，抱着水咕噜咕噜地喝，喝完庄洁又喂了她两个小龙虾。

陈麦冬在远处的梨树坡上跑着放风筝，头上的一轮明月别在枝头，兄妹俩跟在风筝后跑，见风筝飞起来，两人尖叫着欢呼鼓掌。陈麦冬把风筝线给他们，朝着庄洁跑了过来。

庄洁给他擦脸上的汗，又递给他水杯。陈麦冬喝完水拧着盖子，随口就问了句："你是不是做亏心事了？"

"你是不是欠？对你好也不行。"庄洁拍拍屁股起身。

陈麦冬狠狠亲了她一口，一把抱起她，原地转了几圈。他看了眼放风筝的兄妹俩，趴在她耳边说了句话。

"走。"陈麦冬拉她。

庄洁勉为其难。

陈麦冬发动了摩托，庄洁环腰抱住他，脸乖顺地贴在他背上。到了一处无人的麦田，田头围放了几堆麦秸秆，是留下来喂牛羊的。

陈麦冬抱了几捆铺好，朝她招招手，庄洁倚着摩托嚼口香糖。陈麦冬拉她，一起坐下躺好，望着头顶的星星嚼口香糖。

庄洁先吹了一个泡泡，陈麦冬也有样学样地吹泡泡，俩幼稚鬼比着吹了会儿，庄洁嫌腮帮子疼，吐出来不吹了。陈麦冬也吐出来包好，顺手刨了个小坑埋掉。

庄洁轻踹他，陈麦冬提醒她："你立的家规第一条，就是不打不骂、好好说话。"

"太难了。但我会慢慢改。还是那句话,没有我办不成的事。"

"让土匪吃斋太难了。"陈麦冬躺下道。

庄洁笑出声,捂住脸打滚:"怎么办呀怎么办呀?"

陈麦冬枕着双臂看星星,庄洁发自肺腑地说:"要改要改,戒烟酒忌粗口,给孩子一个好的家庭氛围。"

"媳妇儿,我想装修市里的房子。"陈麦冬规划道,"装修好至少要通风一年吧,将来你怀宝宝……"

"行。刷儿童漆就行,不过成本高。"庄洁说。

"再好的漆我都不放心,而且新家具也会有甲醛。"陈麦冬说。

"不用担心,有专门除甲醛的公司。"

陈麦冬胳膊撑着头看她:"其实我已经开始看家具了。我知道太早了,但控制不住。"

两人正聊得起劲,庄洁手机响了,何袅袅说风筝挂梨树上了。

*

庄研回来家里几天了,尽管面对廖涛还是有些不自然,但那种不自然总是能被庄洁或何袅袅巧妙地化解掉。

廖涛也柔和了很多,偶尔不是拍拍他肩,就是揉揉他头,说长成大孩子了。庄研夜里同庄洁敞开心扉地聊,他还是不太能面对自己,而且很迷茫,不确定自己画画是否有出路。主要培养一个美术生成本高,光集训费一年都要八九万。

"如果只是顾虑费用,完全没必要。家里不缺你这几万。我是全力支持你画的。而且你能考进附中,能力是毋庸置疑的。出路是以后的事,眼下最重要的是调整好状态,专注明年的高考。我还是那句话,路是自己一步步走出来的。我一个前同事,他也是美术生,高考失利后念了一所普通大学,三年前自己弄了家动漫制作公司,经营得非常出色。"庄洁找出那家公司的资料给他看,"我曾经上传过你的一册漫画到社交软件上,他看见后惊为天人,要我把你介绍给他。那时候你才念初三,他说你的水平快赶上市面上的专业画手了。只要你愿意,画画的出路实在是太多了。等你上大一之后,我给你联系个工作练练手,随随便便学费就回来了。你可以气馁,可以痛苦,可以愤怒,但你要对自己、对生活、对家人永远怀有信心。"

庄洁给了他时间让他自己消化,有些事自己想不通,别人说再多也没用。她站在大门外同邻居小聊,对方说天热了,昨晚上都已经开空调了。斜对门邻居靠大门上搭腔,说十天前她儿子卧室就开空调了,她自己卧室不敢开,太费电了。

路口,纪三鹅子狼狈地跑回来,身后跟着骑单车的何袅袅。何袅袅朝她大喊:"姐,快让开!快让开!"

庄洁让开大门,何袅袅骑着冲回了院里,待纪三鹅子也回家,路口冲过来七八条土狗,它们在路上前后转悠,又干吠了会儿,摇着尾巴走了。

"……"

纪三鹅子老实地躲回了窝里,见何袅袅伸头朝门外看,它也跳出窝伸着脖子朝外看,见土狗走了,它便出去街上引吭大叫,随后理了理身上的毛,步态从容又傲慢地回了家。

庄洁算是服气了,她边回着微信边交代何袅袅:"不要老欺

第三章 地久天长

负狗,小心哪天被咬一口。"

何袅袅喝着汽水把锅甩给三鹅子,说它树敌无数,只要镇上一条狗看见它,所有的狗都会出动。

王西夏发微信问庄洁:"你真订票了?"

庄洁把车票信息截图给王西夏。她刚临时起意买了订婚后隔天回上海的高铁票。原计划等何袅袅考完试放暑假再走,但她对何袅袅有信心,家里也不需要她,不如提前回上海。

王西夏惊讶:"你也太突然了。"

庄洁没回。

王西夏:"你要是男人,全国女性都会唾弃你。"

庄洁犹豫了会儿,回:"等着吧。我能处理好。"

回上海的事,除了王西夏,庄洁只告诉了廖涛。廖涛不在意道:"你们俩商量好就行。"

庄洁搪塞了句:"先保密。"

"保密啥?"

"袅袅马上要期末考了,我怕影响她发挥。"

"别自以为是了,不会发生这种事的。"廖涛拣着大料说。

"……"

"袅袅适应能力强,你前腿走,她礼貌性地掉个泪,回头就找三鹅子玩了。"

"妈,你真不了解你女儿。"庄洁无语了,"还拽什么网络词。"

"了解你们那么多干啥?了解完更想打你们。"廖涛说她。

"好好说话、好好说话,别起高调,有理不在声高。"庄洁念了家规第一条。

"一边去吧。"廖涛不理她的家规。

"行行行。"庄洁心里不是滋味,"你就舍得我离开,也不挽留一下?"

"早烦你了,甩手掌柜似的啥也不干,就会没事找事地指指点点。"廖涛烦她。

"我为家做了这么大贡献……"

"你都贡献到马桶里了。"

"妈你就不能好好说话?我说了一万次我爱你,你说一次咋了?每一回都扭曲地表达爱意,不是打骂就是怼,一句暖心话都没有。"庄洁生气了。

"你说了二十六次,没有一万次。"廖涛说。

"行。"庄洁气馁了,再不打算纠正廖涛那扭曲的表达方式。

这边陈麦冬发微信给她,说他妈正陪着他奶奶在商场里买新衣服。

庄洁:"你妈?"

陈麦冬:"奶奶嫌我们家人少,就给我妈打了个电话,我妈就飞来了北京。"

"……"庄洁心虚地回:"呵呵,好隆重啊。"

陈麦冬:"必须的。"

庄洁:"晚上给你炖肉,过来吃。"

陈麦冬:"好!"

庄洁:"还想吃啥?"

陈麦冬:"媳妇儿煮啥都香。"

庄洁:"有点立场,别那么谄媚,我看不起。"

陈麦冬:"皮蛋拌豆腐(皮蛋心不要流出来),青椒烧腐竹(腐竹撒一层淀粉,用热油过一下),红烧小黄鱼(黄鱼双面香煎一下定型,不要散成豆腐渣)。"

"……"

庄洁想撤回那条问他还想吃啥的消息,发现已经撤不回了,于是抽了下自己嘴巴,回了句:"好哒!"

陈麦冬斜倚在殡仪馆门口,回她:"你绝对把我祖宗都问候了一遍。"

庄洁:"咋可能,将来咱俩一个祖宗,骂你就等于骂我自己。"

陈麦冬:"你就是骂了。因为你发了'好哒',而不是'行'或'好'。"

庄洁好脾气耗尽:"你说,你是不是欠?"

陈麦冬抱着手机大笑。前台像看神经病似的看他,提醒道:"冬哥,副馆长找你。"

"等会儿,不急。"陈麦冬说。

"……"

接着他又发了一条:"辛苦媳妇儿了,这几样菜都是我最爱吃的。"

后面跟着一排排爱心。

庄洁:"看你那小鳖样儿。"

陈麦冬:"你才小鳖样儿。"

庄洁:"你鳖样儿。"

陈麦冬:"你鳖样儿。"

庄洁："无不无聊？没事各忙各的。"

陈麦冬："刚忙完。不无聊。"

庄洁："当一个事业男，别整天抱着手机闲聊。"

陈麦冬："我从不拼事业，咒人死这事我不干。"

庄洁："行，你有理。"

陈麦冬："媳妇儿。"

庄洁："说。"

陈麦冬："媳妇儿。"

庄洁："有病？"

陈麦冬："你对我厌烦了？"

庄洁："可去你……"

撤回，重新编辑："怎么可能，我永远不会烦你。"

陈麦冬："我也是，love。"

庄洁不理他。

廖涛经过，见她满面春风地抱着手机聊，忍不住打了她一下。

庄洁摊摊手，耸耸肩："妈，你这女婿天天说爱我，我都快烦死了。你有没有啥法子，让他烦我腻我……"正说着，廖涛解了围裙就抽她。

庄洁大笑着跑开，廖涛骂她："烦人精，一边待着去吧。"

庄洁又凑上来，摇着她胳膊说："就烦你。"

廖涛点她头："惜点福吧，别整天嘚瑟。"说完贴着她耳朵，放低了声音，"你们很合适，但个性都太硬，成也个性败也个性，能不能圆满全看你们。"

"啥意思？"

"字面意思。过好过不好全看你们。性子在冬子面前放圆滑点，圆滑点不吃亏。"

"成也个性败也个性，《风云》里面有一句：成也风云，败也风云。"庄洁想了老半天，拉着廖涛胳膊问，"妈你快点告诉我，《风云》里有个何润东扮演的步惊云，还有一个主角是谁？叫什么风？我们曾经一起追过。"

"叫什么……"廖涛想了会儿，"聂风？"

"对对对，聂风！"庄洁激动地说，"还有那个念慈，还有那个第二梦，当时第二梦手上那个手链戒指一体的饰品火爆了！我还跟风买了两条！"

"那个叫孔慈吧？"

"管她啥慈。"

娘儿俩说着去买菜，买完回来，庄洁在网上找美食教程，然后又缠着廖涛让廖涛手把手教她。廖涛忙得不行，各种账还没做。庄洁做一个步骤跑过来问，做一个步骤跑过来问。

廖涛教她怎么热油过腐竹，又指点了皮蛋拌豆腐的技巧——豆腐要用热水煮一煮才不烂，皮蛋要用一根线割开。庄洁直点头："我会了我会了。"

廖涛刚回屋坐下，她又伸着头问东问西。皮蛋豆腐跟青椒腐竹烧好，她洗锅开始烧黄鱼。油放得多，也热，她贴着锅边把鱼滑下去，一大片油溅到了她手上，她骂了句，迅速去冲凉水。

油温高，她手背灼伤了一片。她忍着痛给鱼翻身，等鱼炸得两面金黄才捞出来备用。看着捞出来的鱼，庄洁有点生气，恨不能拿筷子戳戳。

饭桌上,陈麦冬直夸她手艺好,一筷子接一筷子,三盘菜一大半进了他肚子。饭后廖涛同他聊家常,聊明天的订婚宴,聊他妈妈。

不知不觉聊了两个钟头,廖涛很尽兴,因为家里没一个能听她说话超过十分钟的。廖涛打了个哈欠,见客厅没人,就朝他道:"你上楼看看,我就不陪你聊了,上年纪了,困得早。"

庄洁洗了澡,揭掉脸上的面膜,站在浴镜前按摩脸。

陈麦冬叩门,庄洁轻飘飘地看他一眼:"还没走?"

"……"

两人坐床上有一搭没一搭地聊,庄洁看了眼时间,催他。陈麦冬说:"急什么,凌晨四五点再走。"

庄洁说:"我妈看见,腿给你打断。"

"困不困?"陈麦冬笑她。

"还行。"庄洁打个了哈欠。

"困了就睡。"陈麦冬搂紧她。

"不想睡。"

"宝贝儿,我感觉这几天你对我特好。"陈麦冬说。

"我发现你是一个顶大气的人,有胸襟、有气度。"庄洁直夸。

"何出此言?"

庄洁伸指头算:"你妈抛下你十六年,你还能释怀……"

"不是释怀,是算了。"陈麦冬淡淡地说,"我内心也渴望得到她的爱,所以就顺着心意吧。"

庄洁没作声。

"怎么了?心事重重的。"陈麦冬吻她。

第三章　地久天长

"我有一个闺中好友。她两年前想出国深造,他未婚夫不愿意,她就不管不顾地走了。"庄洁说。

"然后呢?"陈麦冬不明其意。

"她前几天回来了,他未婚夫提分手。她就给我打电话,说想不通。"

"想不通什么?"

"她出国深造,是为了他们俩婚后的共同利益,她成为更优秀的人,回来拿更高的薪资,还不是为了这个家?"庄洁开始给陈麦冬洗脑,"搞不懂她未婚夫想什么。男人就是自私,将来你要是出国深造,我绝对举双手支持。"

"他男朋友提分手也正常,两年,不确定性太大,谁也说不好。"陈麦冬分析道。

"你们男人就是想得复杂。我朋友就不委屈?她为这个家付出了两年……"

"他们不是还没结婚吗?"陈麦冬问。

"结婚了就能?"庄洁反问。

"结婚了也许行。"陈麦冬说。

"就差这一张纸?"庄洁服了。

"也许就一张纸的事。你要把人当人看,人身上就是有狭隘之处和弱点。婚后她出国深造,没得说,这确实是双方获益。婚前不确定性太大,她要是在国外劈腿,回来把他踹……"

"狭隘。"庄洁坐起来,"你这人思想太狭隘。"

"我是替你分析正常人的心理。"陈麦冬说,"男人怕替别人养了媳妇儿,女人怕替别人调教了老公。"

"那她该劈腿还是会劈腿,不会因为一本结婚证……"

"但他未婚夫有安全感。婚内出轨和婚前劈腿性质不同,前者受法律约束,后者叫移情别恋。"

"她深造还不是为了两人的将来?"庄洁看他,"她还不是为了这个家?"

"对,媳妇儿有理!"陈麦冬打哈欠。

"虚伪。"庄洁撇嘴。

"为别人的事气什么?"

"你们男人就是狭隘自私的狗东西。"庄洁说。

"行,我是狗东西。"陈麦冬抱她,"这事如果事前双方商量好,都愿意承担风险,那它就不是个事。"

"承担啥风险?"

"男方承担女方劈腿的风险,女方承担男方劈腿的风险。"

"……"

"都是成年人,我只是把存在的风险说出来。这是很实际的一个问题。"陈麦冬说,"我去年撞见我一个兄弟媳妇儿……她平日里轻声细语的文静得很,我兄弟经常跑货车,我也不好管,也没跟我兄弟说。"

"哪个兄弟?"庄洁八卦道,"你做快递的……"

"你没见过。"陈麦冬搪塞她。

庄洁想了会儿,不管他,还是那句话:"我朋友还不是为了这个家?"

"行行行,为了这个家。"陈麦冬打了个哈欠,"回头你要是出国深造,我举双手支持。"

"真的?"庄洁问。

"真的。"

"骗人是狗。"

"嗯。宝贝儿,你困不困?"陈麦冬眼皮快睁不开了。

"不困。"庄洁打他,"别睡了,明天咱们订婚。"

"行。"陈麦冬努力睁眼。

陈麦冬出来,庄洁蹑手蹑脚地送他。这边何袅袅夜里躲被窝偷吃辣条被渴醒,她光着脚出来喝水,正好跟门口鬼鬼祟祟的两人六目相对,但何袅袅机灵,梦游似的贴着他们下楼,莫名其妙地转一圈,又梦游似的回屋。

说是订婚宴,其实就是两家人坐下一块儿吃个饭。陈奶奶很高兴,还去理发店准备染个头发,好在被发型师阻止了,说她头发太稀少,整不好一染全掉光了。

不染就不染,陈奶奶系了条粉色的小丝巾,挽了个蝴蝶结,出门就被街坊打趣,说她像个大姑娘。

陈奶奶才不介意,直夸那围巾面料好、轻柔,说是真丝的,是她孙媳妇在市里买的。

街坊们扭头就走,还嘀咕:"就你有个孙媳妇,整天显摆,烦不烦!"

陈奶奶才不嫌烦——她们都是眼红自个儿有孙媳妇。她一早就去了饭店,精选了二十多道菜,又叮嘱饭店一定一定要保证食材新鲜,用最好的,自己不差钱!然后又回家了。

回到家,陈麦冬他妈也到了,陈奶奶迎她回屋,给她泡了杯八宝茶，问现在这家人对她怎么样。陈麦冬他妈笑笑："挺好的。"

"好就行。你过得好，冬子就不窝心，我整天都盼着你们好。"陈奶奶说，"你们好就行，谁也不给谁添负担。"

"妈，这些年辛苦您了。"陈麦冬妈妈诚恳地说。

"说这些干啥，我是他奶奶，养他是分内的事。只要你们不埋怨我养歪了就行。我觉得冬子挺健康的，你们分开给他带来的伤害这些年也都慢慢淡了。他缺点一身，但优点也不少。我这孙子我是很满意的。"

陈麦冬妈妈红了眼梢，没作声。

"喝茶喝茶。"陈奶奶招呼她。

"今儿他订婚，一来你是他妈妈，也该在场祝福，光我自个儿在场也不像回事儿。二来我想跟你商量件事，你们分开的时候在市里给冬子买的那个房，我想着回头冬子结婚了，把小洁的名字也给添上去。都一家人，不办两家事，小洁是个有情义的聪明姑娘，咱对人好，人心里都记着，将来冬子亏不了。"

"小洁我没见过，也不了解，但现在的房价……"陈麦冬妈妈犹豫。

"你顾虑的我全懂，但小贞啊，咱们都是女人，知道一个女人在家里的重要性。一个女人要经营好家庭，养育好孩子，这都要付出巨大的自我牺牲。"陈奶奶看她，"添上人家的名字咱不吃亏。不添，人家也不会说啥，但日子久了容易寒心。人家伺候你儿子，养育你孙子……"

"好，妈说了算。"陈麦冬妈妈干脆地说。

"别喊妈了，喊姨就行。"陈奶奶喝了口八宝茶说，"小洁身上的缺点也不少，但她优点更多。我就看上她能回来帮她妈照料生意，照顾她那对弟弟妹妹。"

陈奶奶同陈麦冬妈妈唠了很久，告诉她陈麦冬爱吃啥不爱吃啥，喜欢听啥不喜欢听啥，说他有点口不应心，又有点没出息。她又说庄洁脾气一般，大姐大，为人处世八面玲珑，但人无完人，两人就是很搭。

中午去了饭店，餐桌上，陈奶奶把陈爷爷给她的订婚物件送给了庄洁，说那是祖上传下来的东西，吉祥着呢。陈麦冬妈妈也给了庄洁见面礼，同她聊了会儿，除了对她的腿略有微词，其他方面也算如意。

订婚宴结束后，陈麦冬妈妈和陈麦冬聊了一下午，傍晚前坐高铁回了市里。母子俩隔着站台相望，陈麦冬妈妈挥挥手："回去吧，以后妈有空就来看你。"

陈麦冬出来，和等在进站口的庄洁会合，他勾着她的肩去停车场，庄洁环着他腰说："你妈肯定过得不错。"

"应该吧。"陈麦冬应了句。

"她皮肤保养得很好，气色也好，而且身材一看就是管理过的。"庄洁说完看手腕上的表，"这块表现在有人收，十七万。"

陈麦冬服了，狠狠亲了她一口："小势利眼，一块表就把你收买了。"

"谁不喜欢钱？"庄洁摘了表装好，道，"回头留给咱女儿。"

"万一是儿子呢？"

"管他呢，生啥是啥。"

陈麦冬上了车，侧身帮庄洁系安全带，庄洁看他侧脸，咬了下他耳朵,然后托着他后脑勺吻。

两人吻了足足有五分钟,陈麦冬才发动车。回去的路上,庄洁望着沿途空旷的土地莫名心慌,对陈奶奶内疚,对陈麦冬内疚。

她偏脸看他,他摇头晃脑地哼歌,感受到她的目光,陈麦冬笑她:"怎么心事重重的?"

庄洁按捺住不安,压下想坦白的话,说:"我想吻你。"她不敢赌,随他去吧,等到上海了再说。

陈麦冬把车靠边停下,解了安全带过去吻她,庄洁问他:"你有多爱我?"

"比海更深。"陈麦冬看她。

庄洁偏开脸笑,陈麦冬也笑,随后掉头,循着一股枣香味去了枣林。陈麦冬把车停在一棵枣树下,又找了棵低矮的枣树,人往上一蹿,手够着枝头,拽下来几颗枣拿给她。

"还不熟,太涩了。"庄洁说。

"我觉得还行。"陈麦冬把那几粒都吃了。

庄洁看他,晚风把他的白色衬衣吹得鼓鼓的,他仰头看树上的枣,落日的余晖映在他脸上。他指着趴在树干上的一个蝉壳,说:"夏天来了。"

庄洁陶醉在此刻的晚风里,望着陈麦冬没作声。

*

庄洁一夜未眠,凌晨三四点去露台上乘凉,她直接躺在地上,摘下订婚戒看了又看。戒指内圈刻着俗套的缩写:C&Z。她用一只手遮住眼,下巴微微地颤动,随后又蜷缩成一团,哼着莫名其妙的歌。

过了会儿,她回房间,坐在床边看着熟睡的陈麦冬,小声地喊他:"陈麦冬,你醒醒,我有话跟你说。"见陈麦冬没丝毫动静,她便一个人轻轻柔柔地喃喃自语,说了很多很多。她说她其实并不喜欢上海,也不喜欢干销售,她也想住在城堡当一位公主。

早上陈麦冬先醒,捏了捏她的脸,蹑手蹑脚地起床去跑步,跑了半个钟头后回陈奶奶家,从柜子里扒出中药,让陈奶奶帮他煲汤。

陈奶奶问他:"这是啥?"

"养胃的。"陈麦冬搪塞道。

陈奶奶也不在意,打量了他一圈,拍拍他肩:"孙子,洁儿是不是在你那儿?"

"……"

"孙子,是不是喝了这药洁儿就能怀孕?"

"奶奶,您说什么呢?"陈麦冬服了。

"哎呀,我这不就是一说嘛。看你那兔孙样儿!"陈奶奶骂他,"要不是我帮你,就凭你那两把刷子……"

"我是凭自身实力……"

"你有啥实力?要不是我早洞察一切,三天两头地去找洁儿唠,每回说一点你的优点,每回说一点你的优点,你个兔孙能这么顺利?你别过河拆桥啊。"

"……"

"当初是我去找她,我一看情况不对,她想拍拍屁股走人。我当然不依呀,说她要敢平白踹了你,我就去镇上骂她,骂她全家,她才不敢……不敢玩弄你。"

陈麦冬简直要晕倒:"奶奶,她没玩弄我。'玩弄'这个词不是……"

"你就说没我的助攻,昨儿你婚能不能订吧?"陈奶奶言简意赅地问。

"不能,奶奶功劳最大!"陈麦冬连忙拍马屁。

"没出息的货。"陈奶奶又打他,"你该坚持自己的立场,你要是没魅力,我躺她家院里她也不跟你订婚。大老爷们儿不要太谄媚,不要拍马屁,容易让人瞧不起!"

"行,您说什么都对!只要您想打我,我哪哪儿都是错!"陈麦冬回厨房,用饭勺舀了一勺小米粥喝,还没喝到嘴里,后脑勺又挨了一巴掌。

"不会用碗喝?"

"我不喝了。"陈麦冬生气道。

陈奶奶给他盛碗里:"喝喝喝,补补身子,生大胖小子。"

"……"

祖孙俩闲唠了会儿,陈麦冬说回头住市里,等庄洁生孩子了,就让她帮忙带。

陈奶奶口是心非地说:"时间长了你们能不嫌弃我?我才不去招嫌。"

"你不去带让谁带?我们俩都要工作。上回庄洁还说这事,说廖姨还要操心生意,将来我们生孩子了还得指望您。回头请个保姆,您帮忙监督着,万一她把孩子拐跑了呢?"

陈奶奶很高兴,逗他道:"那你们不给我开工资我可不依。"

"行,开工资。"陈麦冬说完回了新房。

就一个上午的时间,街上的人都知道陈奶奶要去市里给孙媳妇带孩子了。有街坊说她老糊涂了,婚都没结,去哪儿带孩子。陈奶奶才不同他们计较,精神矍铄地去街口吃了一大碗馄饨。

陈麦冬拎了早餐回新房,庄洁睡得正香,他也不敢喊她,怕挨一顿揍。他轻轻地亲了亲她的脸,骑上摩托去了殡仪馆。去的路上他先绕到超市,买了一兜最好的糖果,又买了几盒最好的巧克力。同事们都知道他订婚了,嚷着要吃喜糖。

一辆洒水车伴着音乐穿过,路上的行人纷纷躲避。穿梭在镇上的摩的、三两而行的游客、鸣喇叭的汽车、蹲在路边的土狗、上午九点的太阳,这一切都生机勃勃,让人对未来满怀期待。

庄洁中午才被电话吵醒,廖涛打的,问她在哪儿。她挂完电话洗了个澡,把屋里收拾了一下,关上门离开。

廖涛煮了丰盛的午饭,看了她一眼,理都没理她。庄洁无趣,摸了摸鼻子,说:"睡过头了。"

"赶紧吃,吃完走人。"廖涛嫌弃她。

"我下午四五点的票。"

"袅袅看见你行李箱,早上上学就闹不开心。"廖涛正说着,何袅袅骑着单车放学回来,看见庄洁,瘪瘪嘴就上了楼。

庄洁上去,何袅袅背着她在整理书桌。庄洁说:"妹儿,姐下午就回上海了。"

何裊裊没作声，一点点地收拾桌面。

"以后家里就交给你了，想我了随时打电话。"庄洁又说。

何裊裊攥着支圆珠笔，眼泪啪嗒啪嗒地往下掉。

"姐也舍不得你。"庄洁揉她脑袋，"以后妈就交给你了，你要替我和庄研尽责，照顾好她。"

"嗯。"何裊裊点头。

"以后我每周都会跟你通视频。"庄洁替她擦泪，"别哭了，姐心疼死了。哎呀，鼻涕流出来了！"

何裊裊没崩住，吹了个鼻涕泡出来。庄洁大笑，抽张纸替她擦掉，夸她："我妹儿怎么这么可爱。"

何裊裊破涕为笑。

"回头考到市里，我可以满足你三个愿望。"庄洁许诺。

何裊裊想说："我想咱们全家人永远在一起。"但她知道这不切实际，只说了句："我不想考市里了。"

"为什么？"

"我想在家里陪妈。"何裊裊说，"如果我们都走了，妈会很孤独的。"

庄洁看她："你想清楚了？"

"嗯。"何裊裊点头，"等我念高中再考去市里。"

"好，那你就按照自己的规划来。"庄洁说。

姊妹俩说了会儿话，下楼去吃午饭，何裊裊黏着她，悄悄告诉她自己的理想是当一名医生。

"那你可要好好学，学不好将来就是村口诊所的赤脚医生。"庄洁打趣她。

"哎呀,姐,你老是打击我!"何袅袅噘嘴佯装生气。

庄洁笑着捏了捏她的脸,又抱抱她:"妹儿,姐很爱你。"

何袅袅显得很羞涩,双手捧起碗只顾喝汤,喝汤间隙偷看她一眼,被抓个正着,喜不自禁地笑喷了出来。

廖涛嫌弃死了,本能地就要骂,张口的瞬间想起家规第一条"好好说话",便把到嘴边的话咽了回去,硬生生地改成了"好好吃饭,吃完去上学"。

何袅袅骑着单车去上学,庄洁站门口送她,顺嘴说:"我相信你,你会成为一个优秀的医生。"

"好。"何袅袅眯缝着眼笑。

"以后少吃点,眼睛都快看不见了。"庄洁笑她,"太胖了影响长个儿。"

何袅袅"哼"了一声就离开了,刚拐过路口就慢慢停了车,用袖子不停地抹泪。

庄洁在门口站了好一会儿才进屋,看到廖涛在厨房忙,她过去搂着廖涛的腰,撒娇道:"妈,我好爱你们。"

"行了,还是三岁小孩呢?"

庄洁脸贴在她背上出神。廖涛催她:"还不赶紧去收拾?"

庄洁全部收拾好后,坐在床前的椅子上发了会儿呆,接着拎着行李义无反顾地下了楼。廖涛开车送她,路上母女俩无话,到了停车场,她拉着庄洁的行李箱把她送到进站口,随后拍拍她肩:"有事往家里打电话。"

"行。"庄洁点头。

"受委屈了就说。"

501

"行。"庄洁点头。

廖涛犹豫了半晌,看她:"妈也爱你们。"

"我知道。"庄洁点头。

"行,走吧,别矫情了,整得跟八百年不回来一样。"廖涛说完就准备回。

庄洁喊她:"妈。"

廖涛回头。

庄洁比了个爱心的手势:"我爱你。"

"走吧走吧。"廖涛挥手往停车场去,泪流满面。

庄洁测了体温,准备要安检。她踯躅了会儿,拎着行李箱从安检处出来,拿出手机直接打给陈麦冬。挂完电话,她把去市里的车次往后改了一小时。她是明天去上海的票,她想今晚见见王西夏和返校没几天的庄研。

陈麦冬接完电话就赶了过来,看着她的行李,一句话没说。

庄洁想解释,又觉无力,索性坦白道:"我最多去两年,回来我们就结婚。"

陈麦冬戴着口罩,看不出什么表情,只是问她:"早有计划呗?"

庄洁没作声。

陈麦冬点点头,全明白了。这阵子的伏低做小全是因为她要走。她后面一直不停地说,说的什么他一句也没听清,意思无非就是两年而已,让他等着。

陈麦冬摸摸兜,才想起来烟早戒了。他环视一圈,想找人借根烟。这边庄洁察觉到他的异常,问他:"你找什么?"

第三章　地久天长

陈麦冬看她:"你说完了?"

"嗯。"庄洁点头。

"手机借我一下。"陈麦冬伸手。

庄洁把手机给他,看着他翻出自己置顶的微信,她察觉出他的意图,伸手就抢,陈麦冬不给,两人就死死地僵持着。庄洁见抢不过他,拉下口罩,朝他手背上就是一口。

直到闻见血腥味儿陈麦冬才松手。他也顾不上查看伤口,盯着她说:"删了,把我所有的联系方式都删了。"

庄洁拉着行李箱要走,陈麦冬拦住她:"不删今天你走不了。"

"让开。"

"删了。"

"你让开!"

"我再说一遍,把我的联系方式全部删了!"

庄洁干瞪着他,偏就不删。

陈麦冬又夺她手机,非删不可。

庄洁踹他,抡包打他,陈麦冬疯了似的,不管不顾地抢她手机。庄洁骂他是疯狗。

"我就是疯狗!"陈麦冬红着眼吼道,"我就是疯狗!"说着一脚把她行李箱踹翻,指着她,"把我删了!"

"滚蛋!"

"行。"陈麦冬不怕,"今天你要么把我删了,要么别想去上海。"

两人对峙了几分钟,陈麦冬拎着她行李箱就回停车场。庄洁拽住行李箱,死也不回。

"那就删我。"陈麦冬盯着她,"就按当初的情人约定,你删掉我,我绝不拦你去上海。"

"我不删。"庄洁还是那句话。

"你就是个王八蛋!"陈麦冬破口大骂。

庄洁夺过行李箱要走,陈麦冬拽住她:"你今儿走不了。"

"滚开!"庄洁警告他。

"你不给我一个说法,你今天走不了!"陈麦冬拖着行李箱回停车场。

庄洁反身坐在行李箱上,执拗地望着他。

"当初是不是说好的,等你回上海,咱们互不干扰,各自婚嫁?"陈麦冬蹲下看她,"是不是你说好的?"

庄洁抱着包坐行李箱上,看着他,就是一句话不接。

陈麦冬看见她手指上的订婚戒,伸手要摘,庄洁握住拳不让他摘,争执中庄洁猛挥拳,不小心砸到陈麦冬鼻梁,顿时两道血流了出来。

陈麦冬捂住鼻子,庄洁慌忙给他拿纸巾,他狼狈地推开,从自己兜里摸出纸擦,随后看她:"你执意要走?"

庄洁不作声。

"你也不删?"

庄洁还是不作声。

陈麦冬无法,指着她大骂:"你就是个王八蛋,以后谁再联系,谁就是畜生!"说完扭头去停车场。

他上了车,鼻血浸透纸巾继续往下流,他反手脱了T恤捂住鼻子。手机在兜里响,装修公司出好了设计图,说让他明天去公

第三章 地久天长

司谈。他前几天约了装修公司,着手装修北京的房。

他等鼻血止住,面无表情地开车回新房,路上闻见枣花香,眼泪止不住地往下流。他拿过脏T恤,狼狈不堪地捂住脸。

回到新房,他把庄洁的东西全收拾了,一股脑儿搬到楼下车库,接着给保洁打电话,约时间上门清洁。一切忙完,他去淋浴间洗了个澡,换了身衣服,然后回奶奶家。

*

王西夏在出站口朝她招手,见她出来,拉过她行李箱说:"不行,庄研学校太严了,都不许学生出来。"

庄洁点点头。

王西夏看她情绪不对,问她:"怎么了?"

"闹翻了。"

"啥闹翻了?"

"我跟陈麦冬,我们俩翻了。"

"咋回事?不是昨天才订……"王西夏止了话,看她,"他去高铁站堵你了?"

"我给他打电话了。"庄洁把口罩往上扯了扯,完全遮住鼻子。

王西夏没再往下问,不好问。

两人一路沉默地回去,王西夏安慰她:"没事儿,等过几天他平静了,你说说好话就行了。"

"嗯。"庄洁点头。

"小事儿,他正在气头上。"王西夏又说。

庄洁头倚着王西夏的肩没接话。王西夏朝司机道:"师傅,我们去西门。"

到家正准备开门,门被从里面拉开了,来这儿借宿的同事准备了晚饭,说等她们一块儿吃。

庄洁洗了手过来坐下,那边西夏同事说:"我跟房东协商好了,1号就搬回去。"

"行,没事。"王西夏应声。

"今年多亏有夏姐。"说着举杯要碰。

"见外了,多大点事。"

王西夏帮庄洁倒酒,庄洁挡回去道:"我喝白开水吧。"

"行。"王西夏不勉强她。

几个人碰完杯,边吃边聊。王西夏碰碰她:"真戒酒了?"

"戒了。"

"行,厉害!"王西夏竖大拇指。

"你不戒?不是打算婚后要小孩吗?"庄洁问。

"最后一回。"王西夏说,"明天开始戒烟酒。"

之后餐桌上她们聊,庄洁只听,基本不接话。王西夏扯她:"上海的房子租好了?"

"我先订了酒店。"

"酒店多贵呀,你怎么不租房?"王西夏同事问。

"公司有合作的酒店,很便宜。"庄洁应了句。

"你怎么不直接租房?手机上就能搞定。"对方好奇。

"再说吧。"庄洁搪塞了句。

晚上她同王西夏睡一张床,老房子隔音不好,大半夜楼上乒乒乓乓地响,庄洁轻声说:"换个环境好点的小区吧。"

"将就吧,这儿便宜。"王西夏说。

"省这点钱干什么,住得舒适心情好,工作效率就会高。"庄洁说。

"行行行,管好你自己吧。"王西夏看她,"你们俩到底怎么回事?"

庄洁顿了一下,说:"他要我删他联系方式,我不删。他要我在上海和他之间选一个。"

"最后删了没?"王西夏问。

"没删,但闹得很难看。"

"反正都到这步田地了,我举双手支持你去上海,除除你的心魔,看上海到底哪儿吸引你。"王西夏说。

"夏,你发个微信给他。"庄洁冷静地说。

"给陈麦冬?"

"嗯。"庄洁点头。

"我说啥?"

"你问他怎么回事,我们都订婚了,问他什么想法。"庄洁教她。

"……"王西夏按庄洁说的发微信给陈麦冬,那边不回。庄洁催她,让她再发一条,那边还是不回。王西夏连发了五条,那边回了句:"西夏,别再发了。"

庄洁看着微信界面,一句话没再说。

"他现在正在气头上,等个三五天再说。"王西夏劝庄洁。

庄洁不听,拿出自己手机给陈麦冬发,编辑好准备发送的那一刻,又全都给删了。

王西夏说:"这事我做和事佬,回头跟他吃个饭,看他什么态度。"

庄洁没接话,她完全有心理准备,但没想过陈麦冬会这么决绝。

两人静默地躺了会儿,窗外有断断续续的歌声,王西夏说:"好熟悉的旋律。"

半晌,庄洁用手背挡住眼睛,说了句:"中岛美嘉的《曾经我也想过一了百了》。"

"对哦,我说怎么这么熟悉。"

"夏,你能自洽吗?"

"什么意思?"

"真正幸福的人都是能自洽的人。"庄洁轻声说,"无论自欺欺人也好,自我催眠也罢,一个人能自在从容、一意孤行地生活全是因为他能自洽。"

"那我不能。你能自洽?"

"自洽对我很重要。"庄洁答非所问地应了句。

庄洁回上海两个月了,每天都住酒店,一个同事问她租不租房,说自己有个朋友的房子位置很好,因为着手换工作,可以把房子转租给她。

庄洁摇头,说酒店更划算。

王西夏中间回了南枰镇一趟,约陈麦冬出来吃饭,陈麦冬直截了当地说只要不提庄洁,他就应约。

王西夏打着哈哈把他约到她堂哥家民宿,酒足饭饱,感觉火候到了,她就提了句庄洁,不料陈麦冬借口尿遁,再没回来。

这事她也没同庄洁提,庄洁也没问,两人都心知肚明。因为但凡聊出个什么结果,王西夏都会主动告诉她。

庄洁也不太在意,工作忙得要死,不是开会培训,就是跑医院。

周六这天休息,何袅袅跟庄洁视频,说纪三鹅子不见了,她让廖涛去镇广播里喊,廖涛嫌丢人,她就自己去喊了,她担心纪三鹅子被狗给咬死了。还好她喊得及时,纪三鹅子被邻村一个人送回了烧鸡店,换了一只烧鸡。对方本来捉了要吃,但嫌纪三鹅子太肥,就给送了回来。

何袅袅说着把摄像头对准纪三鹅子,纪三鹅子正在小溪里划水,看见手机里的庄洁,它兴奋地呼扇翅膀拍水,伸着脖子干嚎,何袅袅被溅了一脸的水。

何袅袅抹了抹脸上的水,把纪三鹅子从水里拽出来,让庄洁看它的全身。庄洁对着摄像头说:"太肥了,不能再喂了。"

"它老偷吃,还去邻居家偷食。"何袅袅骑在纪三鹅子身上。姊妹俩正聊着,何袅袅突然朝远处喊:"冬子哥!"接着镜头乱晃,何袅袅朝陈麦冬跑过去,"冬子哥,你在叉鱼?"

陈麦冬笑了声:"等会儿你拿两条回家。"

"好呀,我喜欢吃红烧鱼!"何袅袅说,"但我妈很忙,晚上八九点才会从厂里回来。"

"你晚上吃什么?"

"我就自己煮饺子或面条。"

"你会煮面条?"

"会，我妈早上炖了肉，我就往肉汤里放面条就行，而且我总是偷偷放点火锅底料，好吃死了。"何袅袅说完嘿嘿笑。

"晚上去我家吃饭，我给你做红烧鱼。"陈麦冬说。

"嘿嘿，怪不好意思的。"

镜头朝着地面，也没关，庄洁听他们俩聊天。好半天，何袅袅一咋呼，忘记了正在跟庄洁视频。

她摆正了手机，朝着庄洁说："姐，我碰见冬子哥了。"说着把手机对准陈麦冬，陈麦冬穿了件T恤，挽着裤腿，手里拿着鱼叉。见何袅袅把手机对准他，他立马偏开身，撅着个屁股继续叉鱼。

"……"

家里长辈还不知道两人闹翻了。廖涛整天忙熟食厂的事，顾不上操这心。陈奶奶有点猜到了，但她不好问，她也没庄洁手机号，否则早就打过去问了。

思来想去，这事她不能出面。这天，她去找妇女主任，让妇女主任去套套廖涛的话，看这一家人到底是啥意思，订完婚隔天就去上海，这是啥意思。

妇女主任去了，和廖涛唠了半天，回来对陈奶奶说："这事是他们俩商量好的，庄洁先去上海两年，回来就结婚。"

"商量好的？"陈奶奶惊讶了。

"对呀，庄洁妈说得很清楚，这事是你孙子应下的。"

陈奶奶回家，朝厨房里正在刮鱼鳞的陈麦冬说："我咋有你这么个笨蛋孙子，丢我的人！"

陈麦冬莫名其妙。

陈奶奶打他:"没出息的货,我费了这么大劲儿给你找媳妇儿,你倒好,愿意让她回去再等她两年。"

"谁说的?"陈麦冬问。

"别瞒我了,你邬姨都去问了,你丈母娘说这是你们俩商量好的。"

陈麦冬没作声,继续刮鱼鳞。

陈奶奶一个劲儿地骂他,他一声不吭,洗鱼,炸鱼,做红烧鱼。这边何袅袅骑着单车过来,对着陈奶奶亲热地喊"奶奶",然后递给她几兜吃食,都是廖涛刚卤好的。

陈奶奶欢喜地迎她回屋,把家里的好吃的都翻出来,可劲儿劝她吃。

远在上海的庄洁也在吃晚饭,部门聚餐。有同事开了红酒给她,她摆手,说戒了。

一桌人正吃着,邻桌两人吵了起来。一个欠债的,一个讨债的。欠债的说他真没钱,今年公司濒临破产,他也正在想办法贷款;讨债的就堵着他,说今天拿不到钱就别想走。

庄洁他们这一桌结账出来,唏嘘着说今年都好难呀,大企业能扛得住,小公司、小工厂就太难熬了。说着大家就散了,各自回家。

一位同事约了车,问庄洁要不要一起,庄洁摇头,说她再逛会儿。她独自乘地铁去了外滩,沿着外滩漫无目的地转了圈,然后趴在护栏上看东方明珠。廖涛打电话给她,也没啥事,就是问她怎么样。

庄洁说很顺利,让她别操心,自己一切都好。廖涛说顺利就好,最近熟食厂忙疯了,网上订单也多,镇上游客量也上来了。然后廖涛又夸何袅袅懂事,知道吃完饭洗碗,知道不给她添负担,接着又说何袅袅去冬子家了,去吃红烧鱼。娘儿俩闲聊几句就挂了,廖涛很忙。

庄洁挂了电话,旁边一位上了年纪的叔叔搭话,问她:"丫头,你是北京人?"

"不是,离北京还有段距离。"庄洁应声。

"那也差不多,我也是北京附近的。过来上海五六年了,平常帮孩子带孙子。"

"您孙子多大?"庄洁同他唠家常。

"大孙女十四岁,小孙子三岁。平常两口子工作忙,请保姆不放心,我们老两口就过来帮帮。"

"那挺好的。"庄洁说。

"好个啥?以前我们老两口住老家,我抽烟没讲究,家里哪哪儿都能抽。跟儿媳妇住一块儿就不行了,屋里会影响孙子,阳台会熏到衣服,只能下楼抽。"叔叔又说了,"不过呢,这些小事无所谓,受约束就受约束,好在一家人能整整齐齐地在一块儿。"

"那挺好的。"庄洁笑道。

"是啊。"叔叔问她,"刚跟家里人通电话?"

"跟我妈。"庄洁说。

"你待上海几年啦?"叔叔又问。

"十二三年了吧?我十八岁上大学就来了。"

"哎哟,那年头够久了。"叔叔花白的头发,慈爱地看她,

"你平常想不想家？"

"想啊。"庄洁笑笑。

"那怎么不回北京？咱北京那么好。"叔叔说，"我是没法子，儿子在这边成家早。我们老一辈人呢还是老观念，家里有人才叫家，要不然一代代地繁衍是为了啥？你们长大了爱往外飞，飞着飞着心就离家远了，一年回不来三两回。周围亲戚老羡慕我，儿子定居上海，有房有车有体面工作。可孩子他妈整天都操心着电话，生怕错过一个就是孩子打过来的。家人嘛，就是要在一起才是家，一年回来三两回，哪儿像个家的样子？平常没个人说话，刚听你口音像咱北方人，我就控制不住多唠了几句。对了丫头，你谈对象了吗？"

庄洁望着东方明珠，听着听着泪往下坠。

叔叔从身上摸出纸："擦擦吧丫头。"他观察庄洁老半晌了，她一直盯着江面看，怕是遇上了难处。

庄洁用纸巾盖住脸，偏了下身子。她也不知道怎么了，多艰难的日子都过来了，那会儿都没哭过。

叔叔挪去了别的地儿，半晌，见她哭完，手一挥说："丫头，叔叔请你喝酒。"

庄洁觉得叔叔特亲切，有几分像十几年前过世的爸爸。她随着他拐去了一条弄堂，里面有一家没门脸的菜馆，叔叔找张桌子坐下，操着一口北方口音报了几样菜名，随后朝庄洁说道："老熟人，都咱北方人。"

庄洁肿着眼说："第一次知道这儿有个菜馆。"

"没啥稀罕的。"叔叔开导她，"你妈要知道自个儿丫头一个人在黄浦江边哭,她该多难受。"紧接着又悄声道,"那江水脏,跳下去打个漩就找不着了,不体面。"

庄洁哭笑不得,她从没想过要跳江。

俩人吃好出来,叔叔朝着临街小区一指,说儿子家住五楼。庄洁怕他喝多了,把他送到了小区。叔叔到家后推开五楼的窗朝她挥挥手,喊道:"后会有期!"

庄洁坐地铁回了酒店,路上想了很多,到房间先打了份辞职报告,然后决绝地给公司发了邮件。隔天领导找她谈话,庄洁去意已决,说会交接好再离开。

下午她抽空回了王西夏电话,说打算入职一个国内厂家,朋友介绍的,总部在北京,她先过去探探底,为以后的创业铺路。

王西夏毫不惊讶,说欢迎她回来。

一个月后庄洁回北京,王西夏激动地抱住她,说就知道她会回来。下午中介带她们看房,庄洁一眼就拍板应下,签了合同。

王西夏嫌她草率,说租金不便宜。庄洁早在网上捋好几遍了,只有这间房子她最中意。

她邀王西夏搬过来一块儿住,王西夏说:"不用,我下个月也要搬了。"

"搬哪儿?"庄洁看她。

"搬老徐那儿。"王西夏说着掏出一本结婚证,甩给她,"9月29领的。"

"昨天领的?"庄洁惊讶。

"昨天日子好,长长久久嘛。"王西夏说。

"行。"庄洁把结婚证还给王西夏,"今晚我要宰你们两口子。"

第三章 地久天长

"宰呗,怕你?!"王西夏勾她脖子。

"等着,国庆长假我就把他拿下。"庄洁说。

"谁?"

"陈麦冬。"

"哼,我就猜到你回来是为了他……"

这话庄洁就不爱听了,她直接打断道:"我回来是为了我自己,OK?"

"OK!OK!"

"你思想有误区,姐有必要纠正你。"庄洁说王西夏。

"洁姐我错了!"

"不够诚恳。"

王西夏九十度弯腰:"洁姐我错了!您是为了自己回来的!"

"这种低级错误下回别再犯了。"庄洁大气地摆手。

"看你那小鳖样儿。"王西夏作势拧她。

庄洁大笑。

晚上去夜店,俩人疯得不行,王西夏拍了几张合影准备发朋友圈,庄洁阻止王西夏,说她回来谁也不知情,她打算给她妈制造一个大惊喜。

王西夏拆穿她:"难道不是给老陈制造?"

庄洁摇头晃脑:"随你怎么想。"

"国庆要是拿不下呢?"王西夏喝着果汁说,"我感觉你将面临一场恶战。"

"怎么可能拿不下,车到山前必有路。"

"万一拿不下……"

"等着吧,没有解决不了的事。"庄洁还是那句话。一分的自信她能发挥出十分气势。

"行,洁姐威武!"王西夏跟她碰杯,"等你好信儿。"

庄洁喝了口果汁,品了品:"这果汁不行,又贵掺水又多。"

"就是,还没街上二十块一杯的好喝。"王西夏附和。

俩人勾肩搭背地出来,跳着鬼畜的舞步,吼着吓人的歌,徐清河开着车缓缓跟在她们身后。

王西夏疯了会儿:"哎,我们家老徐呢?"回头找,徐清和在车里冲她笑。

她摸出钥匙给庄洁:"你先回去。"

庄洁看她:"你呢?"

"你先回,我随后。"

"干吗不一块儿回?"

"你先回,我去买点东西。"

"我跟你一块儿去买。"

"……"

王西夏把她送回屋,给她找了牙刷浴巾,等她脱了残肢才说:"你先洗,我马上回来。"说完人就闪了。

*

隔天庄洁去学校接了庄研,姐弟俩一块儿回南枰镇。路上庄研同她聊最近的状态,说挺好的,画画也不全靠灵感了,只要静下来就能画。而且无论画得怎么样,他都能心平气和地看待。

"对自己适当降低要求是好事儿。"庄洁说。

第三章　地久天长

庄研点点头，让她看自己的作品。

庄洁明白他还是没能接受他自己，但她不担心，她相信总有一天他会有勇气面对自己。

姐弟俩走出出站口，一个黑车司机迎上前，庄洁问对方多少钱，对方说四十，庄洁砍到二十，问他行不行。

庄研怕挨打，眼睛四下望，当看见过来送人的陈麦冬，他连忙挥着胳膊大喊："冬子哥！"

陈麦冬回头，庄研跑过去，说学校国庆放假，他和他姐一块儿回来的，说完指着庄洁给陈麦冬看。

陈麦冬看了一眼，没什么多余的表情，同庄研说了两句就要回。

庄研不知道现在是啥情况。他跑向庄洁，庄洁贴着他耳朵交代了句话，他又跑过去，朝陈麦冬说："冬子哥，我们想搭一下你的车回镇里。"

"我的车只能坐一个人，等会儿路上还要接人。"陈麦冬说。

"哦。"庄研说着又跑回庄洁那儿。没一会儿，陈麦冬见庄洁拦了辆摩的，让庄研坐上去，她自己拎着行李箱走了过来。

庄洁自觉地坐上副驾驶的位子，也没同他搭话，悠闲地拿出口红涂，又理了理新烫的大波浪，自在得很。

陈麦冬更不会主动搭话，他目视前方，四平八稳地开。快到镇口，庄洁侧脸看陈麦冬："哎，你不是要接人吗？"

陈麦冬充耳不闻。

车到她家附近，他靠边停车，庄洁拿了行李箱下来，过去敲敲驾驶室的窗，准备等车窗降下，将自己的红唇印在他脸上。不想陈麦冬偏开脸,理都不理,一轰油门扬长而去。

"……"

庄洁回了家,家里清冷一片,廖涛不在,何袅袅跟纪三鹅子也不在,只有她跟庄研干瞪眼。

俩人先上楼归置行李,正忙着,大门"哐啷"一声,一听就知道是何袅袅骑着电瓶车顶开了大门。

庄研撺掇庄洁:"姐,你去教教她怎么用手开门。大门都是被她顶凹的。"

庄洁下楼,何袅袅看见她在,先是尖叫,随后抱着她直蹦跶。庄洁假装抽她,让她以后用手开门,何袅袅坐地上抱住她腿撒欢。

庄研也轻踹何袅袅,让她以后别像鬼子进村似的。何袅袅不管,任凭他们打骂,还一脸傻笑。

姊妹仨去美食街觅食,游人如织,何袅袅嘴馋,手心托着一碗臭豆腐,边吃边叽叽喳喳。庄洁嫌游人太多,正准备回,迎面碰见陈奶奶,她老人家见到庄洁可高兴了,跟中了五百万似的,非牵着庄洁手回家,边走边说:"瘦了瘦了,奶奶给你好好补补。"

姊妹仨跟着去了陈家。院里屋檐下,陈麦冬顶着一头的泡沫蹲在那儿,本来正洗着头,停水了。陈奶奶打了他两下,早不洗晚不洗,非这个时候洗。陈奶奶去邻居家给他借了桶水,倒洗脸盆里,催他赶紧洗头。

庄洁看他撅着屁股洗头的样子,真想抬脚踹上去。她心里这么一想,脚不知怎么就真踹了上去。

陈麦冬差点被踹翻,等站稳了回头看,那姊妹仨在抢臭豆腐吃。他目光看向庄洁,她吃掉最后一块臭豆腐,丢掉木扦嚷着回屋喝茶。

陈奶奶给她倒着茶问:"这是回来休假?"

庄洁往门口站了站,说:"我上海的工作辞了,以后都不去了……"

"姐,你不回上海了?!"何袅袅听见后从院里跑了过来。

"对,以后都不去了。"庄洁又强调了一遍,说完看了眼擦头发的人。

"不去好,不去好!"陈奶奶欢喜得不知如何是好。

庄研问她咋不去了,庄洁实话实说:"我想明白了什么东西对我最重要。"

庄研起了层鸡皮疙瘩,何袅袅假呕。庄洁伸手就要打,何袅袅连忙说:"家规第一条,家规第一条。"

陈奶奶高兴坏了,半天嘴都没合上,她极有眼色地拉那兄妹俩出去,给她孙子和庄洁制造独处的空间。

等人都走完了,陈麦冬打了个喷嚏,继续吹头发。庄洁挪到他身后抱住他,陈麦冬掰她手,她不松,他一个一个指头地掰开。庄洁又吻他,咬他耳朵,陈麦冬避不及,也不敢推她。庄洁耍无赖:"你推我,把我推地上我就走了。"

陈麦冬面无表情,一个字不说。

庄洁搂得更紧,随后仰头看他:"说话嘛。"

陈麦冬不挣扎,也不吭声,完全当她是空气人。

庄洁掰他嘴,他制住她的手,盯着她。庄洁狡黠地看他,喊他"宝贝儿"。

陈麦冬脸都快绿了，受尽了屈辱似的对她破口大骂，骂她没有心，太知道怎么摧毁一个男人的尊严。

庄洁被骂蒙了，什么也没说，回了家。

她反省了两天，去殡仪馆找他，他避而不见。她等了一个钟头，见他不打算出来，就转身去了烧鸡店帮忙。

国庆这几天生意好，店里从早到晚都排队。何袅袅发抖音，宣传下溪村，宣传自家的烧鸡店。庄洁有条不紊地炸鸡，切鸡，淋酱。有阿姨在另一个窗口负责装烧鸡。

待晚上忙过，庄洁去了陈奶奶家，她要把事情说清楚。等了一个钟头，陈麦冬压根儿没回来，她又折去新房，输密码，提示错误。

隔天她又去殡仪馆，直接一间间找，小孙出来看见她，欢喜地喊"冬嫂"。庄洁问他陈麦冬在哪儿，他说在淋浴间，刚忙完工作。

庄洁往前走了几步，又折回来问："淋浴间有人吗？"

小孙直摇头。

庄洁闯进了男浴，见陈麦冬正在穿衣服，她单刀直入地问道："你什么意思啊？"

陈麦冬吓一跳，缓过来又不急不缓地穿，没搭理她。

"我怎么羞辱你摧毁你尊严了？"庄洁服了，"你犯得着上纲上线吗？以前我这么干，也没见你怎么着，现在感觉受屈辱了？我是耍了点小心思，但我从来没有玩弄过你，哪怕是当情人期间，我们关系也是平等的，我付出的也同样是真心。先斩后奏确实错在我,我无话可说。其实去上海之前我就清楚我会回来,但我还是执意要去。我这人性格就是执拗,不撞南墙不回头,天生的没办法。还有,不要贬低自己,你贬低自己就是在羞辱我。羞辱我看人的眼光。"庄洁一股脑说完,转身就离开了。

回了烧鸡店,她发微信给王西夏:"男人翻脸速度真快,同样一件事,好的时候一个样儿,闹掰了就是受屈辱和伤尊严。啥都让他说完了。"

王西夏:"咋了?"

庄洁:"没咋,我自言自语。"

王西夏:"怎么着,拿下了?"

庄洁:"没,雪上加霜。"

王西夏:"这咋跟你之前的口气不一样啊?"

庄洁依然自信:"等着吧,我终会拿下。"

王西夏:"要不要我帮你?"

庄洁:"你咋帮?"

王西夏出主意:"你来找我,我找个男同事陪你喝咖啡,然后我把你们俩照片发朋友圈,仅老陈可见。用不了一天,你们俩准和好!"

庄洁毫不犹豫地回:"low(低级)。"

王西夏:"别管 low 不 low,这叫情感催化剂,百试百灵。"

庄洁:"拉低了姐的腔调。"

王西夏:"行,你是有腔调的人。"

庄洁和她聊着,陈麦冬骑着摩托经过,她伸头瞥了眼,发微信给王西夏:"他越是拉个脸冷我,我就越稀罕他,劲儿劲儿的。"

王西夏:"你这是欠。"

庄洁刚还生陈麦冬气,这会儿息了,琢磨着怎么找理由去陈奶奶家。想了会儿,去陈奶奶家还需要找理由?

她脱掉身上的工作服,理了理大波浪,又涂了下红唇,装了一些卤好的熟食,迈着轻盈的步伐去陈奶奶家。

陈奶奶看见她很欢喜,庄洁也是奇怪,为什么每回陈奶奶看见她都很欢喜?陈麦冬正在那儿刨院里的无花果树,一眼都没看她。

陈奶奶问她:"洁儿,你想栽棵啥?"

庄洁想了会儿:"樱桃树吧。"

"听见没,明儿去买棵樱桃树。"陈奶奶指挥干活的陈麦冬。

"那门口的石榴树咋办?"陈麦冬擦擦汗,指着门口的一株小树。

"你吃掉。"陈奶奶就烦他没眼力见。

"……"

庄洁贴着陈奶奶耳朵小声说:"奶奶,要不是冲您,我跟他成不了。"

"你们是不是闹矛盾了?"陈奶奶轻声说,"别哄我,我都看出来了。"

庄洁半天没说话,好一会儿才喃喃地说:"奶奶,没事儿,一点小矛盾,都是我的错。"说完去屋里倒茶。

陈奶奶扯下晾衣绳上的毛巾,朝陈麦冬背上抽了两下:"惜福吧,别没事儿找事儿。"

"我又怎么了?"陈麦冬委屈。

陈奶奶压着声说:"我好不容易哄了个孙媳妇,你要敢弄飞,我饶不了你。"

"……"

陈麦冬往堂屋看,贴在门口偷看的庄洁迅速躲了回去。

"……"

陈奶奶假模假样地喊:"洁儿。"

庄洁端着茶碗出来。

"奶奶要去做弥撒了,你晚会儿留下吃饭。"

"不吃了,我也该走……"

"不行。"奶奶拉下脸说,"等会儿让这兔孙给我们做钵钵鸡,我买好食材了。"

"……"

陈奶奶离开,庄洁挠挠鼻头,自言自语道:"奶奶这弥撒真是随意,啥时候都能做。"

陈麦冬也不搭腔,把死掉的无花果树扛出去,在原来的树坑里撒了肥料,等过几天栽新树。

忙完他洗了个澡,换了件轻薄的针织横条套头衫,一条白色休闲短裤,一改往日的沉闷打扮,欧美范儿十足。

庄洁被八宝茶呛得直咳。

陈麦冬拎了兜菜出来,叉开腿坐马扎上择菜。

庄洁偷拍了张照片,发给王西夏:"品品,他这是啥意思?"

王西夏:"穿得这么骚包,这修长的腿……不过他穿短裤不冷?"

庄洁撇嘴:"冻死他。"

王西夏:"这天倒也不会冷,死男人都耐寒。但他这身上街绝对要出洋相,在大城市显范儿,在乡镇显二。"

庄洁不管这些,问王西夏:"他是啥意思?"

王西夏分析:"想以全新的面貌和心态迎接新生活。"

接着又回:"着装风格变化这么大,这就跟女人失恋剪头发一样,想跟过去彻底了结,开始新生。"

庄洁:"我是过去?"

王西夏:"你肯定不是新生。"

庄洁看看专注择菜的人,脱口轻骂了一句。

她合了手机盯着他看,陈麦冬背过身择菜。这个举动激到庄洁了,她也跟着转过去,非盯着他看。

"不说话是吧,我就看你说不说。"

陈麦冬拎着菜回厨房,庄洁发微信给王西夏:"你说得对,他现在跟哑巴了似的,完全无视我。"

王西夏:"事大了。"

过了半天王西夏又回:"强扭的瓜不甜,不行你就放弃。"

庄洁:"我字典里就没有'放弃'这俩字。"

她看了一会儿,又发微信给王西夏:"这短裤怎么刚裹住屁股?也太娘了。"

王西夏:"还行吧,外国人就这么穿。"

庄洁:"他是外国人?而且他针织衫也若隐若现的。"

王西夏:"薄针织都这样,我们女人的比这透多了。"

第三章 地久天长

庄洁跟她没共同语言，不再搭理她。

陈麦冬悠然自得地洗菜，焯菜，穿串，熬红油。他嘴里哼着小曲，惬意得很，即使无意间跟她对视，也把她当空气一样略过。

庄洁沉住气，开始想对策。

这边陈奶奶晃回来，庄洁快人一步过去，朝着陈奶奶小声说："奶奶，您孙子伤风败俗，你看他穿了啥。"

陈麦冬端着一盆钵钵鸡出来，陈奶奶眼前一亮："哎哟，我孙子终于会打扮了！"

"……"

"我前一阵儿就看见几个外国人这么穿，潇洒自信，当时就觉得外国男人真浪漫。"陈奶奶赞不绝口，"男人就该像女人一样，也捯饬捯饬，别整天灰老鼠似的。"

庄洁简直要晕倒。

"奶奶，您要喜欢我天天这么穿。"陈麦冬说。

"穿吧，这么打扮看的人也舒坦。"

"轻浮，不稳重。"庄洁忍不住插嘴，"职业需要也该把自己……"

"他就是太沉闷了，我才支持他这么穿的。"陈奶奶说，"工作西装革履，回家了也是黑T恤，跟个煞神似的，应该穿得开朗点儿。"

"……行。"庄洁干巴巴地应了句。

"好看，还显年轻，你要早几年这么会打扮，我现在重孙都抱上了。"陈奶奶说完察觉话不对，又说，"原来早年苍天不开

525

眼,就是为了让你遇上洁儿。感谢它开眼。"

庄洁服了这祖孙儿俩。

陈麦冬给奶奶拿土豆:"奶奶,脆脆的,都是您爱吃的口味。"

陈奶奶催她:"洁儿,你怎么不吃?这土豆可好吃了。"

庄洁从不跟自己过不去,而且这还是狗东西费了老大劲儿煮的,不吃白不吃,伸手抓了一大把串放盘里,一根根地捋下来,心想吃饱再想对策。

一直到隔天,她都没想出对策。新公司面试已经过了,通知她过完国庆,12号周一正式入职。今天已经5号了。

中午陈麦冬骑着摩托"花枝招展"地经过,店里俩阿姨还讨论来着,说这男人要是细打扮起来还怪好看的。

庄洁无语。

王西夏趁拍婚纱照休息的时候发微信给她:"累死了,拍婚纱照真要命。"

庄洁:"那就别拍了。"

王西夏服了:"我这是甜蜜的小抱怨,不是吐槽,OK?"接着发了一张自拍给她。

庄洁本能觉得妆太浓,睫毛太假,但她违心地评论:"真好看。"

王西夏:"你真假。"

庄洁认真想了会儿,问她:"你那招——找男同事发朋友圈那个,百试百灵?"

王西夏:"你不是嫌 low,不是说拉低了你的腔调吗?"

庄洁:"这些不重要,你就说管不管用吧?"

王西夏："对爱你的人管用。我摸不清陈麦冬的套路，他今儿一早在朋友圈发了张照片，配字：Good morning（早上好）。"

庄洁翻朋友圈，陈麦冬穿着运动背心，精神焕发，骚气十足地对着镜头笑，一看就是才晨跑完。

庄洁刚吃完午饭，正忙着炸鸡，陈麦冬过来，俯身朝窗口要了十只炸鸡，两只烧鸡，三斤鸡杂。随后他二郎腿一翘，坐在候餐区打手游。

熟识的阿姨问他："冬子，咋买这么多？"

"请客，同事嚷着要买。"陈麦冬漫不经心地接话。

庄洁把炸鸡捞出来，朝他问："需要切吗？"

陈麦冬看她一眼，站过来，应了句："切。"

庄洁给他切好包好，陈麦冬扫码付款，拎过后说道："谢谢。"

庄洁看他骑上摩托离开，撇撇嘴，发微信给王西夏："他刚来我店买烧鸡，还客气地说了谢谢。刚开始回来还躲我，现在完全不躲了。是不是放下了？"

王西夏也愁，拍完一组婚纱照后回她："如果非他不可，就先诚恳地道歉，然后死皮赖脸地追。"

庄洁回："等着吧，能屈能伸是我的优点。"

王西夏："你就是被公司讲师给洗脑了，盲目自信。"

庄洁："他能洗我的脑也算本事。"

王西夏某种程度上很佩服庄洁，无论什么状况下她都非常自信，哪怕她完全没有把握。而且她毅力和执行力极强，说戒烟酒就能戒，说办什么事准成。她第一次去拜访客户，被对方养的泰迪抱着腿做不雅动作,当时屋里人哄堂大笑,就连带她去的师姐都尴尬得面红耳赤,但庄洁一个玩笑就带过去了,接着思路清晰地向客户表达想合作的意向。

早年着急赚钱,庄洁工作上什么苦都能吃,什么委屈都能咽。除非触碰到她的底线。平常俩人聊天她都是云淡风轻,说她都接触了什么人,学到了什么本事,说越是能力强的人越是处变不惊,说哪怕你对这件事没一点信心,也要拿出十分的气势。

王西夏思忖了会儿,回她:"后天我组局,约老陈出来吃饭,我撮合你们。"

庄洁:"不是我说,他不一定给你面儿。"随后又问:"你后天回来?"

王西夏:"镇里组织表彰大会,要我回去一趟。"

庄洁:"表彰你啥?"

王西夏:"表彰我在抗疫期间捐了两箱口罩,表彰我为镇里拉了投资,颁发一个优秀个人奖。"

庄洁:"这奖有啥用?"

王西夏:"用处在我有,而你们没有。"

庄洁:"行。"

王西夏:"名单上还有我堂哥、陈麦冬以及几家企业的负责人,一共十几个人,全是疫情防控期间为大家无私奉献的楷模。"

"……"

庄洁调整了战略,傍晚见陈麦冬拎着菜回来,忙完手头的活,她便理了理妆容,去陈奶奶家蹭饭。

陈奶奶正在拆快递,今儿一天拆了六七个,全是陈麦冬的衣服鞋子。陈奶奶一面拆,一面催陈麦冬试,说不行就赶紧退。

庄洁站在屋门口,看着陈麦冬一件件试,陈奶奶一件件夸:"好看,显精神,颜色俏!"试完,陈奶奶全拿去过水。

陈麦冬穿了件休闲T恤,一条类似沙滩裤的短裤去厨房煮饭。陈奶奶喊住他,让他出门把T恤换了,领太低,太露,还有洞。

陈麦冬说没事,不细看看不见,现在流行这么穿。

陈奶奶说他伤风败俗,陈家人不兴这么穿。

陈麦冬说镇上夏天光膀子的人一大把。

陈奶奶说那都是老鳏夫,说完看庄洁:"洁儿,你来说。"

"女人这么穿会被骂不检点。"庄洁应了句。

"对,你就是不检点。"陈奶奶说陈麦冬。

"……"陈麦冬在厨房忙自己的,就不接她们话。

陈奶奶念叨着找根针,说要把他衣服上的洞缝起来。

庄洁去厨房帮忙,剥剥蒜,洗洗姜,偏脸看看他,试探着过去抱他的腰。陈麦冬挣扎,庄洁非要抱,最后陈麦冬索性让她抱了。

吃完饭,陈麦冬洗碗,庄洁也跟了过来,见他闷头洗着,便朝他脸上亲了下。陈麦冬不理她,往后挪了一步,庄洁也挪过去,又亲了他一下。

陈麦冬懒得理她,擦擦手,朝陈奶奶一番交代,去了下溪村。

庄洁犹豫着跟上去,她想好的策略一个没用上,陈麦冬的举止非常人,让她百思不得其解。陈麦冬沿着溪边走,她在身后跟了会儿,随后追上去说:"我去上海也是为我们好。"

陈麦冬转身看她,神情依然淡漠。

"如果我不去，这件事就会窝在我心里，以后咱们吵架或闹掰，我就会后悔。"庄洁坦白道，"但我去了，我完全证实了内心的想法才回来，将来无论怎样我都不会后悔。我回到上海就后悔了，一直到撑不下去才回来。我跟你订婚，戒烟酒，规划将来，都是真心的。我知道先斩后奏太孙子和自私，但我一时想不出解决的办法。"

"如果时光倒流，我还是会去上海，回来我会向你诚恳地道歉。"庄洁看他，"陈麦冬，对不起。"

陈麦冬偏开脸，没吱声。这事憋屈就憋屈在，从始至终庄洁都表明她要回上海，她也从没说过要回来北京。是他自作多情，自以为她会为了自己留在北京。

"我们家情况你清楚，你很明白我为什么非要去上海。从我爸去世，从我截肢，从我借宿在我小姨家，从我考到上海读书，我自始至终都清楚我要的是什么，我身上的责任是什么。如果你原谅我，只要你不背叛我，我这一生都会与你患难与共，并肩同行。"

陈麦冬没作声，继续缓慢地往前走。

庄洁跟在他身后，反省了会儿，又说："我明白你气什么。我知道我伤你心了，我是用了手段和心思，但我没有办法……"庄洁说完才惊觉这些话很油腻，而且太像渣男的忏悔。

庄洁想了想，没再解释。她又跟着他走了好一会儿，迈前一步挡住他的路，仰着头看他。陈麦冬别开脸，庄洁扳正他的头，陈麦冬想挣扎，庄洁吻住他的唇，轻柔地舔舐。

庄洁确定陈麦冬还爱她，但目前他的半推半就是在拿乔，还是他在享受她追他的姿态?她想了一晚,也没弄明白。

隔天一早被纪三鹅子吵醒,廖涛在厨房里摊煎饼,见她下来问了句:"你去上海是跟冬子商量过的吧?"

"怎么了?"庄洁问。

"你邬姨前一阵问了这事,说你订完婚怎么跑上海了。我今早脑海忽然一闪,想着你是不是没和冬子商量,陈奶奶才托你邬姨来问的?"

庄洁打哈哈,问那兄妹俩去哪儿了。

"一个去写生了,一个去爆玉米花了。"

"爆玉米花?"

"她刚回来舀了一碗大米一碗玉米,说街上有爆玉米花的。"

庄洁吃完早饭也去了街上,看到何袅袅跟几个小孩围在一个老式手摇的爆米花机前,等爆米花机停止运转,小孩子们呼啦一下跑开,各自捂着耳朵看爆米花机。大叔将爆米花机口对准麻袋罩筒,用加力管扳动小弯头,"嘭"的一声,锅里的爆米花喷射到了麻袋筒里。

几个小孩跑过去把爆米花倒出来,庄洁左右打量,发现何袅袅年龄最大。何袅袅拎着袋子过来要她抓,她刮了一下何袅袅的鼻子:"多大了,还跟一群几岁的小孩混。"说着伸手抓了一把爆米花。

庄洁吃着爆米花去烧鸡店,经过一家花店,看见花很漂亮,就让老板给包了一束,抱着去了殡仪馆。

见陈麦冬出来,她下巴一扬:"花店的鲜花,怪好看的,给你包了一束。"

"瞧这花瓣儿上的露珠,一看就是凌晨采的……"

陈麦冬捧着花回休息室,小孙双手捧脸:"师傅,是我嫂子送的吗?"

陈麦冬轻踹他:"一边去,挡道了。"

傍晚陈麦冬抱着花回家,把花陈列在自己卧室,陈奶奶看不上他,说他不像一个爷们儿。

陈麦冬才不听。

庄洁又赶上饭口过来,陈奶奶要她坐下吃,吃完陈奶奶就识趣地找借口离开了。庄洁感慨,可怜的奶奶,为孙子操碎了心。

陈麦冬收拾碗筷去洗,庄洁闻着花香去了卧室,看了眼出来,朝着厨房里的陈麦冬问:"喜欢吗?"

陈麦冬面目清冷,不吱声。

庄洁过去拍拍他:"喜欢明儿还给你送。"

陈麦冬不假颜色,依然不吱声。

"不喜欢我更要送。"庄洁手欠地捏他屁股,贴着他耳朵说,"送去硌硬你。"

"你正经点儿。"陈麦冬一板一眼地说。

"……"

庄洁心潮澎湃,这货竟然吃这一路,真是啥人都有。

她手指勾勾他T恤上的洞:"奶奶不是不让你穿吗,说你伤风败俗。"

"我爱穿。"陈麦冬洗碗,不让她动手动脚。

庄洁就扯了一下,他胸口的小洞就变成了大洞……

第三章　地久天长

"你衣服质量不好。"庄洁先发制人,"其实洞大点儿更好,别有洞天。"

"……"陈麦冬不理她。

庄洁就偏理他,一会儿摸摸他屁股,一会扯扯他T恤上的洞,好好的一件衣服,洞愣是从胸口位置被扯到了腰……

国庆长假最后一天,镇里在学校操场召开表彰大会,各个村统共评选出了十九位无私奉献的无名英雄。镇里有仨,最美遗体整容师陈麦冬、最美刑警王西平、最美女性王西夏。然后主持人一一列举他们的感人事迹:"王西夏同志,在最紧要的关头,无私捐献出两箱口罩,这种精神值得……"

主持人说完,大家鼓掌,庄洁带头起立喝彩:"好!楷模!王西夏同志优秀!"

"那位脸上贴红旗的女士,请你坐下。"镇里的宣传干事兼主持人说。

庄洁拍拍脸上的小红旗,坐下。

"下一位是我们最美遗体整容师,陈麦冬同志。"主持人说,"陈麦冬同志在最紧迫的关头,离开家人,无惧个人安危去市里支援!"

"好!好!太优秀了!全镇的楷模!"庄洁起立喝彩鼓掌,望着台上的陈麦冬,她骄傲地说,"名副其实,当之无愧的无名英雄!"

"我孙媳妇说得没错!我孙子太优秀了!"陈奶奶热烈鼓掌。

群众区爆笑,乱作一团。

"那位脸上贴红旗的女士,请你安静一下,不要扰乱大会秩序。"主持人朝庄洁说。

原本井然有序的会场,这下全松弛了,有些大爷大妈从兜里掏出瓜子花生,拉下口罩唠闲嗑。

庄洁看这局面,夹着尾巴不再吭声。

台上主持人急得土话都出来了。前排一个大爷起身,指着台上的陈麦冬问:"冬子,你发烧了?你脸咋红成了虾子?"

陈麦冬简直要晕倒。

镇长在主席台前起身,不得不出面安抚。场子慢慢安静下来,大家又收好瓜子戴上口罩,继续观看。

傍晚王西夏堂嫂在民宿摆了一桌,镇上一共仨优秀个人奖,她家拿了俩。

王西夏发微信给庄洁,要她也过来,王西夏说她刚邀请陈麦冬了,而且她下立军令状,说今晚撮合不了他们俩,她以后改姓庄。

庄洁哼哼两声:"要你撮合,我们俩都快好了。"

她过去的时候陈麦冬已经在了,俩人对视了一眼,庄洁在他对面坐下。他装模作样地喝茶,庄洁在桌下踢他。

另一桌上的几个人在抬杠,起先还理性,后面大有决裂干架的气势。

庄洁嫌吵,出来在民宿门口站了会儿,摸摸鼻梁,朝着山坡上的梨树林走去。

十几分钟后陈麦冬收到一条微信,他沿着月光下的羊肠小路,俯身摘着漫天遍野的太阳花,白色、红色、粉色、淡黄色、浅紫色。他抓着一捧五彩缤纷的花儿，步伐轻快地去了梨树林。

坡头上，一个小小的人影左右张望，接着又爬上去一个小小的人影，两道人影重叠，融成一道，随后慢慢慢慢地矮了下去。

坡头上只剩一道树影和挂在树梢上的圆月。一只喜鹊扑着翅，忒儿地一下，飞去了月亮里。

图书在版编目（CIP）数据

吾乡有情人 / 舍目斯著. —成都：天地出版社，2024.3
ISBN 978-7-5455-8183-6

Ⅰ.①吾… Ⅱ.①舍… Ⅲ.①长篇小说—中国—当代 Ⅳ.①I247.5

中国国家版本馆CIP数据核字（2024）第016036号

WU XIANG YOU QING REN
吾乡有情人

出 品 人	陈小雨　杨　政
著　者	舍目斯
责任编辑	柳　媛　胡文哲
责任校对	马志侠
封面设计	吴思龙@4666啊
责任印制	王学锋

出版发行	天地出版社
	（成都市锦江区三色路238号　邮政编码：610023）
	（北京市方庄芳群园3区3号　邮政编码：100078）
网　　址	http://www.tiandiph.com
电子邮箱	tianditg@163.com
经　　销	新华文轩出版传媒股份有限公司
印　　刷	北京文昌阁彩色印刷有限责任公司
版　　次	2024年3月第1版
印　　次	2024年5月第3次印刷
开　　本	880mm×1230mm　1/32
印　　张	17
字　　数	396千字
定　　价	69.80元（全二册）
书　　号	ISBN 978-7-5455-8183-6

版权所有◆违者必究

咨询电话：（028）86361282（总编室）
购书热线：（010）67693207（营销中心）

如有印装错误，请与本社联系调换